Christian Pfannenschmidt

Die Träumerin

Christian Pfannenschmidt

Die Träumerin

Roman

KNAUR

Besuchen Sie uns im Internet:
www.knaur.de

Wenn Ihnen dieser Roman gefallen hat und Sie auf der Suche nach ähnlichen Büchern sind, schreiben Sie unter Angabe des Titels »Die Träumerin« an: frauen@droemer-knaur.de

FSC
www.fsc.org
MIX
Papier aus verantwortungsvollen Quellen
FSC® C006701

Ein Unternehmen der Droemerschen Verlagsanstalt
Th. Knaur Nachf. GmbH & Co. KG, München

Umschlaggestaltung: ZERO Werbeagentur, München
Umschlagabbildung: © Katya Evdokimova
Satz: Daniela Schulz, Stockdorf
Druck und Bindung: CPI – Ebner & Spiegel, Ulm
Printed in Germany
ISBN 978-3-426-66179-6

2 4 5 3 1

… so sind wohl manche Sachen
die wir getrost belachen
weil unsere Augen sie nicht sehn.

(aus: Matthias Claudius
»Der Mond ist aufgegangen«)

Prolog

»Du bist die *eine!*«, sagte Hannes, während er sich zu ihr herunterbeugte und sie liebevoll ansah, und sein Atem verwandelte die Liebeserklärung in kleine, eisige Wölkchen, die eine Sekunde in der Winterluft stehen blieben, ehe sie sich in nichts auflösten und in der Dunkelheit der Nacht verschwanden.

»Rede keinen Unsinn«, antwortete Julia und streckte ihre Arme hoch. »Ich brauche jetzt echt keinen Kitsch, ich brauche Hilfe, zieh mich hoch.« In ihrer Linken hielt sie zwei bunte Pudelmützen aus Wolle. Er nahm sie ihr ab, stopfte sie in seine hintere Jeanshosentasche, hielt ihr seine kräftigen Hände entgegen, die Julia umklammerte, und zog sie aus der Luke hinaus aufs Dach. Es war Dezember. Der Himmel über Berlin war blau vor Kälte. Unbewegt standen die Sterne über dem jungen Paar, der Vollmond leuchtete hell und wies ihnen, einem Scheinwerfer gleich, den Weg zu einer freien Fläche nahe dem Abgrund, von wo aus sie die beste Sicht auf die Stadt hatten. Sie setzten ihre Pudelmützen auf, denn der Wind pfiff ihnen schmerzhaft um die Ohren.

»Weißt du, dass du echt scheiße aussiehst?«, fragte Julia lachend.

»Danke, gleichfalls!«, antwortete er grinsend.

In Wahrheit fanden sich beide gegenseitig wunderschön. Und sie waren schön. Er mit den kernigen Zügen eines Schweizer Bergbauernbubs, die Wangen gerötet, die Augen funkelnd, der Mund weich geschwungen und zugleich an den Rändern der Lippen von harten Konturen bestimmt, die signalisierten, dass hier ein Mann war, der, bei aller Liebe, genau wusste, was er wollte. Sie mit zum Pferdeschwanz zusammengebundenen, dicken, schwarzen Haaren, blauen, wachen Augen und einem kleinen, verwegenen Leberfleck oberhalb ihres sinnlichen Munde. Sie sah ihn glücklich und verliebt an, denn sie fand einfach alles gut an ihm.

Unter der Pudelmütze lugten vorwitzig die Haarsträhnen seiner Poppertolle hervor. Hannes war einen Kopf größer als Julia, von kräftiger Statur, ein Sportler. Er legte den Arm um sie und erwiderte ihren Blick. Sie trug seinen Lieblingspullover, den seine Mutter einmal für ihn gestrickt hatte; die Stretchjeans von Mustang, mit Nieten besetzt, betonte ihre langen Beine und ihren schönen Po. Julia hatte sich Stulpen über die Knöchel geschoben, beide hatten ihre gemütlichen Hausschuhe an, denn sie waren nur kurz aus ihrer darunterliegenden Mietwohnung heraufgeklettert, um den Mond anzusehen.

Von unten hörten sie den Großstadtlärm, hupende Autos, knatternde Motorräder, brummende Busse, schrilles Frauengelächter; nie schien diese Stadt zu schlafen, obwohl sie doch getrennt, zerteilt, zerrissen war. Ein Popsong wehte hoch, die Bee Gees sangen ein Lied von ewiger Liebe, Julia drückte sich gegen Hannes, und beide wippten dazu, ohne dass es ihnen bewusst war, mit den Füßen.

Hannes nahm den Arm von Julias Schulter, drehte sie zu sich und küsste sie. Engumschlungen blieben sie voreinander stehen. Ohne etwas zu sagen, blickten sie sich unverwandt in die Augen, bis Julia die Tränen kamen und sie sich abwandte: »Dieser verdammte Wind! Ich hasse Wind.«

Er zog ein Taschentuch aus Stoff hervor, das er stets bei sich trug, und gab es ihr. Sie tupfte sich die Augen trocken und reichte es ihm zurück.

Hannes zeigte zum Himmel: »Schau dir den Mond an!«

»Unübersehbar!«, meinte sie trocken.

»Der Mond, mein Freund«, sagte er, und sie hätte fast darüber gelacht, doch dann fügte er leise hinzu: »Der Freund aller unglücklich Liebenden.«

Entgeistert sah sie ihn an: »Aber du bist doch … Hannes, du bist doch kein unglücklich Liebender.«

»Nein, natürlich nicht«, er nahm den Arm wieder herunter und knuffte sie.

»Warum sagst du dann so etwas? Wieso? Das macht mir Angst.«

»Ich lieb dich doch.«

»Unglücklich liebst du mich?« Sie legte ihren Kopf an seine Schulter.

»Manchmal, da tut es hier drinnen so weh, so sehr steckst du mir im Herzen. Ich denk dann: Irgendwann geht alles zu Ende, und davor fürchte ich mich. Ich will dich festhalten, uns, unsere Liebe, alle Zeiten. Das geht ja nicht, das weiß ich ja. Und dann bin ich eben ein unglücklich Liebender.«

Immer wieder kam es vor, dass Julia ihn nicht verstand. Dann hatte sie das Gefühl, seine komplizierten Innenwelten überhaupt nicht zu kennen, nicht zu begreifen, und in solchen Momenten fühlte Julia sich, selbst wenn er neben ihr war, allein. Sie waren doch erst am Anfang, eben über zwanzig, sie hatten Spaß miteinander, sie waren verheiratet, sie hatten Pläne. Sie beide gegen den Rest der verdammten Welt, nichts konnte sie trennen, das war doch so verabredet. Warum sagte er dann so ein Zeug?

Erneut deutete er hinauf: »Guck doch mal genau hin!« Seine Stimme war männlich tief, aber seine Sprache hatte jenen leichten Singsang, durchsetzt von Kehllauten, die den Schweizern oft eigen ist.

Julia blickte nach oben.

Dann lachte sie und sagte: »Jetzt monden sie wieder.« Nun begriff er nicht, was sie meinte, das sah sie an seinem fragenden Blick.

»Das hat meine Großmutter immer gesagt. Die Oma, weißt du, sie hatte ein Häuschen an der Schwarzwaldhöhenstraße, mit einem herrlichen Garten, von einem grünen Holzzaun eingefasst. Nicht weit von Gerolsau übrigens, ich bin manchmal zu Fuß hochgelaufen, um sie zu besuchen. Ich habe auch gerne bei ihr übernachtet, dann hat sie für mich gekocht, und im Sommer durfte ich länger aufbleiben. Nach dem Essen saßen wir auf ihrer kleinen Holzterrasse; von dort konnte man zu einem Hotel hinüberschauen, das an einem romantischen, kleinen See lag. An dessen Ufer saßen oft Liebespaare. Am liebsten bei Vollmond. Wir haben sie manchmal beobachtet. Und dann sagte meine Großmutter halt immer: ›Jetzt monden sie wieder.‹ Werde ich nie vergessen.«

Julia strahlte ihn an, die Erinnerungen stimmten sie froh, und Hannes strahlte zurück.

»Monden«, wiederholte er, »was für ein Wort. Hab ich noch nie gehört. Muss ich mir merken.«

Hannes besaß einen ausgeprägten Sinn für das Romantische, für Geschichten, Anekdoten, Beobachtungen, Details. Mit Begeisterung schrieb er sich vieles auf. Denn er vertrat die Ansicht, dass im Kleinen und Kleinsten oft das Große steckte. Julia wusste, dass er ein wandelndes Lexikon war und sich mit Wissen fütterte wie andere mit Essen.

Deshalb wunderte sie sich auch nicht, als er nun stolz seine Kenntnisse bei ihr anbrachte. »Der Mond ist fast dreitausendfünfhundert Kilometer groß, der fünftgrößte Mond unseres Sonnensystems. In fünf Milliarden Jahren wird er erloschen sein.« Hannes schwieg, konnte den Blick nicht vom Mond lassen, der auf ihn wie ein Magnet wirkte.

»Erzähl weiter, Schlauköpfchen.«

»Ach, das interessiert dich doch in Wahrheit gar nicht.«

»Mich interessiert alles, was du sagst, Hannes, das weißt du doch.«

Er drehte sich zu ihr und nahm ihre Hände in die seinen. »Die sind ja ganz kalt!« Er führte sie zu seinen Lippen, hauchte darauf und küsste sie. Nun flüsterte er fast, unsentimental und deutlich prononciert, wie ein Vater, der seinem Kind eine Gutenachtgeschichte erzählt: »Der Mond ist aufgegangen, die goldnen Sternlein prangen, am Himmel hell und klar. Der Wald steht schwarz und schweiget, und aus den Wiesen steiget, der weiße Nebel wunderbar.« Hannes machte eine Pause. »Schön?«

Julia nickte. »Sehr schön.«

Er stellte sich hinter sie, umfasste sie mit den Armen, drückte sie wärmend gegen sich, wiegte Julia sanft, während er leise sang, ganz leise: »Wie ist die Welt so stille, und in der Dämmrung Hülle, so traulich und so hold! Als eine stille Kammer, wo ihr des Tages Jammer verschlafen und vergessen sollt.«

Sie zeigte ihm nicht, dass sie in diesem Moment den Tränen nahe war, doch Hannes merkte, dass Julia anfing zu zittern. Er ließ sie wieder los, zog seine Pudelmütze vom Kopf. Die Haarsträhnen fielen ihm ins Gesicht, und mit einer lässigen und Julia so vertrauten Geste schob er sie zurück. »Komm«, meinte er, »wir gehen wieder runter, sonst erkältest du dich noch.«

»Ja, Papa!«, antwortete Julia schniefend.

Er ging voran, sie kam ihm mit kleinen Mädchenschritten nach. Höflich ließ er ihr den Vortritt, und sie stieg zuerst durch die Dachluke. Hannes schmiss ihr seine Mütze hinterher, die sie, vom Dachboden hochschauend, auffing. Dann warf er noch einmal einen Blick auf den Mond, folgte ihr und zog die Luke fest hinter sich zu.

»Morgen wird ein superschöner Tag, bei so klarem Nachthimmel gibt's die volle Sonne!«, erklärte er ihr auf dem Weg nach unten. »Ich werde laufen gehen!«

»Ich möchte mit dir schlafen!«, sagte Julia und nahm ihre Pudelmütze ab.

»Wie bist du unromantisch, Julia, kannst du immer nur an das eine denken, wie ein Kerl?«

Sie schlug mit den Pudelmützen auf ihn ein, er flüchtete, schloss in gespielter Panik die Tür zu ihrer Altbauwohnung auf. Noch in der Diele fielen sie leidenschaftlich übereinander her, kichernd, lachend, seufzend, sich gegenseitig ausziehend und küssend. Hannes gab der Tür einen Fußtritt. Der Knall ließ das Treppenhaus erzittern, dann herrschte Stille auf allen Etagen. Es war die letzte gemeinsame Nacht der Liebenden. Doch davon ahnten Julia und Hannes nichts in ihrem andauernden Glück.

Kapitel 1

Julia blieb, nachdem der Beifall verklungen war und auf das Zuhören nur ein Murmeln und hier und da ein Auflachen folgte, noch eine Weile am Rednerpult stehen und starrte vor sich hin. Eigentlich hatte sie sofort den Saal verlassen wollen. Der Wagen, der sie zum Flughafen bringen sollte, wartete bereits unten vor dem Hochhaus, und sie hatte höchstens eine Stunde Zeit, um ihre Maschine zurück nach Berlin zu erwischen.

Wie immer hatte Julia sich einen exakten Plan gemacht. Ankunft aus Berlin morgens um acht Uhr zehn. Fahrt in die Zentrale, kurzes Power-Breakfast mit ihrem Chef Reinhold Kremer, dem Hauptanteilseigner der Privatbank Kremer, Konferenz der Führungskräfte, anschließend ihr Vortrag – für den sie dreißig Minuten veranschlagt hatte – und schließlich die Rückfahrt zum Frankfurter Airport. Auf das Mittagessen im kleinen Kreis wollte sie verzichten. Sie hatte sich ausgemalt, dass Frank sie in Tegel abholen und dann mit ihr in sein Penthouse im Grunewald fahren würde, gut gelaunt und den Kopf voller Überraschungen. Vielleicht würden sie eine Runde Sex haben, danach sah sie sich mit ihrer Sekretärin die dringendsten Punkte am Telefon abhaken, ihre Mails auf dem BlackBerry lesen und beantworten, dann sich umkleiden und am Abend mit Frank ausgehen, in eines seiner Lieblingsrestaurants, in dem er schon vor Wochen den besten Tisch hatte reservieren lassen, um mit ihr hineinzufeiern, in ihren fünfzigsten Geburtstag.

»Frank, mach keine große Sache draus, ich bitte dich von Herzen, ja? Nur du und ich, keine Überraschungen, du weißt, ich hasse Überraschungen. Keine Einladungen an Freunde, von denen du glaubst, ich hätte sie so lange nicht gesehen und würde mich freuen, mit ihnen zu feiern. Für mich ist das ein ganz normaler Tag, und auch wenn ich mir freinehme, will ich ihn ganz normal – und das heißt: ganz langweilig und gemütlich – erleben. Versprichst du das?«

Er hatte es versprochen. Sie glaubte ihm nicht. Und er glaubte ihr nicht. Dabei hätte sie den Tag am liebsten ignoriert. Julia war eine Meisterin des Verdrängens. Das war ihr zwar nicht bewusst, und sie hätte dieses Talent dahin gehend gedeutet, dass sie in der Lage war, »wichtig« von »unwichtig« säuberlich zu trennen. Doch wer sie gut kannte – und Frank kannte sie nach über zehn Jahren des Zusammenlebens weiß Gott sehr gut –, dem war klar, wie sie unangenehme Dinge wegstreichen konnte, als wären es nur Notizen auf einem Einkaufszettel.

Am schlimmsten waren für Julia die Menschen, die sich bei diesem Thema für besonders feinfühlig hielten, nach ihrer Einschätzung aber einfach nur perfide waren. Wenn es ihr gerade gelungen war, sich einzureden, dass es nun wirklich keinen Unterschied mache, ob man neunundvierzig oder fünfzig sei, oder wenn sie erfolgreich von sich weggeschoben hatte, dass ihr das doch etwas ausmachen könnte, kamen die Tröster und die Sprücheklopfer.

»Geht es dir nicht gut?«, fragte ihre Freundin Fanny immer wieder mal, wenn sie sich trafen, nach der Arbeit auf einen Drink, am Wochenende im Fitnesscenter oder beim Mittagessen, für das sie sich eine Stunde freigeschaufelt hatte.

»Klar. Sehr gut!«, antwortete Julia dann stets. Kürzlich aber hatte sie ein verräterisches »Warum?« nachgelegt.

»Du siehst aus, als wenn du zu viel grübelst, Schatz«, erwiderte Fanny, und schob sich – was Julia faszinierte –, wie ein Artist in der Zirkuskuppel, ein Salatblatt quer in den Mund, ohne ihre perfekt gemalten Lippen auch nur minimal zu touchieren. »Du machst dir doch wohl keinen Kopf wegen des anstehenden Ehrentages?«

»Warum willst du, dass es mir nicht gutgeht deswegen?«

»Was für ein Unsinn. Natürlich will ich, dass es dir gutgeht. Ich will, dass es dir *sehr* gut geht. Du bist meine allerbeste Freundin!« Sie legte ihr die perfekt manikürte Hand auf den Unterarm, eisenschwer.

Ein paar Tage darauf war Julia mit ihrer älteren Kollegin Sonja Karlowski, die der Abteilung »Human Resources« vorstand, im Lift in die Big-Boss-Etage hochgefahren, zu einer Besprechung über das Thema Personaleinsparungen. Beide trugen Aktenordner unter dem Arm, beide starrten vor sich hin, beide vermieden Augenkontakt. Der Lift glitt so leise nach oben, als bewege er sich überhaupt nicht. Das Licht war hell, warm, weich. Die Spiegel: abgetönt. Die Wände: mit rostbraunem Leder verkleidet. Ein dicker Teppichboden dämpfte jeden Atemzug. Es war ein geschützter, kleiner Raum, der Wohlhabenheit ausstrahlte und die Alltagswelt draußen zu lassen schien. Julia hatte einen kurzen Blick auf ihr Ebenbild geworfen.

»Ja, die Zeit«, hatte die Karlowski unvermittelt gesagt, »die Zeit lässt sich nicht aufhalten. Wann ist der große Tag?«

Mit einem harfengleichen Ton war die Tür aufgegangen, die Frauen waren in den langen Flur zum Konferenzraum getreten, und Julia hatte nicht mehr antworten müssen, denn draußen warteten bereits zwei Kollegen.

Es schien ihr, als würden von allen Menschen um sie herum die imaginären Mauern des Schutzes, die sie jeden Morgen um sich aufrichtete, absichtlich heruntergerissen. Nackt und bloß und auf sich und ihre sorgsam verborgenen Selbstzweifel zurückgeworfen, sah sie sich dann da stehen, um erneut – zu verdrängen.

Wenn Julia richtig in sich hineinhörte, dröhnte grell und laut und hämmernd das schiere Entsetzen. Fünfzig Jahre alt zu werden, war die Hölle für sie. Da war das Thema Alter. Die Angst vor Krankheit und Tod. Von nun an ging es flussabwärts; südwärts, wie man in ihren Bankkreisen negative Entwicklungen umschrieb. Die Hälfte des Lebens lag unleugbar hinter ihr. Sie musste über Rente nachdenken; sich die Frage stellen, ob sie ausgesorgt hatte; grübeln, wer da sein würde, falls sie eines Tages hilfsbedürftig wäre. Sie entdeckte in solchen kalten, klaren Momenten im Spiegel neue Vorboten, die aus dem Morgen herüberwinkten: der klitzekleine Schmerz im Rücken beim Aufstehen, die Müdigkeit um die Augen, das eine oder andere graue Haar, die Fältchen, die nicht mehr als Lachfalten abgetan werden konnten und nach einer Extraportion Botox verlangten oder nach einer Extraportion Selbstbewusstsein, um sie zu übersehen und mit ihnen zu leben. Da war das Thema Wechseljahre, mit dem sie sich zu ihrem eigenen Erstaunen noch nicht konfrontiert sah, was aber unweigerlich auf sie zukommen würde, als rase sie, ohne den Wagen selbst steuern zu können, auf eine Felswand zu. Durch ein paar Freundinnen wusste Julia, was sie erwartete. Hitzewallungen, Schmerzen, Schwindel, Libidomangel, Heißhunger, Depressionen. Das ganze Programm. Tolle Aussichten! Und da war schließlich das Thema Job. Eine Frau von fünfzig Jahren, die gewohnt war, Macht und Einfluss zu haben, spürte es unablässig und unausgesprochen in der Art, wie Männer mit ihr umgingen, dass ein Verlust bevorstand. Überall standen die alerten Sprösslinge aus dem Vorgarten des Nachwuchses herum. Noch grün, saftig und kräftig, und sie warteten nur darauf, dass die Älteren einen Fehler machten. Ihr ganzes Berufsleben lang hatte Julia gegen die Männerwelt angekämpft, nun musste sie sich zusätzlich gegen die Jugend in Position setzen. Sie tat es mit Charme, mit Erfahrung, mit gespielter Überlegenheit und Gelassenheit.

Eine Sekunde hatte Julia geglaubt – oder gehofft –, die einhundertfünfzig Manager, die vor ihr saßen, würden aufspringen und ihr unter Bravorufen Standing Ovations schenken. Natürlich passierte das nicht. Doch der Beifall entschädigte sie reichlich, und während sie da stand, in ihrem Kostüm aus taubengrauer Bouclé-Wolle, der schlichten weißen Bluse und der sauteuren Perlenkette, die ihr Frank einst geschenkt hatte, kamen ein paar Kollegen, um ihr die Hand zu schütteln und zu gratulieren.

Zufrieden bedankte sich Julia, schob ein paar Sprüche nach und legte dann, wieder ernst geworden, ihre Textseiten langsam zusammen, schlug sie auf den Längsseiten auf, so, als würden sie noch einmal benötigt.

»Wunderbar, Julia, einfach wunderbar!« Reinhold Kremer kam auf sie zu, ergriff ihre rechte Hand und drückte sie fest, fast väterlich. »Kommen Sie, ich bestehe darauf, dass ich beim Essen Ihr Tischherr bin. Brinkmann kommt auf die andere Seite. Den mögen Sie doch …«

»Tut mir leid, Dr. Kremer. Ich kann nicht bleiben. Ich muss zurück.«

Sein Blick hinter den Brillengläsern verengte sich: »Wie? Jetzt schon zurück? Sie sind ja gerade erst gekommen.«

Erklär dich nicht, beschwer dich nicht. Das war einer der Grundsätze in Julias Berufsleben. Sie ging auf seinen unterschwelligen Vorwurf nicht näher ein.

»Sie werden mich nicht allzu lange vermissen müssen!«, scherzte sie. »Morgen ist mein freier Tag. Aber wir sehen uns übermorgen doch schon wieder.« Sie lächelte ihn an, öffnete dabei ihre Mary-Poppins-Handtasche und legte die Papiere sorgfältig hinein.

Er schlug sich mit der Hand gegen die Stirn, fast ein wenig zu theatralisch, wie Julia fand: »Wie kann ich so was vergessen! Der Fünfzigste! Natürlich! Darauf trinken wir noch einen. Versprochen.«

Ehe sie etwas erwidern konnte, war er im Strom der Kollegen, die den Saal plaudernd und diskutierend verließen, verschwunden.

Julia fuhr mit dem Fahrstuhl hinunter und verließ das Gebäude, wo der Fahrer, gegen die Limousine gelehnt, auf sie wartete. Als er sie kommen sah, schnipste er seine Zigarette weg, ging um den Wagen herum und öffnete ihr die hintere Beifahrertür. Es war ein frischer Tag. Kalt. Klar. Wie zugeschnitten auf sie. Den Herbst hatte sie schon immer geliebt. Sie war am zweiten Oktober geboren. Unter dem Sternzeichen Waage. Aszendent Löwe. Eine extreme Kombination zwischen Durchsetzungskraft und Anpassungswillen, zwischen heiterer Lebensart und brutaler Selbstzentriertheit, hatte man ihr einmal erklärt. Julia hielt nichts von diesen Dingen. Astrologie war für sie vollkommener Blödsinn. Eine ältere Freundin von ihr, Agnes Sommer, die für sie so etwas wie eine Mutter in Berlin geworden war, hatte ihr vor Jahren ein Horoskop erstellt. Julia hörte sich die ganze Geschichte mit freundlicher Geduld an, warf das Schriftstück später weg.

»Das Schicksal zwingt nicht, es neigt. Du musst selbst etwas aus den Vorgaben machen«, hatte Agnes ihr erklärt.

»Nun, dass man Chancen ergreift, das ist nichts Neues für mich. Aber dass die Sterne mir den Weg weisen? Nein, daran kann ich nicht glauben.«

»Du wirst sehen. Es kommt. Du entscheidest nur über das ›Wie‹.«

Julia wollte überhaupt nicht noch einmal von vorne anfangen. Alles war gut so, wie es war. Wenn ihr die Gesundheit keinen Strich durch die Rechnung machte, war der Weg vollkommen eindeutig, mit oder ohne Sternzeichen. Sie würde mit Frank gemeinsam alt werden, vielleicht ihn eines Tages sogar heiraten und ihr Leben zwischen Berlin und einer noch zu findenden Ferienwohnung irgendwo im Süden Europas aufteilen, mit Freunden, mit Golfspielen, mit viel Kultur und Sport und ein paar sozialen Aktivitäten, um ihr Gewissen zu beruhigen und sich die Sinnfrage nicht stellen zu müssen.

»Wann geht Ihr Flieger?« Der Chauffeur riss sie aus ihren Gedanken. Julia betrachtete ihn in Sekundenschnelle. Er sah gut aus. Er war vielleicht halb so alt wie sie, hätte ihr Sohn sein können. Wie kann ein Mensch so weiße Zähne haben, dachte sie, als er sie anstrahlte. Sein schmal geschnittener, schwarzer Zwei-Knopf-Anzug saß wie nach Maß. Das weiße Hemd und die Seidenkrawatte mussten teuer gewesen sein. Vielleicht das Geschenk einer Verehrerin oder die Weihnachtsgabe des Bankhauses. Sein Haar war schwarz, kurzgeschnitten und mit Gel in eine perfekte Fasson gebracht. Er stand dicht vor ihr, daher konnte sie riechen, dass er geraucht hatte. Der Tabakgeruch vermischte sich mit dem Duft von Spearmint-Kaugummi und einem dezenten Hauch seines Eau de Cologne, das eine Vetivernote hatte. Julia war durch ihren erfolgreichen Auftritt vor dem Management so von Adrenalin durchflutet, dass sie gute Lust gehabt hätte, ihn einfach auf den Mund zu küssen.

Sie bremste sich in ihren Fantasien: »Fünfzehn Uhr fünfunddreißig«, antwortete sie, setzte einen Fuß in den Wagen, stoppte jedoch, bevor sie sich setzte: »Verdammt! Ich habe meinen Mantel oben hängen lassen.« Sie wollte in die Bank zurück.

Der Fahrer kam ihr zuvor: »Kein Problem, ich hole ihn.«

Julia liebte schnelle Reaktionen: »Sagen Sie einfach an der Rezeption hier unten Bescheid, die sollen ihn herunterbringen. Danke.«

Er verschwand im Gebäude. Sie blieb vor dem Auto stehen, nahm ihr Handy aus der Handtasche, schaltete es ein und hörte ihre Mailbox ab. Frank. Fanny. Die Sprechstundenhilfe aus der Praxis ihres Zahnarztes, die den Termin für nächste Woche verschieben wollte. Ihre Haushaltshilfe Ilse, die ihr mitteilte, dass bereits drei Blumensträuße angekommen waren. Und dass sie einen Vorschuss haben wollte. Ihre Sekretärin Brigitte hatte zweimal angerufen und um Rückruf gebeten. Warum, um Himmels willen? Julia seufzte. Jetzt nicht. Sie schaltete das Handy wieder aus. Auf Rückrufe hatte sie keine Lust. Sie sah sich um. Menschen eilten über die Straßen, gingen ihren Geschäften nach, schlenderten, unterhielten sich beim Gehen, drängelten sich an den Ampeln, lachten, telefonierten, trugen Taschen, Aktenkoffer, Einkaufstüten. Ein Fahrradkurier fuhr Julia fast um, sie sprang zur Seite. Im Stop-and-Go der Großstadt zogen Autos vorbei. In der Ferne heulte die Sirene eines Polizeiwagens. Ein kleines Mädchen weinte. Ein vor einem Schuhgeschäft angeleinter Hund bellte. Ein Bettler, keine zwanzig, kam auf Julia zu, streckte ihr seine Hand entgegen und fragte: »Haben Sie etwas Geld für mich?«

Julia war genervt. Sie sah auf ihre Armbanduhr. Der Fahrer kam nicht zurück.

»Ich komme aus einer Stadt, in der man für sein Geld arbeitet!«, fauchte sie ihn an. Er verschwand im Trubel, baff.

Als Julia wenig später hinten im Fond der Limousine saß, ärgerte sie sich über ihre Reaktion. In letzter Zeit beobachtete sie an sich eine Unhöflichkeit des Herzens, eine arrogante Ungeduld, ja, eine gewisse Lust an der Boshaftigkeit. Gestern erst hatte sie ihrer Assistentin Karla Wickert kündigen müssen. Sie war in der Probezeit gewesen, hatte sich trotz eines Wirtschaftsstudiums in St. Gallen als gänzlich ungeeignet für den Job erwiesen. Zwar hatte Julia die offene Art der jungen Frau beim Bewerbungsgespräch gut gefallen, ihr Lachen, das Unkonventionelle, das sie ausstrahlte. Sie war nicht so stromlinienförmig wie die anderen Kandidatinnen. Aber dass sie nach dem Studium nicht sofort darauf aufgebaut, sondern nur hier und da gejobbt und ein halbes Jahr sogar nichts getan hatte, um das Leben mal zu genießen, wie sie treuherzig erklärte, gefiel Julia überhaupt nicht. Den Ausschlag, sich für sie zu entscheiden, hatte ein Gespräch mit Frank gegeben, der sie ihr empfohlen hatte, weil ihr Vater als Fachbuch-Verleger ein wichtiger Mandant von ihm war. Schon zwei Wochen später bereute Julia diesen Schritt. Mehrfach vergaß ihre Assistentin, wichtige Termine einzutragen; sie brachte Daten, Zahlen und Telefonnummern durcheinander und reagierte auf Kritik dummdreist. Karla kam Julia selbstgefällig vor, schnippisch, undiplomatisch. Sie war zu dick, zu träge, zu fantasielos. Sie zeigte keine Initiative, wenig Interesse, kaum Begeisterung und überhaupt keinen Spaß. Unablässig telefonierte sie privat. Mittagspausen dehnte sie über Gebühr aus. Fehler kreidete sie anderen an. Eine Weile hatte Julia sich das angesehen, mit ihr Gespräche geführt, von denen sie glaubte, sie entsprächen zu hundert Prozent dem, was man auf Führungskräfteseminaren über den Umgang mit Mitarbeitern lernte. Führung und Kraft: Aus diesen beiden Worten setzte sich Julias Funktion zusammen, und dem wollte sie gerecht werden. Konstruktive Kritik. Soziale Kompetenz. Zuhören, interessiertes Nachfragen, Motivation. Doch das führte zu nichts. Julia wurde ungeduldig. Lag es am Alter? Sie hatte keine Lust mehr, die Unzulänglichkeiten der anderen ständig auszugleichen. Toleranz ging ihr gegen die Hutschnur. Warum musste sie andauernd Leute zum Jagen tragen, wie Frank es immer ausdrückte? Karla war Anfang dreißig, für Julia gehörte sie zur Generation der Verwöhnten, der Gleichgültigen, der Unengagierten. Der Arbeitskampf in seiner rasenden Geschwindigkeit war härter denn je, und er ließ viele Verlierer zurück. Trotzdem gab es diese jungen

Leute, die sich in der Fülle der Möglichkeiten nicht wirklich mit dem Herzen entscheiden konnten, die niemals Not gelitten hatten, die nichts entbehren mussten, die immer wieder in Netze fielen, die sie auffingen. Und die trotzdem jammerten.

»Wenn Sie mich rausschmeißen, springe ich!«, hatte Karla gesagt, als sie ihr in Julias Büro am Schreibtisch gegenübersaß. Ihre dicken, lockigen, rostbraunen Haare sprangen vom Kopf weg, fern jeder Ordnung; das Pünktchenkleid war über Busen und Bauch zu eng, die Ärmel waren zu kurz und gaben den Blick frei auf Karlas weiße, untrainierte Arme. Sie knetete ihre Hände. Ihre Augen waren weit aufgerissen und schimmerten tränenfeucht. Selbst wenn sie nicht sprach und sich den Anschein gab, Julias Ausführungen zu folgen, flatterte ihr Blick unkonzentriert, stand ihr Mund halboffen.

»Ach Gott, Karla, ich lasse mich nicht erpressen. Jemand wie Sie bringt sich nicht um, unentschlossen, wie Sie immer sind. Außerdem wissen Sie so gut wie ich, dass wir hier versiegelte Fenster haben. Sie können gar nicht springen, selbst wenn Sie wollten.«

»Wie gemein Sie sind!«

»Ich bin ein bisschen angestrengt. Ich will es mal so formulieren: Ein paar Mal habe ich Sie vorgewarnt. Sie scheinen nichts begriffen zu haben. Ihre Leistungen entsprechen bei weitem nicht den Anforderungen. Ich kann es mir nicht erlauben, Sie weiter hier mit durchzuschleppen, nur aus Goodwill.«

»Sie sind eiskalt, Frau Kilchberg, kalt wie ein Fisch. Sie sind völlig deformiert durch Ihre Karrieregeilheit. So wie Sie möchte ich nie werden!«

»Werden Sie auch nicht, keine Sorge.«

Karla schluckte ein paar Mal, merkte, dass ihre Anklagen nichts nützten.

Sie lenkte ein: »Können Sie nicht … ich meine … wenigstens … noch ein Versuch? Die Probezeit verlängern? Ich will alles dafür tun, dass …«

Julia hob die Hand, eine Mischung aus Abwehr und Vollbremsung: »Nein, Karla. Das wird nichts mit Ihnen und mir. Ende des Jahres trennen wir uns. Ich möchte das Gespräch gerne beenden. Die schriftliche Kündigung erhalten Sie heute Nachmittag von der Personalabteilung. Gehen Sie bitte jetzt. Sie wissen ja, wie viel ich zu tun habe.«

Karla ließ ihren Tränen freien Lauf.

Julia zog aus der untersten Schreibtischschublade eine Kleenexbox heraus und schob sie ihrer Assistentin herüber: »Hier, das ist im Gehalt mit inbegriffen.«

Wortlos verließ Karla den Raum, ohne, wie Julia auffiel, ihren Stuhl zurückzuschieben. Eine halbe Stunde später war die Personalchefin Sonja Karlowski am Apparat: »Was haben Sie denn mit dem Mädchen gemacht?«

»Tacheles geredet.«

»Das war ein Fehler, liebe Frau Kilchberg«, flötete Sonja. »Während die Wickert bei mir saß, hat schon ihr Anwalt angerufen. Sie dürfen einer Mitarbeiterin nicht als Kündigungsgrund vorwerfen, dass sie unfähig ist.«

Auch wenn die Karlowski es nicht sehen konnte: Julia zuckte mit den Schultern. Sie wollte diese Mitarbeiterin nicht mehr um sich haben. Fertig. Koste es, was es wolle. Und das sagte sie auch.

Während des Nachmittags, als Julia ihre Rede für Frankfurt vorbereitete, hatte das Gespräch in allen Details im Berliner Bankhaus die Runde gemacht. Karla Wickert hatte sich in allen Etagen ausgeheult. Empörung, eine Schwester des Gerüchts, breitete sich aus. Spätestens von nun an galt Julia als Bestie. Ihre Position in der Privatbank war durch ihre exorbitanten Leistungen so unanfechtbar, dass ihr das Ereignis nichts anhaben konnte. Und auch das wusste Julia: Die Meute heulte, die Karawane zog weiter. Vorwärts. In Richtung Erfolg, Umsatzsteigerungen, Gewinnmaximierungen. Davon profitierten letztlich alle Mitarbeiter, auch jene, die ihr von nun an in den Fluren und Büroräumen eher aus dem Weg gehen würden, zumindest für die nächsten Wochen. Dem Mächtigen gab das Leben recht.

All dies ging ihr durch den Kopf, während sie im Fond saß, ihren Mantel auf dem Schoß und das Genick des Fahrers vor Augen, der den Wagen sicher durch den Innenstadtverkehr lenkte. Er hatte einen sauber rasierten Haaransatz. Sein Hals war kräftig, wie der eines amerikanischen Sportlers. An den Bewegungen seines Kiefers konnte sie erkennen, dass er sich unbeobachtet fühlte und weiter Kaugummi kaute. Sie fixierte ihn, fand ihn sexy, selbst von hinten. Ihre Blicke trafen sich im Rückspiegel. Er lächelte mit den Augen. Julia fühlte sich ertappt. In einer Art Übersprungshandlung zog sie ihr Handy heraus, schaltete es wieder ein und rief Brigitte doch zurück.

»Gut, dass Sie sich melden, Frau Kilchberg. Ich habe schlechte Nachrichten.«

»Ich will keine Probleme, Brigitte. Ich will nur Lösungen.«

»Ich fürchte, in diesem Fall gibt es keine. Beim Bestätigen Ihres Rückflugs habe ich erfahren, dass die Maschine gestrichen worden ist.«

»Wann geht die nächste?«

»Sechzehn Uhr dreißig. Aber die ist komplett ausgebucht. Und die um siebzehn Uhr dreißig auch.«

»Doch nicht für mich, oder? Ich habe eine …«

Brigitte unterbrach ihre Chefin: »Leider ja. Sie sind auf Warteliste. Allerdings …«

»Brigitte?«

»Ja?«

»Erklären Sie mir nicht, was alles nicht geht. Ich muss zurück, ich feiere mit Dr. von Parlin in meinen Geburtstag rein. Sagen Sie mir einfach nur, wie ich so schnell wie möglich nach Hause komme.«

»Sie könnten den Zug nehmen. Ich habe eine Verbindung herausgesucht, der ICE um …«

»Da bin ich mindestens vier Stunden unterwegs.«

»Genau genommen sogar …«

Sie hatten den Main überquert, waren über die Kennedyallee gefahren und gerade auf die Flughafenstraße gekommen, wo sie den ehemaligen Oberforsthof passierten – die letzte Gelegenheit, umzukehren.

Julia schaltete blitzschnell: »Wenden Sie bitte!«, befahl sie dem Fahrer, der ihr Gespräch mit angehört hatte und sofort reagierte. Mit einem verbotenen Manöver drehte er den Wagen bei 120 km/h. Julia wurde gegen die Rückbank gedrückt.

»Brigitte, ich melde mich gleich noch mal.« Sie drückte den Aus-Knopf.

»Zum Bahnhof?«, fragte er sie.

Sie schüttelte den Kopf, was er im Rückspiegel registrierte, denn sie hatte – so unmotiviert wie unsinnig und ebenso spontan, wie sie den Entschluss zum Umkehren getroffen hatte – einen Plan gefasst: »Ich gehe ins Hotel. Bringen Sie mich in die Villa Kennedy!«

»Okay.«

Über eine umständliche Seitenstraßenzufahrt gelangten sie zum Ziel. Der Doorman öffnete Julia den Wagenschlag, fragte, ob sie Gepäck habe, was sie verneinte. Der Fahrer stieg aus, und sie verabschiedeten sich freundlich und förmlich voneinander. Dann ging Julia die Eingangsstufen hoch. Die Villa Kennedy war ihr Lieblingshotel in Frankfurt. Es verband für sie auf eine einzigartige Weise die altmodische Pracht einer Jahrhundertwendevilla mit dem Reichtum italienischer Hotelleriekultur.

»Herzlich willkommen zurück in der Villa Kennedy, Frau Kilchberg! Hatten Sie eine gute Anreise?« Die Rezeptionistin wartete die Antwort gar nicht erst ab, sondern starrte bereits auf den in ihrem abgesenkten Desk eingelassenen Bildschirm und gab kurz ein paar Befehle ein, weshalb Julia die Freundlichkeit etwas einstudiert vorkam.

»Ich kann Ihre Reservierung gar nicht …«, sie sah auf, »… finden.«

»Nun, ich habe gar keine. Eine spontane Eingebung sozusagen. Ich wollte es aufs Geratewohl versuchen.«

»Einen Moment, bitte.« Die Hotelangestellte verschwand hinter einer mit getöntem Glas abgedunkelten, halben Wand, wo sich ein Arbeitsplatz befand, an dem eine Kollegin saß.

Julia sah sich um. Die Halle war meterhoch, aber verwinkelt. In einem Wanddurchbruch standen in großen, dunklen Porzellanvasen herrliche Blumengestecke. Auf der gegenüberliegenden Seite der Rezeption, vor einer reichgeschnitzten Eichenholztreppe, befand sich das Empfangspult des Concierge, an dem eine Amerikanerin sich gerade den Weg zur Alten Oper erklären ließ. Ein Glasfenster zur Linken Julias gab den Blick frei auf den tiefer gelegenen Innenhof mit Wasserläufen, Sitzgruppen und gewaltigen Tontöpfen, in denen sich Palmen im Herbstwind wiegten. Kein Mensch war draußen, es war einfach zu kühl.

Die Rezeptionistin kam zurück: »Wie lange möchten Sie bleiben?«

»Eine Nacht«, antwortete Julia.

»Dann habe ich ein schönes Upgrade für Sie, Frau Kilchberg. Zimmer 214 im zweiten Stock. Möchten Sie, dass ich Sie begleite?«

Nun lächelte Julia, sehr zufrieden: »Danke, ich kenne ja den Weg.«

Sie erhielt die Zimmerkarte und ein Informationsheftchen: »Dann wünsche ich Ihnen einen schönen Aufenthalt.«

Julia nickte, ging den Gang hinunter, vorbei an einer Lounge, in der drei Araber in ein Gespräch vertieft bei Tee zusammensaßen, zu den Fahrstühlen und fuhr hinauf. Ihr Zimmer hatte eine Terrasse zum Innenhof, und Julia öffnete die Flügeltüren. Der Raum duftete frisch, und das Beste daran war das mit weißem italienischem Leinen bezogene Bett, das zu rufen schien: Wirf dich auf mich. Julia konnte einfach nicht anders, kickte ihre Schuhe weg, streckte sich auf dem Bett aus und sah minutenlang zur Zimmerdecke hoch.

Du musst verrückt sein, dachte sie. Frank wartet auf dich, ihr wollt in deinen Geburtstag hineinfeiern. Was willst du hier? Alleine? In diesem Kasten?

Eine andere Stimme in ihr gewann die Überhand. Es ist dein Fünfzigster, dein Leben, deine Entscheidung. Nie kannst du mal allein sein, nur für dich. Immer bist du von

Menschen umgeben. Und immer wollen diese Menschen etwas von dir. Genieße mal die Ruhe, lass dich verwöhnen, denk über dich nach. Über alles, was war und was vielleicht kommen wird, und sage ja zu deinen Verrücktheiten.

Julia setzte sich auf, wählte auf ihrem Handy Franks Nummer und wartete, bis er ranging. Er hatte eine eigenartige Angewohnheit: Wann immer man ihn anrief (und sei die Sache auch noch so dramatisch), er ließ einen nie den Grund dafür erklären, sondern übernahm sofort die Gesprächsführung, tat so, als wäre er es gewesen, der sich gemeldet hätte. Aus dem Stand drehte er die Situation einfach um. Zum einen war das seiner Denkweise als Anwalt geschuldet. Jeder Tag im Leben des Dr. Frank von Parlin war ein Prozesstag. Jedes Gespräch eine Verhandlung. Jedes Gegenüber ein Mandant, ein Ankläger, ein Richter. Zum anderen war Frank es gewohnt, effizient zu sein. Das Leben ist kurz, man musste alles auf einen Punkt bringen, so schien er zu denken. Einen möglichst klaren Punkt, um den sich alles zu drehen hatte. Ja, der Punkt, das war Julia bewusst, der Punkt war er selbst. Frank war ein feinsinniger, hochintelligenter, weltläufiger Mann. Ein feinsinniger, hochintelligenter, weltläufiger Egoist.

»Schatz, gut, dass du anrufst«, sagte er. »Also Folgendes: Ich bin noch im Büro. Ich stecke mitten in einem komplizierten Sachverhalt. Ich will eine Anklageschrift diktieren, die sofort rausmuss. Nimm dir einfach ein Taxi vom Flughafen, fahr zu mir, warte. Ich bin gegen sechs spätestens da. Okay?«

»Nee«, antwortete Julia.

Pause.

Er schien eine Sekunde lang ratlos zu sein, glaubte vielleicht, sich verhört zu haben.

»Frank, mein Flug ist storniert. Der nächste geht erst in Stunden, und ob ich da einen Platz bekomme, ist ungewiss. Deshalb habe ich mich entschlossen, hierzubleiben.«

Er lachte auf. Sie kannte seine hektische, meckernde, oft bösartig klingende Art zu lachen nur zu gut. So lachte er, wenn ihm etwas nicht passte.

Sie insistierte: »Nein, wirklich, ich sitze bereits im Hotel und bleibe über Nacht. Morgen nehme ich die erste Maschine. Dann sehen wir uns. Und feiern.«

»Das ist allerdings eine Überraschung.«

»Sei mir nicht böse.«

»Soll sich meine Ingrid um einen anderen Flug kümmern?«

»Nein, das hat Brigitte schon versucht. Ich bleibe in Frankfurt. Es ist so entschieden. Tut mir leid.«

»Du willst wirklich allein in deinen Geburtstag hineinfeiern?«

»Mach keine große Sache draus, Frank.«

»Ich mache keine große Sache daraus, Schatz. Ich finde es nur … nun … ungewöhnlich.«

»Warum nicht mal etwas Ungewöhnliches tun?«

»Wenn das dein Wunsch ist …«

»Ja, ist es.«

»Gut. Wir telefonieren.«

»Fein. Bis später.«

»Ende.« Er legte auf.

Julia hielt das Handy an ihr Ohr, als erwarte sie einen Satz des Bedauerns. Es kam nichts mehr. Die Leitung war tot. Sie wählte erneut, instruierte ihre Sekretärin, ihr einen Platz in der morgigen Frühmaschine zu buchen, ging in das mit Sandstein ausgeschlagene elegante Bad, schnupperte am Molton-Brown-Duschgel, ließ sich Wasser ein, entkleidete sich und nahm ein Bad. Dann fuhr sie mit einem Taxi in die Innenstadt und kaufte sich in einer Parallelstraße zur Fressgasse verschwenderisch teure Wäsche, einen Badeanzug, einen Pyjama, eine schlichte weiße Bluse aus Seide und eine Khakihose, dazu dunkelbraune Slipper und einen Gürtel mit Kroko-Prägung. Sie wollte nicht sparen, sie wollte Geld ausgeben. Sie konnte es sich leisten. Gerade, weil es einmal ganz anders gewesen war. Weil sie Armut kennengelernt hatte und nach dem frühen Tod des Vaters von ihrer Mutter zur Bescheidenheit erzogen worden war, liebte sie die gelegentlichen Ausbrüche von Verschwendung.

Gegen halb acht kehrte Julia ins Hotel zurück, ging zunächst ins Spa, um im Pool ein paar Runden zu schwimmen, zog in ihrem Zimmer ihr neues Outfit an, fühlte sich gut und ging mit leichtem Schritt hinunter an die Bar. Sie bestellte beim Barkeeper einen Wodka ihrer Lieblingsmarke und leerte das eiskalte Glas in einem Zug. Der Barkeeper schien ihr Anerkennung zu zollen, während im Hintergrund ein Klavierspieler sentimentale Töne anschlug, die ruhig und stark durch den Raum schwebten, wie Möwen im Wind.

»Fly me to the moon …«

Ach Gott, »Fly me to the moon« war Hannes' Lieblingssong gewesen. Sie hätte jede Zeile mitsingen können, und innerlich tat sie es auch, während nur das zarte Tippen ihres Fußes gegen den Barhocker sichtbar war.

»Fly me to the moon … and let me play among the stars … let me see, what spring is like on Jupiter and Mars … in other words: hold my hand, in other words: Darling, kiss me …«

Hannes sollte heute Abend neben ihr sitzen. Hannes. Der Kluge, der Schöne, der Ehrliche, der Fröhliche, der Mutige. Hannes, ihre große Liebe! Aber es ging ja nicht. Er war tot. Er konnte nicht an ihrer Seite sein, nie mehr. Das Schicksal, das verdammte, verfluchte, unberechenbare Schicksal hatte die Dinge anders gelenkt. Nun musste sie ohne ihn sein, und in manchen Momenten, die so waren wie dieser, brauchte es nur einen anscheinend unbedeutenden Anstoß, einen Ton, ein Wort, ein Bild, einen Duft, und alles kam blitzartig wieder hoch. Aus dem dunklen Raum in ihrem Inneren, in dem sie ihren Kummer verwahrte. Julia wehrte sich gegen dieses Gefühl von Melancholie. Nein, sie wollte diesen Raum nicht betreten. Sie zog die Tür hastig wieder zu.

»Noch einen?«, fragte der Barkeeper, der sonst nichts zu tun hatte, und deutete mit seinem Zeigefinger, dessen Kuppe mit einem Heftpflaster umwickelt war, auf Julias leeres Glas. Sie nickte. Während er einschenkte, sah sie an ihm vorbei auf die Batterie von Flaschen und die Glaswand dahinter, und sie entdeckte ihr in Einzelteile zerlegtes Spiegelbild. Wie alt du bist, dachte sie, wie hässlich und abgekämpft und müde. Eine Frau von fünfzig Jahren, die hart und kalt und manchmal sogar bitter geworden war, die Leute entließ, ohne mit der Wimper zu zucken, weil es eben der Job verlangte; die nicht bereit war, Bettlern, denen es mit Sicherheit sehr viel schlechter ging, einen Cent zu geben. Ich hasse dich, Julia Kilchberg, du warst mal angetreten, diese Welt ein bisschen besser und gerechter werden zu lassen, und was ist herausgekommen? Du bist besser zu dir geworden, gerechter, selbstgerechter, du nimmst dir, was du willst, und gibst zu wenig und steckst voller Ansprüche, obwohl du alles hast. Ich habe alles, doch mir fehlt so viel.

Erneut wollte sie das Glas ansetzen, um ihr Selbstmitleid herunterzuschlucken, als sie einen Hauch von Vetiver wahrnahm und sah, wie hinter der Flaschenbatterie neben ihrem verzerrten Spiegelbild ein Mann auftauchte.

»Sie haben Ihren Mantel in meinem Wagen vergessen.«

Julia drehte sich zur Seite. Da stand der Chauffeur. Sie erkannte ihn nicht sofort wieder, denn er hatte sich umgezogen. Statt seines Anzuges trug er eine schmale Flanellhose, ein anthrazitfarbenes Streifenhemd und einen nerzgrauen Kaschmirpullover und sah jünger aus, als sie ihn in Erinnerung hatte.

»Ich dachte, ich bringe Ihnen den schnell noch vorbei. Heute Nacht wird Frost erwartet.« Er legte den Mantel auf den linken Barhocker neben sie, ging hinter ihr vorbei, um sich rechts von Julia zu setzen. »Darf ich?«

»Wenn Sie wollen.« Sie strich über ihren Mantel, fand dabei ihre Antwort etwas zu unterkühlt, gemessen an seiner Hilfsbereitschaft, und fügte hinzu: »Danke, das ist sehr nett von Ihnen. Was trinken Sie?«

»Was trinken Sie?«, fragte er zurück, als hinge seine Entscheidung von ihr ab.

»Die Dame trinkt Wodka«, antwortete der Barkeeper.

»Wodka! Kann ich, ehrlich gesagt, nicht ausstehen.« Dabei strahlte er und zeigte seine Zähne. Irgendwie hatte

Julia den Eindruck, als würde er sie herausfordernd ansehen.

Mit dem Grinsen und dem Gebiss kann der im Zirkus auftreten, dachte sie und sagte schmunzelnd: »Also dann: Ich lad Sie ein.«

»Sie müssen mich nicht einladen.«

»Kann es sein, dass Sie irgendwie ein bisschen kompliziert sind?«

»Ja. Sehr. Sehr kompliziert.« Er lachte kurz auf und studierte dann in Ruhe sämtliche Flaschen, um schließlich ein Glas Riesling zu verlangen.

»Okay, für mich auch«, erklärte Julia.

Sie stießen an, tranken, schwiegen einen Moment, lauschten der Musik und lächelten sich zu.

»Prima, der Wein«, konstatierte er und schob erst die Pullover- und dann seine Hemdärmel hoch. Julia betrachtete seine sportlichen, behaarten Unterarme. Sie stand auf Männerunterarme.

Zwei Wodka, ein Glas Weißwein – Julia war eine gute Trinkerin, wenn es darauf ankam, aber die letzten Tage – die Vorbereitungen für ihre Rede, die Kündigung Karlas, der bevorstehende Geburtstag – hatten ihre Konstitution geschwächt. Sie merkte, wie ihr der Alkohol zu Kopf stieg. Ein lange nicht mehr gespürtes Gefühl von Berauschtheit stieg unvermittelt in ihr hoch. Es kam Julia so vor, als hätte sie in der letzten Zeit, ach, wie lange schon!, nur noch funktioniert. Gut funktioniert selbstverständlich. Keine Klagen. Aber eben nur funktioniert. Sie dachte: Wow! Ich sitze wieder am Steuer meines eigenen Lebens. Geht doch. Macht sogar Spaß. Man muss es einfach nur tun …

»Wie heißen Sie überhaupt?«, fragte sie ihn.

»Sorry, wie unhöflich … habe ich total vergessen … ich heiße Kay. Kay Hanau.«

Normalerweise hätte er ihr wie jeder andere die Hand entgegengestreckt, so, als seien sie sich eben erst begegnet und müssten sich begrüßen. Er tat es nicht. Auch das gefiel ihr. Julia schoss durch den Kopf, dass sie zu der Generation gehörte, die noch gut erzogen worden war, und der Benimmregeln und Konventionen zwar oft spießig vorgekommen waren, die sich trotzdem stets daran gehalten hatte. Manchmal aus Freude, manchmal als Geländer, das Halt gab, oft nur aus Gewohnheit. Man hielt einer Frau seine Hand nicht hin, außer zum Geleit. Man wartete, bis die Frau einem die Hand entgegenstreckte, dann ergriff man sie. Ob er das wusste? Oder ob er einfach keine Lust hatte zum Händeschütteln?

»Jetzt müssen Sie mir Ihre Hand geben«, sagte er, »damit wir das Ritual des Vorstellens«, er stoppte kurz und lachte über seine Äußerung, »… formvollendet abschließen können.«

Julia lachte auch.

Sie schüttelten sich die Hände: »Julia Kilchberg.«

»Ja, ich weiß«, erklärte Kay und nippte an seinem Wein.

»Klar, Ihr Dienstplan. Da steht ja genau drauf, wen Sie fahren müssen, wann und wohin.«

»Genau genommen verlasse ich mich nicht nur auf meinen Laufplan«, führte er aus. »Ich informiere mich ganz gerne vorher selbst, zum Beispiel über das Internet.«

»Informieren? Worüber?«

»Mit wem ich es zu tun habe.«

Sie sah ihn forschend an, während er weitersprach.

»Bei Ihnen zum Beispiel weiß ich, dass Sie Abteilungsdirektorin für Geschäftskredite sind, beim Bankhaus Kremer – Hauptsitz hier in Frankfurt. Niederlassungen in Berlin, wo Sie arbeiten und vielleicht einmal die Chefin werden, in Zürich und in Lugano, in London und in Dubai, seit sich die Inhaberfamilie vor drei Jahren mit einer Bank aus den Arabischen Emiraten assoziiert hat.«

Julia war überrascht, unterbrach ihn nicht, während er sein Wissen weiter abspulte.

»Sie sind den beiden Erben, den jetzigen Anteilseignern und Geschäftsführern, Bertram und Reinhold Kremer direkt unterstellt, führen eine Gruppe von sechzig Mitarbeitern, haben eine Sekretärin, die Brigitte Eich-Hellmann heißt, und eine Assistentin namens …«

Nun stoppte sie ihn: »Hören Sie auf.« Julia legte Kay Hanau die Hand auf den Unterarm und hätte sie am liebsten dort liegen gelassen.

Er zog seinen Arm weg: »Sorry, ich will mich nicht wichtigtun. Aber das ist eben so mein Prinzip: Informiert zu sein. Soweit es geht.«

»Warum wollen Sie das?«

»Sie denken: Was geht es einen Fahrer an, wen er fährt?«

»Ich find's einfach nur erstaunlich.«

»Es ist praktisch. Und es hat sich bewährt. Ich kurve ja Leute nicht immer nur durch die Stadt. Manchmal jemanden zum Beispiel von Frankfurt nach Köln. Da sitzt man über eine Stunde unter einem Dach sozusagen. Manchmal entstehen dann Gespräche. Da will ich antworten können. Bescheid wissen. So halt.«

»Verstehe. Finde ich gut. Was wissen Sie noch über mich?«

»Dass Sie morgen Geburtstag haben.«

Julia unterbrach Kay: »Wie haben Sie das denn rausgekriegt?« Im selben Moment begriff sie. »Logisch, ich habe ja deswegen mit meiner Sekretärin telefoniert.«

Wieder einmal wurde ihr bewusst, wie indiskret man inzwischen mit sich selbst in der Öffentlichkeit geworden war. Sie hasste es, anderen beim Telefonieren zuhören zu müssen, intimste Dinge zu erfahren, die einen nichts angingen. Deswegen vermied sie, soweit es ging, ihr Handy dort zu benutzen, wo viele Menschen um sie herum waren.

Kay Hanau trank sein Glas leer, stellte es mit Nachdruck auf den Tresen und sprang vom Barhocker: »Jetzt halten Sie mich wahrscheinlich für indiskret. Ich habe Ihr Gespräch nicht bewusst belauscht. Es ließ sich aber gar nicht vermeiden zu hören, was Sie sagen.« Er wollte sich verabschieden. Julia hielt ihn zurück. Unversehens hatte sie Lust, den Abend mit ihm zu verbringen. Sie stand auch auf, nannte dem Barkeeper ihre Zimmernummer, damit er die Drinks auf die Rechnung schreiben konnte, und wandte sich an den Restaurantchef mit der Bitte, im Innenhof für zwei Personen einzudecken. Dass es zu dieser Jahreszeit in den Abendstunden draußen keinen Service gäbe, wagte der Mann nicht zu sagen. Seine umständlich formulierte Frage, ob es ihr nicht zu kalt sein könne, fegte sie mit einer solchen Bestimmtheit vom Tisch, dass er schon wenige Minuten später alles mit einem Leinentischtuch, Gläsern, Silberbesteck, Porzellan und Windlicht herrichtete. Julia führte Regie und winkte zwei weitere Kellner heran. Sie ließ sich wärmende Decken geben und einen Heizstrahler heranrollen, die Menükarten bringen und eine Flasche Champagner servieren, bestellte zwei Salate und für jeden etwas gegrillten Fisch. Als das Essen endlich kam, tranken und aßen sie in Ruhe und mit Genuss und unterhielten sich angeregt.

Julia erfuhr, dass Kay im Bremer *Parkhotel* eine Ausbildung zum Hotelkaufmann absolviert und dann an der Rezeption des *Frankfurter Hof* gearbeitet hatte, bis Reinhold Kremer ihn kennenlernte und ihm eine Anstellung am Empfang der Bankniederlassung anbot, die Kay annahm. Die eintönige Arbeit gefiel ihm nicht. Er wollte kündigen. Da er Autos liebte und gelegentlich den Bankier gefahren hatte, gab dieser ihm einen Posten als sein Privatchauffeur. Der neue Job machte ihm Spaß. Sie fragte ihn, warum er nicht im Hotelgewerbe geblieben sei.

»Man wird dort ausgebeutet, Frau Kilchberg, wirklich ausgebeutet. Harte Arbeit für zu wenig Geld.«

Sie hakte nach: »Aber die Karrierechancen …«

»Wissen Sie was? Sie werden sich wundern, wenn Sie das jetzt hören … ich bin eigentlich gar nicht so sehr an Karriere interessiert.«

Seltsamerweise gefiel ihr überhaupt nicht, das von ihm zu hören. Es passte nicht zu ihm, fand sie. Ja, sie war sogar etwas enttäuscht von Kay. Ein Mann, der keine Lust auf Erfolg hatte und keine Karriere machen wollte, wirkte unsexy auf Julia.

»Ich arbeite gerne. Ich arbeite viel«, erklärte er. »Aber die Karriere so im klassischen Sinne: Wo führt das hin? Man entfernt sich immer mehr von sich selbst. Man leiht sich Macht. Überschätzt sich, verändert sich, meistens nicht zum Vorteil.«

Julia musste daran denken, wie sie vorhin in der Bar gesessen, sich im Spiegel betrachtet und ähnlich kritische Überlegungen angestellt hatte.

»Schenken Sie Ihrem Leben genug Aufmerksamkeit?«, fragte er unvermittelt und sah sie ernst an.

Sie fühlte sich ertappt und reagierte deshalb barscher, als sie sein wollte: »Ich schätze, das ist meine Sache, oder?«

»Ich mache mir oft Gedanken über andere«, antwortete er ungerührt. »Nicht aus schäbiger Neugierde, wie Sie vielleicht denken mögen, sondern aus Empathie. Ich mag Menschen. Kann sein, dass ich dabei oft, vielleicht absichtlich, von mir weggucke, wenn ich den Blick auf mein Gegenüber lenke. Wissen Sie, es ist einfach so: Ich möchte immer alles in Ordnung bringen. Ich liebe Ordnung. Ich bin ein aufgeräumtes Zimmer. Ich plane gerne, mag, wenn ich weiß, was mich erwartet, und übertrage das auf mein Gegenüber. Am liebsten …« Er schwieg einen Augenblick, ließ seinen Blick über den Innenhof schweifen, der ihm mit einem Mal nicht mehr kalt und leer vorkam, sondern eher wie ein mystischer Ort. Er, allein hier draußen, mit einer schönen, klugen Frau, die ihm zuhörte und ihm Vertrauen schenkte – er fühlte sich wohl, hätte jetzt gerne seinen Stuhl neben sie gerückt und den Arm um sie gelegt.

»Am liebsten?«, wiederholte Julia.

»Am liebsten wäre ich für einen einzigen Menschen ganz und gar da.«

Der Wind hatte sich gelegt. Die Wolken am Himmel waren verflogen. Trotz der Großstadtlichter ließen sich ein paar Sterne erkennen. Der Mond, beinahe voll und rund, schob sich über dem Türmchen der Hotelvilla hervor und tauchte den Platz in ein weiches Licht. Julia war wie berauscht. »Am liebsten wäre ich für einen einzigen Menschen ganz und gar da.« Es war dieser eine Satz, der sie verzauberte. Wie wunderschön, wenn ein Mensch einen solchen Wunsch hat, dachte sie. Doch die strenge Julia in ihr erhob die Stimme und flüsterte giftig: Verlieb dich am Ende nicht in ihn, in einen jüngeren Mann, einen Romantiker, der dir etwas vorflötet, der weiß, welche Töne er anschlagen muss in dieser Nacht, der dich mehr durchschaut hat als du dich selbst. Von einem schönen Teller kann man nicht essen – denk an diesen Spruch deiner Großmutter. Du wirst mit ihm ins Bett gehen, und ihr werdet Spaß haben, und morgen wird das Erwachen grausam sein. Was glaubst du, wie er dich ansieht, wenn du neben ihm liegst, eben erwacht, ungeschminkt, die Haare nicht frisiert, der Parfümduft verflogen, mit Schatten unter den Augen? Er wird deine Falten zählen und damit nicht aufhören können. Er wird sich etwas ausrechnen, und er wird dich anlächeln und sagen: »Wann sehen wir uns wieder?« Ihr werdet beide lügen und auseinandergehen, und du wirst dich nicht wie fünfzig fühlen, sondern wie hundert. Du wirst ihn wiedersehen wollen, und er wird ja sagen, und du wirst für jedes liebe Wort am Telefon, jede nette SMS und jedes Treffen dankbar sein wie eine Verdurstende in der Wüste. Du wirst ihm einen Job geben, und er wird vergessen, dass er nicht auf Karriere steht, und dich beim nächsten Hahnenschrei verraten. Und das Leben danach, liebe Julia, wird bitterer, als du es dir jetzt vorstellen kannst. Und magst.

Trotzdem, unterbrach die kleine, sehnsuchtsvolle Julia, das ist kein Zufall, dass ich zum zweiten Mal meinen Mantel vergessen habe, dass er ihn mir gebracht hat, dass wir hier sitzen und seine Stimme mit einem Mal so leise, so zart, so vertrauensvoll geworden ist. Ich finde ihn süß, und er findet mich auch sympathisch. Er kann sich benehmen, er hat Herz, er sieht toll aus, und er riecht gut. Ich will sofort mit ihm raufgehen! Ich will, dass er mich in seine Arme nimmt und küsst und dass wir uns ausziehen und uns in dieses fantastische Leinenlaken legen und uns lieben bis zum frühen Morgen.

Doch die warnende Stimme siegte und entwarf vor Julias innerem Auge wilde Bilder voller Ironie und Wut. Wie bekloppt kannst du sein in deinem Alter, Julia? Dein Leben ist klasse, so wie es ist. Wohlgeordnet. Und wenn du ab und zu an Hotelbars deine sentimentalen fünf Minuten kriegst, ist das nur gut für dich und holt dich auf den Teppich zurück. Du hast einen Bombenjob, den perfekten Freundeskreis, und, by the way, einen Mann. Er ist mit seinen einundsechzig Jahren älter als du, er ist Vater, Lover, Freund in einem. Was willst du mit einem Jüngeren? Da sind die Probleme vorprogrammiert. Die Mädels um dich herum werden platzen vor Neid. Du wirst es genießen. Aber dann kommt der Alltag, der Stress, die Routine. Und du wirst ihn kindisch und unreif finden, und er dich zickig und kompliziert. Ihr werdet feststellen, dass ihr euch nicht gerecht werden könnt, weil die Unterschiede größer sind als die Gemeinsamkeiten. Er wird ausgehen wollen, wenn du erst spätabends nach Hause kommst und nichts anderes im Sinn hast, als die Pumps wegzukicken, dich aufs Sofa zu werfen und in die Glotze zu starren, bei einem Glas Rotwein. Er wird ständig essen wollen. Drei Gänge, große Portionen. Daheim und in Restaurants, während du – vor allem seinetwegen – auf deine Linie achten musst. Im Urlaub hat er Lust auf Club-Ferien, während du die kleinen, eleganten Hotels liebst. Seine Freunde passen nicht zu deinen Freunden. Am Ende werdet ihr einsam sein zu zweit. Du wirst seine Fehler entdecken und deine Schwächen umso mehr hassen. Und ihr werdet streiten und Kränkungen aufeinander niederprasseln lassen, vor allem auch deshalb, weil du Geld hast und er keines. Ein jüngerer Mann ist wie »Einfahrt verboten«, eine Einbahnstraße, ein Stoppschild.

Kay holte sie in die Wirklichkeit zurück: »Ich bin übrigens schwul, nicht dass Sie irgendetwas Falsches denken«, sagte er beiläufig.

Julia hatte das Talent, sich augenblicklich auf neue Situationen einzustellen, ohne es sich anmerken zu lassen: »Das ist nett, dass Sie mir das sagen«, entgegnete sie mit einem Lächeln, »aber das ist ja nun rein Ihre Sache und nicht meine, oder?«

Er wurde verlegen: »Ich wollte nur nicht … wenn ich so was sage wie: Ich will für einen Menschen ganz und gar da sein … also, dass Sie denken, es wäre so etwas wie anbaggern. Ich meinte es rein beruflich. Es wäre mein Traum. Jemandem dabei zu helfen, sein Leben zu meistern.«

»Ich bin Julia.« Es kam ganz spontan und ganz selbstverständlich und warm, und es klang, als würde sie ihm vor allem sagen wollen, dass alles gut sei.

Nun musste er lachen: »Kay.«

Sie gaben sich noch einmal die Hände, hielten sich aneinander fest, dann beugte er sich vor, sie neigte den Kopf ganz leicht zur Seite, schloss die Augen und empfing einen Kuss auf die Wange, den sie erwiderte.

»Bestellen wir noch eine Flasche Wein?« Julia drehte sich zur Seite, sah durch die raumhohen Glasfenster nach drinnen, wo sich die zwei letzten Kellner und der Restaurantchef an der Kassenstation versammelt hatten und offensichtlich darauf warteten, endlich Feierabend machen zu dürfen.

Kay blickte auf seine Armbanduhr: »Es ist bald zwölf.«

»Oh!«

»Ich denke«, er stand auf, »es ist besser, wenn ich jetzt gehe.«

»Ach, und dann soll ich ohne dich anstoßen?«

»Ehrlich gesagt: Es war ein wirklich schöner Abend für mich, und ich bedanke mich herzlich, aber wir haben uns gerade erst kennengelernt, Julia, und ich fände es etwas übergriffig, mit dir deinen Geburtstag zu feiern. Ich bin einfach nicht gerne aufdringlich. Und ich finde, du solltest für dich sein.«

Im ersten Moment empfand Julia das wie eine kalte Dusche. Doch dann wurde ihr klar, dass er recht hatte. Schließlich war ihr Ursprungsimpuls gewesen, allein zu sein.

»Es sei denn …«

Julia stand ebenfalls auf. »Nein, nein, ist okay. Ganz in meinem Sinne.« Sie ging voran, unterschrieb drinnen den Rechnungsbeleg und gab ein großzügiges Trinkgeld. Er bedankte sich für die Einladung; sie brachte ihn bis an die Rezeption. Dort verabschiedeten sie sich voneinander, er wünschte ihr Glück, umarmte sie und verschwand.

Zügig begab sich Julia auf ihr Zimmer, machte es sich im Hotelbademantel bequem, nahm aus der Minibar unter dem Flatscreen, dessen integrierte Uhr in roten, kalten Ziffern die Zeit anzeigte, einen Piccolo heraus, goss den Sekt in ein Glas, setzte sich mit drei Kissen im Rücken auf das Bett, streckte die Beine aus und wartete, während sie das fröhliche Perlen der Kohlensäure beobachtete, darauf, dass es zwölf Uhr werden würde.

Fünfzig Jahre, dachte sie, mein Gott, wo ist die Zeit geblieben? Alles war so schnell gegangen, und so viel war passiert. Wie weit hatte sie sich von dem kleinen Mädchen entfernt, das sie einst gewesen war, und wie ähnlich war sie ihm zugleich noch immer, wie nah. Erinnerungen schwebten hoch wie Luftballons, an langen, dünnen Bändern, als ließen sie sich festhalten. Bilder aus der Vergangenheit. Die schöne badische Landschaft und überall Wälder, Rebstöcke in Reih und Glied, Wiesen; der Bach ihrer Kindheit, der sich hinter dem Haus am Ende des Gartens plätschernd durch das Gras zog; das Dorf mit seinen Gassen, in denen sie mit den anderen Kindern Verstecken spielte. Die Gasthöfe mit ihren sommers vollbesetzten Terrassen und winters dampfenden Schankstuben, in denen sie den Vater, einen jeden Tag von früh bis spät schaffenden Weinbauern, am Abend finden konnte, wenn die Mutter ihr auftrug, ihn zu suchen; wie er dann strahlte und »Mädle« rief und sie aus seinem grünen Glas einen Schluck Grauburgunder trinken durfte. Wie sie an seiner Hand hinaufstieg, um zu schauen, wie die Trauben standen. Und der letzte Satz von ihm, an den sie sich erinnern konnte, als er ihr, während sie an seinem Bett stand, über den Kopf strich, mühsam lächelnd, und ihr sagte, sie solle immer ein so fröhlicher Mensch bleiben. Das Himbeerpflücken in den hohen, duftenden Spalieren entlang des Gartenzauns; das Mittagessen in der Küche, wenn die Mutter Spätzle servierte, Einlaufsuppe oder Ofeschlupfer. Der tiefe Schnee, durch den sie mit ihren Klassenkameraden zur Schule stapfte; an Regentagen das versunkene Spielen unter dem Dachboden; im Frühling die Ausflüge mit der Mutter nach Baden-Baden, wo sie, mit baumelnden Beinen auf schnörkeligen, weißlackierten Eisenstühlchen sitzend, heiße Schokolade auf der Terrasse des *Café König* trinken durfte.

Julia musste an Hannes denken. Wie sie ihn in einem Straßencafé das erste Mal sah, als sie mit ihrer Freundin Kerstin dort herumhing und er sie nach Feuer fragte, mit seinem lustigen schweizerischen Akzent. Sie hatte ihm erklärt, dass sie nicht rauche, er aber hatte sich trotzdem zu ihnen an den Tisch gesetzt, nur noch Augen für Julia gehabt, nur noch mit ihr gesprochen, bis Kerstin einfach gegangen war. Stundenlang hatten sie miteinander gequatscht, er erzählte und erzählte und fragte und fragte, und ohne dass sie es merkten, war es Abend geworden und beide, nach einem Abendsonnenspaziergang durch das Tal entlang der Oos, nach Händchenhalten, nach einer Weile des Schweigens auf einer Parkbank und nach einem wundervollen Kuss, ein Paar. Einfach so. Als wäre es das Selbstverständlichste der Welt. Sie wurden untrennbar.

Plötzlich Berlin. Julia kam die Szene in den Sinn, als er sie abends auf einen Parkplatz hinter dem Kurfürstendamm bestellt hatte, einen riesigen, matschigen, leeren Parkplatz, auf dem, kurz vor dem Schließen, nur noch sein feuerroter VW-Transporter gestanden hatte, mit dem er tagsüber für eine West-Berliner Großreinigung Hotelwäsche ausfuhr. Es war schon fast dunkel, der Himmel schwarz, der Wind blies kalt von Osten her. Als sie vor dem Pritschenwagen, seinem »Bulli«, standen, hatte Hannes die Heckklappen geöffnet, und Julia traute ihren Augen nicht: Dutzende von Kerzen brannten dort, Teelichter und dicke Stumpenkerzen – ein Lichtermeer und Hunderte von Rosenblättern. Hannes zog aus seiner zerbeulten Arbeitshose zwei Sektgläser, nahm eine Flasche, die am Boden stand, ließ den Korken knallen und fragte sie, ob sie ihn heiraten wollte. Ja!, hatte sie ausgerufen, ja, ja, ja! Sie küssten sich, und in dem Moment brach ein Gewitter los, das sie beide nicht scherte. Im strömenden Regen tranken sie den billigen Sekt und waren glücklich.

Sie waren sich so nah gewesen! So nah, wie Julia niemals zuvor jemandem gewesen war, und nie mehr danach. So nah, dass sie einmal – da waren sie schon verheiratet und lebten zusammen in ihrer romantischen Studentenbude – seine Spuren suchte, als Hannes für ein paar Tage nach Hause in die Schweizer Berge gefahren war. Julia hatte sein Tagebuch entdeckt, dass er »Nächtebuch« nannte, weil er zumeist nachts darin seine Gedanken und Erlebnisse aufschrieb. Sie las darin. Wunderbare Gedichte, seltsame Notizen, hinreißende Liebeserklärungen an sie und an das Leben. Danach schämte sie sich. Und entschied sich für die Flucht nach vorne: »Julia hat darin gelesen!«, schrieb sie unter den letzten Eintrag. Er sprach sie nie darauf an. Doch als sie wenig später wieder einmal während seiner Abwesenheit darin blätterte, fand sie den Satz: »Macht nichts. Ist recht so!« Fortan schrieb sie immer wieder etwas hinein, und er antwortete darauf. Es war wie stille Post. Ein Buch wie ein Liebesbrief, aus dem er ihr gelegentlich sogar vorlas.

Hannes. Was wäre, wenn? Sie wären noch immer verheiratet, und vielleicht hätten sie, wie er es sich immer gewünscht hatte, »einen Stall voller Kinder«. Kinder, die längst erwachsen, Kinder, die vielleicht selber Eltern wären, Kinder, mit denen sie beide gemeinsam diese Nacht hier und den darauffolgenden Tag, ihren Fünfzigsten, gefeiert hätten. Doch nun saß sie allein auf diesem Hotelbett in Frankfurt, mit einem Glas Sekt in der

Hand, während der Zeiger der digitalen TV-Uhr auf zwölf sprang, und die Welt drehte sich weiter, und nichts war passiert.

»Ich wünsch dir Glück, Julia«, sagte sie zu sich und trank einen Schluck. Da klingelte ihr Handy, das auf ihrem Nachttisch lag. Sie stellte das Glas beiseite, nahm das Handy, drückte die kleine grüne Taste und meldete sich.

»Happy Birthday, Schatz!«, sagte Frank. »Und keine trüben Gedanken. Fünfzig ist kein Beinbruch!«

Kapitel 2

Frank von Parlin hatte den *Grill Royal* verlassen und stand auf der Terrasse des Restaurants, auf der untersten Stufe einer breiten Treppe. Sie führte hinauf zur Friedrichstraße, über die der nächtliche Großstadtlärm rauschte. Es war so laut, dass Frank nicht verstehen konnte, was Julia antwortete. Genau genommen war es ihm auch egal. Er war betrunken und erfüllt von sich selbst. Frank war mit der Welt im Reinen. Seine Sozietät, die ihm mit drei jüngeren Kollegen gehörte, war eine der erfolgreichsten Medienkanzleien der Stadt. Seit seiner Scheidung lebte er mit Julia zusammen, glücklich, wie er fand. Zu seinen Söhnen – von denen der ältere, Wolf, als Fernsehproduzent in London lebte und der jüngere, Alf, als Arzt mit seiner Familie auf dem Land in Hessen – bestand ein gutes Verhältnis.

Frank, klein von Statur und mit einem unübersehbaren Bauch, den er mit Stolz vor sich hertrug, liebte das Leben. Er war geradeheraus, ein Kämpfer, der gern recht bekam, ein eitler Maßanzugträger mit leicht näselnder Stimme, kurzgeschorenem, silbergrauem Haar und einer Brille mit Goldrand, durch die seine Augen hervorblitzten wie Suchscheinwerfer. Frank spielte in seiner Freizeit Golf, war Mitglied in zahllosen Vereinen und blickte voller Stolz auf seinen großen Freundeskreis. Er liebte das Theater, die Oper, das gute Essen und teure Weine. Vor allem aber liebte er die Frauen. Wäre Julia nicht so ein starker, selbstbewusster Charakter gewesen, die es perfekt verstand, ihn und seine Eitelkeiten zu nehmen, er hätte sie, wo immer es ging, betrogen. Doch er respektierte sie über alle Maßen, er liebte sie. Frank hatte in ihr endlich seine Meisterin gefunden und war ihr treu ergeben.

Seine Gratulation war so pünktlich, als hätte er sich einen Wecker auf den Restauranttisch gestellt, und sie kam von Herzen. Er war unglücklich, dass sie nicht wie verabredet nach Berlin zurückgekommen war, und fühlte sich in diesem Moment, wo er allein draußen stand, wie ein kleiner Junge vor dem Kindergarten, den seine Mutter vergessen hatte abzuholen. Aus der Westentasche seines Nadelstreifenanzugs hatte er die Uhr, die an einer schmalen, goldenen Kette hing, herausgezogen und sah auf das Zifferblatt, als wolle er sich vergewissern, dass es tatsächlich Mitternacht war. Er konnte kaum etwas erkennen, drehte sich leicht zur Seite, und das warme, gemütliche Licht aus dem Lokal fiel auf seine Taschenuhr.

»Ich hoffe, ich bin der Erste. Ich möchte ja immer der Erste in deinem Leben sein, das weißt du, Juli.« Er nannte sie Juli, wenn er sie besonders liebte. »Du versäumst etwas heute Abend.« Sein Blick verfinsterte sich, und er steckte seine Uhr wieder weg. »Leider. Ich hatte nämlich eine Überraschung für dich vorbereitet.« Er fing sich. Er wollte ihr keine Vorwürfe machen. Nicht heute Nacht. »Unsere hundert engsten Freunde …« Er lachte über seinen Scherz. Frank liebte seine eigenen Scherze. »Quatsch … dreißig … es sind dreißig mit mir, und alle sind gekommen, in den Grill, du weißt. Und alle wollten dich feiern. Sei nicht traurig.« – Sie war überhaupt nicht traurig. – »Wir haben dich gefeiert, Juli. Wie eine Königin! Ein herrlicher Abend, auch ohne dich.«

»Das hört man gerne.«

»Was?« Er horchte in sein Handy, ging die Stufe hinunter, um etwas Schutz vor dem Wind zu haben, und blickte über die Brüstung auf das schwarze Wasser der Spree. Ein Ausflugsdampfer zog vorbei. Er war gleißend hell erleuchtet, und man konnte an Bord eine Gruppe von Geschäftsleuten erkennen, die sich trunken zusammengerottet hatten, um zwei Frauen zuzusehen, die gefährlich wankend auf Stühlen tanzten, ihre Röcke hochraffend und schwenkend. Auf der gegenüberliegenden Uferseite fuhren die letzten Touristenbusse davon und gaben den Blick frei auf ein 70er-Jahre-Hotelhochhaus und die renovierten Fassaden der Jahrhundertwendegebäude. Im Hintergrund leuchtete die Museumsinsel.

»Wir hatten besprochen, dass du nichts organisieren sollst, Frank. Damit habe ich überhaupt nicht gerechnet. Jetzt machst du mir ein schlechtes Gewissen.«

»Ich sage doch gerade: Ärgere dich nicht. Wir haben es schön. Das Essen ist wunderbar. Und der Wein erst!« Er fing an zu singen. »Wunderbar, wunderbar, diese Nacht, so sternenklar.«

»Sag mal, Frank, bist du betrunken?«

»Was hast du gegen ein Ständchen?«

»Ich frage nur, ob du betrunken bist.«

Er antwortete darauf nicht. »Die Hofers sind gekommen, extra aus Baden-Baden. Gunther ist da, die Schwechows, Fanny, ohne Stefan allerdings. Kannst du dir ja denken, was da wieder mal los ist. Bongo, Albert, ach ja, und Renate Brandt. Alle hier. Alle deinetwegen hier. Aber das konntest du natürlich nicht wissen. Fanny wollte übrigens auch gleich gratulieren. Ich habe ihr gesagt, ich fühle erst einmal vor. Ich wusste ja nicht, ob du vielleicht schon schläfst.«

Frank ging, während er sprach, die Terrasse entlang. Er hatte am Ende des Lokals einen langen Tisch reservieren lassen. Heftig klopfte er gegen die Fensterscheibe, um Fanny herauszuwinken, doch sie und die anderen bemerkten ihn nicht. »Was machst du überhaupt?«, wollte er wissen.

»Ich höre dir zu«, antwortete sie, und es klang schnippischer, als sie es meinte.

»Schlechte Laune?«, hakte er nach, und als sie wieder nicht antwortete, fuhr er fort: »Gibt gar keinen Grund. Wir beide, wir feiern morgen schön, ich habe nämlich noch eine Überraschung für dich. Wann landest du?«

»Frank, meine Güte, das ist jetzt die fünfte Frage in drei Minuten. Du überforderst mich. Es ist tief in der Nacht, ich hatte einen anstrengenden Tag, es ist mein Geburtstag, und du bist schon wieder drauf, als spielten wir ›Zeugin der Anklage‹. Ich habe absolut keine Ahnung, wann ich fliege, ich müsste es heraussuchen. Dazu habe ich nun wirklich keine Lust. Brigitte hat mich auf eine spätere Maschine gebucht, ich wollte endlich einmal ausschlafen. So gegen elf, glaube ich.«

»Abholen kann ich dich dann natürlich nicht«, erklärte Frank knapp. »Halte dich mal so ab vier Uhr nachmittags bereit. Ich hole dich bei dir zu Hause ab. Ist dir das recht?«

»Sehr.«

»Gut, dann schlaf schön, Juli, träum was Hübsches. Am besten von mir.« Er lachte ins Telefon. »Ciao, bis morgen. Ich liebe dich.«

»Ich dich auch, Frank, danke für deinen lieben Anruf.«

Julias Liebeserklärung hörte Frank nicht mehr, er schaltete sein Handy aus, verstaute es in der Hosentasche, atmete die erfrischende, kühle Nachtluft ein und ging in das Restaurant zurück. Die junge Frau mit den langen, blonden, glänzenden Haaren, die für den Empfang zuständig war und die jedem Mann im Grill auffiel, weil ihre schlanke Figur in einem aufreizend engen Seidenkleid steckte, kam auf High Heels geradezu majestätisch auf ihn zu, lächelte und fragte: »Guten Abend. Haben Sie reserviert?«

Frank war sprachlos. Vor vier Stunden hatte sie dasselbe zu ihm gesagt, und er hatte ihr erklärt, dass er von Parlin heiße, Stammgast seit der ersten Stunde sei und seine Sekretärin einen Geburtstagstisch für dreißig Personen gebucht habe. Ungerührt hatte sie in ihrem Reservierungsbuch, das auf dem Tresen lag, geblättert und nochmals nach seinem Namen gefragt.

Frank, von Kopf bis Fuß ein Gentleman, hatte, wie viele kleine Männer, die erfolgreich sind, eine Neigung zur Ungeduld und Überheblichkeit, besonders, wenn er das Gefühl hatte, sein Gegenüber sei ihm intellektuell so unterlegen, dass es zu einer Verlangsamung im Austausch von Informationen kam. »Hör zu, Mädchen, ich möchte jetzt sofort an meinen Tisch gebracht werden, sonst kriege ich einen Blutrausch. Wie viele große Tische sind heute reserviert? Wie viele Leute heißen von Parlin? Wie oft sind wir uns hier schon begegnet?«

Ohne sich provozieren zu lassen, lächelte sie weiter, ein eingefrorenes Lächeln, schnappte sich einen der vorbeilaufenden Kellner und sagte: »Maurice, bringst du den Herrn bitte an Tisch achtzehn?« Und dann fügte sie charmant hinzu: »Ich wünsche Ihnen einen schönen Abend!«

An diese Szene musste Frank denken, als sie ihn nun erneut ansprach, und deshalb ignorierte er sie und ihre

Frage und ging, wortlos und ohne sie eines weiteren Blickes zu würdigen, an ihr vorbei. Er drängte sich durch die vollbesetzten Tischreihen. Erst jetzt, nachdem er das Lokal wieder betreten hatte, fiel ihm auf, wie unglaublich laut es war. Je älter er wurde, desto mehr bevorzugte er Restaurants, in denen es leise war, in denen keine Musik dudelte, in denen man sich in Ruhe unterhalten konnte. Der *Grill Royal* bildete für Frank eine Ausnahme. Er liebte dieses Lokal, weil es ihm das Gefühl gab, jünger zu sein, als er war, und noch immer dazuzugehören. Doch so einen profanen Grund, die eigene Eitelkeit, hätte er niemals zugegeben. Stattdessen machte er sich vor, die Entscheidung, hier zu feiern, sei ausschließlich darin begründet, dass Julia den Laden so liebte.

Ein ständiges Murmeln, Reden, Lachen, Besteckgeklapper und Gläserklirren bildete den Klangteppich. Scheppernd flog einer Kellnerin vor dem Schaufenster zur Küche ihr Tablett zu Boden. Handys läuteten, klingelten, knarrten, hupten, bimmelten, sangen, geigten, rockten, bellten. Sie wurden eingeschaltet und ausgeschaltet, es wurde hineingesprochen und gehorcht, gelacht und geschimpft – ein Reigen, der niemals endete.

Am Tisch des Anwalts wurde seine Rückkehr nicht weiter registriert. Überall hatten sich Zweier-, Dreier- und Vierergruppen gebildet, und Frank, der sich wieder setzte und selbst Wein nachschenkte, drangen die unterschiedlichsten Gesprächsfetzen ans Ohr.

»Sie hat sich natürlich Botox spritzen lassen, guck jetzt nicht hin; zwischen den Augen, wenn sie von Peter sprach, da war immer diese Falte zwischen den Augenbrauen, was sage ich? Falte: Es war eine tiefe Furche. Weg. Alles glatt. Kinderpopo. Ich würde so was nie machen.

Entweder ein Mann liebt mich, oder er lässt es. Unbeweglich das Gesicht, wie eine Maske. Und sie leugnet auch noch. Weil sie eben von morgens bis abends lügt, diese Schlange. Ich kann sie nicht ausstehen, ich hasse sie. Gib mir etwas Gavi, danke, Darling.«

»›Die Kartause von Parma‹ zum Beispiel, Stendhal, nicht wahr, was ihm als modern ausgelegt wird, was ihn heute noch so gültig macht, zu einem Dichter der Weltliteratur, ist das Einbringen seiner selbst in den Text. Diese Wut gegen alle Ungerechtigkeit auf diesem Planeten, gegen die Reichen, die Ausbeutung, gegen alles und jedes, ein Wüten, nicht wahr, aufbrausend, ungebremst, oft ganz und gar unangemessen. Gegen das Verstümmeln der Bäume zum Beispiel ebenso wie gegen die Dummheit der Amerikaner. Es ist nichts weiter als … Bluthochdruck! Du lachst. Aber nicht nur, weil ich Arzt bin, interessiert mich Literatur unter dem Aspekt der Krankheit der Autoren. Lies einmal Bücher, die du gut kennst und die du magst, daraufhin, welche Krankheiten wohl den Schriftsteller plagten, inspirierten, ihn antrieben, blockierten, kleinmütig machten oder ihm Schwung gaben. Ich rede nicht nur von körperlichen Dingen, sondern auch von seelischen. Das Verrückte, das Übergeschnappte, das Durchgedrehte der Psyche, das Menschen dazu bringt, Künstler zu sein, zu malen, zu komponieren, zu schreiben. In den Büchern, mein Lieber, wirst du Erstaunliches finden, … Stendhal starb im Übrigen an einem Schlaganfall. Das wäre ihm bei mir nicht passiert. Sechzehn Milligramm Atacand Plus, und wir hätten die Sache im Griff gehabt.«

»Weil … du … süß bist … ich könnte dich vernaschen wie eine Praline … du bist das Süßeste, was mir je begegnet ist. Alles ist süß an dir, deine Augen, dein Lachen, die Grübchen, deine Ohrläppchen, wie du gehst, wie du hier sitzt, mir gegenüber, und mich ansiehst … warum stehst du jetzt auf, hey … warte, was ist denn nun los? Bist du doof? Du kannst mich hier doch nicht so sitzenlassen, mitten im Gespräch, als wäre ich ein blöder, alter Wichser. Janina! Du blöde Schlampe, komm sofort zurück … Ach, leck mich … Klaus, schieb mir mal den … Danke … Weiber … Hey, wen haben wir denn hier? So etwas Süßes wie Sie sollte sich nicht als Kellnerin verschwenden, bringen Sie mir einfach einen doppelten Brandy, Sie wissen schon, und dann setzen Sie sich zu mir, und dann sehen wir mal, wie wir den Rest des angebrochenen Abends verbringen …«

Frank war zufrieden. Die Party war ein voller Erfolg. Alle unterhielten sich prächtig. Er patrouillierte mit seinem Blick die ihm gegenüberliegende Sitzreihe entlang. Da war sein alter Studienfreund Hofer, der treueste aller Freunde. Sein neues Hüftgelenk machte ihm Schwierigkeiten, trotzdem waren er und seine Frau aus dem Badischen raufgekommen und hatten sogar einen selbstgebackenen Kuchen von Julias Mutter mitgebracht, der auf dem Geschenktisch nebendran prangte, zwischen Bergen von bunten Päckchen mit glitzerndem Papier, dicken Schleifen, Grußkarten. Neben den Hofers saß Renate, die bei ihm ein Jahr als Referendarin gearbeitet und mit der er während dieser Zeit – er war noch verheiratet gewesen – ein Verhältnis gehabt hatte. Nachdem die Sache beendet war, hatten sie zu seinem Erstaunen die Beziehung in eine Freundschaft umgewandelt. Bis heute kam sie zu ihm, wenn sie in ihrer Kanzlei juristischen Rat benötigte. Schwechows: Sie waren alt geworden nach dem tödlichen Autounfall ihrer Tochter. Max: Insolvent seit Sommer dieses Jahres, aber er ließ sich nichts anmerken. Inge: Verwitwet, trotzdem lachte sie über die albernen Witze von Hans-Günter, die Frank seit Jahren auswendig kannte, so oft wiederholte er sie, gegen das Alter und die Schwäche in seinen Knochen. Frank seufzte. Wie hatte seine Mutter früher immer gesagt? Unter jedem Dach ein Ach.

Jemand legte die Hände auf seine Schultern. Er drehte sich um und schaute hoch.

Fanny stand hinter ihm. »Und?«, fragte sie. »Hast du sie nicht erreicht?«

Er stand höflich auf, bot ihr seinen Stuhl an, doch sie wollte lieber stehen bleiben.

»Ich soll dich herzlich grüßen«, erklärte er.

»Aber ich wollte sie auch sprechen, ihr gratulieren, Frank!«

»Ich habe draußen gestanden, wegen des Lärms, und gegen die Scheibe geklopft. Du hast mich nicht gehört.«

»Schade.« Sie wirkte mit einem Mal, trotz ihres eleganten Outfits, ihrer perfekten Frisur und des sorgfältig aufgetragenen Make-ups müde und abgespannt.

»Dir geht es nicht gut, oder, Fanny?«

»Lass uns nicht davon reden«, bat sie, nahm seine Hand, zog ihn an einen eben frei gewordenen Vierertisch und setzte sich mit ihm dorthin. Dann schüttete sie ihm ihr Herz aus. Frank war ein wunderbarer Zuhörer, besonders bei schönen Frauen. Und Fanny war eine schöne Frau. Sie hatte rote Haare, die sie hochgesteckt trug und die einen eindrucksvollen Kontrast zu ihren grünen Augen bildeten. Die Flügel ihrer würdigen Nase bebten leicht, und ihr geschwungener Mund bewegte sich anmutig flink, während sie wieder einmal ihr Leid klagte. Über Stefan, der die Scheidung wollte, weil er sich in der Charité, wo er als Chirurg arbeitete, in eine Kollegin aus der Onkologie verliebt hatte, eine Jüngere natürlich, wie Fanny bitter konstatierte. Frank bedauerte sie. Im Haus ihres Leids stiegen sie von Etage zu Etage herab, bis es nicht mehr tiefer zu gehen schien. Er nickte andächtig, schüttelte gelegentlich den Kopf, vermied es, ungefragt Ratschläge zu geben, denn auch das hatte seine Mutter ihm immer eingebleut, weil sie unter der Kritiksucht ihres Mannes lebenslang gelitten hatte: Ratschläge sind auch Schläge.

Frank bestellte eine weitere Flasche und zwei neue Gläser. Es wurde eins, halb zwei, Viertel vor drei. Das Gespräch absorbierte die beiden. Nur gelegentlich unterbrachen sie es, um Gäste, die gehen wollten, zu verabschieden. Das Lokal leerte sich. Ein paar Versprengte saßen hier und da, an der Bar versammelte sich eine Gruppe hartnäckiger Nachteulen um einen der Besitzer des *Grill Royal* und brach immer wieder in Gelächter aus. Die Kellner räumten die Tische ab. Schließlich waren Frank und Fanny die Letzten. Es war halb vier.

»Oh, herrje, Fanny, nimm es mir nicht übel …«

Sie lachte auf: »Wir haben uns verquatscht!« Dann sah sie sich nach den Freunden um. »Wo sind die alle?«

»Schon weg.«

»Das ist mir jetzt peinlich. Ich habe dich derartig mit Beschlag belegt, blöd …«

»Kein Problem. Das musste jetzt mal sein.« Er fuhr ihr mit dem Zeigefinger zart über die Wange. »Aber nun gehen wir.«

Er verlangte die Rechnung, prüfte sie sorgfältig und zahlte mit seiner Kreditkarte. Als er aufstand, hielt sie ihn zurück. »Frank, ich möchte heute nicht nach Hause.«

»Nicht nach Hause?«

Sie schüttelte heftig den Kopf, fast wie ein störrisches Kind.

»Wohin dann, Fanny? Du willst doch nicht etwa ins Hotel?« Und als sie verneinte, ergänzte er väterlich: »Nun sei vernünftig. Es hat keinen Sinn, Stefan und den Problemen aus dem Weg zu gehen, indem du woanders übernachtest.«

»Die Mädels sind für ein paar Tage bei Stefans Eltern. Ich habe ihm gesagt, dass er heute Nacht machen kann, was er will, weil ich bei Julia bleibe, und ich fürchte, er hat seine … diese Frau bei sich.« Sie umschlang ihn. »Frank, ich kann das nicht, die Tür aufschließen und mich in mein eigenes Haus schleichen, nur …«

Er war Anwalt, er kannte das Leben, er begriff sofort: »Auch kein Problem. Dann schläfst du heute bei uns.« Er sagte sehr bewusst, obwohl er einen Schwips hatte, »bei uns« und nicht »bei mir«. Sie gab ihm zu seiner Überraschung einen feuchten Kuss auf den Mund und ließ ihn wieder los. Beide verließen das Lokal, nachdem sie besonders höflich, herzlich fast, vom Wirt verabschiedet worden waren. Auf der Treppe nach oben hakte sie sich bei ihm unter, und er merkte, dass Fanny ein wenig schwankte.

»Stürmische See oder Alkohol?«, fragte Fanny selbstironisch.

»Beides!«, antwortete Frank, und sie lachten überschwenglich.

Sie fuhren mit seinem Porsche, den er vor dem Friedrichstadtpalast geparkt hatte, nach Hause, obwohl sie warnte, er sei zu betrunken, um sich ans Steuer zu setzen. Er entgegnete, mit ein paar Weinchen intus fahre er besonders sicher, und wenn es Ärger mit der Polizei gäbe, wäre dies auch kein Problem, denn er kenne einen sehr guten Anwalt. Lachend kamen sie im Grunewald an.

Lilien erfüllten die Eingangshalle seines Penthouse mit ihrem Duft. Frank hatte einen Strauß mit fünfzig Stielen für Julia bestellt und sie von seiner Haushaltshilfe auf der der Lifttür gegenüberstehenden chinesischen Kommode in einer Silbervase arrangieren lassen. Er machte Licht. Zwei Dutzend Downlights überfluteten den blassblauen Teppichboden, die schiefergrauen Wände, an denen in schwarzen Rahmen japanische Zeichnungen mit Landschaften und Vögeln hingen, und die mit müdem Samt bezogenen Fauteuils, die links und rechts der Kommode standen. Deren roter Lack bildete einen prächtigen Kontrast zum Weiß der Lilienblüten, die sich Frank und Fanny entgegenzurecken schienen. Auf einer Säule aus Wengeholz saß ein Buddha, der ununterbrochen freundlich lächelte. Das blasse Rosa des Alabasters gab ihm Leichtigkeit und Würde zugleich. Frank hatte ihn auf einer Reise nach Thailand erworben. Der Buddha stammte aus Burma und war mehr als zweihundert Jahre alt. Frank war besonders stolz auf dieses Stück, das man so heute nicht mehr im freien Handel finden würde, wie er immer wieder erzählte, und das er »für 'n Appel und 'n Ei« erworben hatte, obwohl das Stück heute ein paar tausend Euro wert war. Andächtig blieb Fanny vor dem Buddha stehen, und einen Moment lang, während er seinen Autoschlüssel auf das Silbertablett auf der Kommode legte, glaubte Frank, sie würde beten.

Er legte den Arm um ihre Schulter. »Schlafen, hm?«

»Ja, gute Idee«, antwortete sie leise.

Er ging voran, sie folgte ihm durch den Flur, dessen Wände mit jadegrüner, italienischer Seide bespannt waren. Am Ende des Flures gingen drei Türen ab. Eine führte in Franks Schlafzimmer, die linke in das Gästezimmer, die rechte in sein Büro. Er öffnete die Tür zum Gästezimmer, dessen Bett immer frisch bezogen war, weil Julia gelegentlich dort übernachtete, wenn sie wieder einmal an Franks Seite nicht einschlafen konnte.

»Darf ich bei dir …?« Fanny blieb in der offenen Tür stehen. »Ich kann heute Nacht einfach nicht allein sein.«

Frank war verwundert über ihre offensive Frage, zögerte einen Augenblick, nickte schließlich, und so kam es, dass sie eine halbe Stunde später nebeneinander in seinem zwei mal zwei Meter Bett lagen und sich leise im Dunkeln unterhielten. Als sie sich in seinen Arm schmiegte und er ihren Atem an seinem Hals spürte, war er versucht, sie zu küssen. Wahrscheinlich erwartete sie das sogar. Er besann sich eines Besseren. Sie war eine Frau, die Kummer hatte, sie war die beste Freundin seiner Lebensgefährtin, und er war für sie da. Mehr daraus zu machen, verbot nicht nur der Anstand, was ihm letztlich egal gewesen wäre, sondern auch die Vernunft. Nachdem sie eingeschlafen war, zog er seinen Arm unter ihrem Kopf hervor, drehte sich zur Seite und dachte an Julia.

Julia wachte am nächsten Morgen sehr früh auf, bestellte sich einen Kaffee und ein Croissant aufs Zimmer und überflog beim Frühstücken im Bett den Wirtschaftsteil der Zeitung. Danach duschte sie in Ruhe, schlüpfte in ihr neu erworbenes Outfit, packte ihre Tasche, zahlte und fuhr mit einem Taxi zum Flughafen.

Die Maschine landete pünktlich in Berlin. Das Wetter hatte sich über Nacht gewandelt. Es war ein strahlend schöner Tag. Mir zu Ehren, dachte Julia zufrieden. Das Herbstorchester spielte ein letztes Mal groß auf. Die Sonne wärmte. Frisch wehte der Wind. An den Bäumen leuchtete das Laub in allen Tönen zwischen Gelb und Rot. Am Bonhoeffer-Ufer, in Höhe des Charlottenburger Schlossparks, kamen sie in einen Stau. Auf dem Gehweg entlang des Spreekanals beobachtete Julia einen Mann von großer, durchtrainierter Statur – sie schätzte ihn auf Mitte zwanzig –, der mit einer Gruppe von fünf Kindern Ball spielte. Während das Auto im Stop-and-Go nur langsam vorankam, stürmte er parallel auf dem Fußweg los, blieb stehen, wartete lachend, bis die Kinder hinterherkamen. Julia scannte ihn von unten nach oben. Sneakers in Rot-Weiß, muskulöse Waden und Oberschenkel, schwarze, kurze Shorts, ein weites, weißes T-Shirt – viel zu oft gewaschen – mit dem verblassten Emblem eines amerikanischen Football-Vereins und einem tiefen V-Ausschnitt. Er hatte ein offenes, schönes, freundliches Gesicht von geradezu griechischem Zuschnitt, alles an ihm wirkte positiv und optimistisch und lachte förmlich. Julia kam einer ihrer Lieblingsromane in den Sinn, Fontanes »Vor dem Sturm«, dessen Hauptfigur »angelegt« war, »zu beglücken und glücklich zu sein«; sie dachte an »Kalle Blomquist«, an »Ferien auf Saltkrokan«, an »Michel aus Lönneberga«. Wie eine erwachsen gewordene Figur aus den Kinderbüchern Astrid Lindgrens. Seine Haare wehten, während er lief, sprang, warf, in langen, dicken, hellen Strähnen im Wind wie ein wogendes Feld von Kornähren. Mit einer flüchtigen Geste, so als wolle er einen Schwarm Schmetterlinge vertreiben, strich er sie sich aus dem Gesicht. Julia war bei dieser Geste wie gebannt, ja, sie erschrak fast ein wenig, denn sie kannte sie nur zu gut. »Alle meine Schmetterlinge scheuche ich in deinen Garten.« Das hatte Hannes immer zu ihr gesagt, wenn er ihr das Glück der Welt versprach. Eines Nachts, zu Studienzeiten, als sie in einem Fachbuch las, schrieb er ihr dieses Zitat von Else Lasker-Schüler auf einen Zettel und legte ihn ihr im Licht einer Arbeitsleuchte auf den Schreibtisch. Und während sie sich umdrehte, den Zettel in der Hand, strich er sich auf dieselbe Weise wie dieser Fremde die Haare weg und sah sie liebevoll, ohne etwas zu sagen, an.

Seit einiger Zeit musste Julia ständig an Hannes denken. Es verging kein Tag, an dem nicht irgendein Auslöser – eine Begegnung, eine Beobachtung, ein Wort – dazu führte, dass ihr diese große Liebe wieder in den Kopf kam. Dabei lag alles nun schon so lange zurück. Dreißig Jahre! Als sie nach ihrer ersten Begegnung in jenem Straßencafé beschlossen, Baden-Baden zu verlassen, um gemeinsam in Berlin zu studieren – er Kunstgeschichte, sie Wirtschaftswissenschaften –, hatte ihre Mutter sich mit aller Macht dagegen aufgelehnt. Ein Schweizer, eben einundzwanzig geworden, gerade mal sein Abitur in der Tasche, ein Schweizer, der nur zum Vergnügen mit ein paar Kameraden Deutschland bereiste und den Julia kaum kannte: ausgeschlossen! Zu dieser Zeit war Julias Vater, ein Weinbauer, lebensbedrohlich erkrankt. Die Sorgen der Familie, auch finanzieller Angelegenheiten wegen, waren groß. Es kam zum Streit. Ihre Mutter hielt den Zeitpunkt für falsch und Julia für zu jung, zu unerfahren, zu dumm. Sie lehnte es ab, Hannes kennenzulernen.

Nachdem Julias Vater gestorben und er beigesetzt worden war, entschloss Julia sich, einfach abzuhauen. Das Zusammenleben mit ihrer Mutter war unerträglich geworden, trotz der gegenseitigen Liebe, trotz der herzlichen, zupackenden Art, die Julia sonst von ihr kannte. Ihre Mutter kam Julia mit einem Mal verbittert vor und rechthaberisch. Vielleicht war es der Schmerz um den Verlust des Mannes, vielleicht echte Besorgnis um die Tochter.

Im Nachhinein dachte Julia oft, wie egoistisch sie doch gehandelt hatte; wie sehr dieser Egoismus aber auch ihr Glück war. Julia und Hannes flüchteten aus der Enge des Schwarzwalds, der dunklen Familiensituation und dem Druck nach West-Berlin. So schnell es ging, beschafften sich die besinnungslos Liebenden in der Schweizer Botschaft in der Tiergartenstraße die notwendigen Papiere und heirateten, als müssten sie fest besiegeln, was das Schicksal sonst gefährden könne. Nur sie und zwei Freunde aus ihrer Wohngemeinschaft nahmen an der Feier teil, denn auch Hannes' Eltern waren mit der Ehe nicht einverstanden. Julia erhielt durch die Heirat eine doppelte Staatsbürgerschaft. Sie fühlte sich mit einem Mal wie Rahm und Schokolade. Die schönste Zeit in ihrem Leben begann, trotz aller Schwierigkeiten und Widerstände.

Hannes war das, was ihr immer gefehlt und wonach sie sich während ihrer ganzen Jugend gesehnt hatte. Die Sonne. Der Motor. Das Herz. Er war Clown und Grübler, Beschützer und Herausforderer. Sie waren ein fleißiges Paar, fast spießig darin, ihre Ziele zu erreichen. Diszipliniert studierten sie, nahmen jeden Job an, der sich ihnen bot, um sich finanziell über Wasser zu halten – mehr schlecht als recht. In ihrer freien Zeit liebten sie sich, so oft es ging, diskutierten, lachten miteinander, gingen tanzen, gewannen Freunde. Es war kein einfaches Leben, und doch kam es Julia so leicht vor wie eine Feder im Wind.

Dann passierte das Unglück. Hannes war einer der Ersten, die das Laufen als Sport für sich entdeckten. Er war wie besessen davon. Jeden Morgen und jeden Abend lief er durch den Tiergarten. Er lief, wie er sagte, »um sein Hirn frei zu kriegen«. Er lief, damit sich seine Kondition verbesserte. Er lief um sein junges Leben. Hannes lief in den Tod. Bei der Luiseninsel, auf der kleinen, schmalen Brücke aus der Kaiserzeit, die über das zu Eis gefrorene Wasser führte, blieb er an jenem Dezembermorgen abrupt stehen. Ihm war schwindelig. Er umklammerte das Geländer. Rang nach Luft. Ging in die Knie. Sank zu Boden. Verlor das Bewusstsein. Krähen stiegen kreischend aus den kahlen Bäumen in den Himmel auf, wie zerrissene Leichentücher flatterten sie in der Luft, ehe sie gen Osten verschwanden. Still lag der Park. Eine Berlinerin mit Hund fand Hannes tot am Brückenpfeiler. Im Krankenhaus, in das er mit Blaulicht eingeliefert worden war, stellten die Ärzte fest, dass er einen Herzinfarkt erlitten hatte. Sein Herz, sein wunderbares Herz, sein kräftiges, gesundes Herz hörte von der einen zur anderen Sekunde auf zu schlagen. Es gab keine Hinweise zuvor, keine Warnzeichen, nichts.

Julia brachte seinen Leichnam nach Hause, in seinen Geburtsort Speicher im schweizerischen Appenzell. Sie trug ihn im Schnee zu Grabe, zu seinen Füßen das Tal, die Stadt St. Gallen, der schwarze Bodensee. Vom Dorffriedhof, auf dem die Kirchturmuhr zwölf schlug, zog die Trauergemeinde über den Bergkamm, Atemwölkchen wie Rauchzeichen in die eiskalte Luft ausstoßend, schweigend. Hannes' Eltern blieben stumm. Kein Wort des Trostes für die junge Witwe, der sie zum ersten Mal begegneten. Sie schwiegen am Grab, sie schwiegen auf dem Weg vom Friedhof zurück, sie schwiegen im Gasthof, dessen Fensterscheiben im Schankraum beschlugen, von den schwitzenden Menschen, die aßen und tranken und sich in Gesprächen, die lauter wurden, an Hannes erinnerten. Die Eltern schwiegen auch noch, als Julia den Vorortzug nach St. Gallen nahm, um mit der Eisenbahn über Nacht nach Deutschland zurückzukehren. Stumm drückten sie ihr die Hand, vom Kummer erfroren, den stillen Vorwurf in den Augen, dass Hannes noch leben würde, hätte er sie nicht kennengelernt.

Drei Wochen schloss sich Julia in ihrer Wohnung ein. Sie ließ den Jahreswechsel an sich vorüberziehen, sie wollte das neue Jahr nicht begrüßen, sie mochte sich von keinem ihrer Mitbewohner aus ihrem Zimmer locken lassen.

Eines Morgens endlich stand sie von ihrem Bett auf, wusch sich, zog sich an, eilte aus dem Haus, rannte auf die Straße, geblendet vom Winterlicht, hielt sich die Ohren zu, weil sie den Großstadtlärm nicht ertragen konnte, jagte, wie von allen Hunden gehetzt, in einen Supermarkt, wo sie aus dem Gemüseregal eine Zitrone riss, in sie hineinbiss, die bittere Schale kaute, die brennende Säure schmeckte, endlich wieder etwas spürte. Drei Wochen hatte Julia so gut wie nichts gegessen, wenig getrunken, nicht geweint. Nun stand sie in diesem Supermarkt, mit einer Zitrone im Mund, und Tränen liefen ihr über die Wangen. Ich muss eine lächerliche Figur abgegeben haben, dachte Julia später oft. Die Leute gingen an ihr vorbei, sahen sie an, als wäre sie nicht normal. Manche beobachteten sie aus dem Augenwinkel und taten so, als sähen sie Julia nicht. Irgendjemand zeigte mit dem Finger auf sie; ein alter Mann sprach heftig auf eine Verkäuferin ein, während er gestikulierend zu ihr hinüberdeutete.

»Was wisst ihr?«, schrie sie drei Mal hintereinander. »Was wisst ihr? Was wisst ihr?«

Das Ungewohnte ängstigt Menschen. Alle hielten sie offenbar für verrückt, keiner sprach sie an, man ging um sie herum, ohne sie zu fragen, ob sie Hilfe brauchte. Dann kam eine ältere Dame auf sie zu. Sie war elegant gekleidet, trug einen Persianerpelzmantel, eine übergroße Lederhandtasche und teuren Schmuck. Sie schob ihren Einkaufswagen direkt auf Julia zu: »Denn woll'n wir mal gehen, Kleene!«, sagte die Fremde, führte Julia zur Kasse, bezahlte die Einkäufe, packte die Lebensmittel in eine Plastiktüte, fasste Julia unter den Arm und brachte sie hinaus. Gemeinsam und ohne ein Wort zu wechseln, gingen beide die Straße hinunter, bogen um ein paar Ecken, bis sie, rechts vom Ku'damm in einer Seitenstraße, zu einem Jahrhundertwendehaus kamen, in dem die Dame wohnte. Sie gingen hinein, fuhren mit dem rumpelnden Fahrstuhl bis in den dritten Stock und betraten die riesige, vollgestopfte Altbauwohnung, die durch vier Schlösser, Ketten und Querriegel abgesichert war.

In der Küche setzte Julias Begleiterin einen Kessel mit Wasser auf, kochte Tee, dann nahmen sie am Küchentisch Platz, und nach dem ersten, kleinen Schluck sagte die Frau: »Nun erzähl mal …«, einfach so, als würden sie sich lange kennen und als müsste Julia mit ihrer Geschichte einfach dort ansetzen, wo sie beim letzten Mal aufgehört hatte. Und Julia erzählte. Dieser Nachmittag war der Beginn der wunderbaren Freundschaft zu Agnes Sommer, die noch heute, mit über neunzig Jahren, in ihrer Wohnung lebte und regelmäßig von Julia besucht wurde.

Eigentlich hatte Julia sich vorgenommen, nie wieder über diese Zeit nachzudenken, aber es war nun einmal ein Teil ihres Lebens, ein besonders wichtiger Teil, und wahrscheinlich musste sie einfach akzeptieren, dass mit dem Fünfzigsten auch das Bedürfnis einherging, zurückzuschauen. Sie warf erneut einen Blick durch das geöffnete Autofenster und sah den Mann, der sie zu ihrer Rückbesinnung inspiriert hatte, nun auf einen Spielplatz hinter einem dichten Grünstreifen am Ufer des Kanals marschieren, die Kinder hinter sich. Wie ein gut meinender Rattenfänger von Hameln, dachte sie noch, da war er auch schon mit seiner Truppe verschwunden.

Zu Hause zog Julia sich um, sortierte die Geburtstagspost, die ihr ihre Haushaltshilfe Ilse auf den Küchentisch gelegt hatte, hörte den Anrufbeantworter ab, der voll war von Glückwünschen, und checkte schließlich in ihrem Schlafzimmer, wo Julias privater Schreibtisch stand, auf dem Computer sämtliche Mails.

Ihre Wohnung war klein – zwei Zimmer unter dem Dach eines typischen Charlottenburger Mietshauses – und im Gegensatz zu Franks Penthouse schlicht eingerichtet. Julia liebte die Farbe Weiß in allen Nuancen. Weiß waren Küche und Duschbad, weiß waren die Wände (an denen keine Bilder hingen), weiß waren das Zweisitzersofa und die drei passenden Sessel, weiß waren die

Gardinen, auch im Schlafzimmer, mit seinen hellen Einbauschränken, dem cremefarbenen Bett, einem Arbeitsplatz und einem fetten, eierschalenfarbenen Sessel, der unter die Dachschrägen geschoben und Julias Lieblingsplatz zum Lesen und Träumen war.

Julia zog sich etwas anderes an, legte sich einen Moment aufs Bett und schlief sofort ein. Sie wurde von einem Klingeln an der Haustür geweckt. Ein Bote lieferte einen Rosenstrauß vom Bankhaus Kremer. Sie stellte die Blumen in eine weiße Glasvase und plazierte sie auf dem Glastisch vor dem Sofa. Das Telefon läutete. Julia war genervt. Am liebsten wäre sie nicht rangegangen, aber der Ton war so laut und klang so bestimmt, als dulde er keinen Widerspruch. Sie rannte in die Küche, wo das drahtlose Gerät auf der Anrichte lag, und nahm den Anruf entgegen. Es war Fanny, die ihr gratulierte.

»Ich hätte schwören können, dass du es bist, Fanny!«

»Können wir ab dem Fünfzigsten hellsehen? Dann fange ich jetzt schon mal an, mich auf dieses Datum in meinem Leben zu freuen.«

»Nee, du wirst lachen, aber mittlerweile bilde ich mir ein, am Klingeln zu hören, wer dran ist. Bei meiner Mutter: klagend. Bei dir: irgendwie fordernd …«

»Na, höre mal!«

»Bei Frank: lauter als bei anderen.«

Fanny lachte auf: »Kann es sein, dass du angefangen hast zu spinnen?«

»Ach, ist doch auch gar nicht wichtig, Fanny. Schön, dass du anrufst. Ich freue mich ja.«

»Ich wollte schon heute Nacht um zwölf, aber der Frank …«, Fanny machte eine Pause, »… hat es vermurkst. Jedenfalls weißt du, wie ich dich liebe und brauche und wie glücklich ich über unsere Freundschaft bin, Julia.«

»Ich auch, Fanny, ich auch.«

»Und dass ich dir und mir wünsche, dass es dir weiterhin rundherum gutgeht, dies neue Lebensjahr und all die vielen Jahre, ach, was sage ich: Jahrzehnte, die noch kommen. Glückwünsche auch von den Mädels und von Stefan.«

»Du bist lieb.«

Eine Weile plauderten die Freundinnen noch über dies und das – Julia erzählte von ihrem Missgeschick mit dem stornierten Flug und dem Aufenthalt im Hotel *Villa Kennedy* (ohne die Begegnung mit dem jungen Chauffeur zu erwähnen), Fanny vom Abend im *Grill Royal* (wobei sie das Ende der Geschichte, die Nacht bei Frank, komplett ausließ), dann drängte Julia darauf, zum Ende zu kommen, weil sie eine Verabredung mit ihrem Freund habe. Sie beschlossen, sich ganz bald zu treffen, nur sie beide, um bei einem Mittagessen oder einem »kleinen Prosecco« nachzufeiern.

Beschwingt legte Julia das Telefon beiseite. Das Gespräch mit Fanny hatte sie auf unerklärliche Weise erheitert. Auch wenn Fanny oft über ihr Leben und ihre Ehe klagte und deshalb bei ihren Begegnungen zumeist nur von sich sprach, so war sie doch eine originelle Person, eine kluge und unterhaltsame Frau und Julias engste Vertraute. Franziska Schiller, neun Jahre jünger als Julia, verheiratet, Mutter, Beruf Hausfrau, war so etwas wie der Gegenentwurf zu ihr, eine Komplementärfarbe, die perfekte Ergänzung, der krasse Gegensatz. Gleichwohl konnte Julia Fanny alles erzählen – auch wenn sie es nicht immer tat. Sie hatten zusammen gelacht und geweint, sich betrunken, in einem Bett übernachtet; Fanny hatte auf dem Klo gesessen, während Julia sich die Wimpern vor dem Badezimmerspiegel tuschte. Nächte hindurch konnten sie über vollkommen Unwichtiges reden. Bei der Geburt ihrer ersten Tochter war es Julia gewesen, die mit Fanny in den Kreißsaal gekommen war, weil Stefan auf irgendeiner Autobahn im Stau steckte. Fanny hatte für Julia Schonkost gekocht, als einmal ihre Galle verrücktspielte, Julia hatte mit Fanny die Badezimmerfliesen für ihr Haus in Kleinmachnow ausgesucht, Fanny hatte Julia zugeraten, sich auf diesen witzigen, wohlhabenden Anwalt einzulassen, obwohl er über zehn Jahre älter war als sie: Frank. Eine bessere Freundin hätte sich die eine wie die andere nicht wünschen können; die Freundschaft war ein Geschenk für beide, und Julia war sich dessen bewusst.

Punkt vier kam, wie verabredet, Frank. Er brachte eine Flasche Champagner mit und überreichte dazu den Strauß aus Lilien, der, wie Julia fand, eher nach einer Beerdigung aussah als nach einem Geburtstag. Er küsste Julia liebevoll, und sie freute sich, dass er da war. In diesem Moment waren sie wieder wie ein frisch verliebtes Paar. Sie leerten jeder ein Glas Champagner, saßen nebeneinander auf dem Sofa und unterhielten sich angeregt, lachten. Er tätschelte ihr Bein, sie strich ihm über die Hand und legte ihren Kopf an seine Schulter, während er weich durch ihr Haar fuhr und ihr zärtlich eine Liebeserklärung ins Ohr flüsterte. Julia holte rasch ihre Post aus dem Schlafzimmer, öffnete sie nach und nach, las ihm etwas daraus vor, vor allem die Zeilen ihrer Mutter, die in einem ungewöhnlich warmen Ton geschrieben waren. Es war eine innige, gemütliche Atmosphäre. Unvermutet sah

Frank auf die Armbanduhr, schlug mit den Händen auf seine Oberschenkel, als wäre das Zusammensein nun beendet, und sprang auf: »Juli, Abflug!«

»Frank.« Sie sah ihn groß an. »Wir haben es so kosig. Warum müssen wir denn jetzt weg?«

»Ich habe dir doch gesagt, dass ich eine Überraschung für dich habe.«

»Ich mag überhaupt nicht raus. Es ist so schön warm und kuschelig hier drinnen.«

»Wir sind nicht lange weg, Schatz. Heute Abend machen wir es uns fix fein gemütlich. Ich bestelle uns eine Pizza, und wir schlabbern einen schicken Wein und sind nur für uns. Ist das ein Vorschlag?«

Sie stand auch auf: »Na gut.« Sie folgte ihm in den Flur. »Da bin ich gespannt!«

Galant half er ihr in den Mantel, und sie musste an Kay denken. Nachdem Julia ihren Schlüssel vom Küchentisch geholt hatte, verließen sie die Wohnung, gingen die Treppe herunter, und jede Stufe knarrte unter ihren Füßen.

Mittlerweile war es kurz vor fünf. Es dämmerte. Frank eilte mit Riesenschritten voran. Er schien aufgeregt zu sein. Julia konnte ihm kaum folgen. Nach wenigen Minuten bogen sie von der Leibnitzstraße in die Sybelstraße ein. Vor einem Jahrhundertwendehaus mit üppigen Stuckaturen und kleinen Balkonen blieb Frank stehen.

Sie stellte sich neben ihn: »Und nun?«

»Nun gehen wir da rein«, antwortete er und drückte auf den untersten der drei Dutzend Messingklingelknöpfe am Hauseingang. Ehe Julia lesen konnte, welcher Name darauf stand, summte bereits der Türöffner. Frank machte auf und ließ Julia den Vortritt. Sie gingen die Marmorstufen des verspiegelten Eingangsbereichs hinauf und warteten im Hochparterre vor der linken Wohnungstür.

»Willst du mir nicht wenigstens einen kleinen Hinweis geben? Du weißt, ich hasse Überraschungen.«

Frank zeigte auf ein blankpoliertes Chromschild: »Rupert Andersen, Kunsthändler«, las Julia laut. »Öffnungszeiten nur nach Vereinbarung.« Darunter stand eine Telefonnummer. Julia schenkte ihr keine Beachtung, denn in diesem Augenblick öffnete sich schwungvoll die Tür. Eine Frau um die sechzig stand vor ihnen. Ihr leuchtend graues Haar hatte sie zu einer Banane eingeschlagen, was sie ebenso elegant wie ältlich aussehen ließ. Eine halbe Lesebrille rutschte ihr, während sie den Kopf fragend vorschob, von der spitzen Nase und wurde von ihr in offenbar geübter und sich immer wiederholender Hastigkeit hochgeschoben. Hinter ihrem linken Ohr steckte ein Bleistift, der Geschäftigkeit signalisierte. Auf Julia wirkte die Frau hochnervös. Sie war mager und trug ein schlichtes, altmodisch wirkendes Etuikleid zu flachen, braungrünen Sportschuhen. In einer Hand hielt sie ein drahtloses Telefon, unter dem Arm klemmte ein Notizbuch. Sie schien in Eile zu sein und schlechte Laune zu haben, denn angesichts der zwei Besucher verfinsterte sich ihr Blick. Sie erinnerte Julia an einen Dobermann.

»Guten Tag«, Frank war äußerst höflich. »Von Parlin. Frau Kilchberg und ich haben einen Termin bei Ihnen.«

»Hatten wir nicht vier Uhr gesagt?«, fragte sie bissig.

Frank überging auf seine unnachahmliche Weise den kritischen Subtext und lächelte charmant: »Wir dürfen?« Er schob sie beinahe zur Seite und betrat mit Julia die zu einer Kunsthandlung umgewandelte Altbauwohnung.

Die Frau schloss die Tür hinter ihnen. Sie standen in

einer Diele, deren hohe Wände mit Bildern zeitgenössischer Künstler gepflastert waren.

»Es ist nur so, dass Herr Andersen um diese Zeit immer mit New York telefonieren muss, verstehen Sie?«

»Ja, dann warten wir eben«, konstatierte Frank trocken.

»Sie können sich umsehen. Ich informiere Herrn Andersen. Kommen Sie bitte.« Sie ging voran durch ein Zimmer, das als Büro diente und dessen mit Auktionskatalogen und Aktenordnern vollgestellte Regale unter der Last zusammenzubrechen drohten, in die zwei Ausstellungsräume, die mit einer nun geöffneten Schiebetür getrennt werden konnten. Auch hier hingen Kunstwerke bis unter die Decke. Julia registrierte mit einem Blick, dass es sich um sehr wertvolle Gemälde handelte, und machte sogar eine Zeichnung des Pop-Art-Künstlers Andy Warhol aus, die ein paar Damenschuhe mit Schleifen zeigte. Die Frau ließ die Gäste zurück; während sie davonging, quietschten ihre Schuhe, und das Parkett knarzte.

»Frank, was soll das?« Julia sprach kaum hörbar und ungewöhnlich ehrfürchtig.

»Du musst nicht flüstern, Juli«, antwortete er laut und selbstbewusst. Dann lachte er auf: »Deine Wände sind zu weiß. Du brauchst endlich Bilder. Ich schenke dir eines.«

»Frank!«, rief sie überrascht aus.

»Du hast die freie Wahl. Was immer du möchtest: Du kriegst es.«

»Aber … aber …«

»Aber, aber?«, wiederholte er und pikste sie grinsend mit dem Zeigefinger in die Taille. »Was biste denn jetzt so aufgeregt? Wie ein kleines Mädchen an Weihnachten?«

»Ich habe ja keine Ahnung, nur: Das sehe ich sofort, es ist alles viel zu teuer, das kann ich nicht annehmen, wirklich nicht!«

»Papperlapapp. Das letzte Hemd hat keine Taschen.«

Die Frau kehrte zurück und war wie ausgewechselt: »Herr Andersen ist in einer Sekunde da. Ich gebe Ihnen zwischenzeitlich gerne einen Katalog der Arbeiten, die zu erwerben sind. Möchten Sie etwas trinken? Einen Kaffee vielleicht?«

Frank und Julia verneinten. Sie ließen sich den Katalog bringen, gingen in Ruhe von Wand zu Wand, verglichen die Abbildungen mit den Originalen.

Wenig später – sie standen gerade vor einer riesigen Fotoarbeit von Thomas Ruff, auf dem das Krefelder Mies-Van-der-Rohe-Haus zu sehen war – betrat Rupert Andersen den Raum.

»Guten Tag!«

Julia, noch ganz vertieft in die Ruff-Fotografie, drehte sich um. Und da stand er, der Astrid-Lindgren-Mann, der Rattenfänger von Hameln.

Kapitel 3

Es waren das auffällige Haar und das Gesicht, das Julia wiedererkannte. Ansonsten wirkte Andersen wie verwandelt. Er hatte sich umgezogen. Eine nougatbraune Kordhose, ein graues Flanellhemd, dessen oberste drei Knöpfe er offen gelassen hatte, eine weite, schwarze Kaschmirstrickjacke mit Schalkragen und knöchelhohe schwarze Stiefel ließen ihn ebenso lässig wie seriös wirken. Das kindlich verspielte, sportlich Mitreißende war verschwunden. Ganz und gar erschien er nun wie ein ernster, intellektueller Kunsthändler, was die schwarze Hornbrille, die er zwischen den Fingern drehte, aufsetzte, abnahm und wieder zwischen den Fingern hin- und herbewegte, noch unterstrich. Die Besucher begrüßte er höflich, aber distanziert, ohne ihnen die Hand zu geben. Er schien Julia kaum zu beachten, widmete sich fast ausschließlich Frank, der mit ihm bereits ein paar Mal telefoniert hatte.

»Sie sagten mir, Sie seien auf der Suche nach einer zeitgenössischen Arbeit. Was genau interessiert Sie, Herr Dr. von Parlin?«

»Genau genommen. Nun … meine Lebensgefährtin hat heute Geburtstag …«

»Glückwunsch«, unterbrach Andersen, kühl nickend, und warf Julia einen abschätzigen Blick zu.

»… und ich möchte ihr ein Bild schenken«, fuhr Frank fort.

»Gibt es einen Namen, eine Stilrichtung? Gegenständlich, abstrakt, Papier, Öl, Plastik, ein deutscher Künstler, ein internationaler, wie ist das Budget?«

Frank hob die Hand, um ihn zu stoppen: »Moment, Moment. Gehen Sie davon aus, dass wir wenig wissen. Beraten Sie uns, erklären Sie es uns, als wären wir Fünfjährige.«

Andersen lachte: »Ich hoffe, Sie haben Zeit mitgebracht. Wenn wir bei null anfangen, kann es dauern. Die Kunst ist natürlich ein weites Feld. Hat die Dame einen besonderen, nun: Geschmack?«

Nun meldete sich Julia zu Wort. Sie fing an, sich zu ärgern, fand Andersen unglaublich arrogant: »Da die Dame ja anwesend ist, darf sie vielleicht selbst etwas dazu sagen?«

»Bitte.« Er machte eine wegwerfende Handbewegung.

Was für ein Arsch, dachte Julia. Was glaubt der Typ, wer er ist? Und vor allem: Was glaubt er, wer wir sind?

Urplötzlich hatte sie keine Lust mehr. Sie wollte überhaupt kein Bild haben. Am liebsten wäre sie sofort wieder gegangen. Nur so aus der Laune heraus, den Absatz schon in Richtung Ausgang gedreht, zeigte sie auf ein Gemälde mit starken gelben und braunen Farbflächen, das Julia mit den sich nach innen verkleinernden Quadraten sehr gebaut vorkam, sehr klar konstruiert, sehr kraftvoll.

»Josef Albers«, sagte Andersen. »1888 in Bottrop geboren, 1976 in New Haven, Connecticut, gestorben.« Kenne ich nicht, dachte Julia, Frank guckt auch schon wieder so gläsern durch alles durch, wie er es immer tut, wenn er das Interesse verliert – »Albers experimentierte mit Farben, Formen, Linien, Flächen. Mit seinen Zeichnungen auf der Grundlage von optischen Täuschungen wurde er zum Begründer der Pop-Art. Man kann sagen, er ist in den letzten zehn Jahren vom Kunstmarkt wiederentdeckt worden. Seine Arbeiten erzielen mittlerweile auf den Auktionen Höchstpreise.«

Frank horchte auf. »Kostet?«, fragte er und zeigte auf das Bild.

Andersen schmunzelte: »Sie sind sehr direkt.«

»Oh ja, das ist er«, warf Julia ein. »Wenn es an sein Portemonnaie geht.«

Andersen ging auf ihre scherzhafte Bemerkung nicht ein, sondern setzte, wie zur Verstärkung, seine Brille auf und antwortete Frank ebenso direkt: »1,2 Millionen Euro.«

»Ach komm, Frank! Hör auf. Ausgeschlossen. Das ist ausgeschlossen, Herr Andersen, das übersteigt unsere …«

»Warte«, unterbrach Frank sie. »Das macht 2,3 Millionen Mark roundabout.«

Der Kunsthändler sah den Anwalt erstaunt an. Einen Moment lang sagten die Männer nichts.

Julia unterbrach das Schweigen, streichelte Frank über den Ärmel seines Sakkos: »Ja, er hat seine lieben alten Gewohnheiten, von denen er nur ungern Abschied nehmen würde.«

»Man muss es sich eben immer wieder vor Augen führen. Was die Dinge in unserer lieben alten Währung kosten würden«, erklärte Frank.

»Das macht für mich überhaupt keinen Unterschied, ob man 1,2 Millionen Euro sagt oder 2,3 Millionen Mark: Solche Summen sind außerhalb dessen, was wir bezahlen können. Und wollen!«, meinte Julia.

Es kam zu einer kleinen Auseinandersetzung, die Andersen neugierig verfolgte.

»Du zahlst es ja sowieso nicht, Schatz. Wenn überhaupt, zahle ich!«, konterte Frank.

»Aber ich habe ja wohl die Freiheit, ganz gleich, ob du zahlen würdest oder ich, zu entscheiden, hm? Ein solches Kunstwerk, es ist sehr schön, ja … ich würde es nie annehmen.«

Frank sah sich nun genötigt, gegenüber Rupert Andersen eine Erklärung abzugeben: »Wie Sie merken, sind wir nicht wirklich Sammler.«

»Vielleicht gelingt es mir, Sie dazu zu machen.«

Frank ärgerte sich, dass er im Vorgespräch keinen finanziellen Rahmen abgesteckt hatte und nun die Bremse ziehen musste: »Ja, nur es muss, da hat Frau Kilchberg wahrscheinlich recht, nicht gleich ein so riesiger Einstieg sein. Also nicht, dass ich es nicht könnte, aber … Sie verstehen sicher.«

Andersen nickte und führte sie durch die Räume. Er erzählte ihnen, dass er das Handwerk bei seinem Vater gelernt, sich dann, nach einem Studium der Kunstgeschichte, aber dazu entschlossen habe, nicht in den Familienbetrieb einzusteigen. Er pflege stark die Vertreter der klassischen, amerikanischen und internationalen Richtung, erklärte er und nannte Namen wie Warhol und Calder, de Kooning und Rothko, Lichtenstein und Basquiat; ebenso Zeitgenossen wie Peter Doig und den Belgier Tuymans, die Engländerin Sarah Lucas, die Südafrikaner Kentridge und Marlene Dumas. Alles Namen, die Julia wieder nichts sagten. Erst als er ihnen Arbeiten zeigte, konnte sie sich im Wortsinne ein Bild davon machen. Sie hatte während des Rundgangs das Gefühl, ein großes Schauspiel könne ihr bevorstehen, wenn sie sich nur darauf einließe, und jemand öffne für sie, ganz behutsam, den Vorhang zu einer Bühne, die sie noch nie gesehen hatte.

Schließlich gingen die drei in Andersens Büro. Eine

Schreibtischplatte aus Spanholz auf zwei Stahlböcken, beladen mit Bildbänden und Post, überquellenden Ablagekörben, Telefonen, einer 20er-Jahre-Industrieleuchte und einer kleinen Bronzeplastik, die einen mageren Jungen zeigte – einen Arbeiterjungen mit Ballonmütze, Knickerbocker und kurzem Mantel, der sich, nach vorne übergebeugt, gegen den Wind stemmt. Ein moderner Schreibtischstuhl, über dessen Rückenlehne ein T-Shirt trocknete. Regale wie selbst zusammengebaut, voll mit Katalogen und Fachbüchern. Eine Bauhauslampe in Form einer milchigen Glaskugel, die von der mit Stuckaturen reichverzierten Decke herunterhing und müdes Licht verströmte. Zwei alte cognacfarbene Ledersessel auf einem Kelim-Teppich. Ein breites, mit Sprossen durchbrochenes Fenster, das zu einem nachtdunklen Hinterhofgarten führte. Überall Bilder. Es gab keine Blumen und keine Pflanzen. Es roch nach einem schweren, holzigen, exotischen Männerparfüm. Der Raum wirkte chaotisch und auch gemütlich, geschäftsmäßig und auch privat. Julia fühlte sich sofort wohl. Ungefragt setzte sie sich auf einen der Sessel, versank darin. Sie war verlegen. Denn Andersen, der sie anfangs überhaupt nicht zu beachten schien, sah sie nun andauernd an. Lächelte nicht. Blickte nur immer wieder zu ihr hin, wie sie so dasaß, fast verschluckt vom Sessel. So, als wolle er erforschen, was sie dachte, von ihm dachte. Er redete fast ununterbrochen. Ab und zu stellte Frank eine Frage. Julia sagte nichts. Sie war zu gebannt. Was für ein seltsamer Zufall. Erst lief er ihr quasi über den Weg, beim Charlottenburger Schloss mit Kindern turnend und tobend. Ein Vorbote seiner selbst. Nun saß er ihr hinter seinem Schreibtisch gegenüber. Wie verwandelt.

Frank räusperte sich, er schien sie angesprochen zu haben, was sie nicht bemerkt hatte. Sie sah irritiert aus. Er fragend. Andersen lächelte nun endlich. Frank kam auf die Arbeit von Albers zurück. Der Kunsthändler winkte ab, das Bild sei als Einstieg zum Sammeln nicht die richtige Wahl. Franks Handy klingelte. Er stand auf. Suchte es. In der Hosentasche links, in der Hosentasche rechts, in den Jackentaschen, in den Westentaschen. Es läutete ohne Unterlass. Er fand es nicht, wurde hektisch. Ruhig sahen sich Andersen und Julia an. Sie suchten etwas in den Augen des anderen, ohne es zu zeigen. Endlich entdeckte Frank das iPhone in der Innentasche seiner Anzugjacke. Gerade als er ranging, hörte das Klingeln wieder auf. Frank setzte sich.

»Möchten Sie immer noch nichts trinken?«, fragte Rupert Andersen, was beide erneut verneinten. Der Dobermann erschien in der Tür mit Briefumschlägen in der Hand und verabschiedete sich in den Feierabend.

»Schönen Sonntag, Alma«, wünschte Andersen. »Und spannen Sie mal schön aus. Wir sehen uns Dienstag früh.«

Sie erklärte, dass sie Dienstag früh zur Kunstspedition müsse, irgendwelcher Papiere wegen, und deshalb später käme. Er nickte. Alma verabschiedete sich von allen und verschwand.

»Warum hängen Sie Ihre Wände eigentlich so voll?«, wollte Julia von Rupert Andersen wissen.

»Weil ich es so mag!«, antwortete er und merkte, dass seine Antwort knapper und vielleicht auch in den Ohren von Julia arroganter ausgefallen war als beabsichtigt, und ergänzte deshalb: »Man nennt das Petersburger Hängung. Das geht auf die Zarenzeit zurück, auf die üppig behängten Wände der Sankt Petersburger Eremitage. Sie zielt darauf ab, dass nicht das einzelne Objekt bewundert werden soll – so, wie wir es heute in den Museen oder Sammlungen oder einfach nur von zu Hause überm Sofa kennen –, sondern die schiere Menge und auch, ja, die finanziellen Mittel, eine so große Kunstsammlung zusammenstellen zu können.«

»Also klotzen statt kleckern«, meinte Julia.

»Wenn Sie wollen: Ja.«

»Und das mögen Sie?«

Er nickte heftig wie ein Schuljunge und grinste dabei.

»Dann kommt ein Werk an sich doch überhaupt nicht zur Geltung. Ich finde mich in dem, entschuldigen Sie, Sammelsurium überhaupt nicht zurecht.«

Er deutete auf eine Tür am Ende seines Büros: »Dort haben wir unseren, ich nenne ihn: Andachtsraum. Jedes Bild, das Sie wollen, hänge ich Ihnen dort auf, in einem fast leeren Raum, in dem nur ein Sofa steht. Sie können sich dort hinsetzen und die jeweilige Arbeit auf sich wirken lassen. Das mache ich auch oft, bevor ich ein Stück ankaufe. Es ist wie Meditation.«

Julia wollte den Raum gern sehen. Sie gingen hinein. Andersen zog umständlich ein Taschentuch aus der Hose und schneuzte sich. Sie beobachtete ihn dabei, wartete. Dann machte er das Licht an. Auf einer Staffelei stand ein nicht sehr großes, in weißgekalkte Holzleisten gerahmtes Bild, ein Schwarzweißfoto, das unter einem Passepartout nichts weiter zeigte als eine steinerne Fensterbank, die einem breiten, grauen Querstreifen glich. Darauf saß ein Vogel, eher stand er, in einer leicht angespannten Haltung, so, als wolle er gleich abheben und davonfliegen. Er warf einen schwarzen Schatten auf die

Steinfläche. Seine Brust war weiß. Die Wachheit seines Blicks wurde durch einen Tupfer von Weiß um sein Auge herum verstärkt. Julia, Frank und Andersen betrachteten die Arbeit unter dem Schein der Punktstrahler genauer.

Andersen erklärte: »Das ist eine Wasseramsel. Sie gehört zur Familie der Stare, ist ein Singvogel und eigentlich niemals auf einer Fensterbank zu finden, so wie etwa ein Spatz. Denn ihr Leben findet ausschließlich entlang schnell fließender, klarer Gewässer statt, dort, wo sie nach Wasserinsekten tauchen kann. Dass der Künstler sie so sieht, hat sicher auch ästhetische, graphische Gründe. Vor allem zeigt er uns in dieser reduzierten Form die Schönheit und Einzigartigkeit dieses Vogels. Er erzählt auch etwas darüber, welch kraftvollen Raum die Natur durch die Abwesenheit von Menschen einnehmen kann. Und es schwingt Einsamkeit darin und das Flüchtige. Einen Schritt zu dicht heran, eine Sekunde später: Und die Wasseramsel ist verschwunden. Zurück bleibt Leere.«

Julia hätte ihm von nun an am liebsten stundenlang zugehört. Noch nie hatte ihr jemand auf diese Weise ein Bild erklärt. Niemals hätte sie so viel darin entdecken können.

Er schien zu spüren, dass er sie für sein Thema gewonnen hatte. Und er merkte auch, dass Frank sich eher gelangweilt umsah, und sprach ihn an: »Sie haben gesagt, erklären Sie es uns wie Fünfjährigen.«

Daraufhin Julia: »Na, da halten Sie uns wohl für extraschlaue Fünfjährige, Herr Andersen.«

Beide lachten. Frank nicht.

Andersen versuchte, ihn auch ins Netz zu kriegen, und hatte noch etwas in Reserve: »Gehen Sie einmal ganz dicht heran. Keine Angst, er fliegt nicht weg.«

Sie taten, was er sagte.

»Bemerken Sie etwas?« Andersen stand direkt hinter Julia, und sie spürte seinen warmen Atem in ihrem Genick. Sie drehte sich langsam um, sah ihn an, während er, um seine Frage zu unterstützen, kurz mit dem Kopf nach vorne ruckte, in Richtung Bild, und ihrem Gesicht dabei gefährlich nahe kam.

Frank nahm seine Goldrandbrille ab und beugte sich weiter nach vorne. »Nee«, murmelte er.

»Es ist eine Fotografie. Nur: Der Vogel ist gemalt.«

»Nein!« Julia blickte wieder auf das Bild.

»Doch. Es ist sehr fein, altmeisterlich fein geradezu mit Ölfarbe auf das Foto gemalt. Kaum zu erkennen, oder?«

Julia und Frank sagten baff, wie aus einem Munde: »Nein!«

»Und was kostet nun zum Beispiel so eine Arbeit?«, fragte Frank und ließ sich ganz erschöpft auf das Sofa mitten im Raum fallen, legte das rechte Bein weltmännisch über das linke und wartete die Antwort ab, während Julia die Augen nicht lassen konnte von der Wasseramsel.

»Nun, das ist ein jüngerer Hamburger Künstler, den ich vor einiger Zeit für mich entdeckt habe und den ich – gegen meine sonstigen Gepflogenheiten – sogar selbst sammle. Diese Kombination von Fotografie und Malerei fasziniert mich nämlich. Er heißt Marc Lüders. Diese Arbeit, ein Silbergelatineprint, kostet fünftausend Euro.« Und er ergänzte in Richtung Frank: »Also roundabout neuntausendfünfhundert Mark.«

»Das hätte ich gerne, Frank!«, rief Julia aus.

»Dann kriegst du es auch, Juli!« Er stand wieder auf. »Packen Sie es gleich ein, wir nehmen es mit. Sie akzeptieren Kreditkarten?«

»Leider kann ich es Ihnen nicht geben.«

Sie sahen ihn erstaunt und enttäuscht an. »Noch nicht. Es muss zunächst in eine Ausstellung gehen. Ich habe es als Leihgabe versprochen. Aber so Anfang Dezember, wenn es Ihnen recht ist, kann ich es Ihnen bringen. Adventszeit. Das wäre ein schöner Zeitpunkt!«

»Sie bringen es?«, fragte Julia.

Andersen nickte: »Ich hänge es Ihnen sogar an Ort und Stelle auf, wenn Sie wollen.«

Julia gab ihm ihre Visitenkarte und zur Sicherheit auch ihre private Telefonnummer.

Im Nachhinein kam Julia diese eine Stunde, die sie bei dem Kunsthändler verbrachten, wie die Bilder einer Ausstellung vor. Bilder, die sie sich in den folgenden Wochen immer wieder ins Gedächtnis rief: wie sie und Frank vor der Petersburger Hängung standen und Andersen in dem Raum auftauchte; wie Andersen unverhofft Julia wahrzunehmen schien und sie neugierig ansah; wie sie beide in seinem Büro saßen und ihm zuhörten, ohne Hast, voller Neugierde, ihm lauschten, als wären sie wieder Kinder.

Den Sonntag hatte sie mit Frank in dessen Penthouse fast ausschließlich im Bett verbracht, und am verregneten Montag war sie sehr früh mit der überfüllten S-Bahn zur Arbeit gefahren. Das Bankhaus Kremer hatte seinen Sitz in der Oberwallstraße. Julia betrat mit schnellem Schritt das Gebäude. Sie klappte ihren Schirm zusammen und schüttelte sich kurz wie ein nasser Hund. Der Empfangschef Hermann und sein Stellvertreter Bülent, wie immer tipptopp in hellgraue Anzüge gekleidet, kamen auf sie zu. Bülent nahm ihr den Schirm ab und stellte ihn zu den anderen in einen Ständer neben der halbrunden Rezeption, hinter der auf einer Milchglaswand Neonröhren das Firmensignet dezent beleuchteten.

Hermann begrüßte sie besonders herzlich: »Alles Gute zum Geburtstag, Frau Kilchberg, nachträglich. Auf die nächsten fuffzig!«

Auch Bülent kam angetrabt, wischte sich die Hand schnell am Hosenbein ab und streckte sie ihr entgegen: »Von mir auch.«

»Danke, meine Herren.« Julia ging auf die Fahrstühle linker Hand zu und drehte sich dort, während sie wartete, zu den Kollegen vom Empfang um: »Ich gebe gegen drei ein Glas Sekt aus. Wenn Sie mögen, kommen Sie doch rauf.«

Hermann und Bülent dankten, und Julia verschwand im Lift. Oben angekommen, nickte sie der Empfangssekretärin in der Chefetage zu, wollte durch den Flur direkt zu ihrem Büro marschieren, wurde aber fast an jeder Tür aufgehalten: »Morgen«, sagte Thorsten Kennrich, Leiter des Aktienhandels. »Schön, dass Sie wieder im Lande sind.«

»Morgen, Julia«, sagte Ferdinand Kleist aus dem Ressort Auslandsgeschäfte und lehnte sich gegen den Türrahmen seines Zimmers. »Ich habe ein Catch-Up für zehn anberaumt, bei Kremer Zwei.« Kremer Zwei war Reinhold Kremers Sohn Jörg und Julias schärfster Konkurrent, der gerade darauf vorbereitet wurde, die Berliner Niederlassung in leitender Funktion zu übernehmen. »Wäre vielleicht kein Fehler, wenn Sie dabei sein könnten.«

»Morgen, Frau Kilchberg, Happy Birthday«, sagte Sonja Karlowski, die Personalchefin.

Sandra, die Telefonistin, die ein paar Zettel in der Hand

hielt, die beim Gehen flatterten, kam ihr entgegen und hielt sie nochmals auf: »Ich habe Brigitte gerade die Anruferliste hingelegt. Ein Kay Soundso, Sie wissen ja, ich hab's nicht so mit Namen, jedenfalls hat er sich heute Morgen schon mehrfach gemeldet. Scheint's besonders eilig zu haben.«

»Danke, Sandra.«

»Ach ja: Und alles Gute fürs neue Lebensjahr.«

Julia nickte und ging endlich weiter. Jeden Morgen dieselben Wege und Schritte und Gesichter, dieselben Blicke, Gerüche, Gesten. Die Rituale des Alltags, das sich gebetsmühlenartig wiederholende »Guten Morgen«, das »Mahlzeit« zwischen elf und zwei, das »Tschüss«, »Auf Wiedersehen«, »Bis morgen dann«, die Floskeln, Plattitüden, Scherze, Fragen, das Klingeln der Telefone, das Gelächter, die Stimmen hinter verschlossenen Türen: Es war Julia so vertraut wie fremd, so selbstverständlich wie zuwider, alles kannte sie wie im Schlaf. Die reiche Fassade, die Eingangshalle mit den Concierges, die Fahrstühle, den Empfangsbereich im fünften Stock – ihre Etage –, sechs Schritte nach links, durch eine weitere Glastür nach rechts, einhundertzwanzig Schritte geradeaus durch den Flur, dann wieder nach links, fünfundzwanzig Schritte, bis am Ende des Gangs ihr Sekretariat und ihr Büro lagen. Sackgasse, dachte sie manchmal, wenn sie hier entlangging, an den grauen Tagen, an denen sie keine Lust auf die Arbeit hatte, ihr alles zu viel war und sie am liebsten geflüchtet wäre, wohin auch immer.

Als Julia ins Büro kam, stand Brigitte Eich-Hellmann, seit zehn Jahren die erfahrene Kraft an Julias Seite, adrett im Kostüm gekleidet, dezent geschminkt und parfümiert, sofort auf, gratulierte ihr und begleitete sie zu ihrem Arbeitsplatz. Auf dem Schreibtisch stand ein Herbstblumenstrauß in einer Vase.

»Der ist von uns allen«, erklärte Brigitte.

Julia setzte sich und schaltete die Tizio-Leuchte an: »Irgendetwas Besonderes?«

Brigitte schüttelte den Kopf und zeigte auf einen Stapel mit Unterlagen, der auf dem ansonsten aufgeräumten Schreibtisch lag: »Schauen Sie es sich in Ruhe an, dann gehen wir es gemeinsam durch, auch die Telefonliste und die Termine für heute. Rufen Sie mich einfach, wenn Sie so weit sind.« Sie huschte hinaus und schloss sanft die Tür hinter sich.

Endlich allein. Julia liebte diesen Raum. Er war groß und bot durch die Fenster einen Blick auf den Hausvogtei-Platz. Mit den Händen strich sie über die Tischfläche, als wäre sie zum ersten Mal hier und müsste von dem Arbeitsplatz erst Besitz ergreifen. Dann blätterte sie flüchtig die Vorgänge durch, las die Telefonliste. Der Name Kay Hanau stand da, und eine Handynummer war vermerkt mit dem Zusatz »drei Mal angerufen«. Julia griff zum Hörer und wählte. Während es am anderen Ende klingelte, dachte sie: Warum mache ich das eigentlich?

Wie alle, die erfolgreich und vom Druck des Berufsalltags geprägt sind, hatte Julia einen leichten Hang zur Untreue gegenüber Menschen an sich. Sie konnte schnell entflammen (»sich jemanden schön gucken« nannte ihre Großmutter das), vor allem auch bei wichtigen Geschäftstreffen, bei denen es darum ging, ein Ziel zu erreichen. Genauso schnell ließ sie ihr Gegenüber auch wieder fallen, vergaß den anderen, wenn er nicht wirklich wichtig für sie war. Julia war gegen ihr ursprüngliches Wesen, und ohne es zu merken, von einem sehr innerlichen zu einem sehr pragmatischen Menschen geworden.

»Hanau.«

»Hallo, Kay.«

»Hey, Julia. Prima, dass du zurückrufst!«

»Was gibt es denn?«

»Was es gibt? Wie klingt das denn, hm?«

»Kay, bei mir liegt unheimlich viel auf dem Schreibtisch.« Während sie den Hörer zwischen Ohr und Schulter klemmte, sah sie die Unterlagen durch. »Die Sachen stapeln sich meterhoch, ich bin total im Stress, und zum Plaudern habe ich, ehrlich gesagt, überhaupt keine Zeit. Sorry.«

»Ich wollte auch nur – ich habe ja deine private Nummer nicht und auch keine Handynummer – dir herzlich gratulieren, nachträglich, und wissen, ob du gut zurückgekommen bist und alles okay ist.«

»Tausend Dank, ja. Alles bestens.« Julia war nicht wirklich bei der Sache, entdeckte beim Blättern zahlreiche Vorgänge, die sie ihrer Assistentin Karla Wickert zur Bearbeitung gegeben hatte und die nun wieder – unerledigt – zu ihr zurückgekommen waren.

Kay ließ sich jedoch nicht abwimmeln; ihm lag etwas auf dem Herzen: »Ich hab irgendwie ein schlechtes Gewissen.«

»Warum das denn?«

»Als ich dich fragte, ob du deinem Leben genug Aufmerksamkeit schenkst … du hast ziemlich verärgert reagiert, und ich habe im Nachhinein so gedacht: Da war ich ganz schön übergriffig.«

Julia hielt inne mit dem Überfliegen der Papiere. Sie war nun fast ein wenig gerührt. Die Erinnerungen an die

Begegnung mit ihm waren wieder da und durchfluteten sie warm. Er war ein netter Kerl, etwas neurotisch offenbar, immerhin ein Mann mit Herz.

»Dass du darüber überhaupt noch nachdenkst. Hey, Kay, die Frage habe ich längst vergessen.«

»Ach so.« Er schien gekränkt zu sein. »Solltest du nicht. Ist eine wichtige Frage.«

»Du, das kann ja sein, und ich würde liebend gerne einmal wieder mit dir zusammensitzen und was trinken und ein bisschen so … ja, philosophieren, über das Leben von mir aus … aber im Moment geht es wirklich nicht.«

Brigitte kam mit der ersten Tasse Tee herein und stellte sie Julia auf den Schreibtisch. Sie wollte leise wieder gehen. Julia hielt sie zurück, bat Kay, eine Sekunde zu warten, legte die Hand auf die Sprechmuschel und fragte: »Wieso liegt der ganze Karla-Wickert-Kram auf meinem Tisch?«

»Weil er unerledigt ist.«

Julia wurde laut: »Dann soll die Tante das gefälligst erledigen! Was habe ich damit zu tun?«

»Die Tante«, wiederholte Brigitte gedehnt, »die Tante hat sich krankgemeldet. Bis zum letzten Arbeitstag.«

»Na, das passt ja«, fluchte Julia. »Danke, Brigitte.« Das hieß so viel wie: Sie können gehen, Brigitte. Und Brigitte verstand natürlich. »Wir reden nachher darüber«, legte Julia nach, um etwas sanfter zu wirken.

Die Sekretärin nickte im Hinausgehen und machte die Bürotür zu.

Julia kam ein Gedanke: Hatte Kay nicht gesagt, er wolle für einen Menschen ganz da sein? War er nicht ein voll ausgebildeter Hotelkaufmann? Hatte sie es nicht als angenehm gefunden, ihn um sich zu haben? Sah sie vielleicht das Potenzial in ihm für …

»Kay?«

»Yes!«, kam es fröhlich zurück.

»Pass auf, ich will dich nicht abwimmeln …«

»Aber du willst mich abwimmeln, verstehe.«

»Im Gegenteil. Was machst du morgen?«

»Arbeiten. Was sonst?«

»Kannst du dir nicht einen Tag freinehmen und nach Berlin kommen? Ich nehme mir Zeit für dich, ich würde gerne etwas in Ruhe mit dir bereden. Persönlich.«

»Was willst du denn mit mir bereden?«, fragte er erstaunt.

Sie ging auf seine Frage nicht ein: »Wenn es schwierig ist, spreche ich auch selbst mit Reinhold Kremer und boxe durch, dass er dir Urlaub gibt.«

»Reinhold Kremer ist auf Malle.«

»Umso besser. Dann buchen wir dir für morgen einen Flug. Was hältst du davon?«

»Julia, ich würde dich gerne wiedersehen, echt. Bloß, ich muss den Wagen zur Inspektion bringen. Kremer hat mir ungefähr zehntausend Sachen aufgetragen, die ich für ihn erledigen soll. Du kennst ihn ja.«

»Ach, Quatsch. Den Wagen kannst du auch heute in die Werkstatt bringen. Die Erledigungen bringst du so weit voran, wie's geht, und ich rufe Kremer an und erkläre ihm, dass ich dich für einen Tag hier brauche.«

Einen Moment lang war die Leitung wie tot, dann stimmte Kay zu. Er klang richtig begeistert von der Idee. Sie verabredeten sich für den nächsten Tag zum Mittagessen im *Borchardt*, das fußläufig von Julias Büro gelegen und eines ihrer Lieblingsrestaurants war.

Um zwölf war das Lokal, das in seiner Größe und Atmosphäre, mit den Nischen, den mit Leder bezogenen Bänken und den wuselnden Kellnern, an eine Pariser Brasserie erinnerte, noch leer. Julia hatte wie gewünscht einen Tisch am Fenster bekommen. Hier hatte sie eine schöne Übersicht über den Raum und auch den Eingang im Blick. Sie ließ sich eine Flasche stilles Wasser bringen und studierte die Speisekarte. Julia fühlte sich wohl. In Berlin gab es einen »Glaubenskrieg«, wie die Zeitungen regelmäßig vermeldeten: zwischen den Anhängern des traditionsreichen *Borchardt* einerseits und denen des jüngeren *Grill Royal* andererseits. Schmunzelnd dachte Julia daran, dass Frank zur letzteren Gruppe gehörte, wobei er dabei immer so tat, als wäre sie ein Fan des Grills. Was immer sie auch zugunsten des *Borchardt* auftischte, er legte ihr Gegenargumente in den Mund. Das *Borchardt* sei zu touristisch geworden: »Findest du doch auch, Juli, oder?« Der nächtliche Trubel, besonders zu Zeiten des Filmfestivals »Berlinale«, müsse ihr doch gegen den Strich gehen. »Julia, da musst du mir recht geben. Selbst für einen Stammgast sind die Aussichten, hier einen Platz zu ergattern, praktisch null. Und bekommt man durch Zufall oder Hartnäckigkeit oder rechtzeitige Reservierung doch noch einen Tisch, sitzt man am Ende dichtgedrängt unter Leuten, die nur mit sich und ihrer Wichtigkeit beschäftigt sind und unablässig in Richtung Eingang schielen oder beim Wangenküssen dem jeweils anderen über die Schulter schauen, ob nicht jemand kommt, der noch wichtiger ist oder noch berühmter als sie selbst. Brad Pitt vielleicht oder Quentin Tarantino oder Scarlett Johansson.« In Wahrheit war Julia diesen Ritualen gegenüber überhaupt nicht abgeneigt, sondern fand das schick. Sie hatte Spaß daran, bei Weißwein und Austern Leute zu beobachten, ihre Eitelkeiten, ihr Lachen und Lästern und Flirten und Diskutieren. Das überwiegend junge Publikum im *Grill Royal* hingegen, das aufgesetzte Weltstädtische und gespielt Coole konnte sie nicht leiden, es kam ihr lächerlich vor.

»You say tomato and I say tomahto« – die Liedzeile des Evergreens war für Julia zum Symbol ihrer Beziehung zu Frank geworden, und besonders in letzter Zeit fiel ihr immer mehr auf, wie verschieden sie waren. Sie hatte mit Fanny darüber gesprochen. Die konnte das nicht verstehen, hielt Julias kritische Anmerkungen für eine Art von Verfeinerung, wie sie nur Menschen eigen sein kann, denen es zu gutgeht. Ja, gemessen an Fannys Ehekrieg, ging es Julia mit Frank sogar blendend. Trotzdem empfand sie ihn mehr und mehr als anstrengend. Er wird langsam alt, der Gute, dachte sie des Öfteren, und er scheint das selbst zu spüren und geht mir deshalb nur umso mehr auf die Nerven. Von Woche zu Woche, von Monat zu Monat verwandelte er sich zunehmend in einen kleinen Jungen, der die unerklärliche Angst hat, seine Mutter zu verlieren.

Frank war sich Julias offensichtlich nicht mehr sicher, obwohl sie ihm keinen Grund dazu gab. Mehrfach am Tag rief er sie im Büro an. Kaum einen Abend wollte er allein sein, ohne sie. Ständig machte er Pläne, was sie gemeinsam tun – oder nicht tun – könnten. Frank klammerte. Wahrscheinlich bin ich es mal wieder, die das Thema auf den Tisch bringen muss, dachte Julia jetzt und nahm einen großen Schluck Wasser.

Als die Restauranttür aufging, wusste Julia: Da ist Kay. Und tatsächlich, er kam herein, sprach kurz mit dem

Kellner, der hinter der Bar Espresso zubereitete und zu Julia hinzeigte, dann grinste er, nickte ihr zu, kam an ihren Tisch. Er trug einen Staubmantel, der offen war, und darunter einen blauen Blazer mit goldenen Knöpfen. Sein weißes Oberhemd war tadellos gebügelt, auf eine Krawatte hatte er verzichtet. Er sah lässig und chic aus. Unangenehm fiel Julia nur sein Aktenkoffer aus Kunstleder auf, in dem sich augenscheinlich nichts befand, denn er schlenkerte leicht, während Kay auf sie zukam. Ich muss ihm gleich eine anständige Aktenmappe kaufen, dachte sie, dieser Skykoffer ist einfach unter seiner Würde, dafür ist der Junge zu schön. Dann, ihre andere Stimme: Hör auf, dich für alles zuständig zu fühlen, Leute dauernd ändern zu wollen. Du wirst ihn mit einem solchen Angebot kränken, und es ist überhaupt nicht wichtig, was er trägt, sondern wie er ist.

Kay blieb vor ihr stehen und strahlte. »Hi!«, sagte er.

»Hi!«, antwortete sie.

Er beugte sich zu ihr herunter und gab ihr einen Kuss auf die Wange. Der Kellner war sofort zur Stelle, als Kay seinen Mantel auszog, nahm ihn an sich und rückte den Stuhl zurecht, so dass Kay sich bequem hinsetzen konnte.

»Trinkt Madames Sohn auch Wasser?«, fragte er. »Oder darf ich Ihnen etwas anderes bringen?«

Peinlich, dachte Julia. Das genau musste ja passieren.

»Madames Sohn ist zwar nicht Madames Sohn«, konterte Kay jovial, »trotzdem trinkt er Wasser.«

»Und zwei Riesling, bitte«, ergänzte Julia.

Der Kellner jagte davon, als gelte es, an der Bar die zwei letzten Gläser Wein zu sichern.

»Ich wär gern dein Sohn, fänd ich prima«, sagte Kay mit fröhlicher Stimme.

»Ich wäre nicht gern deine Mutter, und nun hör bitte auf mit dieser scheußlichen Vorstellung, sonst fühle ich mich am Ende wie hundert.«

Kay goss sich Wasser ein, schenkte ihr nach, der Kellner brachte den Wein, sie bestellten Schnitzel mit Kartoffelsalat, das Restaurant füllte sich um sie herum. Julia und Kay bemerkten es kaum, denn sie waren sofort in ihr Gespräch vertieft.

»Ich habe dich gebeten herzukommen, weil ich dir ein Angebot machen möchte.« Julia berichtete ihm, dass ihre Assistentin zum Jahresende ausscheiden würde. Sie vermied es, schlecht über Karla zu sprechen, erklärte einfach nur, die Zusammenarbeit habe nicht so funktioniert, wie beide Seiten es sich vorgestellt hätten. Ausführlich erzählte sie von ihrer Arbeit in der Bank, ihrer Funktion, den Mitarbeitern, der Abteilung, den Strukturen des Hauses. Dann ließ sie die Katze aus dem Sack. Ob er, Kay, nicht ihr Assistent werden wolle? Mit dieser Frage hatte er nicht gerechnet. Er wand ein, dass er überhaupt nichts von dem Geschäft verstehe. Julia schmeichelte ihm, lobte seine Intelligenz und sein freundliches Wesen, erinnerte ihn an seine fundierte Ausbildung. Außerdem, so lockte sie ihn, würde er natürlich von der Bank spezielle Kurse und eine lohnenswerte Fortbildung bezahlt bekommen. Ruhig hörte sich Kay alles an. Als sie fertig war, dankte er ihr zunächst für das Angebot und ihr Vertrauen. Dann erzählte er ihr eine Geschichte. Seine Geschichte. Dass er nur seiner Eltern wegen, die er sehr liebe, nach Frankfurt gezogen sei. Sein Vater betrieb ein kleines Zwei-Mann-Unternehmen. Er importierte erfolgreich Angelzubehör, besonders Spezialruten, aus China. Der Beruf sei sein Leben gewesen. Dann habe das Schicksal zugeschlagen. Kays Mutter, eine Hausfrau, die auf rührende Weise dem hübschen Anwesen in Bad Vilbel, einer Kleinstadt am Rande von Frankfurt, ihre ganze Aufmerksamkeit geschenkt hatte und für nichts weiter da gewesen sei als für ihren Mann und ihren einzigen Sohn, habe einen Schlaganfall erlitten. Die bangen Wochen, die sie im Krankenhaus und später in der Reha verbringen musste, hatten den Vater so aufgeregt, dass ihm dasselbe widerfuhr wie seiner Frau. Eine unvorstellbare Verkettung von Unglücksfällen! Kays Mutter war nun wieder so weit hergestellt, dass sie das Zuhause und ihren Mann einigermaßen versorgen könne. Nur das Sprechen fiele ihr schwer. Der Vater allerdings war lange Zeit halbseitig gelähmt gewesen, konnte inzwischen immerhin den linken Arm bewegen, der lange Zeit schlaff herunterhing wie bei einer Stoffpuppe. Er humpelte, das Gehen machte ihm Mühe ebenso wie das Denken. Seinen Betrieb hatte er schließen müssen. Trotz therapeutischer Maßnahmen und trotz seines Optimismus würde für immer etwas zurückbleiben. Beide Elternteile waren auf die Hilfe ihres Sohnes angewiesen, auch wenn sie ihm gegenüber so taten, als kämen sie allein klar.

»Ich rufe sie jeden Morgen an und frage, wie es ihnen geht. Und sie sagen: Gut, alles okay, mach dir keine Sorgen. Bloß, ich höre die Untertöne. Und ich sage mir: Nein, nein …« Er wippte mit dem ausgestreckten Zeigefinger seiner rechten Hand hin und her, »… das ist nicht wahr. Das stimmt nicht. Sie brauchen mich. Sehr sogar. Jeden Mittwoch nach der Arbeit fahre ich zu ihnen, sehe nach dem Rechten und koche für sie. Samstags beziehe ich ihre Betten frisch, kaufe ein, mache den Garten. Sie sagen: Kay, das muss alles nicht sein. Ich hingegen weiß:

Es muss sein. Schau, Julia, sie waren immer für mich da. Als ich ein kleiner Scheißer war, als ich zur Schule ging, als ich anfing zu studieren, hinschmiss, eine Lehre machte, mein Coming-out hatte: Sie waren da. Da ist es nicht zu viel verlangt, wenn ich jetzt umgekehrt mal für sie da bin, oder?«

»Nein«, antwortete Julia gerührt, und zum ersten Mal in ihrem Leben quälte sie der Gedanke, ganz tief unten in der Schatzkiste ihrer Gefühle, die sie fast immer fest verschlossen hielt, wie traurig es war, dass sie selbst keine Kinder hatte. Vielleicht war es das, was ihr so gut an Kay gefiel, warum sie ihn so gern um sich hatte, obwohl sie ihn kaum kannte, warum sie ihn so ungewöhnlich nah an sich herangelassen hatte: dass er eben doch, wie der Kellner vermutet hatte, ihr Sohn hätte sein können.

»Ich muss einfach in Frankfurt bleiben, verstehst du? Ich kann da nicht weg. Ich könnte nie in Berlin leben, für dich da sein. Vielleicht erinnerst du dich ja daran, dass ich am Abend deines Geburtstages gesagt hatte, ich möchte für einen Menschen ganz und gar da sein?«

Oh ja, daran erinnerte sie sich gut, sie hätte eine Menge dazu sagen können, denn der Satz hatte sich bei ihr eingebrannt ins Hirn. Doch sie sagte nichts und nickte nur.

»Das meinte ich auch so. Ich bezog es auf den Beruf. Ich habe kein Rind, kein Kind, ich könnte frei sein. Aber da sind eben meine Eltern. Ich lasse niemanden im Stich, sie vor allem nicht. So bin ich eben.«

»Das ist ein feiner Zug von dir, Kay«, sagte Julia.

»Nein, nein. Es ist selbstverständlich.«

Julia akzeptierte seine Absage ohne Wenn und Aber. Was hätte sie seinen Argumenten auch entgegenhalten können? Er folgte nicht einfach nur einer Moral, die sich ständig änderte, sondern einer persönlichen Ethik, die ihn in ihren Augen auch innerlich schön machte. Häufiger solchen Menschen begegnen, dachte Julia, und ich gewinne meinen Glauben an die Menschheit zurück. Von ihm konnte man etwas lernen, fand sie, auch was ihre eigenen Grundsätze im Umgang mit anderen anging. Ihr fiel ihre Mutter ein, die allein im Schwarzwald lebte; sie musste an Fanny denken, mit der sie nach ihrer Rückkehr aus Frankfurt erst einmal am Telefon gesprochen hatte, obwohl die sie als Freundin so dringend brauchte und unbedingt treffen wollte; selbst Frank, den sie so oft und gerade in letzter Zeit so kritisch gesehen hatte, sah sie wieder in einem weicheren Licht.

Julia ging es plötzlich miserabel, sie hatte das Gefühl, ein schlechter Mensch zu sein, eine oberflächliche Businessfrau. Und ausgerechnet dieser junge Mann hier, dieser Strahlemann, der mehr trug, als man ihm ansah, der mehr draufhatte, als sie ihm je zugetraut hätte, ausgerechnet dieser Kay, dem sie zumuten wollte, sich von ihr kaufen zu lassen, öffnete ihr die Augen.

»Weißt du, was seltsam ist«, fragte Kay nun und rührte in dem Espresso, den der Kellner nach dem Essen gebracht hatte, »mir kommt das hier so vor, als würden wir uns ganz lange kennen. Ich erzähle nicht vielen Leuten von meinen Eltern. Zu dir habe ich so eine tiefe Zuneigung, Julia, und mir ist gerade so, als …, als hätten wir hier genauso schon einmal zusammengesessen.«

»Ja, in der Villa Kennedy«, warf sie ein.

»Nein, nein. Hier im Borchardt. Ich war noch nie hier. Klar. Bloß ich habe das Gefühl, das alles ist schon mal passiert. Ich, na ja …«, er lächelte verlegen, »… so auf schick mit Blazer und Flanellhose, als wäre ich selbst ein Banker … und mit diesem …«, kurz hob er den Aktenkoffer hoch, der neben seinen Füßen am Boden stand, »… lächerlichen Aktenkoffer …« Er beugte sich vor. »Da ist gar nichts drin außer einer Modezeitschrift.« Julia lachte. »Du, Julia, im eleganten grauen Hosenanzug, der dir etwas Männliches gibt, ja, männlich. Mithalten wollen als Frau in der Geschäftswelt, oder? Der Wein vor unserer Nase, das Essen … prima, übrigens … und dann all die Leute um uns herum. Dieses Betriebsame, Weltstädtische, und wie wir genau über dieses Thema, mein Thema, die kranken Eltern, reden und ich die Nachdenklichkeit in deinen Augen sehe. Das habe ich schon mal erlebt.«

»Also Kay.« Sie schüttelte den Kopf.

»Nein wirklich. Es gibt einen Ausdruck dafür, man sagt …«

»Déjà-vu?«

»Déjà-vu. Ja.«

»Ach, an so etwas glaub ich nicht. Da spielt dir deine Fantasie einen Streich. Du bist wahrscheinlich vorhin im Flieger eingedöst und hast davon geträumt, dass wir zusammen lunchen und du mir die Geschichte deiner Eltern erzählst.«

»Du glaubst nicht daran?«

»Nenn mich realistisch.«

»Dann hast du das noch vor dir. Schön.«

»Verstehe ich nicht.«

»Musst du auch nicht.«

»Nun mal nicht so überheblich, Kleiner. Glaubst du etwa an übersinnlichen Quatsch?«

»O ja. Sehr. Es ist kein Quatsch. Im Buddhismus zum Beispiel …«

Sie winkte ab, und er sprach nicht weiter. Julia hatte keine Lust, weiter darüber zu reden. Der Glaube und die Religionen lagen ihr, spätestens seit Hannes' Tod, fern, und Esoterik war ihr sowieso fremd. Sie machte ihr sogar ein wenig Angst. Sie konnte Dinge nicht ausstehen, bei denen sie Gefahr lief, die Kontrolle zu verlieren.

Beide sprachen eine Weile nicht, und Julia hielt nach dem Kellner Ausschau, um zu bezahlen. Da betrat Rupert Andersen das Restaurant. Er war in Begleitung von zwei Männern und trug wie sie einen eleganten Anzug und eine Krawatte. Andersen sprach mit einem Kellner, der auf einen der wenigen freien Tische deutete. Rupert folgte der Blickrichtung und sah Julia. Abrupt beendete er sein Gespräch, ließ seine Begleiter stehen und steuerte auf Julia zu. Einem Impuls folgend, stand sie auf und ging ihm ein paar Schritte entgegen. Vielleicht war es, weil sie nicht wollte, dass der Kunsthändler sie mit Kay sah, vielleicht war es eine Geste der Höflichkeit oder einfach nur Sympathie. Sie standen sich gegenüber, und er ergriff ihre Hände, beugte sich weit vor, so, als mache er einen Diener, und sie konnte in seinen blonden Haarschopf hineinsehen. Langsam kam er wieder hoch und sah sie heiter an, während er sagte: »Ich freue mich, Sie zu sehen!« Julia wollte ihre Hände wegziehen, er aber hielt sie fest und wiederholte: »Sehr, Frau Kilchberg!«

Und wie er das sagte, ohne mit der Wimper zu zucken, sie unverwandt anschauend, inmitten des Restauranttrubels, und während Kay sich nach hinten umdrehte und die beiden fixierte, und während sie einfach nur dastand und nicht recht wusste, ob sie etwas erwidern sollte, und wenn ja, was, merkte sie, dass er etwas Geheimnisvolles in ihrem Innern zum Klingen brachte, etwas Verschüttetes, Verborgenes, längst verloren Geglaubtes. Julia konnte sich das nicht erklären. Es war warm und zugewandt. Es fühlte sich gut an.

»Ich bin mit Kunden aus Österreich hier«, sagte Rupert, »sehen wir uns denn vor Dezember noch mal?«

»Ja, also …« Julia stammelte beinahe und fühlte sich wie ein Schulmädchen. »Ich …«

»Kommen Sie ruhig noch mal zu uns. Ich kriege nächste Woche ein paar schöne neue Arbeiten. Ich zeige sie Ihnen gern. Natürlich nur, wenn Sie wollen.«

Julia nickte.

Er deutete kurz zu ihrem Tisch hinüber, Kay drehte sofort seinen Kopf weg: »Viel Spaß!«

»Ihnen auch.«

Er ging zu seinen Kunden zurück.

»Schöne Manschettenknöpfe!«, rief sie ihm nach.

Rupert blieb stehen, zeigte sein Handgelenk: »Ja, alt!«

»Die Fäden aus Gold?«

Er nickte und war auch schon verschwunden.

Sie sah ihm nach, während er seinen Tisch am anderen Ende des Lokals ansteuerte, am Fenster zum Innenhof, und dachte: Schöne Manschettenknöpfe? Die Fäden aus Gold?, was redest du da? Es war dem Wunsch entsprungen, ihm etwas Nettes mit auf den Weg zu geben, zu zeigen, dass sie ein aufmerksamer Mensch war, der auch Details bemerken konnte. Trotzdem fühlte sie sich etwas dümmlich wegen dieser Bemerkungen, als sie zu Kay an den Tisch kam und wieder Platz nahm.

»Was 'n das für 'n Typ?«, fragte Kay.

Ein Hauch von Triumph lag in ihrer Stimme: »Sieht gut aus, nicht?«

»Nichts für mich. Affig. Wie er deine Hände nahm, so betont intensiv. Solche Typen kenne ich. Was macht er?«

»Er ist Kunsthändler. Ich habe ein Bild bei ihm gekauft. Also, genauer gesagt: Mein Freund Frank hat es mir zum Geburtstag geschenkt.«

»Soso …«

»Was bist du denn auf einmal so maulig, Kay?«

»Der will was von dir. Nicht gemerkt?«

Sie lachte kurz auf und nippte an ihrem Weinglas, das leer war: »Was soll er von mir wollen? Der ist keine fünf Jahre älter als du. Für den bin ich nur eine alte Mutti.«

»Dein Geld«, antwortete Kay und grinste, denn er wusste selbst, dass diese Bösartigkeit keinen ernsthaften Hintergrund hatte.

Julia fühlte sich brüskiert und irgendwie auch ertappt. Sie konnte sich das nicht wirklich erklären, aber sie war verärgert.

Noch am Abend, als sie allein in ihrer Wohnung saß, auf dem Sofa vor der leeren Wand, ging ihr die Begegnung im Kopf herum und auch Kays unfreundliche Bemerkungen. Sie hatte gleich darauf bezahlt, sich höflich und gleichzeitig seltsam desillusioniert von Kay verabschiedet, der das nächste Taxi zum Flughafen nahm und nach Frankfurt zurückgeflogen war. Auf dem Weg nach Hause erreichte Julia in der S-Bahn eine SMS von ihm, in der er ihr für die Einladung und das große Vertrauen, das sie ihm entgegengebracht hatte, dankte, und auch für das Verständnis für seine Absage. Und dann war da noch dieser eine Satz, dieser Zusatz, der sie wütend machte, weil sie fand,

Kay würde Gespenster sehen, und ihn zudem das alles nichts anging: »Überleg dir gut, ob er der Richtige ist, bevor du dich auf ihn einlässt.«

Sie hatte sich in der Küche einen Becher Tee gemacht, hielt ihn wärmend zwischen den Händen und versuchte, ihre Gefühle und Gedanken zu ordnen. Was war es, was sie so berührte, wenn sie an Rupert Andersen dachte? Woran erinnerte er sie? Sein leicht federnder Gang, seine Art der Verbeugung, dieser Blick, die Art, wie er erst lächelte und im nächsten Moment ernst guckte, als sei ihre Begegnung das wichtigste Ereignis in seinem Leben? Dieses Sich-nur-auf den-Augenblick-Konzentrieren und Alles-um-sich-herum-Vergessen, dieses ganz und gar Da-Sein für den anderen, dieses Hände-Festhalten, als verströme er Energie, die er ihr übertragen wollte, geheime Gedanken, Sehnsüchte, Wünsche, die nur sie beide kannten und von nun an teilen wollten. Diese Aura war ihr vertraut, sie kannte sie. Sie hatte es nur vergessen.

Julia stellte ihren Becher ab, ging barfuß durch den Flur in ihr Schlafzimmer, kniete sich vor dem Schreibtisch auf den Boden und zog einen rostbraunen Pappkarton hervor, in dem früher einmal eine Decke verpackt gewesen war. Sie hob den Deckel hoch und sah hinein. Fotografien. Liebesbriefe. Aus dem Steinbruch der Vergangenheit ein Sammelsurium von Gegenständen, die anderen wertlos erschienen wären, Julia hingegen alles bedeuteten …

Ein Stück Treibholz von der holländischen Nordseeküste, an der sie drei Tage im November, kurz vor seinem Tod, gewesen waren. Hannes träumte von einem eigenen Segelboot (es sollte »Julia« getauft werden). Beide hatten sich fest vorgenommen, irgendwann einmal die Welt auf dem Wasser zu umrunden. Es war ein Traum geblieben.

Aus den Magerwiesen des Schweizer Appenzell die getrocknete, blassblaue Blüte des gefransten Enzians. Die Erinnerung an einen kurzen Besuch in Hannes' Heimat wurde wach. Wanderungen, Hand in Hand. Klare Luft, wärmende Sonne, das kühle Wasser aus einem Gebirgsbach, mit dem sie sich erfrischten. Ausruhen unter einem Apfelbaum. Milkakühe. Heidilandschaft. Sattes Glück.

Sie nahm ein Herrentaschentuch mit dem Monogramm »HK« heraus, gewaschen, gebügelt und sorgsam zusammengefaltet – ein Geschenk von ihr, handbestickt, das er stets bei sich getragen hatte, auch in der Winterstunde seines Todes. Es war eine Eigenart von Hannes gewesen, immer eines bei sich zu haben. In der Hosentasche, unter dem Kopfkissen im Bett, auf ihrem gemeinsamen Schreibtisch. Überall kamen Taschentücher zum Vorschein. Anfangs fand sie das unappetitlich, später gewöhnte sie sich daran, am Ende liebte sie es. Hannes, der Taschentuchmann. Keine Tränen, fort damit.

Die Todesanzeige kam unter einem Stapel von Polaroids zum Vorschein. Obwohl sie damals überhaupt kein Geld besaß, hatte Julia sie für ihn in den *Berliner Tagesspiegel* gesetzt. Sie faltete das mürbe, vergilbte Stück Zeitungspapier auseinander: »Hannes Kilchberg. Für immer mein, für immer dein. Im Namen seiner Freunde, in tiefer Trauer. Julia Kilchberg. Die Beerdigung hat stattgefunden. Bitte keine Beileidsbezeugungen.«

Als Julia das Stück Papier in den Pappkarton zurücklegen wollte, entdeckte sie auf der Rückseite den Ausschnitt eines Artikels über ein Findelkind. Es war halberfroren, in eine Decke eingewickelt, im Tiergarten gefunden worden. Offenbar am Tag von Hannes' Beisetzung. Der Text war nüchtern verfasst. Der Redakteur zitierte eine Sozialarbeiterin, die, des bevorstehenden Weihnachtsfestes wegen, Bezüge zum Jesuskind hergestellt hatte. Auf halber Strecke brach der Bericht ab. Ohnehin überflog Julia diese Zeilen nur. Sie legte die Anzeige zusammen und steckte sie in den Karton zurück. Dann zog sie ein oft benutztes, dickes Büchlein in schwarzem Ledereinband heraus, auf dessen weißem, geriffeltem Aufkleber stand: Nächtebuch.

Sie öffnete es langsam und vorsichtig. Es schien so, als fürchte sie, durch hastige Bewegungen könne es zu Staub zerfallen und damit auch die Erinnerungen verlorengehen und die Sehnsucht. Wie lange hatte sie es nicht mehr in den Händen gehalten und darin gelesen – Hannes' Tagebuch, das er seit seinem siebzehnten Lebensjahr bis zu seinem jähen Tod geführt hatte, immer nachts, oft, wenn Julia schon schlief, und von dem er gesagt hatte: »Wenn mir mal etwas passiert, lies darin. Dort wirst du mich finden.«

Damals hatte sie das weggelacht: »Was soll dir denn passieren, Hannes? Und was kann da drinstehen, was ich nicht schon längst über dich weiß?« Sie hatten ein sehr vertrautes Verhältnis gehabt, eines, das weit über die Intimität hinausging. Es war eine Seelenverwandtschaft gewesen, und wenn sie, nachdem er gestorben war, in seinem Nächtebuch gelesen hatte, oft unter Tränen, las sie auch immer etwas, das über das Erlebte hinausging, etwas über seine Gefühle und Gedanken; Gefühle und Gedanken, die genauso die ihren gewesen waren.

Auf den Seiten gab es auch Kritzeleien und Zeichnungen. Einen Teufelskopf etwa, wenn sie Streit gehabt hatten. Ein lachendes Gesicht, wenn es ein guter Tag gewesen war. Hannes' Gesicht, aus dessen Schädeldecke Fragezeichen hervorstachen wie Blitze. Er hatte viele Fragen gehabt, auch viele Antworten. Deswegen gab es auf nahezu jeder Seite rot leuchtende Ausrufezeichen. »Man muss was draus machen!«, stand da und »Verschwende nichts, nur dich selbst an den, den du liebst!« oder »Einfach weiteratmen, der Tag ist sowieso erledigt!«. Viele Sätze, Zitate und Verse waren fast ein wenig banal, von jugendlichem Überschwang oder finsterer Sinnsuche geprägt. Manches war offensichtlich, vieles klang nach einer Geheimsprache. »Beginne von vorn, zünde ein Licht an!«; an anderer Stelle hieß es: »Stirb, Kunst, und erwache neu!« oder »Change or die!«.

Während Julia dies wieder las, wurden Erinnerungen wach, einiges blieb im Dunkeln. Vieles war offensichtlich, manches konnte Julia nicht dechiffrieren.

Aber dann waren da noch diese Zeilen von Christian Morgenstern: »Es ist Nacht, und mein Herz kommt zu dir, hält's nicht aus, hält's nicht aus mehr bei mir. Legt sich dir auf die Brust, wie ein Stein, sinkt hinein, zu deinem hinein. Dort erst, dort erst kommt es zur Ruh, liegt am Grund seines ewigen Du.« Julia hörte wieder Hannes' Stimme. Sah sich und ihn wie so oft damals auf dem Dach des Berliner Mietshauses. Fühlte, wie er sie in den Armen hielt und wiegte, während sie weinte und er ihr die Tränen wegküsste. Und dann waren sie, als es zu kalt geworden war, wieder hinuntergeklettert und unten in der Wohnung ins Bett gegangen und hatten miteinander geschlafen, immer und immer wieder, als gäbe es kein Morgen.

Julia blätterte in dem Buch, überflog ein paar Passagen,

hielt dann inne, beugte sich über die Seiten und roch daran. Sie suchte etwas, wusste nicht, was. Schließlich gab sie sich einen Ruck. Genug der Sentimentalitäten, dachte sie, packte das Buch weg und wollte den Deckel auf den Karton legen, als ihr Blick noch einmal auf ein Polaroidfoto fiel. Darauf stand Julia lachend vor Hannes, er hatte ihre Hände genommen und verbeugte sich vor ihr, tief hinunter, wie ein treuer Diener. Julia drehte und wendete es, als gäbe es darunter etwas zu entdecken. Und dann traf es sie wie einer der Blitze, die Hannes so oft gezeichnet hatte. Diese Geste, diese eigenartige Verneigung, diese fast übertriebene Respektsbezeugung, die sie früher so oft bei ihrem Mann erlebt hatte, war ihr, dreißig Jahre nach seinem Tod, so zum ersten Mal wieder begegnet, heute, im Restaurant. Seltsam. Seltsam, dass ihr das nicht sofort aufgefallen war, dass sie sich nicht sofort erinnert hatte. Seltsam, dass sie an diesem Abend nun hier auf dem Boden ihres Schlafzimmers saß und dieses längst vergessene Foto in Händen hielt.

Aus. Aus und vorbei.

Kapitel 4

Fanny hatte Migräne. Sie legte die Platten mit dem Tiefkühlblätterteig beiseite, öffnete den Schrank, nahm das Päckchen mit dem Kopfschmerzmedikament heraus, ging zur Spüle, griff nach dem umgedrehten Glas im Abtropfkorb und ließ Wasser hineinlaufen. Sie drückte zwei Tabletten heraus, steckte sie sich – erst die Lippen zusammenkneifend, als befände sie sich in einem Streit mit sich selbst, dann sie schnell öffnend, als hätte das strenge Ich über das zaudernde gesiegt – in den Mund und spülte sie hinunter. Sie hatte die Angewohnheit, dabei den Kopf zurückzulegen, die Augen zu schließen und kräftig zu schlucken. »Wie ein Huhn«, sagte Stefan immer zu ihr.

Es stimmte. Sie hatte Schwierigkeiten, Pillen einzunehmen. Wahrscheinlich lag das an einer inneren Abwehr gegen Chemie; es war auch in der Angst begründet, davon abhängig werden zu können. Sie litt oft unter Migräne. In der letzten Zeit war es schlimmer geworden. Heute war wieder so ein Tag. Ausgerechnet heute, wo sie die Normalität in ihr Leben zurückholen wollte und Julia und Frank zum Abendessen eingeladen hatte. Stefan maulte deswegen. Weil die Freunde zugesagt hatten und er so lange wie möglich die Fassade aufrechterhalten wollte, fügte er sich.

»Schatz?«, rief er aus dem Esszimmer hinüber in die Küche, wo Fanny nun Rindergehacktes in kleinen Bergen auf den Blätterteigplatten auftürmte.

»Ja, Schatz?«, rief sie zurück und klappte die Seiten, nachdem sie ein Tüpfelchen Tomatenmark darauf gedrückt und mit Salz, Pfeffer und Tabasco üppig gewürzt hatte, zusammen.

»Kriegt man ein Glas Weißen vorab?«

»Kriegt man«, flötete sie zurück und pinselte wütend aus einer Teetasse aufgeschlagenes Eigelb auf die Teigtaschen. Dieser Arsch, dachte sie, kann der sich seinen Wein nicht selbst holen? Belügt mich, betrügt mich, verlässt mich am Ende und spielt den biederen Hausvater, der sich bedienen lässt.

Sie nahm eine Flasche Sauvignon Blanc aus dem Kühlschrank, öffnete sie und goss zwei Gläser randvoll. Eines links und eines rechts vorsichtig balancierend, damit nichts überschwappte und sie einen Anraunzer riskierte, kam sie zu ihm. Stefan saß in Unterhemd und Unterhose im Esszimmer am Tisch, blätterte mit der einen Hand den Wirtschaftsteil der Tageszeitung um, die vor ihm lag, und hielt mit der anderen – den Arm aufgestützt – einen Apfelgriebs hoch, wie eine Mahnung für nachlässige Hausfrauen. Hastig stellte Fanny ihm die Gläser vor die Nase, entwand ihm geübt den Rest des Apfels und trug ihn mit spitzen Fingern hinüber in den übervollen Mülleimer.

»Untersetzer!«, rief er ihr nach.

Sie kam mit Untersetzern aus Straußenleder zurück, Erinnerungsstücke an bessere Zeiten und einen Golfurlaub in Südafrika.

Stefan hielt sein Glas bereits in der Hand und trank. »Nicht kalt genug!«, murmelte er.

Prüfend nahm sie einen Schluck. »Och, eigentlich …« Ihren Satz zu vollenden, dazu kam sie nicht, denn Stefan hob den Blick von der Zeitung und sah seine Frau so streng an, dass sie verstummte.

»Und ich finde eigentlich, dass du keine Ahnung von Wein hast. Nie hattest. Sauvignon muss knallkalt sein, und wenn du ihn unseren Freunden so vorsetzt, werden sie dasselbe sagen.«

»Ja, was soll ich denn jetzt machen, Stefan? Julia und Frank kommen jeden Moment, ich kann mir keinen kälteren aus den Rippen schneiden.«

Er stand auf. »Verdammt! Was bist du wieder zickig! Hast du deine Migräne oder was? Als Arzt sage ich dir …«, er faltete die Zeitung zusammen, »… wenn du Wein trinkst, öffnen sich deine Blutgefäße, und wenn du Migräne hast, verstärkt das die Schmerzen.«

»Danke für die Fürsorge. Ich habe bereits Tabletten genommen.«

»Na bitte, dann wissen wir ja, was uns für ein Abend bevorsteht. Ich geh duschen.« Er verließ den Raum, hatte den Wein kaum angerührt.

Fanny ging in die Küche zurück. Ihr war zum Heulen zumute. Oben saßen ihre Töchter in ihren Zimmern und starrten auf den Fernseher, dessen Ton sie abgestellt hatten, um rechtzeitig hören zu können, wann ein Gewitter heranrollte. Das Gewitter war der nicht mehr zu unterdrückende Hass der Eheleute Schiller aufeinander. Stefan hatte Fanny letzte Woche gesagt, dass er vorhabe, auszuziehen. Sogar von Scheidung hatte er gesprochen. Sie war in Tränen ausgebrochen, sie dumme Kuh. Anstatt wie sonst einen kühlen Kopf zu behalten, hatte sie geheult und geschrien und sich an ihn geklammert, während er einfach weiterging durch den Garten. Die Häuser standen eng in Kleinmachnow, die Häuser waren eng, alles war eng, das ganze Leben. Einer beobachtete den anderen, alles wurde kommentiert, und natürlich hatten die Nachbarn mal wieder die Auseinandersetzungen mitbekommen und Fanny am nächsten Morgen, so über den Zaun hinweg, seltsam angesehen, als sie ihre kleinen Engel zur Schule fahren wollte. Eng macht böse. Das wusste Fanny.

Seit sie vor einem Jahr das Haus hier gekauft hatten, auf Kredit, seit Stefan jeden Cent umdrehte und von den vielen Schulden sprach und sich bitter darüber beklagte, dass sie zum gemeinsamen Einkommen nichts beitragen würde, seit sie tagtäglich mit dem Kleinkarierten konfrontiert waren, dem Rasenmähen, dem Autowienern auf der schmalen Wohnstraße, den schrecklichen Nachbarschaftsfesten mit gemeinsamem Grillen, mit zu viel Bier und zu viel gespielter Friedlichkeit und Bürgerlichkeit, seit Stefan immer mehr arbeitete und immer später nach Hause kam, seit er Launen entwickelte und ihr auffiel, was für ein Pascha und Egoist er war, und seit sie ihm das vorwarf: Seitdem steckten sie in der Krise.

In der Scheiße, dachte Fanny und schaltete die Dunstabzugshaube an, weil sie das Rinderfilet braten wollte, das es, lauwarm aufgeschnitten, zu Salat und Rosmarinkartoffeln heute Abend geben sollte. Sie war eine lausige Köchin. Woher sollte es auch kommen? Zu Hause hatte sie es nicht gelernt. Ihre Mutter hatte genau genommen nie gekocht, nur Konserven aufgewärmt und Tiefgefrorenes erhitzt. Sie fand – und in diesem Punkt war Fanny mit ihr immer einig gewesen –, dass Kochen und Essen eine Notwendigkeit waren, keine Sache des Vergnügens. Vergnügen hingegen waren Männer, Ausgehen, Feiern, Trinken. Im Fall ihrer Mutter ein bisschen viel Trinken. Den Mann aus dem Haus trinken. Die Tochter an den Rand der Verzweiflung trinken. Den Verstand wegsaufen.

Es gibt ein Geheimnis: Obwohl wir gerade das oft nicht wollen, leben wir, aus lauter Liebe, das Leben unserer Eltern nach. Wer das weiß und anerkennt, der ist frei und kann loslassen. Wer das Geheimnis nicht kennt, bleibt rastlos und unerklärlich unerlöst, sucht sein Leben lang und fürchtet, nie zu finden.

Fanny kannte dieses Geheimnis nicht. Sie war sich nicht bewusst, dass sie in der Abhängigkeit zu Männern ihrer Mutter nachgeeifert hatte, dass sie im selben andauernden Widerstreit lebte zwischen Klammern, Festhalten, Nicht-loslassen-wollen und dem Fluchtinstinkt des Rehs auf der freien Wiese. Sie hatte die Schönheit ihrer Mutter geerbt. Aber auch deren ständige Frustration, die auf Unsicherheit beruhte; das Ansprüchliche, das sich verbarg unter dem Wort »anspruchsvoll«.

Fanny war ihr Leben lang eine Frau voller Erwartungen gewesen, die ihren Mann antrieb, mehr zu werden, als er sein wollte. Vom Medizinstudenten, der am liebsten abbrechen und Rockmusik machen wollte, zum Assistenzarzt in einem Kreiskrankenhaus in Heide-Holstein; vom Facharzt zum Oberarzt; vom Oberarzt immer noch nicht zum Chefarzt in der Charité. Sie trieb sich selbst an. Sie wollte die attraktivste Geliebte, die treueste Partnerin, die talentierteste Köchin, die beste Mutter sein, scheiterte – vielleicht gerade deswegen – an allen Fronten. Sie trieb ihre Töchter Germaine, elf, und Françoise, neun, an. Zu Bestleistungen in der Schule, zum Ballett, zum Klavierspielen, zum Reiten, zum Theaterspielen. Aus ihnen sollte einmal etwas werden. Sie sah sie unabhängig, erfolgreich, berühmt. Sie selbst hatte es nicht weiter gebracht als bis zur Schneiderin. Einen Mann zu verwöhnen, Kinder zu kriegen und aufzuziehen, ein Zuhause schön zu gestalten, eben Hausfrau und Mutter zu sein – das war schließlich ihre Aufgabe geworden, ein Beruf. Auch wenn das keiner anerkennen wollte.

Und dann funkte ihr diese Nutte dazwischen. Einmal hatte sie, ohne dass es verabredet gewesen war, Stefan vom Krankenhaus abholen wollen, um mit ihm ins Kino zu gehen. Fanny liebte Filme. Sie hatte ihren Kombi gegenüber dem Eingang zur Charité geparkt, und dann war etwas passiert, was eine Filmszene hätte sein können: Stefan kam aus dem Hauptgebäude, in Begleitung einer Kollegin. Sie blieben, sich unbeobachtet fühlend, auf den Stufen stehen und verabschiedeten sich. Stefan gab der Frau die Hand. Sie hob ihre Arme (sie war zwei Köpfe kleiner als Stefan, kein Wunder, denn Stefan war fast zwei Meter groß), legte sanft die Hände um seinen Hinterkopf, sah ihn an, zog sein Gesicht zu ihrem herab und küsste ihn. Er schien verblüfft zu sein, ließ sie aber gewähren. Dann verschwand sie wieder in der Charité. Stefan war verwirrt. Er ging erst nach links. Dann nach rechts. Schließlich setzte er sich auf eine Steinbrüstung und starrte vor sich hin. Fanny stieg aus dem Wagen und ging zu ihm. Er erhob sich, wollte sie zur Begrüßung küssen. Sie drehte sich zur Seite und gab vor, husten zu müssen. Fadenscheinig entschuldigte sie sich dafür, und als er sie fragte, wie lange sie schon auf ihn gewartet habe, log sie, gerade eben erst vorgefahren zu sein. Der Film, den sie dann in dem abgerockten Kino sahen, erzählte ausgerechnet die Geschichte des Scheiterns einer Ehe. Es war eine Romanverfilmung mit Leonardo DiCaprio und Kate Winslet. Nach der Vorstellung schlenderte das Ehepaar durch die Straßen, kehrte in einer Brasserie ein, aß eine Kleinigkeit und trank eine Menge. Beide fanden, dass DiCaprio mit dieser Leistung endgültig bewiesen habe, der beste Schauspieler der Welt zu sein. Von der Winslet waren sie beeindruckt. Über die Geschichte zu reden, vermieden sie. Es lag an diesem Abend eine Ahnung in der Luft, dass sie der ihren irgendwann gleichen könne.

Und so kam es dann auch. Fanny sprach Stefan nicht darauf an, was sie gesehen hatte. Sie sagte sich selbst, die Sache habe nichts zu bedeuten. Ihre Devise war: nicht daran rühren, es totschweigen, bis es nicht mehr vorhanden war, auch nicht mehr in der Erinnerung. Doch wenn das Gedächtnis gefüttert wird mit Eifersucht und Angst, wuchert die Fantasie. Fanny malte sich aus, dass Stefan, wenn er Nachtdienst hatte, in Wahrheit bei dieser Frau war. Sie rief auf der Station an und erfuhr, dass er eine Notoperation durchführen würde und nicht ans Telefon kommen könne. Schließlich rief sie so häufig an, dass Stefan es sich verbat. Später durchsuchte sie seine Jacken, seine Sporttasche, roch an seiner Wäsche. Sie durchforstete seine Mails, durchwühlte seinen Schreibtisch, überprüfte die Wahltasten seines Handys. Wäre Julia nicht gewesen, die kühle, klare Julia, Fanny wäre durchgedreht.

Die Frauen hatten sich kennengelernt, als beide allein lebten. Hannes war bereits ein paar Jahre tot. Julia sprach lange Zeit nicht über ihn. Sie waren zwei auf sich gestellte, nur sich selbst gegenüber verantwortliche, lebenslustige Frauen, die gern ausgingen und sich auf Anhieb verstanden, trotz des Altersunterschiedes von neun

Jahren. Sie trafen sich in der Diskothek *Dschungel*, dem damals spektakulärsten Club der Stadt, der sie alles vergessen ließ, auch, dass Berlin eine Insel war, umgeben von einer Mauer. Die Musik war laut und heftig, der Raum riesig und dunkel und bebend, die Drinks stark und die Jungs wild auf alles, was sich anbot. Frauen, Drogen, Alkohol. Julia und Fanny waren Tiere in freier Wildbahn, und im *Dschungel* konnten sie jede Nacht Männer reißen. Es gab auch eine andere Seite. Lange Spaziergänge durch den Grunewald, Teestunden in ihrem Stammcafé um die Ecke, Kinobesuche, das Theater und die Musik. Sie gingen in die Schaubühne und waren von den Inszenierungen Peter Steins hingerissen. Sie fuhren rüber in den Osten und zogen sich im Berliner Ensemble Brechtstücke rein, von »Mutter Courage« bis zu »Der gute Mensch von Sezuan«. Sie hörten Zwölfton-Konzerte und schütteten sich wie Schulmädchen aus vor Lachen. Sie erlebten die Rolling Stones und die Pet Shop Boys, sie entdeckten ein Restaurant, das ihr Lieblingslokal wurde, das *Exil*. Dort lernte Fanny auch Stefan kennen, der als Medizinstudent aus Norddeutschland gemeinsam mit ein paar Freunden übers Wochenende nach Berlin gekommen war. Seine Kumpels hatten sich im *Exil* mit Brotkrumen beworfen, und einer davon landete auf Julias Salatteller. Stefan entschuldigte sich, und er machte das so charmant, dass man sich entschloss, gemeinsam um die Häuser zu ziehen. Anfangs schien er sich mehr für Julia zu interessieren; sie fand ihn zu jung für sich und ließ ihn abblitzen. Franziska hingegen, die schon damals einen Hang zu impulsiven Handlungen hatte, baggerte ihn an, und das gefiel Stefan. Gegen vier Uhr morgens hauten die zwei ab. Plötzlich und unerwartet waren sie ein Paar, verlobten sich, heirateten. Julia wurde Trauzeugin, es war das erste und einzige Mal, dass sie Fannys Eltern sah; verbitterte, getrennt lebende Menschen, die, wann immer es ging, Bösartigkeiten gegeneinander vom Stapel ließen und sich hemmungslos betranken. Es war trotzdem ein schönes Fest, denn Stefans Eltern – auch Ärzte – waren reizende, heitere Menschen, denen es gelang, als Gastgeber eine familiäre und fröhliche Stimmung herzustellen. Entgegen der Tradition, dass eigentlich die Brauteltern für die Kosten der Hochzeit zuständig waren, zahlten sie nobel alles.

Eine Weile finanzierte Fanny das gemeinsame Leben, denn als Leiterin einer Boutique verdiente sie anfangs mehr als er. Dann wurde sie schwanger, schmiss den Job hin, als habe sie nur darauf gewartet, verlor das Kind im fünften Monat. Es sah so aus, als würde sie nie Kinder kriegen können. Fanny und Stefan waren untröstlich. Die Ehe geriet in ihre erste, große Krise. Ein Medizinerfreund aus Studientagen, der Gynäkologe geworden war, sich in Tübingen niedergelassen und auf Fertilisation spezialisiert hatte, schaffte es dann, dass sie Eltern wurden. Fanny war einunddreißig Jahre alt, als Germaine zur Welt kam. Julia, die mittlerweile Frank von Parlin kennengelernt hatte, wurde Patin.

Von außen besehen waren sie zu jener Zeit eine muntere, glückliche Familie. Stefan machte Karriere. Das veränderte ihn. Es verlangte ihm alle Kraft ab, ja, mehr noch, es ging häufig über seine Kraft. Zeit für die Familie blieb nur selten. Seine Überforderung ließ er an Fanny aus. Er stellte zunehmend Ansprüche an sie, wurde zum Herrscher aller Reußen im eigenen Heim, verlor jedoch das sexuelle Interesse an ihr, und je mehr sie versuchte, es bei ihm wiederzuerwecken, desto stärker törnte ihn das ab. Sie fühlte sich ungeliebt und unattraktiv. Ein kleiner Wein mittags half ihr, die Dinge leichter zu nehmen. Das Glas am Abend, aus dem gern auch einmal zwei, drei und vier Gläser wurden, machten sie müde und verhinderten, dass sie auf Stefan wartete und ins Grübeln kam. Mit Alkohol konnte sie besser schlafen. Alkohol putschte sie auf. Alkohol wurde ein guter Freund. Stefan übersah das, und wenn er es bemerkte, war es ihm gleichgültig. Er trank einfach mit, wenn er zu Hause war, was allerdings immer seltener vorkam.

Fanny nahm zu. Darunter litt sie. Sie machte Diäten, fuhr mit Julia nach Überlingen, um in einer Klinik für ernährungsbedingte Krankheiten sich und vor allem ihr Idealgewicht wiederzufinden. Tatsächlich nahm sie ab, und die Tage mit Julia am Bodensee waren die reine Freude. Kaum zu Hause angekommen, hatte sie schnell alle Kilos wieder drauf. Es war ein Kreislauf, und es gelang Fanny nicht, da wieder herauszukommen.

Ihr Unglücklichsein wurde größer und größer, und es steigerte sich ins Unermessliche, als Stefan eines Abends ungewohnt gutgelaunt nach Hause kam, sich mit ihr bei einer Flasche Burgunder vor den schwedischen Kamin setzte, ihre Hand nahm, sich endlich von der Last des Geheimnisses befreite und ihr erzählte, dass er eine Geliebte hatte. Sie weinte nicht, schrie nicht, schimpfte nicht. Nur interessiertes Nachfragen, offenes Zuhören, gespieltes Begreifen. Sie rechnete sich aus, dass sie, wenn sie ihm nur genügend Verständnis entgegenbringen, ihm ausreichend Freiheiten geben würde, ihn nicht verlöre. Es war ein Irrtum. Stefan, ganz erfüllt von sich selbst und dem neuen Glück mit seiner jüngeren Kollegin, die ihm auf Augenhöhe gegenüberstand und begriff, was er leistete, und mit der er, wenn sie denn keinen Sex hatten, stundenlang über die Arbeit reden konnte, deutete ihre milden Reaktionen als längst fällige Einsicht in die Tatsache, dass ihre Ehe gescheitert war. Als ihm klarwurde, dass sie nur aus Taktik so gelassen reagiert hatte, verlor er den letzten Respekt vor ihr. Er behandelte sie wie eine Putzfrau. Sie wehrte sich. Jetzt kamen ihre Tränen, jetzt tobte ihre Wut, es hagelte Vorwürfe. Dann wieder devote Tage, in denen sie alles tat, was er wollte, nur um ihn umzustimmen.

Dieser Abend war einer von der devoten Sorte. Fanny wollte nicht aufgeben. Ihre Freunde Julia und Frank, die zu den wenigen aus Franziskas Kreis gehörten, die Stefan bewunderte, sollten eine flankierende Maßnahme zur Rückeroberung werden. Ein gutes Essen, anregende Gespräche, liebevoll ausgewählter Wein und die frischen Blumen in der Vase würden, so dachte sie, ein Übriges tun. Hätte sie aufgepasst, wäre ihr klargeworden, dass alles verloren war, dass sie Stefan eigentlich hasste und dass es nur darum ging, wieder einmal, eine Schlacht zu schlagen und zu gewinnen. Es ging um Macht.

»Mami?« Germaine stand mit einem Hanna-Montana-T-Shirt und nackten Beinen in der Küche.

»Ja, Liebling, was machst du denn noch hier? Ich denke, ihr liegt längst im Bett!« Die Dunstabzugshaube rauschte, das Filet in der Pfanne zischte, der Ofen summte, die Küchenuhr tickte. Fanny drehte sich um. »Mami hat sich jetzt richtig erschrocken, Sweetie, ich habe dich gar nicht kommen hören.«

Germaine tapste heran: »Ich habe ein paar Mal gerufen.«

»Ach ja? Geh mal zur Seite bitte, die Pfanne ist sehr heiß.« Fanny wendete das Rindfleisch.

»Julia steht draußen. Und Frank. Und sie haben schon ganz oft geklingelt.«

»Oh, mein Gott. Verdammt. Wo ist euer Vater?«

»Der duscht. Er hat das auch nicht gehört.«

»Danke, dass du mir Bescheid gesagt hast.« Sie schob Germaine beiseite, ließ das Fleisch auf dem Herd, den Blätterteig im Ofen, lief zur Terrassentür, an der Frank gerade von draußen, seine Hände vor den Augen zum Trichter geformt, hineinlugte.

Fanny drückte den Türhebel hinunter und schob umständlich die Glastür auf. »Entschuldigt, entschuldigt, entschuldigt!«, rief sie aus und kickte eine Puppe beiseite. »Kommt in die gute Stube.«

Frank kam herein, eine Flasche in der Hand: »Wir dachten schon, ihr seid nicht da.«

Julia und ihre Freundin umarmten sich, tauschten zwei Wangenküsse aus. Dann beugte sich Julia, während sich Frank leicht irritiert in dem Chaos umsah, zu Germaine hinunter, gab ihr einen Kuss und überreichte ihr das eine der beiden flachen Päckchen, die sie unter dem Arm hielt. »Das ist für dich, mein Baby.«

»Ich bin kein Baby!«, gab Germaine kühl zurück, befingerte dabei neugierig das Geschenk.

»Sag lieber danke«, ermahnte Fanny ihre Tochter und sammelte Bücher, Klaviernoten und Stefans Strickjacke vom Boden auf.

»Und das ist für unser anderes Baby.« Julia hielt das zweite Päckchen hoch. »Wo ist sie denn?«

Germaine riss das Papier kaputt. »Sie ist auch kein Baby, und sie ist oben, und Papa ist auch oben und duscht.«

»Deswegen haben wir euch auch nicht gehört«, meinte Fanny, schob die Terrassentür zu und sah, wie ihre Älteste einen rosafarbenen Schal an ihre Wange hielt. »Das sollt ihr nicht, Julia. Immer diese übertriebenen Geschenke.«

»Es ist praktisch, jetzt, wo bald der Winter kommt«, sagte Frank und stellte die mitgebrachte Weinflasche auf das Klavier in der Ecke.

»War ein Sonderangebot im KaDeWe«, flüsterte Julia ihrer Freundin ins Ohr.

Während Julia noch sprach, tauchte Françoise in einem viel zu langen Frotteebademantel auf. Sie trug Hausschuhe in der Form von Erdbeeren und rannte auf Frank zu, den sie liebte und in dessen ausgebreitete Arme sie flog.

»Ja, Madame!«, rief er aus. »So stürmisch?« Er setzte sie wieder herunter, nachdem er sich mit ihr einmal im Kreis gedreht hatte, und Julia kam zu ihr, um ihr das Geschenk zu überreichen. Gemeinsam sahen sie der Neunjährigen zu, wie sie mit Bedacht das Geschenkband entknotete, die Klebestreifen entfernte, das Papier aufschlug und beiseitelegte und dann den zum Vorschein kommenden Bildband über Pferde neugierig betrachtete. Dabei hockte sie sich, ohne den Blick von den Fotografien abzuwenden, langsam auf den Boden, verharrte dort im Schneidersitz und war augenblicklich versunken. Julia sah von Françoise zu Frank, der still lächelnd zu dem Mädchen herunterschaute. Das versetzte ihr einen Stich. Eigentlich gehörte sie zu jenen, die herrlich vor versammelter Mannschaft über Kinder herziehen konnten. Kinder, das war für sie ein Synonym für Monster. Kinder schmutzten, Kinder waren gefräßig, Kinder waren anspruchsvoll und undankbar, Kinder ließen einen nachts nicht schlafen und hinderten einen tagsüber daran, ohne schlechtes Gewissen Karriere zu machen. Dass Kinder ein Geschenk sind, das Glück und die Zukunft dieser Welt, dass Kinder ein Leben erden und eine Familie abrunden, dass Kinder Freude bereiten und Spaß machen, dass ein Kinderlachen wie Balsam ist und die Umarmung eines Kindes wie ein Segen, dies alles wusste Julia auch. Doch sie schob es von sich weg.

Natürlich verbarg sich hinter ihrer Abwehr, ihrer Ignoranz und ihrem Zynismus eine stille Sehnsucht, ein immer wieder mit Macht unterdrücktes Gefühl von Unvollständigkeit. Und das war es auch, was sie so rührte und schmerzte, als sie Frank beobachtete. Beide waren nun schon so lange zusammen, doch sie hatten nie darüber geredet, wie es wohl wäre, wenn sie gemeinsam Kinder hätten. Frank war schließlich Vater von längst erwachsenen Söhnen. Und Julia hatte viel zu viel Freude an ihrem Beruf gehabt, als dass sie bereit gewesen wäre – und zu dem Zeitpunkt, als sie Frank kennengelernt hatte, hätte sie durchaus noch Mutter werden können –, die Arbeit an den Nagel zu hängen. Der Spagat, den viele Frauen, die meisten gar, machen mussten, um Beruf und Familie unter einen Hut zu kriegen, machte Julia eher Angst.

Früher, so dachte sie, als sie nun sah, wie Frank sich neben Françoise auf den Boden setzte und anfing, mit ihr den Bildband durchzublättern, ja, früher, als es Hannes noch gab, da war alles anders gewesen. Nicht nur er hatte den Wunsch nach Kindern gehabt, sondern auch sie. Doch dazu war es eben nicht gekommen. Gut so. Warum jetzt noch lange über die versäumten Gelegenheiten im Leben nachgrübeln?

Frank war selbst ein großer Kindskopf manchmal, und

wenn sie wirklich Sehnsucht nach Kindern hatte, gab es immer noch diese beiden kleinen Hexen hier, Germaine und Françoise, für die sie, nach Lust und Laune, die Tante und Patentante geben konnte. Julia beruhigte sich selbst mit diesen Überlegungen. Trotzdem seufzte sie. Aus tiefster Seele. Es blieb ein kleiner Schmerz.

Ächzend kam Frank wieder hoch, und auch Françoise stand auf, um sich mit einem dicken, feuchten Kuss und einer festen Umarmung bei Julia für das Geschenk zu bedanken. Fanny ermahnte die Mädchen, leise hinauf und brav zu Bett zu gehen. Sie verabschiedeten sich, ließen das Geschenkpapier auf dem Teppichboden zurück und verschwanden. Frank hatte sich mittlerweile auf das Zweisitzer-Sofa neben dem Kamin gesetzt, und Julia kam zu ihm, während Fanny begann, aus dem Buffet ihrer Großmutter Teller herauszunehmen und auf dem Esstisch zu verteilen.

»Mal wieder alles ohne Plan bei uns.«

»Es riecht …« Frank schnupperte. Seine Nase kräuselte sich. »Es riecht …«

Er musste den Satz nicht zu Ende sprechen. Alle drei sahen sich an. Stürmten in die Küche. Entdeckten durch den Rauch hindurch entsetzt, was passiert war. Das Filet in der Pfanne zischte und dampfte und sah in dem verbrannten Fett aus wie ein Brikett; der Backofen qualmte, und die Küche war glühend heiß. Überall deutete ein Gegenstand darauf hin, dass Fanny etwas begonnen und nicht zu Ende gebracht hatte.

»Da muss wohl mal der Papa ran!« Frank zog seine Anzugjacke aus, hing sie über die Lehne eines Küchenstuhls, knöpfte seine Manschettenknöpfe auf, krempelte die Ärmel hoch und fing an, Ordnung zu machen. Unglücklich setzte sich Fanny an den Küchentisch. Frank drehte den Herd ab, schaltete den Ofen aus. Geschickt nahm er mit einem Handtuch den Griff der Pfanne, ging mit ihr zum Mülleimer, öffnete ihn und ließ das teure Filet, schwups, hineinrutschen. Dasselbe machte er mit den ungenießbar gewordenen Teigtaschen. Dann machte er das Fenster zum Garten auf, um zu lüften. Kalte Luft zog herein. Julia, die nicht untätig herumstehen konnte, kramte unter der Spüle einen Schwamm, einen Wischlappen, ein Plastikeimerchen und eine Flasche mit Spülmittel heraus, ließ Wasser in den Eimer einlaufen und begann damit, das Fett, den Ruß und den eingebrannten Fleischsaft von der Herdfläche abzuschrubben. Obwohl Fanny dankbar für die Hilfe war, tat es ihr weh, mit ansehen zu müssen, was für ein eingespieltes Team die beiden waren, wie sie sich wortlos gegenseitig halfen, wie zügig und konzentriert und selbstverständlich sie die Misere beseitigten. Am Ende war die Küche sauber und gut gelüftet, und Fanny hatte keinen Schlag getan. Sie war wie gelähmt. So etwas kann nur mir passieren, dachte sie, ausgerechnet heute, wo ich einen gemütlichen Abend mit meinen besten Freunden verbringen, eine friedliche Stimmung schaffen und Stefan zeigen wollte, wie perfekt ich bin, wie unkompliziert, wie heiter, getragen von Menschen, die mich wirklich lieben und die er auch verlieren würde, ließe er mich wirklich sitzen.

Stefan kam herein. Er roch nach Aftershave, war frisch rasiert, sein schmales, vogelähnliches Gesicht leuchtete glatt wie ein Kinderpopo. Sein dünnes Haar war gewaschen. Er hatte es mit Gel stramm nach hinten gekämmt. Das eng geschnittene hellblaue Hemd und die Jeans betonten seine schlanke Figur.

»Was ist denn hier los?«, fragte er. »Putzkolonne da?«

Die Freunde begrüßten sich. Er gab Julia einen Kuss auf den Mund, schüttelte Frank mit festem Griff und ernstem Blick beinahe feierlich die Hand, denn er bewunderte den Anwalt. Für seine Frau, das Häufchen Elend am Küchentisch, hatte er nur einen kurzen Blick übrig. In ihren Augen lag der dringende Wunsch, niemand möge etwas sagen, und immerhin war Stefan in diesem Augenblick fair genug, sie nicht niederzumachen. Genau genommen war es wahrscheinlich nicht einmal Fairness, die ihn schweigen ließ. Eher wollte er den lässigen Ehemann geben, den souveränen Weltmann, den überlegenen Kumpel – und was kratzt es eine deutsche Eiche, wenn sie ein Hund anpisst? Vor allem wollte er, wäre es ihm denn bewusst gewesen, seine Frau Lügen strafen, weil sie ihn, oft auch in seiner Gegenwart, als Despoten darstellte, als fordernden Spießer, als Unterdrücker. Während sich Julia und Frank zu Fanny an den Tisch setzten, rieb er sich beiläufig die Hände, so, als produziere er auf diese Weise Energie, und sagte betont heiter: »Pizza, Leute?«

Später aßen sie am Esstisch im Wohnzimmer Pizza Margherita aus Pappkartons, tranken den Einhundert-Euro-Rotwein, den Frank als Gastgeschenk mitgebracht hatte, dazu und fühlten sich so jung wie zu Studententagen. Fanny hatte ein paar Stumpenkerzen auf den Tisch gestellt, um es gemütlicher zu machen.

»Schatz, haben wir keine Servietten?«, fragte Stefan.

Fanny sprang auf, ging in die Küche und kam mit einem ungeöffneten Päckchen Papierservietten zurück, zerrte die Plastikhülle auf und verteilte sie.

»Keine aus Stoff?«, wollte Stefan nun wissen.

»Geht auch wunderbar so«, meinte Julia und betupfte sich die Mundwinkel.

»Nein, Stefan, keine aus Stoff. Ich bin noch nicht dazu gekommen, sie zu waschen.«

»Ja, was du immer alles nicht schaffst. Das sollte ich mal im Job so machen. Bin noch nicht dazu gekommen, Sie zu operieren, sorry, nun geht's zu Ende mit Ihnen. Du und deine faulen Ausreden immer.«

Frank meldete sich zu Wort, als müsse er vor Gericht etwas ins rechte Licht rücken. Er hob seinen rechten Einspruch-Zeigfinger: »Stefan, lass es gut sein!«

»Nein, im Ernst, Frank: Was macht eine Frau den ganzen Tag allein zu Hause, der Mann bei der Arbeit, die Kinder in der Schule, beim Sport und im Musikunterricht? Weinerliches Überfordert-Sein. Phh … Dieses Luschige überall, dieses Mittelmäßige, gepaart mit Anspruchsdenken, mal von unserer guten Fanny hier abgesehen. Das ist in Deutschland wie ein Virus mittlerweile, die Leute jaulen nur noch rum, sind ständig unzufrieden, ohne die Welt zu kennen und zu wissen, wie gut es uns allen geht. Sie meckern über die soziale Ungerechtigkeit, die vielen Steuern, mein Gott, ja, das ist natürlich auch eine Pest, nur: Wer hat denn in diesem Land wirklich etwas auszustehen? Überall Absicherungen, Netze, doppelte Böden, trotz unserer Scheißgesundheitsreform. Die Politiker richten etwas an und lassen die Bürger mit dem ganzen Dreck sitzen, während sie in die freie Wirtschaft gehen und Öl verditschen oder Vorträge halten oder Bücher schreiben … Trotzdem: Es geht uns ja gut.« Er schlug mit seiner Hand heftig auf Fannys Unterarm und wiederholte: »Es geht uns ja gut, was, Schatz?«

»Ich bin nicht luschig.«

»Ach, das ist auch wieder so typisch du. Ich rede über die Wetterlage, und du beziehst es auf dich. Ach ja, ich vergaß: Migräne. Frauen, was, Frank? Komplizierte Maschinen haben eben immer einen Defekt.«

Am liebsten würde ich ihm jetzt eine reinhauen, dachte Julia, damit seine Defekte offensichtlich werden.

Ehe der von Stefan angesprochene Frank Luft geholt hatte und etwas sagen konnte, ging Fanny dazwischen: »Und wenn du wissen willst, was ich den ganzen Tag mache: Ich kümmere mich um die Erziehung unserer Töchter, ich fahre sie den halben Tag hierhin und dahin und hole sie wieder ab. Ich kaufe ein, ich putze, ich koche, ich räume auf …«

»Du räumst auf?«

Fanny ließ sich nicht abbringen. »Ich mache den Garten, zupfe Unkraut, schneide die Hecken, grabe um, fege, mähe den Rasen, alles, weil wir uns einen Gärtner nicht leisten können. Ich wasche, bügle, nähe, flicke, weil wir uns eine Putzfrau nicht leisten können. Ich …«

»Du wäschst Servietten, ich weiß.«

Frank und Julia sahen wie bei einem Tennismatch von einem zum anderen, fühlten sich unwohl, sie kannten diese Streitereien zur Genüge und wussten dennoch nicht, was sie sagen sollten.

Stefan goss den letzten Rotwein in sein Glas und stürzte alles in einem Schluck herunter: »Ach, Schatz, was soll's? Du machst es eben, so gut du kannst.«

Fanny sah eine weiße Fahne am Horizont. Hatte sie eben noch befürchtet, ihr würde der Abend entgleiten, und alles ginge in die vollkommen falsche Richtung, glaubte sie nun, es fehle nur ein kleiner Ruck, eine Kehrtwende zum Guten.

»Habe ich euch schon erzählt …«, fragte sie und warf dabei Stefan einen anhimmelnden Blick zu, »… dass Stefan ein Angebot vom Benjamin Franklin hat, dort als Chef der Chirurgie anzufangen?«

Julia und Frank sahen Stefan erstaunt an.

Er grinste. Zwischen seinen Schneidezähnen leuchtete ein Stückchen gekochter Tomate.

Kinder bis zum Alter von sechs Jahren und Männer muss man nur loben, schamlos loben, dachte Julia, und ihr kamen dabei auch ihre männlichen Kollegen in der Bank in den Sinn. Männer sind nun mal wie groß gewordene Kinder. Sie verkleiden sich nur mit der Rolle, die sie als Erwachsener spielen zu müssen glauben. Dahinter steckt aber immer der Junge, der sich nach seiner Mama sehnt, nach ihr und ihrem Lob.

»Wirklich?«, hakte Julia daher nach, froh darüber, dass der Abend nun lockerer zu werden schien, und auch, um Fannys Mann die Chance zur Selbstdarstellung zu geben.

»Dolle Sache!«, ergänzte Frank und sah zur leeren Flasche hinüber. »Wann geht's los, Herr Chefarzt?«

»Unterschrieben ist noch nichts.«

»Mehr Geld sicher«, meinte Frank.

»Ja, ja, und eine wirkliche Herausforderung, nicht, Schatz?« Fanny entspannte sich. »Ich meine, das Benjamin Franklin untersteht natürlich auch der Verwaltung der Charité, aber da wird sich Stefan mit seinen Forderungen schon durchsetzen.«

»Du musst es ja wissen.«

»Erzähl mal, Stefan. Das interessiert unsere Freunde doch.«

»Wie wäre es mit einem neuen Wein, Schatz. Wir können ja hier nicht auf dem Trockenen sitzen. Super übrigens, Frank, der Wein.«

»Ein Lafitte ist eben immer ein Lafitte.«

Fanny stand auf, ging hinunter in den Keller, kam wenig später mit einer Flasche italienischem Roten zurück und hielt ihn Stefan, der gerade ausführlich sein mögliches neues Aufgabengebiet umschrieb, vor die Nase.

Er unterbrach: »Was soll das?«

»Willst du ihn nicht öffnen, Schatz?«

»Willst du ihn nicht öffnen, Fanny?«

Sie nickte, verschwand erneut, und als sie wiederkam, hielt sie die Flasche und den Öffner, in dem der halb abgebrochene Korken steckte, hilflos in der Hand.

»Weiber!«, lästerte Stefan. »Was, Frank?«

Julia ärgerte sich zu Tode, ließ sich dennoch nichts anmerken, sondern nahm ihrer Freundin die Flasche ab. Nach einer Minute hatte sie die Situation gerettet und schenkte, nachdem alle bestätigt hatten, dass sie kein frisches Glas benötigten, nach.

Fanny setzte sich wieder. Sie nahm Stefans Hand, was ihm sichtlich unangenehm war. Er wollte sie wegziehen, doch sie ließ ihn nicht los: »Ich würd mich so für ihn freuen. Er hätte es wirklich verdient. Er ist ein so guter Arzt.«

»Leider geht es ja nicht immer gerecht zu, Schatz, das wissen wir beide.«

Wir beide. Wie schön das klang. Trotzdem befreite er sich aus ihrer Umklammerung und trank etwas Wein.

»Und wenn es nicht klappt …« Fanny suchte nach tröstenden Worten, während ihr Mann ihr ins Wort fiel:

»Dann klappt es eben nicht.«

»Dann bewirbst du dich woanders.«

»So, tue ich das?«

»Ja, mein Gott, du lässt einfach nicht länger auf dir herumtrampeln. Es gibt andere Krankenhäuser in anderen Städten. Ich mache alles mit. Das Häuschen …« – sie sagte immer Häuschen, was Stefan unendlich aufregte, denn sein gesamtes Erspartes steckte darin, und die Schulden würden ihn bis zu seiner Pensionierung begleiten – »… das Häuschen können wir verkaufen. Oder vermieten. Du sagst immer, man muss heutzutage flexibel sein. Ein Ortswechsel hat noch niemandem geschadet. Neue Herausforderungen, Gesichter, neue Kollegen …«

»Was redest du da, du dusselige Pute?«

Julia warf sich in die Bresche. »Bitte, Stefan, lass diesen unverschämten Ton gegenüber deiner Frau. Zumindest in unserer Gegenwart.«

Wie ein Blitz war Fanny auf hundertachtzig: »Neue Kollegen«, wiederholte sie und fixierte ihren Mann, »und neue Kolleginnen.«

Eine Weile war Stille.

Dann fing Stefan an zu sprechen, sehr sachlich, wie ernüchtert: »Wir können es abkürzen. Ihr seid unsere besten Freunde. Ihr wisst, dass es eine andere Frau in meinem Leben gibt. Eine Kollegin, ja. Es ist nun einmal so, das passiert einem, wir haben uns ineinander verliebt. Mit Fanny und mir stand es ja nun seit längerem nicht zum Besten.«

»Hör auf!«, flehte Fanny.

Stefan war noch nicht fertig. Er hatte noch etwas zu sagen, was Fanny vielleicht ahnte, ja, sogar fürchtete, obgleich sie nichts mit Bestimmtheit wusste: »Ich werde Franziska verlassen. Anfang des Jahres ziehe ich aus. Ich habe bereits eine kleine Wohnung in der Stadt.«

Nun war es raus. Nun war es in Stein gemeißelt. Nun gab es kein Zurück mehr. Fanny schlug mit den Händen auf die Esstischplatte, sprang auf, rannte zur Terrassentür, schob sie auf und verließ das Haus.

»Musste das denn sein?«, fragte Frank.

»Ja, es musste sein. Dieses andauernde Herumeiern! Hat ja keinen Wert.«

»Mir wäre es lieber gewesen, du hättest es ihr gesagt, wenn ihr allein seid, Stefan«, erklärte Julia, stand auf und folgte ihrer Freundin in den Garten. Während sie die Terrassentür sanft hinter sich zuzog, hörte sie, wie die Männer in ein leises Gespräch verfielen. Mit einem Mal hatte sie den Eindruck, dass Stefan vielleicht nicht nur das Schwein war, für das sie ihn hielt, sondern ein leidender Mensch, der einfach nur seinen legitimen Anspruch auf Glück durchsetzen wollte und an diesem Abend spontan die Chance sah, mit schonungsloser Ehrlichkeit seinem Ziel ein Stück näher zu kommen.

Fanny saß draußen auf der Gartenbank und weinte. Julia setzte sich neben sie. Sie hatte den Impuls, den Arm um Fanny zu legen, unterließ es aber.

»Du bist so eine gute Freundin, du kennst mich so gut«, Fanny zog die Nase hoch. »Du würdest nie den Arm um mich legen, in so einer Situation, weil du genau weißt, wie ich das hasse: Mitleid.«

Ohne Punkt und Komma redete sich Fanny ihren Kummer von der Seele, mit einer selbstzerstörerischen Offenheit: »Ich habe ihm das Leben zur Hölle gemacht. Es stimmt: Ich bin eine schlechte Hausfrau, eine Schlampe, eine langweilige Geliebte. Ich habe eine Riesenmitschuld daran, wie es gekommen ist. Ich habe mich gehenlassen. Ich hätte mich mehr bemühen sollen. Man gewöhnt sich ja so schnell an das Schöne. Alles war selbstverständlich geworden. Ich war mir seiner zu sicher. Und nun …« Sie fing wieder an zu weinen. »Nun geht er und lässt mich zurück, wie ein Stück aus seinem lächerlichen Setzkasten, auf den er so stolz ist. Er hat mich herausgenommen, betrachtet und wieder zurückgestellt. Da kann ich jetzt verstauben und werde vergessen. Es ist schrecklich, Julia, schrecklich.«

Julia zog ein sauberes Stofftaschentuch hervor und gab es Fanny: »Sieh es mal so: Du weißt endlich, woran du bist. Du sagst selbst, Sweetheart …« Sie wollte ihren Ausführungen etwas Leichtes geben und benutzte deshalb dieses englische Kosewort aus den jungen Tagen ihrer Freundschaft, »… dass eure Ehe kaputt ist. Einer muss den ersten Schritt tun. Das hat Stefan jetzt gemacht. Am Ende wirst du dich besser fühlen. Sagt dir die Schauspielerin Hildegard Knef noch etwas?«

»Willst du mich auf den Arm nehmen?« Fanny sah sie von der Seite an und gab ihr das benutzte Taschentuch zurück.

»In ihrem Buch ›Der geschenkte Gaul‹ hat sie mal einen Satz geschrieben, den verwahre ich in der Kiste von Hannes, du weißt schon: ›Ich weiß nicht, ob es besser wird, wenn es anders wird. Es muss anders werden, um besser zu sein.‹«

Fanny nickte.

»Es wird besser sein, später einmal, Sweetheart. Und noch später werden wir uns daran erinnern, wie wir zwei Tanten hier draußen …«, sie hob ihre Stimme theatralisch, »… in dieser Eiseskälte in eurem verwilderten Garten auf der Bank am Haus gesessen haben, wie ein altes Ehepaar, und wir werden darüber lachen.«

Fanny legte den Kopf an Julias Schulter: »Ich muss dir noch etwas beichten.«

»Ah ja?«

»Hat er dir was gesagt?«

»Wer?«

»Frank?«

»Was soll er mir gesagt haben?«

Fanny richtete sich auf, strich ihre Ärmel glatt: »Nicht dass du es falsch verstehst, aber: An deinem Geburtstagsabend, also in der Nacht, ich war etwas … nun, betrunken … ich habe bei ihm übernachtet.«

»Bei Frankieboy?« Julia lachte auf.

»In eurem Bett.«

Julia sah Fanny an. Sie war tatsächlich verblüfft.

»In seinem Arm. Ich war so unglücklich, Julia, so einsam. Es ist natürlich nichts passiert. Trotzdem schäme ich mich zu Tode. Wirst du mir je verzeihen?«

»Schon geschehen.« Julia stand auf. Eigentlich hatte sie sich auf der Fahrt hinaus nach Kleinmachnow vorgenommen, Fanny in einem passenden Augenblick beiseite zu nehmen und ihr von Rupert zu erzählen, der ihr nicht mehr aus dem Kopf ging. Es wäre grundverkehrt gewesen. Manche Dinge behielt man besser für sich. Dass Fanny bei Frank geschlafen hatte, hätte sie auch lieber nicht gewusst. Eine betrunkene Frau in sein Bett zu lassen, das gehörte ja wohl zu den miesesten Repertoirepunkten im Leben von Männern. Sie verstand, warum Fanny das gewollt hatte. Warum er es zugelassen hatte, konnte Julia nicht begreifen. Was soll's, dachte sie, ich werde da sicher kein Ding draus machen. Seltsame Dinge geschehen im Leben von Menschen. Und sie hatte schließlich auch beinahe mit Kay die Nacht verbracht, mit einem hübschen Jungen, und wenn Frank davon wüsste, würde er sie killen.

Sie gingen ins Haus zurück, setzten sich an den Tisch, und für den Rest des Abends plätscherte das Gespräch so vor sich hin. Es lag eine gewisse Ernüchterung über den Freundespaaren. Sie redeten über Politik und das Wetter, über Reisen, über Julias Bank und Franks Sozietät. Kurz vor zwölf verabschiedeten sich die Gäste. Sie ließen ein vollkommen verstörtes Paar zurück.

Julia überkam, als sie neben Frank im Auto saß und sie Richtung Berlin fuhren, ein großes Gefühl von Einsamkeit.

»Herrje!«, schimpfte Frank. »Strindberg ist ja ein Dreck gegen die.«

»Ach Frank, es ist so ein großes Glück, dass wir uns haben.«

»Färbt der Wahnsinn ab, Frollein?«, scherzte er zurück und setzte den Blinker in Richtung Autobahnauffahrt.

»Nein, wirklich, Frank: Mit uns … das ist irgendwie auch … ein Geschenk. Wir sind so vertraut und so eng miteinander und lassen uns doch alle Freiheiten. Na ja, fast alle. Ich find's schön mit dir, und ich wünsche mir, dass es ewig so bleibt.«

»Für immer und ewig.« Er schaltete das Radio ein. Offenbar hatte er keine Lust mehr auf schweres Geschütz. Die Musik dudelte durch die Nacht, die Lichter rasten vorbei. Der Wagen glitt elegant über die Stadtautobahn, man hörte kaum den Motor.

Leise fragte Julia: »Wenn du eine andere hättest, würdest du es mir sagen?«

»Du kriegst jetzt keinen Blues, oder?«

»Sag doch mal!«

»Ich werde nie eine Frau neben dir haben. Wenn es nach mir geht, jedenfalls.«

»Gesetzt den Fall …«

»Gesetzt den Fall: Dann käme es darauf an, Juli. Wenn's ein One-Night-Stand wäre: Nein, ich glaube, ich würde unsere Beziehung nicht damit belasten wollen.«

»Das klingt ja so, als hättest du schon mal …«

»Wenn es etwas Ernstes wäre, ja, klar, dann müssten wir reden.«

»Ich hoffe, so was bleibt mir erspart. Die arme Fanny.«

»Und jetzt Schluss, Julia, hör auf zu bohren.«

»Ich bohre nicht. Aber wir waren eben Zeugen eines Gemetzels. Dass mich das beschäftigt, ist ja wohl klar, du eiskalter Jurist.« Sie wunderte sich, dass er die Gegenfrage nicht stellte, legte den Gedanken dann zu den Akten. Auf so eine Idee käme er gar nicht, dass sie fremdgehen könnte. Er hatte schon immer diese Selbstsicherheit gehabt, die ins Selbstgefällige ging. Und er war sich ihrer eben vollkommen sicher.

»Zu mir oder zu dir?«, fragte Frank, während er einen auf der linken Spur bummelnden Golf rechts überholte.

»Zu mir und zu dir. Ich bin müde, sorry.«

»Ist schon okay, mein kleines Sensibelchen.«

Er setzte sie in Charlottenburg vor ihrem Haus ab. Als sie schon im Bett lag, klingelte er noch einmal durch, um zu fragen, ob alles in Ordnung sei. Ja, antwortete sie, alles ist in Ordnung. Er wünschte ihr eine gute Nacht und legte auf. Julia machte die Nachttischlampe aus, rollte sich zur Seite und lag lange wach, ehe sie einschlafen konnte.

Der darauffolgende Tag war ausgefüllt mit Konferenzen, Telefonaten, Terminen. Das war gut. Denn Julia litt, wie sie es zu nennen pflegte, unter einem »Seelenkater«. Der Abend bei Fanny und Stefan hatte ihr mehr zugesetzt, als ihr lieb war. Wie musste es erst der armen Fanny gehen? Julia schickte ihr über Brigitte einen Karton mit bitterem Konfekt von »Erich Hamann«, Fannys liebster Schokoladenmanufaktur in Berlin, legte eine Dankes- und Ermutigungskarte bei und widmete sich ihrer Arbeit. Arbeit war ein guter Therapeut. Sie lenkte ab, auch und gerade wenn es andere Kriegsschauplätze gab.

Am späten Nachmittag hatte sie Jörg Kremer, der Sohn von Kremer I, zu einem »Gespräch«, so drückte es seine Sekretärin am Telefon aus, gebeten. Zu Julias Überraschung fand es nicht unter vier Augen statt, sondern sein Onkel Bertram Kremer war auch anwesend. Jörg – man sprach sich in der Führungsetage der Bank zumeist mit Vornamen und per Sie an – kam sofort zur Sache. Die Geschäftsleitung war mit ihrer Performance nicht zufrieden. Das Jahr neigte sich sehr bald dem Ende zu, und Julia hatte die im Vorjahr von ihr vorgegebenen Umsatzzahlen und Gewinnmargen noch nicht erreicht.

Die Wahrheit war, dass Julia in der damaligen Besprechung niedrigere Zahlen angegeben hatte, denn sie hielt es für unrealistisch, die von ihr und ihrer Abteilung erwartete 15-prozentige Rendite zu erwirtschaften. Jörg Kremer, der sich von Anfang an vornahm, sie gegen die Wand zu drücken, änderte ihre seriösen Angaben und programmierte damit Julias Performance bewusst auf Misserfolg. Reinhold Kremer, der Julia eingestellt hatte und als ihr Mäzen galt, war für sie in die Bresche gesprungen. Auch darüber setzte sich Jörg hinweg. Er spann intensiv

Fäden zu den Geldgebern der Bank in Dubai, er schaffte sich Allianzen und tat sich mit dem jüngeren Bruder des Patriarchen – seinem Onkel Bertram – zusammen, um seine Position zu stärken und Julia, wo immer es ging, Steine in den Weg zu legen. Tatsächlich verlor sie immer mehr an Boden. Der Kollege ihres Vertrauens, der im Vorstand für die Öffentlichkeitsarbeit zuständig gewesen war, hatte den Job gewechselt und war in die USA gegangen. Thorsten Kennrich vom Aktienhandel war neu auf seinem Posten und hielt sich an Jörg, genau wie Ferdinand Kleist und all die anderen. Der Juniorchef besaß eine starke Hausmacht, die auch von der Personalchefin gestützt wurde, die ohnehin seit längerem einen Pik auf Julia hatte. Es ging ausschließlich um und gegen den Menschen Julia Kilchberg, um und gegen die Frau in der Führungsetage. Die Kritik an ihren Ergebnissen war ein vorgeschobener Grund. Julia wusste, dass man jede Art von Zahlen und Fakten im Bankgeschäft manipulieren konnte und dass es letztlich nur darauf ankam, starke Partner im Rücken und ein enges Netzwerk zu haben. Gute Leistungen waren etwas für Anfänger.

Jörg erklärte ihr unumwunden, dass er sie auf dem Kieker habe und alles, was sie von nun an täte, auf dem Prüfstand stünde. Kremer II nickte dazu, sagte kaum etwas. Er saß in seinem dicken Ledersessel und zog an seiner Zigarre, die so kalt war wie er. Julia hasste ihn und machte daraus keinen Hehl. Sie hielt ihn für ein Weichei, einen hinterhältigen Intriganten, der seinem älteren Bruder, der sich mehr und mehr aus dem Tagesgeschäft zurückzog und seine Freizeit auf seiner Finca auf Mallorca verbrachte, den Ruhm und Ruf nicht gönnte. Einige Male schon hatte sie sich gegenüber Reinhold Kremer über ihn beschwert und auch mit ihrer Kritik an Jörg nicht zurückgehalten. Kremer I hatte sich alles in Ruhe angehört; dann nur mit den Schultern gezuckt und sie geradezu hilflos gefragt, was er denn tun könne, Blut sei nun einmal dicker als Wasser.

Die Soldaten waren aufmarschiert. Die Geschütze in Stellung gebracht. Julia sah sich in der Schlacht. In Gedanken überprüfte sie ihre Waffen.

»Und dann ist da noch die Geschichte mit Ihrer Assistentin, Frau Kilchberg«, fuhr Jörg ruhig fort und kippelte hinter seinem riesigen, aufgeräumten Designerschreibtisch, der ihm Schutz und Machtgefühl zugleich gab, mit dem Drehstuhl hin und her. »Ich höre da von Sonja, also Sonja Karlowski, unglaubliche Dinge. Sie haben der Lady gekündigt und sie in sehr persönlicher Weise kritisiert. Sie können sich glücklich schätzen, wenn die Ihnen keine Klage an den Hals hängt von wegen persönlicher Beleidigung und dergleichen. Davon abgesehen, geht die nun vor den Kadi und will zwanzigtausend Euronen. Wollen Sie das zahlen?«

»Also, Jörg, nun mal stopp. Die Lady, wie Sie sagen, meine bisherige Assistentin Karla Wickert, war erstens noch in der Probezeit. Zweitens hat sie sich als äußerst illoyal und inkompetent erwiesen. Wo sie konnte, hat sie gegen mich gestänkert …«

»Seit wann sind Sie denn so empfindlich?«

»… und auch Interna verbreitet, was ja nun wirklich nicht geht. Ich denke, da sind wir einer Meinung. Ein solcher Job basiert auf Können und Vertrauen. Beides ist nicht vorhanden gewesen. Ich bin hier im Hause ja nicht nur Ausbildungsbeauftragte, genieße also einen gewissen Status, was das Leiten und Anleiten von Menschen angeht, sondern auch Führungskraft. Sie erwarten ja wohl nicht von mir, dass ich mich wie ein Schaf von meiner engsten Mitarbeiterin vor aller Augen zerlegen lasse. Ich musste so reagieren und entscheiden, wie ich es getan habe. Im Übrigen habe ich Personalhoheit in meiner Abteilung. Und schließlich, was die Frage angeht, ob ich das zahlen will: Nein, will ich nicht, und muss ich auch nicht, denn ich habe im Sinne der Bank gehandelt.«

»Ja, logisch, dass Sie das so darstellen müssen. Die Wickert erzählt da allerdings eine komplett andere Story.«

Julia wurde wütend. Dieselbe Geschichte in anderen Worten hatte ihr die Karlowski bereits um die Ohren gehauen. Wieso tat man so, als wäre das Wort einer Assistentin mehr wert als das Wort einer Abteilungsdirektorin? Wieso musste sie sich hier vor diesen Männern verteidigen? Sie machte aus ihrem Ärger keinen Hehl und ließ richtig Dampf ab. Ohne Rücksicht auf Verluste schoss sie ihre Pfeile heraus und schloss am Ende mit dem Wunsch, dieses Gespräch zu vertagen, bis Kremer I wieder im Hause war.

Das wirkte. Kremer II knickte ein, er hatte Schiss vor seinem Bruder, der mehr Anteile besaß als er, und das wusste Julia. Er versuchte, Julia zu beruhigen. Jaja, von den Unzulänglichkeiten im Zusammenhang mit ihrer Assistentin habe er schon gehört. Ob sie schon eine neue habe. Und ob er ihr bei der Suche behilflich sein dürfe.

Ja, dachte Julia, das könnte dir so passen. Mir eine Laus in den Pelz setzen, die Natter an die Brust.

Sie sagte: »Gern. Das wäre eine große Hilfe für mich.«

»Na, dann haben wir ja schon ein Missverständnis ausgeräumt.«

»Was die Zahlen angeht, Julia«, muckte Jörg auf, »da

kann ich Sie nicht so einfach rauslassen. Checken Sie mal, wie die Perspektiven für das letzte Quartal sind. Dann reden wir noch mal.«

Man ging in aller Freundlichkeit auseinander. Gleichwohl war Julia gewarnt. Am Abend nahm sie sich ein paar Unterlagen mit nach Hause. Sie stellte fest, dass sie sage und schreibe zwei Dutzend Neukunden im letzten Halbjahr dazugewonnen hatte, kompetente, starke Unternehmen, die beste Umsätze zu machen versprachen. Sie sah, dass die Umsatzkurve im Oktober, nach einem kleinen Knick im August und September, wieder steil anstieg. Sie schob die Papiere zufrieden beiseite. Die Sache würde gut für sie ausgehen, dessen war sie sich nun vollkommen sicher.

Als sie auf dem Weg zur Küche war, um sich einen Salat anzurichten, klingelte das Telefon, das sie wieder einmal nicht finden konnte. Nachdem das Läuten vorbei war, fand sie das Gerät im Brotkorb. Sie konnte sich nicht erklären, wie es dahin gekommen war. Schließlich aß sie überhaupt kein Brot. Oder nur selten. Wenn sie Stress hatte zum Beispiel. Eine Scheibe mit dicker Butter wirkte dann Wunder. Es muss Geister hier im Hause geben, dachte sie frohgemut und wieder erstarkt und musste über sich selbst lachen. Auf dem Display sah sie die Nummer von Fanny, setzte sich auf die Fensterbank in der Küche und rief ihre Freundin zurück.

»Ich wollte mich herzlich für die Pralinen bedanken. Sind schon halb aufgegessen!« Fanny lachte, wurde dann ernst. »Ich habe ein ganz schlechtes Gewissen, Julia.«

»Musst du nicht.«

»Aber ja. Ich habe nie zuvor einen so desaströsen Abend wie gestern erlebt. Es tut mir schrecklich leid, euch in den ganzen Schlamassel mit reinzuziehen. Die Sache mit dem Essen. Meine Güte. Und dann noch die Geschichte mit Frank.«

»Es war ja gar keine Geschichte mit Frank.«

»Ich fühle mich miserabel. Wie der totale Loser.«

»Du bist kein Loser, Fanny, du bist eine kluge, warmherzige, sehr schöne, sehr originelle Frau!«

»Und ich rede andauernd nur von mir.«

»Das stimmt allerdings.«

»Du Hexe!«

Die Frauen lachten. Es war ein erlösendes Lachen, das von Herzen kam. Sie plauderten eine Weile über dies und das. Zweimal war Julia versucht, ihr von Rupert Andersen zu erzählen, auch von ihrer Begegnung mit Kay Hanau, die ganze Story, von Anfang an. Sie ließ es, weil sie es wieder einmal unpassend fand, Fanny mit ihren Sachen zu kommen. Ihre Freundin berichtete, dass sie und Stefan die ganze Nacht zusammengesessen hätten und dass es erstaunlicherweise ein gutes und faires Gespräch geworden war. Sie waren übereingekommen, dass Stefan tatsächlich zum Januar endgültig ausziehen würde. Nach Weihnachten wollten sie es den Mädchen sagen. Bis dahin galt es, heile Familie zu spielen, eine fast heile Familie, eine Familie wie viele andere auch.

»Dann beginnt mit dem neuen Jahr auch eine neue Zeitrechnung für mich«, erklärte Fanny fest. »Vielleicht hast du recht, und es wird alles gut.«

Julia hatte ein Trostbonbon für sie parat: »Und weißt du, was du dann machst, Sweetheart? Du nimmst dir zuallererst mal einen Lover. Das ist gut fürs Ego, und es wirkt Wunder. Hör auf deine ältere Freundin!«

»Einen Lover?«, wiederholte Fanny nachdenklich und

lang gedehnt. Ein paar Sekunden blieb sie stumm. Dann hörte Julia sie sagen: »Okay, vielleicht hast du recht. Ich werde mir einen Lover suchen.«

Kapitel 5

Die kalten Tage kamen. Ostwind fegte um die Ecken. Die Tage waren kurz und grau, die Bäume kahl, die Menschen hetzten. Berlin rüstete sich für das bevorstehende Weihnachtsgeschäft wie für eine Schlacht. Überall blinkten und funkelten Lichter, dudelte Musik in Endlosschleifen. Es roch nach Zimtsternen und gebrannten Maronen, nach viel zu süßen Parfüms und nach Autoabgasen, die der Nebel in die Straßen zurückdrückte. Die Konsumtempel machten ihre Tore hoch auf, verschluckten gierig die Käufer wie Schlunde, kauten sie durch und spuckten sie wieder aus, beladen mit Taschen und Tüten. Russen spielten auf den Boulevards Händels Halleluja, falsche Weihnachtsmänner baten um Spenden, alle Plätze und Straßenränder quollen über von Märkten mit Holzspielzeug und Tannenbaumkugeln, Bratwürsten und Glühwein. Es lag eine optimistische Energie in der Luft, zugleich eine hektische Betriebsamkeit und die finstere Furcht, nur ein Rädchen im Getriebe zu sein, die Angst vor Überforderung und davor, nicht mithalten zu können im Rausch und unerledigte Dinge wieder einmal mit ins neue Jahr schleppen zu müssen.

Stefan war vor der Zeit ausgezogen, er hatte das Zusammenleben mit Fanny nicht länger ausgehalten. Frank litt unter einer Erkältung, wie nur Männer leiden können. Er war fest davon überzeugt, die Schweinegrippe zu haben, und verfluchte seinen Arzt, der eine vorbeugende Impfung für übertrieben gehalten hatte. Julia hatte Jörg und seinem Onkel Kremer II und all den anderen, die nur darauf warteten, sie zu schwächen und dann zu vernichten, eins vor den Bug geschossen. Wenn ich schon Gefahr laufe, an Terrain im Hause zu verlieren, sagte sie sich, dann muss ich das eben vor allem draußen wieder wettmachen. Sie startete eine Offensive und lud nach und nach nahezu all ihre wichtigen Kunden zum Mittagessen ein. Es gelang ihr, die meisten von ihnen dazu zu bewegen, größere Investments zu machen, Gelder von anderen Bankhäusern abzuziehen und bei Kremer anzulegen. Ihre Rede in Frankfurt hatte überall Eindruck hinterlassen. Neue Kunden kamen hinzu. Nun konnte sie ernten.

Und ein weiteres Problem löste sie innerhalb weniger Tage. Julia fand eine neue Assistentin. Von Alberta Schütz versprach sie sich eine Menge. Die fünfundzwanzig Jahre alte Halbitalienerin war die Tochter eines Bankierfreundes von Reinhold Kremer und hatte ein Jahr lang bei ihm als rechte Hand gearbeitet, ehe sie, der Liebe wegen, nach London gegangen war. Über ihren Weggang war Kremer I bitter enttäuscht gewesen, brach den Kontakt zu ihr trotzdem nie ab, denn er hielt große Stücke auf sie und hatte sogar einmal davon gesprochen, sie als seine Nachfolgerin im Hause aufzubauen, sehr zur Verärgerung seines Sohnes. Über Brigitte hatte Julia gehört, dass die Beziehung zu dem englischen Broker zerbrochen war und Alberta darüber nachdachte, nach Berlin zurückzuziehen. Kurzerhand war Julia nach London geflogen und hatte ihr ein Angebot unterbreitet, das Alberta annahm. Es war ein klug durchdachter Schachzug.

Aus ihren Fehlern hatte Julia gelernt, und sie begann nun konsequent, ihre Hausmacht – auch mit dieser Personalie – auszubauen. Sie zog Kennrich auf ihre Seite und liebte die Personalchefin Karlowski nieder, deren Schwachpunkte Eitelkeit und Stutenbissigkeit Julia ja nur zu genau kannte. Sie lenkte deren Suche nach Opfern von sich weg, hin zu Ferdinand Kleist, über den sie offensiv Karrierepläne und Charaktereigenschaften thematisierte, die sie früher eher für sich behalten hatte. Kurz, sie spann eine hübsche kleine Intrige, und die Karlowski, bezaubert von Blumen und Pralinen und entzückt darüber, von Julia scheinbar endlich ernst genommen zu werden, fühlte sich schon als neue Freundin und plante gemeinsame private Unternehmungen. Überall sang sie nun in der Bank Julias Lied.

Schließlich packte Julia eines Freitags den Stier bei den Hörnern und führte mit dem Big Boss ein Vier-Augen-Gespräch, in dessen Zentrum ihre Kontrahenten Jörg Kremer und sein Onkel Kremer II standen. Aus der Vergangenheit wusste sie, dass Kremer I sich niemals gegen Familienmitglieder stellte. Deshalb lenkte sie die Unterhaltung eher dahin, dass sie nur noch ihm gegenüber reporten müsse, wie es in der von Anglizismen durchzogenen Geschäftssprache hieß, also ausschließlich ihm unterstellt sein würde und weder Jörg noch Kremer II ihr künftig etwas zu sagen hätten. Julia hatte, bevor sie – angezogen wie zu einer Beerdigung in elegantem Schwarz – in diesen Termin ging, dieses Ziel bereits wasserklar vor Augen gehabt. Geschickt gab sie ihrem Chef am Ende das Gefühl, dass er es war, der die Lösung des Problems fand.

Über all den beruflichen Taktierereien und den umfangreichen Vorbereitungen für den Jahresabschluss vergaß Julia ihr Privatleben. Sie vernachlässigte Frank, der sich bitter darüber beschwerte und mit verstopfter Nase und schwachem Röcheln am Telefon davon sprach, dass man schließlich nicht wisse, wie viele gemeinsame Stunden man noch miteinander verbringen könne. Um ihre Freundin Fanny, die in diesen für sie bitteren Tagen Zuspruch und Unterstützung gut hätte gebrauchen können, kümmerte Julia sich nur sporadisch und eher oberflächlich. Und sie vergaß den Kunsthändler Rupert Andersen und das schöne Bild, das sie von ihm zu bekommen hatte.

Wiederholt hatte Andersen bei ihr im Büro angerufen, sie jedoch nicht erreicht. Bei ihrer Sekretärin Brigitte hinterließ er die Bitte um einen Rückruf. Nichts geschah. Julia meldete sich einfach nicht bei ihm. Zu seinem Erstaunen nagte das an Rupert. Er kriegte Julia nicht mehr aus dem Kopf. An sie zu denken, übte einen seltsamen Reiz auf ihn aus.

Über ein Jahr war er nun schon von seiner Freundin Stefanie getrennt. Vier Jahre lang waren sie ein Paar gewesen und dann wegen unüberbrückbarer Schwierigkeiten auseinandergegangen, weshalb Rupert sich fest vorgenommen hatte, Single zu bleiben. Er wollte keine Zwänge mehr, keinen Stress, keine Enttäuschungen. Das Alleinleben machte ihm Spaß. Rupert war ausgefüllt mit seiner Arbeit, seinem Freundeskreis, seinen Hobbys. Oft war er auf Reisen, besuchte Kunden, ging auf Auktionen, besichtigte Ausstellungen. Wenn er in Berlin war, arbeitete er die liegengebliebenen Vorgänge auf, konferierte mit Alma, machte Termine mit kunstinteressierten Käufern. Oder mit Verkäufern. Denn das Schwierigste war, gute Ware zu finden, das Vertrauen der Besitzer zu erlangen und sie dazu zu bewegen, ihre Kunstwerke herzugeben. Die alte Regel »Death, Debt, Divorce« – Tod, Schulden, Scheidung –, die der Grundmotor für die Geschäfte der

Auktionshäuser war, galt auch für einen Kunsthändler wie Rupert Andersen. Kummer und Not brachten Menschen dazu, sich von ihrem Besitz zu trennen, und bei Licht besehen, war Rupert in diesem Kreislauf nichts anderes als ein Profiteur. Natürlich wusste er das, doch es scherte ihn nicht. Den kalten Deal umzuckerte er mit Charme, Kenntnisreichtum und Begeisterungsfähigkeit, vor allem mit Cash. Dabei kaufte er nicht nur von Privatpersonen, sondern ebenso auf Auktionen und gelegentlich direkt von den Künstlern oder von ihren Galerien, seinen heftigsten Konkurrenten. Darüber hinaus übernahm er Gemälde, Fotografien, Plastiken, Zeichnungen und Grafiken auch in Kommission.

Rupert galt als einer der Besten und Erfahrensten auf seinem Gebiet. Der Ruf seines Vaters, der seit Jahrzehnten in München als Kunsthändler Altmeistergemälde verkaufte, und eine Ausbildung bei ihm waren die Eintrittskarte gewesen. Boris Andersen, ein umfassend gebildeter Grandseigneur, fünfundsiebzig Jahre alt, in Ehren ergraut, wie er gern von sich sagte, hatte sich gewünscht, sein Sohn würde bei ihm einsteigen. Rupert hatte abgelehnt. Aus gutem Grund, denn er wusste, dass sein Vater nicht loslassen konnte. Dazu kam, dass beide wie Feuer und Wasser waren.

Der alte Andersen hegte gegen seinen Sohn seit dessen Absage und dem Wegzug aus München einen noch heftigeren Groll. Das Bemühen von Ruperts Mutter Luise, die mit ihren zweiundsechzig Jahren erheblich jünger war als ihr Mann, zwischen den Männern zu vermitteln, scheiterte an Boris' ablehnender Haltung. Das Alter verstärkt die Eigenschaften der Menschen, die guten wie die schlechten, und das sture Wesen des Seniors, das im vollständigen Gegensatz zum charmanten, eloquenten Charakter des Juniors stand, wandelte sich mit den Jahren zu einem für alle anderen unerträglichen Starrsinn. Sah er sich selbst als konsequent, empfand es sein Sohn als Härte und Lieblosigkeit. Die heiter-optimistische Art Ruperts hingegen legte sein Vater ihm als Leichtlebigkeit aus.

Zur Eröffnung schickte er seinem Sohn keine Blumen und gönnte ihm kein gutes Wort und keine Zeile. Dessen ungeachtet, erwarb sich Rupert in Berlin schnell den Ruf als eine der ersten Adressen für zeitgenössische Kunst. Inzwischen hatte er seinen Vater in Sachen Umsatz und Bekanntheit übertrumpft, eine Tatsache, die Rupert mit Stolz erfüllte. Die beiden sprachen – wenn sie denn sprachen und sich nicht, durch Luise moderiert, miteinander austauschten – nie über Ruperts Kunsthandel. Sie unterhielten sich über einzelne Werke und Künstler, über Stilrichtungen und Epochen und über ihre unterschiedlichen Auffassungen in Bezug auf die künftige Marktentwicklung. Vater und Sohn begegneten sich mit distanziertem Respekt, eher wie zwei Geschäftsleute, die im selben Business waren, wobei der Ältere stets den Ton angab. Die größte Nähe gab es, wenn Boris vom Pfade abkam und ins Philosophieren geriet, über sein zweites Lieblingsthema neben der Kunst, die nordische Mythologie, aus der die germanische Sagenwelt hervorgegangen war. Boris träumte davon, eines Tages sein in Jahrzehnten zusammengetragenes Wissen über den weisen, kriegerischen Gott Odin in einem Buch zu publizieren. Rupert erinnerte sich daran, dass er als Junge zu Füßen seines Vaters gesessen hatte, während der, über seinen altenglischen Schreibtisch gebeugt, seinen Studien nachging und ihm hin und wieder einen Brocken seiner Kenntnisse hinwarf, einen Gedanken, einen Satz, vielleicht nur ein Wort, und immer wieder löste das in der Fantasie des Kindes geradezu einen Rausch aus. Da war die Geschichte von den zwei Raben Hugin und Munin, die angeflogen kamen, sich auf die Schultern Odins setzten und ihm alles erzählten, was in der Welt geschah. Da war die Geschichte von Odins Sohn Thor, der es als Wettergott donnern und blitzen lassen konnte. Und da war dieser Brauch in der Familie Andersen, dass zwischen Weihnachten und Neujahr nicht gewaschen werden durfte, weil – so Ruperts Vater – in diesen Tagen Odin auf einem achtbeinigen Ross durch die Welt reite und nach dem Rechten sähe und einen Fluch auf diejenigen lege, die Leinen zum Trocknen aufgespannt hätten, in denen sich das Pferd verfangen könne. Dies waren die wenigen Momente von Nähe, in denen der Sohn dem Vater noch heute lauschte wie ein Schüler seinem Lehrer. Ansonsten blieb nur bedrückende Fremdheit.

Rupert hatte seinen Frieden mit der Situation gemacht, äußerlich wenigstens. Im Inneren war er verletzt. Er war sich sicher, dass sein Vater ihn nicht liebte, ja, dass er ihn sogar hasste und ihm deshalb den Erfolg neidete. Hinter diesen Gedanken steckte auch ein Familiengeheimnis, das für Rupert der Ursprung all seiner Probleme mit dem Alten war und das er und seine Eltern niemals und gegenüber niemandem thematisierten.

Das Saatkorn des Schmerzes keimte bei Rupert, ging nach und nach auf, und manchmal ertappte er sich dabei, sich zu wünschen, sein Vater würde endlich abtreten aus diesem Leben. Dann erinnerte er sich an die Geschichte seines Freundes Tim, der Tischler war und deshalb von seinem erfolgreichen Unternehmer-Vater nie wirklich für voll genommen wurde. Einmal im Monat marschierte Tim auf den Münchner Zentralfriedhof und memorierte am Grab leise Zahlen. Dreihundertfünfzigtausend, dreihundertachtzigtausend, vierhunderttausend, eine halbe Million. Das waren die Summen seiner Ersparnisse. Es war seine Revanche, seine Rache, seine Genugtuung.

Rupert war ein Mann mit Herz und mit großer Seele. Er hatte sich eine gewisse Kindlichkeit bewahrt, die sein Motor war und dazu führte, dass er unvoreingenommen auf Menschen zuging. Dieser Eigenart verdankte er manches Glück und zahllose wundervolle Begegnungen, vor allem Erfahrungen, die ihn reicher machten, weil er aus ihnen lernte. Doch zugleich fühlte er sich oft einsam unter Menschen. Das war seine andere Seite. Sie stand im Gegensatz zu seinem unkomplizierten, sportlichen hübschen Aussehen und ließ ihn schnell wortkarg, arrogant und unnahbar wirken, so, wie Julia ihn anfangs kennengelernt hatte bei ihrem Besuch in seinem Geschäft. Er wollte nicht so sein, konnte aber nicht anders. Ihm fehlte ein Gegenüber, das die losen Fäden seines Wesens hätte zusammenbinden können zu einem starken Strang, in dem all seine guten Eigenschaften zum Ausdruck gekommen wären. Rupert trug in sich ein Gefühl von Zerrissenheit, von Unvollständigkeit, einer unerklärlichen Sehnsucht, und in letzter Zeit hatte sich das verstärkt, besonders, wenn ihm Julia in den Sinn kam. Ihre Schönheit und erotische Strenge, ihr herzliches Lachen und ihre Neugierde, die sie nicht verbarg, faszinierten ihn. Trotzdem fragte er sich, was er eigentlich von ihr wollte. Du kennst sie nicht, sie hat einen Mann an ihrer Seite, sie ist älter als du, und sie hat dir niemals das Gefühl gegeben, dass sie irgendeine Art von Interesse an dir als Mensch oder gar als Mann hat. Also lass die Finger von ihr, telefoniere ihr nicht hinterher, es ist eine reine Geschäftsbeziehung.

Nachdem er sie in ihrem Büro nicht erreichen konnte und sie auch nicht bei ihm angerufen hatte, versuchte Rupert es in der Kanzlei von Frank. Die Sekretärin ließ ihn abblitzen und erklärte, der Anwalt sei nicht im Hause. Also schickte er die Rechnung für das Bild. Sie wurde prompt bezahlt. Dabei blieb es. Rupert war enttäuscht. Wie hieß es in einem Zitat der Schriftstellerin Ingeborg Bachmann? »Enttäuscht leben heißt ohne Täuschung leben.« Er hatte sich getäuscht, so schien es ihm, nun sah er klar. Der Top-Anwalt Frank von Parlin und die Top-Bankerin Julia Kilchberg waren wie viele seiner Kunden. Sie konsumierten Kunst, wie sie alles konsumierten. Sie wollten sich mit dem Bild schmücken, sich damit Anspruch und Bildung kaufen, mit ihrem Erwerb vor Freunden angeben. Wahrscheinlich wollte sich die Kilchberg die schöne Arbeit über das Sofa hängen. Sofabilder waren Rupert generell ein Greuel. Die Eigentümer von Sofabildern erst recht. Eigentlich hätte Julia ihm egal sein können. Aber es wurmte ihn. Er hatte kostbare Zeit mit ihr und ihrem Begleiter verbracht, und es war mehr für ihn gewesen als eine Investition in neue Kunden. Rupert hatte sich etwas davon versprochen, auch wenn er nicht wirklich wusste, was.

Es war an jenem Freitag erst kurz nach zwei, als Julia ihre Schlacht erfolgreich geschlagen hatte und sich von Reinhold Kremer verabschiedete. Er war in Eile, denn er musste zurück nach Frankfurt. Trotzdem brachte er sie zur Tür seines Büros. Während sie sich die Hände schüttelten, erkundigte sich Julia zu Kremers Erstaunen nach Kay. Sie konnte nicht anders, als ihm zu erklären, dass der junge Chauffeur ihr bei ihrem letzten Besuch in der Hauptfiliale wegen seiner Intelligenz und seiner einnehmenden Art aufgefallen war und dass sie ursprünglich – und vor ihrer Entscheidung für Alberta Schütz – darüber nachgedacht hatte, ob er nicht ein talentierter Anwärter auf den Assistentenjob sei. Dass sie ihn sogar nach Berlin hatte kommen lassen, verschwieg sie lieber, denn es kam ihr im Nachhinein geradezu absurd vor.

Zu ihrer Überraschung strahlte Kremer I sie an und sagte: »Wir beide, was? Wir sind noch vom alten Schlag. Wir wollen Menschen entdecken und fördern. Zwei Seelen, ein Gedanke. Was soll ich sagen? Ich habe einen neuen Fahrer …« – Julia begriff nicht sofort – »Ich habe Kay Hanau das Angebot zum Trainee gemacht. Und er hat zugestimmt. Er lernt jetzt alles, was man in unserem Business braucht, und ja, ich denke, ich mache ihn dann irgendwann zu meinem persönlichen Assistenten!«

»Das freut mich, das freut mich für ihn«, antwortete Julia. Als sie den Flur entlang zum Fahrstuhl ging, spürte sie indes Verärgerung: Wieso erfahre ich das von Kremer und eher zufällig? Wieso ruft mich Kay nicht sofort an und erzählt mir die Neuigkeiten? Ich habe ja eigentlich den Anstoß für die ganze Geschichte gegeben, ein bisschen Dankbarkeit hätte ich von ihm erwartet.

Hinter ihrem Groll steckte Eitelkeit, verletzte Eitelkeit. Dieses Gefühl verstärkte sich dadurch, dass die letzten Wochen für sie besonders anstrengend gewesen waren. Der Kampf um die Wiedererlangung ihrer Macht hatte sie geschwächt, und die Erfrischung durch den errungenen Sieg währte nur kurz. Julia wusste, dass er nur vorübergehend war, eine Etappe, auf die eine neue Schlacht folgen würde. Niemals kann man sich wirklich freuen, dachte sie, wir gehen immer über Eisschollen, ganz gleich, wie weit wir es gebracht haben, etwas Brüchiges haftet jeder Karriere an, und wer das nicht weiß, hat schon verloren.

Im Lift hinunter zu ihrem Büro entschied sie sich spontan, Feierabend zu machen. Sie informierte Brigitte, die in alles eingeweiht war und ihrer Chefin gratulierte, gab ihr ein paar Instruktionen und fuhr in die Tiefgarage. Als sie hinter dem Steuer ihres Firmenwagens saß und aus dem Bankgebäude hinausfuhr, folgte sie eher einem Impuls, als dass sie bewusst einen Entschluss fasste. Anstatt nämlich, wie versprochen, Frank zu besuchen, fuhr sie nach Charlottenburg und fand einen Parkplatz vor der Kunsthandlung Andersen in der Sybelstraße. Julia hatte ein schlechtes Gewissen, weil sie Ruperts Anrufe nicht erwidert hatte. Die Aussicht, ihn wiederzusehen, beflügelte sie. Fröhlich drückte sie den Klingelknopf. Alma öffnete. Auf die Frage, ob ihr Chef im Hause sei, erfuhr Julia, dass sie ihn auf dem Ludwig-Kirch-Platz finden könne. »Mit den Kindern«, ergänzte Alma.

»Seinen Kindern?« Julia konnte sich die Frage nicht verkneifen.

Daraufhin Alma, wortkarg wie immer: »Sozusagen.«

Ungerührt freundlich bedankte sich Julia für die Auskunft, ließ ihr Auto stehen und ging durch die Leibnitzstraße in Richtung Olivaer Platz. Sie überquerte den Kurfürstendamm und bog nach links. Es dämmerte schon, als sie auf dem Spielplatz vor der Kirche ankam. Sie sah dieselbe Gruppe von Kindern, die ihr schon damals auf der Taxifahrt vom Flughafen Tegel nach Hause aufgefallen war. Zu zweit standen sie Rücken an Rücken, hakten sich links und rechts unter, dann beugte sich jeweils eines der Kinder weit nach vorne und hinunter, das Gesicht in Richtung Boden, und hob das andere hoch. Das Beine-in-der-Luft-Baumeln, das Juchzen, das Umfallen – alles kannte Julia aus ihrer eigenen Kindheit. Das können unmöglich alles seine eigenen Kinder sein, dachte sie, und: Wo ist er überhaupt? Sie entdeckte ihn, auf der Lehne einer Parkbank sitzend, in einem grauen Jogginganzug und hörte, wie er laut Instruktionen gab: »Nadine! Nun mach mal! Patrick, pass auf Jenny auf. Super, Yasemin!«

Langsam, so, als würde sie eher zufällig hier spazieren gehen, schlenderte Julia auf Rupert zu. Als er sie sah, sprang er von der Bank herunter und ging auf sie zu: »Wie kommen Sie denn hierher?«

»Zu Fuß«, antwortete Julia.

Sie erwartete, dass er wieder ihre Hände ergreifen und sich vor ihr verbeugen wollte. Fast hätte sie ihm die Arme entgegengestreckt. Er allerdings stopfte seine Hände nur in die Taschen seiner ausgebeulten Hose und fragte: »Zufällig?«

»Wie: zufällig?«, fragte sie zurück und konnte eine Gereiztheit in ihrer Stimme nicht verbergen, denn sie ärgerte sich über sich selbst und ihre ständigen Erwartungshaltungen. Wahrscheinlich hatte sie sich gewünscht, dass er nicht nur ihre Hände ergreifen, sondern sie auch strahlend in den Arm nehmen würde, wie eine gute Freundin oder mehr sogar – lächerlich.

Was für eine Ziege, dachte Rupert. Bingo, genau wie

erwartet. Hosenanzug, Schultertasche, teure Schuhe, alles vom Feinsten, wahrscheinlich ist sie gar nicht hier, weil sie einen Spaziergang macht, sondern weil Alma sie hergeschickt hat, und nun schlendert sie so gespielt gelangweilt an und sieht in dir nur den Händler, der etwas verkauft hat, was ihr gehört, und will es jetzt auf der Stelle haben. Solche Leute schnippen mit der Hand, das kennen wir ja, und man hat anzutreten und ihre Befehle auszuführen. Was soll's? Eine mehr auf der Liste, die man streichen kann.

Er zog die Hände wieder heraus und machte eine wegwerfende Handbewegung: »Jaja, schon klar, Sie überlassen nichts dem Zufall, was?«

Die Kinder hatten mit ihren Sportübungen aufgehört, und bis auf einen, der in der Sandkiste herumtapste, kamen alle nach und nach zu den beiden und verfolgten neugierig das Gespräch.

»Genau!«, antwortete Julia scharf. »Ich war in der Nähe, und Ihre Mitarbeiterin sagte mir, dass ich Sie hier finden könne. Ich wollte mein Bild abholen. Was wohl sonst.«

»Ja, was denken Sie? Dass ich es mit mir rumtrage?«

»Unfreundlich sind Sie gar nicht, oder?«

»Wie es in den Wald hineinschallt, so ruft es hinaus.«

»Was sind Sie denn für eine Diva?«, fauchte Julia. »Darf ich Sie daran erinnern, dass ich Ihre Kundin bin?«

Wie beim Pingpong sahen die Kinder abwechselnd von links nach rechts, von ihm zu ihr und von ihr zu ihm.

»Natürlich. Frau Kundin.« Er machte einen gespielten Diener. »Warum haben Sie es sich nicht gleich von Alma geben lassen?«

Auf diese Frage wusste Julia keine Antwort. Schlagartig

wurde ihr bewusst, wie anstrengend das Gespräch mit Kremer I gewesen war und dass sie gerade im Begriff war, ihre Nerven zu verlieren.

»Ich mache mit den Kids jetzt noch zehn Minuten weiter, und dann gehe ich zurück ins Büro, und dann können Sie Ihr Bild haben. Okay?«

Die Art, wie er »Okay« sagte, war eine Unverschämtheit für sich. Er schien sich nicht weiter um Julia zu scheren, steckte Daumen- und Zeigefingerspitze zwischen die Lippen und stieß einen Pfiff aus, um den Jungen aus der Sandkiste heranzuholen. So hatte Hannes auch immer gepfiffen. Immer wieder hatte er versucht, Julia das beizubringen. Es wollte ihr einfach nicht gelingen. Außer einem dünnen »Pphhh« brachte sie nichts zustande. Sie liebte es, wenn jemand so pfeifen konnte, und es hätte ein weiteres Stück in dem Puzzle sein können, das für Julia das positive Bild von Rupert ergab, doch nun war sie nur noch sauer.

»Sagen Sie mal, wie gehen Sie eigentlich mit mir um? Sind Sie übergeschnappt?«

Der Junge aus der Sandkiste kam angetrabt. Rupert schob die Kinder wortlos an den Schultern zusammen und begann, mit ihnen Dehnungsübungen zu machen. Er tat so, als wäre Julia gar nicht mehr da. Ab und zu äugte eines der Kinder zu ihr hinüber, und Julia war sich nicht sicher, ob es darum ging, abzuchecken, ob sie die Gruppe nur beim Sport beobachtete oder ob sie gleich vor Wut explodieren würde.

»Ich rede mit Ihnen!«, schleuderte Julia dem Kunsthändler laut entgegen. »Sie Bauer!«

Langsam drehte er sich zu ihr um. Er wischte sich die Haarsträhnen aus dem Gesicht. Seine Augen verengten sich. Rupert kam auf sie zu. Der Sand knirschte unter den Sohlen seiner Sportschuhe.

Jetzt klebt er dir eine, dachte Julia entsetzt, wie kannst du auch so etwas sagen? Was tust du hier auf diesem Platz? Warum bist du überhaupt hergekommen? Was soll dieser aggressive Ton? Der Typ interessiert dich ja gar nicht!

Rupert baute sich vor ihr auf. Er war größer als sie, er war stärker als sie, seine Nasenflügel bebten vor Wut. Sein Gesicht war nur wenige Zentimeter von dem ihren entfernt, sie konnte die Hitze seines Körpers spüren, roch sein Deodorant, nahm den Geruch von Zitrone, Pfeffer und Hölzern wahr, sah, wie die Jacke seines Jogginganzugs über dem Brustkorb spannte, bemerkte sein breites Kreuz, seine Muskeln. Sie kriegte es mit der Angst zu tun. Seit Jahren hatte sie sich nicht mehr so vor einem Mann gefürchtet. Und war gleichzeitig so fasziniert gewesen.

»Sie halten mich für einen Bauern?«, hakte er nach, gespielt ruhig.

»Ich …«, Julia brach ab, kam sich vor wie ein Gör.

»Geschenkt. Vielleicht bin ich ein Bauer. Eines bin ich auf keinen Fall: Ihr Lakai! Verstehen wir uns richtig?«

»Ich weiß überhaupt nicht, was mit Ihnen los ist. Was gehen Sie mich so an?«

»Wer geht hier wen an?«

Julia streckte ihren Zeigefinger aus und tippte ihm damit auf die Brust: »Sie haben uns ein Bild verkauft und dafür eine Menge Geld kassiert. Sie hatten zugesagt, es zu liefern. Also, wo ist es? Ich habe es nicht. Wie wäre es mal mit professionellem Einhalten von Vertragsbedingungen?«

Er umfasste ihren Zeigefinger und hielt ihn umklammert: »Das wollen wir mal lassen. Ich halte nichts von ausgestreckten Zeigefingern.«

»Es ist mir wurscht, wovon Sie etwas halten oder wovon nichts. Lassen Sie meinen Finger los.«

Die Kinder bildeten eine Runde um die Streitenden und waren begeistert von dem Temperament und der Wut.

Rupert zog seine Hand weg: »Weil wir hier gerade so hübsch plaudern: Man kann mir vielleicht eine Menge nachsagen, nur nicht, dass ich unprofessionell wäre. Ich habe zig Mal bei Ihnen angerufen, habe vergebens versucht, Herrn von Parlin zu erreichen …«

»Herr von Parlin ist krank.«

»Und wieso rufen Sie mich nicht wenigstens zurück? Können Sie mir das sagen?«

»Ich wüsste nicht, was Sie das angeht, Herr Andersen. Ich hatte zu tun. Basta.«

»Sie werden eines Tages ersticken an Ihrer Arroganz, das prophezeie ich Ihnen, Sie werden …«

Julia ließ ihn nicht weitersprechen und redete sich in Rage: »Ich bin arrogant? Sie sind arrogant. Ich weiß überhaupt nicht, warum ich mich hier mit Ihnen unterhalte. Mich von Ihnen anmachen lasse. Was haben Sie überhaupt für ein Benehmen, Sie Flegel? Keine Kinderstube genossen und sich aufführen wie ein … wie ein …«

»Bauer, Flegel, sonst noch was?« Rupert bemerkte jetzt erst die Kinder, die um sie herumstanden. »Alles klar, Kids. Abflug!« Er ging einfach. Die Kinder folgten ihm.

Julia tobte innerlich. So etwas hatte sie ja noch nie erlebt. Eine Unverschämtheit, sie hier einfach so stehenzulassen, eine Frechheit, so mit ihr zu reden. Der Typ war ja das Allerletzte.

»Steck dir dein Bild in den Arsch!«, schrie sie ihm nach.

Im Wegmarschieren juchzten und lachten die Kinder

auf vor Vergnügen. Eines von ihnen drehte sich grinsend nach Julia um. Rupert hob im Gehen seinen linken Arm und streckte den Mittelfinger der Hand steil in die Höhe.

Erschöpft und irgendwie auch peinlich berührt, setzte sie sich auf die Parkbank. Sie starrte vor sich hin. Sie ärgerte sich über sich selbst, war beschämt, dass sie ihm in so unflätiger Weise nachgerufen hatte, und war schockiert über seinen Stinkefinger.

Aus dem Dunkeln tauchte ein Bettler auf, der vier prall gefüllte Plastiktüten mit sich schleppte, und kam zu ihr. Er blieb vor Julia stehen und war überaus höflich: »Haben Sie etwas Geld für mich, meine Dame?«

Ihr fiel wieder ein, wie sie in Frankfurt am Tag vor ihrem Fünfzigsten einen Bettler hatte abblitzen lassen. Ihre Wut war verraucht, sie hatte keine Lust mehr auf Bösartigkeiten. Sie wollte jetzt nett sein. Irgendwie hatte sie das Gefühl, etwas gutmachen zu müssen. Julia öffnete ihre Tasche, zog aus ihrem Portemonnaie einen Zwanziger und streckte ihn dem Mann entgegen. Seine Rechte zitterte, als er den Schein nahm. Ihre Fingerspitzen berührten sich kurz, und Julia sah, dass seine Nägel schwarz vor Dreck waren. Schnell zog sie ihre Hand weg.

»Das ist sehr großzügig von Ihnen«, sagte er.

»Ist schon in Ordnung«, antwortete sie, verstaute das Portemonnaie und stand auf.

»Eine Dame wie Sie sollte nicht allein hier sitzen.«

Julia nickte und wollte gehen.

»Wünschen Sie Begleitung?«

»Begleitung?«, fragte Julia zurück.

»Zur Straße«, erklärte er. »Zum Licht.«

»Nein danke, nicht nötig. Auf Wiedersehen, und alles Gute für Sie.«

»Für Sie auch«, erwiderte der Penner, stellte seine Tüten auf die Bank, als fürchte er, sie könnten ihm sonst gestohlen werden, und setzte sich auf den frei gewordenen Platz.

Als Julia nach Hause kam, fand sie ihre Wohnung kalt und unfreundlich. Der Kühlschrank war leer. Ilse hatte vergessen, die Mülltüten mitzunehmen. Sie standen ausgebeult und stinkend neben der Eingangstür. Julia fuhr mit dem Fahrstuhl hinunter und entsorgte sie. Dann entschloss sie sich, ein Bad zu nehmen. Während das Wasser in die Wanne rauschte, hörte Julia den Anrufbeantworter ab. Kay berichtete darauf euphorisch von den Neuigkeiten. So viel zum Thema »Ich will keine Karriere machen!«, dachte Julia, während sie sich auszog und dabei überlegte, ob er sich wohl auf einen Wink von Kremer I hin bei ihr gemeldet hatte oder ob es aus eigenem Antrieb geschehen war. Das leichte Zittern seiner Stimme, das Aufregung zeigte, rührte sie im Nachhinein. Sie vergaß ihre anfängliche Verärgerung und rief ihn zurück. Er war sofort dran und kam ohne Umschweife auf die Widersprüchlichkeiten zu sprechen. Julia hatte ihren Morgenmantel übergezogen, saß auf dem Bett und hörte Kay zu. Er hatte sich nach einiger Bedenkzeit für ein Ja entschieden, weil ihm sein Fahrerdasein ja schon länger nicht mehr gefiel und er sich gleichzeitig immer noch ein wenig darüber ärgerte, aus fehlendem Mut, wie er meinte, ihr Angebot ausgeschlagen zu haben.

Eine Weile philosophierten sie über die versäumten Gelegenheiten im Leben, die einem immer nachschleichen. Abrupt musste Julia das Gespräch kurz unterbrechen, denn das Wasser drohte überzulaufen. In letzter Sekunde drehte sie die Hähne zu und kam zum Telefon, das auf dem Bett lag, zurück.

Kay berichtete, dass er für seine Eltern für die Zeit, wo er nach Zürich und später nach Berlin müsse, einen supernetten jungen Mann, der einen Pflegedienst betrieb, gefunden habe. Julia machte einen Scherz über das Wort »supernett«, denn ihr fiel auf, dass er ein wenig zu ausführlich über den Typen sprach. Kay lachte mit ihr.

Dann erkundigte er sich nach Julias Leben. Obwohl sie es gewohnt war, sich stark zu kontrollieren, was Gefühle und Selbstauskünfte anging, konnte sie nicht anders und erzählte ihm alles über Rupert. Dabei streckte sie sich auf dem Bett aus, drückte den Hörer fest ans Ohr und sah, während sie sprach, zur Decke. Erneut warnte er sie vor ihm. Rupert sei nur ein Hallodri und Weiberheld und ohnehin viel zu jung für sie. Dieses Mal reagierte sie nicht wütend. Einerseits dachte sie – nach dem Streit im Park, – Kay könne recht haben. Andererseits entdeckte sie in seinen Äußerungen eine Spur von Eifersucht, und das gefiel ihr, denn es stärkte ihr angeknackstes Selbstbewusstsein. Am Ende versprachen sie sich, nun häufiger zu telefonieren, verliehen ihrer gegenseitigen Freude Ausdruck, sich in nicht allzu ferner Zukunft wiedersehen zu können, und verabschiedeten sich schließlich voneinander.

Julia ging zurück ins Badezimmer, goss eine üppig bemessene Menge Lavendelbadeöl ins mittlerweile lauwarme Wasser und stieg hinein. Sofort entfaltete sich ein mächtiger, würziger Duft im Bad, der Julia an die Provence erinnerte. Sie entschloss sich, den Ärger des Tages einfach zu vergessen, und gab sich dem wohligen Gefühl von Geborgenheit hin.

In der darauffolgenden Woche traf Julia ihren Freund Frank nach längerer Zeit zum ersten Mal wieder. Er war in doppelter Hinsicht verschnupft.

»Ich hätte sterben können«, sagte er, als sie um halb acht Uhr abends aus dem Taxi stiegen und auf die hellerleuchtete Philharmonie zugingen. »Und du bist nicht einmal gekommen, um nach mir zu sehen.«

Sie hakte sich bei ihm unter und strich ihm sanft über den Ärmel seines Mantels: »Ich habe dich jeden Tag angerufen.«

»Aber du bist nicht gekommen!«, beharrte er.

Julia hatte zwei Karten für ein Konzert ergattert. Die Berliner Philharmoniker gaben Bernsteins Ouvertüre zu »Candide«, das Violinkonzert von Goldberg und Schostakowitschs 10. Symphonie. Alle drei Komponisten interessierten Julia, vor allem war sie neugierig auf den Solisten des Abends, den aus St. Petersburg stammenden Violinisten Philippe Quint, der in den USA lebte und dort große Erfolge feierte. Das Foto von ihm, das sie in einer Zeitungsanzeige, in der für das Konzert geworben wurde, entdeckt hatte, gefiel ihr. Es zeigte einen jungen Mann mit dichtem, schwarzem Haar, der durch halb abgesenkte Augenlider spöttisch in die Kamera lächelte. Als sie Frank fragte, ob er mitgehen könne und wolle, hatte er bejaht, allerdings die Bedingung gestellt, dass sie die »richtigen Karten« organisieren müsse. Die richtigen Karten hieß für Frank stets: weit vorne, direkt am Gang – damit man, falls sich die Veranstaltung als Flop erweisen sollte, jederzeit den Saal verlassen konnte, ohne Aufsehen zu erregen – und immer links vom Dirigenten. Denn Frank wollte, wie er immer sagte, nicht dauernd an Zombiefilme erinnert werden. Viele Streicher, die ihr Instrument links an der Halsbeuge ansetzten, um mit der Rechten den Bogen zu führen, hatten durch den andauernden, kräftigen Druck auffällige Hämatome. Saß man rechts (und guckte man genau hin), sah man sie. Saß man links, nicht. Das waren Franks Kriterien. Julia amüsierte sich über diesen Tick und erfüllte ihm seinen Wunsch.

Das Konzert war ausverkauft. Für Julias Geschmack saßen sie ein bisschen sehr weit links. Frank war zufrieden. Während er ein Taschentuch herauszog, es aufschlug wie ein Betttuch und sich kräftig schneuzte, um zu dokumentieren, dass er keinesfalls gesund war, blätterte Julia im Programmheft. Dann unterhielten sie sich, bis die Mitglieder des Orchesters ihre Plätze einnahmen und das Licht gedimmt wurde. Julia erzählte ihm kurz von ihrem Gespräch mit Kremer I, er berichtete ihr von der Sekretärin einer Kollegin, die die Schweinegrippe bekommen hatte und ins Krankenhaus eingeliefert worden war. Er unterstrich damit, in welcher Gefahr er selbst hätte schweben können. Frank war ein Hypochonder und ging ihr mit den ausführlichen Beschreibungen seiner körperlichen Misslichkeiten mehr und mehr auf die Nerven. Er sah Julia ernst an und suchte in ihren Augen nach Mitleid. Diesen Gefallen tat sie ihm nicht. Und außerdem wurde es im richtigen Moment dunkel.

Der Dirigent betrat die Bühne. Beifall brandete auf, gerade als Frank Julia flüsternd fragte, ob sie das Bild inzwischen bekommen habe. Der Beginn des Konzertes ersparte es ihr, die Geschichte von ihrer Begegnung mit Rupert wiederzugeben. Die Bernstein-Ouvertüre war ein hübscher Auftakt und erhielt verdienten Applaus. Dann kam der Solist. Das Foto war nicht geschönt. Er sah tatsächlich gut aus, trug eine schwarze Hose und darüber ein nach Maß gemachtes, langes schwarzes Hemd mit stoffbezogenen Knöpfen und einer auffälligen Rückenfalte. Kerzengerade stand er da, schloss die Augen, zog in großem Kreis und mit Schwung, so, als wäre er ein Zauberstab, den Geigenbogen mit ausgestrecktem rechten Arm durch die Luft und begann zu spielen. Nach dem ersten Satz waren die Zuschauer emotional so aufgewühlt, dass sie – entgegen der Usance, zwischen den einzelnen Sätzen keinen Beifall zu spenden – in Bravorufe und wildes Klatschen ausbrachen. Als wolle er die Zuhörer segnen, hob Philippe Quint nun Geige und Bogen mit ausgebreiteten Armen hoch, senkte sie ab und sorgte damit für Stille in der Philharmonie. Mit starkem Akzent sagte er auf Englisch, das Publikum möge noch Geduld mit ihm haben, er hätte zwei weitere Sätze parat. Alle lachten. Dann kam der zweite Satz. Wunderschön. Der dritte Satz. Hinreißend. Julia war bewegt. Vorsichtig zog sie Frank sein Taschentuch aus der Hand und betupfte sich die Augenwinkel. Sein Kopf war nach vorne gesackt, die Augen hatte er geschlossen. Am gleichmäßigen Auf- und Absenken seines sich unter der Anzugweste spannenden Bauches merkte sie, dass er schlief. Sie ließ den Blick durch den Konzertsaal schweifen. Rechts, etwas erhöht, in der ersten Reihe einer Loge sitzend, entdeckte sie Rupert. Er fixierte sie. Julia tat so, als würde sie ihn nicht bemerken, starrte wieder zum Dirigenten hin und zu Philippe Quint. Dann konnte sie nicht anders und musste wieder zu Rupert hinüberschauen. Er merkte, dass sie ihn ansah, und lächelte. Julia blieb ungerührt. Doch es gelang ihr nicht mehr, sich auf die Musik zu konzentrieren. Als Quint zu den letzten Tönen ansetzte, stellte er sich auf die Zehenspitzen, als strebe er zu Höherem, warf den Kopf zurück, setzte dann seine Fersen mit Nachdruck auf den Boden, und Julia hatte das Gefühl, er wolle aufstampfen. Dann war Schluss.

Den Bruchteil einer Sekunde schien es, als würde im Saal die Zeit angehalten. Dann durchbrachen die Zuhörerinnen und Zuhörer die Stille und überschütteten die Musiker mit Begeisterung. Vor allem den Solisten wollten sie nicht wieder gehen lassen. Er erhielt Standing Ovations. Julia blieb sitzen, beobachtete durch die um sie Herumstehenden immer wieder Rupert, der ebenfalls aufgesprungen war und heftig applaudierte und auf zwei Fingern pfiff. Das gefiel ihr.

Nach zwei Zugaben gingen die Besucher, sich angeregt unterhaltend, in die Pause. Frank, nun wieder hellwach, fragte Julia, ob sie ein Glas Sekt wolle. Als sie verneinte, entschuldigte er sich und deutete in Richtung der Herrentoiletten. Sie stand vielleicht ein, zwei Minuten allein im Foyer, als Rupert erschien.

Schon im Näherkommen sagte er laut: »Sie haben geweint, ich habe es genau gesehen.«

»Und wenn?«, konterte sie. »Was geht Sie das an?«

Er wollte ihre Hände in gewohnter Manier ergreifen. Julia verhinderte das, indem sie das Programmheft fest umklammert hielt. Rupert strich sich die Haare aus dem Gesicht, und die Geste wirkte wie die Ouvertüre zu einer ganz großen Oper. Julia sah ihn stumm und spöttisch an.

»Frau Kilchberg, ich fürchte, ich habe mich scheußlich benommen. Ich weiß einfach nicht, was in mich gefahren ist, und bitte glauben Sie mir, ich habe eine Woche lang deswegen schlecht geschlafen.«

Ich glaube dir kein Wort, dachte Julia. Du hast höchstens Angst, eine neue Kundin zu verlieren.

Er nahm der sprachlosen Julia das Programmheft einfach weg, schob es in die Seitentasche seines Kordsakkos, nahm nun doch ihre Hände und verbeugte sich vor ihr: »Ich bitte Sie herzlich, mir zu verzeihen.« Er richtete sich wieder auf und sah sie an.

»Hören Sie auf mit diesem Theater, Herr Andersen.«

»Was kann ich tun, damit Sie meine Entschuldigung annehmen? Sagen Sie irgendetwas, und ich tue es!«

»Lassen Sie mich einfach in Ruhe.« Sie wollte gehen. »Schönen Abend noch. Das Programmheft können Sie behalten.«

»Warten Sie! Bitte.«

Was nun folgte, war so unglaublich, dass Julia dachte, ihren Augen nicht zu trauen. Er ging halbwegs in die Hocke, kniete sich mit dem einen Knie auf den Boden, stützte die Hände auf seinen rechten Oberschenkel und verharrte so, als wäre sie Elisabeth I. und er deren Jugendfreund und Liebe Lord Dudley. Ein paar Leute um sie herum starrten sie an. Eine Frau fing an zu lachen.

»Ich stehe erst wieder auf, wenn Sie mir verziehen haben.«

»Da können Sie lange warten.«

»Sie haben mich provoziert. Sie waren auch nicht gerade nett.«

Ach, jetzt kommt das, dachte Julia, Vorwürfe, Druck. Nicht mit mir. Ich gehe einfach. Aber ich kann den hier nicht knien lassen.

»Stehen Sie auf!«, bat sie. »Das ist echt peinlich.«

»Es ist nämlich so, dass ich mich in Sie verliebt habe«, sagte Rupert sehr leise.

Sie starrte ihn an, konnte nicht anders, musste ironisch

reagieren, abwehrend: »Aha. So sind Sie also, wenn Sie verliebt sind«, zischte Julia mit gedämpfter Stimme. »Das ist ja alles völliger Quatsch.«

Frank näherte sich.

»Also gut. Vergessen. Fall erledigt. Von mir aus.« Strahlend stand Rupert auf. »Und bitte ziehen Sie nicht solche Register von wegen verliebt sein und solchen Unsinn. Das haben sie und ich ja wohl nicht nötig.«

Frank hatte die beiden erreicht: »Ach, der Herr Andersen. Auch hier?« Wie zwei alte Freunde schüttelten sie sich die Hände. »Schönes Konzert, oder?«

»Ja«, antwortete Rupert. »Bin hin und weg!« Und dabei ruhten seine Augen auf Julia.

Es läutete. Die Pause war beendet.

»Haben wir unser Bild schon?«, wollte Frank zum Abschied schnell wissen.

»Ich hatte eigentlich vor, es Frau Kilchberg diese Woche zu bringen.«

»Fein!«, sagte Frank. »Gehen wir rein, Juli.« Er bot ihr seinen Arm. »Dann weiterhin viel Vergnügen, Herr Andersen.«

»Ihnen auch.«

Julia hakte sich bei Frank unter, und sie schoben sich durch das Gedränge hindurch in Richtung ihrer Plätze. Ehe Julia noch lange darüber nachdenken konnte, was ihr da eben passiert war, schlossen sich auch schon die Türen. Das Orchester kehrte zurück, das Gemurmel legte sich, und das Licht ging aus. Als der Dirigent die Bühne betrat und gebührenden Beifall erhalten hatte, legte sich eine konzentrierte Ruhe über das Orchester. Das Publikum verfiel in erwartungsvolle Stille. Der Taktstock wurde gehoben, und Schostakowitsch toste durch den Saal und vertrieb mit machtvollen Klängen Stalins Geist.

Kurz nach zwölf kam Julia in ihre Wohnung zurück. Sie hatte mit Frank nach dem Konzert einen Absacker in einer Weinstube hinter dem Marlene-Dietrich-Platz getrunken, dann war jeder zu sich nach Hause gegangen, denn sie waren müde. Auf dem Anrufbeantworter war nur eine Nachricht. Rupert hatte sie per Handy hinterlassen: »Wenn es Ihnen recht ist, komme ich morgen Abend um acht.«

Sie wollte einfach nicht darüber nachdenken, ob es ihr recht war. Sie löschte den Text, holte sich aus dem Kühlschrank ein Mineralwasser, stellte sich ein Glas voll auf ihren Nachttisch, ging ins Bad, zog ihren teuren Pyjama aus Frankfurt an, legte sich ins Bett und schaltete die Nachttischlampe aus.

Julia konnte nicht einschlafen. Immer wieder kehrten ihre Gedanken in die Philharmonie zurück, zur Pause, zu der Begegnung mit Rupert. Im Nachhinein kam ihr alles irgendwie unwirklich vor. Hatte er wirklich vor ihr gekniet, ihr gesagt, er habe sich in sie verliebt? Welche Unverfrorenheit! Konnte man einem solchen Mann glauben? Und wenn, was dachte er sich dabei, sie mit seinen Gefühlen zu konfrontieren, wo er wusste, dass sie gebunden war? Sie sah sein Gesicht vor ihren Augen, seine Haare, sein Lächeln, das Kordsakko und das weiße, perfekt sitzende Hemd, die Flanellhose, die dunkelbraunen Wildlederslipper. Sie hörte seine Stimme, immer und immer wieder. Und sie spürte, als betrete sie ein bedrohliches Zimmer, ihre eigene Unsicherheit, ihr Schwanken zwischen Abwehr und Sympathie, zwischen Empörung und einer lange nicht mehr gefühlten Freude. Es kribbelte in ihrem Bauch, eine beglückende Wärme stieg in ihr hoch, bis sie das Pochen in ihrem Hals spüren konnte. Sie musste lachen und knipste das Licht wieder an. Ein Schluck kaltes Wasser brachte sie wieder zur Besinnung. Wo sollte das hinführen? Schon einmal, und es war nicht sehr lange her, hatte sie sich mit der Frage beschäftigt, wie es wohl wäre, einen jüngeren Mann zu haben. Die Begegnung mit Kay Hanau in Frankfurt kam ihr mit einem Mal wie eine vom Schicksal gewollte Prüfung vor, ein Vorspiel zum ersten Akt. In ihren Gedanken hatte sie entschieden, dass ein Mann, der jünger war, für sie nicht in Frage kam. Für sie kam überhaupt kein Mann mehr in Frage. Sie hatte einmal geliebt. Hannes. Danach waren nur noch Affären gekommen, viele Affären, viele Jahre, bis eines Tages Frank aufgetaucht war. Sie hatte ihn gern, doch sie liebte ihn nicht, jedenfalls nicht auf die Art, dass sie Herzflimmern bekam und feuchte Hände, wenn sie an ihn dachte. Eigentlich war es so viel besser. Unkompliziert, vertraut, ohne große Höhen und Tiefen, eine Vertrautheit wie Nachhausekommen. Der Sex, der ihr früher so enorm viel bedeutet hatte, war zu einer freundlichen Befriedigung geworden, einem Akt der Höflichkeit, dem sie nachkam, wenn Frank es wünschte. Sie schmunzelte, als sie daran dachte, wie unschuldig und altmodisch es zuging, wenn Frank sie begehrte. Wie er, wenn sie wieder einmal in getrennten Zimmern in seiner Wohnung schliefen, höflich an ihrer Tür klopfte, ihr »Herein« abwartete, zu ihr ans Bett trat und sie fragte, ob er sich zu ihr legen dürfe.

Ja, sie hatten so ihre Rituale, ihre Angewohnheiten – auch ihre Auseinandersetzungen –, sie waren aufeinander eingestellt wie ein altes Ehepaar, ohne miteinander verheiratet zu sein (was ihm wahrscheinlich weniger gefiel als ihr). Frank war einfach da. Ein Fels in der Brandung. Und das war gut so. Mit diesen Gedanken schlief Julia ein.

Punkt acht am nächsten Abend klingelte es an ihrer Wohnungstür. Sie ging an die Gegensprechanlage und fragte, wer da sei. Als sie Ruperts Stimme hörte, drückte sie den Summer und sagte ihm, dass sie in der obersten Etage wohne, unter dem Dach, und dass der Fahrstuhl kaputt sei. Frank hätte eine halbe Ewigkeit gebraucht, mindestens, und er hätte geschnauft und geflucht. Rupert stand nach einer Minute im Flur, denn sie hatte die Wohnungstür offen gelassen und war noch eben ins Bad gelaufen, um zu überprüfen, ob ihr Haar richtig saß und das Make-up gut aussah und ihr die rosafarbene Bluse und der Tweedrock gut standen.

Sie hörte ein fragendes »Hallo« und kam in den Flur zurück: »Meine Güte, Sie sind aber von der schnellen Truppe.«

»Sind ja bloß fünf Etagen«, sagte er und lehnte das mit Noppenfolie und Klebeband verpackte Bild mit dem Aufdruck »Andersen Kunsthandlung Berlin« gegen die Wand.

Julia machte die Tür zu, und sie begrüßten sich per Handschlag. Rupert war lässig gekleidet, er trug eine Jeans und einen weiten Winterpullover mit halbhohem Rollkragen. Er schien sich keine besondere Mühe gemacht zu haben, für sie gut auszusehen. Er wirkte privat und unkompliziert.

»Wo soll die Arbeit hin?«, fragte er.

»Kommen Sie bitte.« Julia ging voran ins Wohnzimmer und knipste das Licht an. »Da über das Sofa.«

»Ah, ein Sofabild.«

»Fangen Sie wieder an?«

»Womit?«

»Na, mit diesen Untertönen.«

Anstatt zu antworten, blickte er sich neugierig um. Die Wohnung kam ihm erstaunlich kühl und klar vor für eine Frau, die so leidenschaftlich wütend sein konnte. Keine Bilder, keine Fotos, keine Blumen. Was er sah, gefiel ihm nicht. Schlagartig fühlte er sich desillusioniert.

Und auch Julia spürte ein Unbehagen, eine Unsicherheit bei sich. Sie bemerkte seine kritischen Blicke, sein Schweigen irritierte sie, und ihr kam diese alberne Szene in der Philharmonie wieder vor Augen und seine schier unglaubliche Äußerung, dass er sich in sie verliebt habe. Dass sie sich auf seinen Besuch gefreut hatte, ja, nicht abwarten konnte, bis er endlich da war, dass sie extra für ihn die Haare gewaschen, die Garderobe sorgfältig ausgewählt, einen Extratropfen Parfüm benutzt und sich, während er die Treppen hinaufgestürmt war, ängstlich einem kritischen Blick im Spiegel unterworfen hatte, kam ihr nun lächerlich vor. Sie beschloss, die ganze Vorgeschichte – besonders den Streit – zu vergessen und mit ihm von nun an nur noch sachlich umzugehen.

»Bevor Sie es aufhängen: Kann ich Ihnen etwas anbieten? Wasser, Wein, ein Bier?«

»Danke nein. Ich bin etwas in Eile.«

»Verstehe.«

»Enttäuscht?«

»Wie kommen Sie denn darauf?«

»Na«, er fing an, die Noppenfolie aufzureißen, »ein bisschen kenne ich Sie inzwischen schon, denke ich.«

Das war ihr schon wieder zu privat, sie ging nicht darauf ein. Was sollte dieses Geplänkel? Es ärgerte sie nur. Julia ging in die Küche und holte ein Glas Leitungswasser. Sie lehnte sich gegen den Küchentresen. Ja, sie war fest entschlossen, kühl zu bleiben. Dennoch kam es ihr wie eine Verkleidung vor. Darunter stand sie nackt und bloß und fühlte sich zu ihm hingezogen.

Es war seltsam. Er erinnert mich an jemanden, dachte sie jedes Mal. Sie wusste nicht, an wen. Sein Vor-ihr-Knien, seine Entschuldigung, vor allem seine Liebeserklärung, so unmotiviert sie ihr auch vorgekommen war, wirkte immer noch und immer wieder in ihr nach. So etwas konnte man nicht übergehen; es musste auf den Tisch. Julia wollte ihn damit konfrontieren, ihn herausfordern. Und sie wollte Klarheit.

Sie ging ins Wohnzimmer, blieb in der Tür stehen. Er hielt gerade das Bild zur Probe an die Wand. Das Sofa hatte er weggerückt und unter das Gaubenfenster geschoben, seinen Pullover ausgezogen und achtlos auf den Boden geworfen. Durch das Hochrecken der Arme war sein T-Shirt aus der Jeans gerutscht. Julia sah seine kräftigen Schulterblätter, die sich durch den Stoff durchdrückten, sie bemerkte am Übergang zu seinem runden Po einen zarten, goldenen Flaum, den sie erotisch fand, und sie stellte fest, dass er kein Gramm Fett auf den Hüften hatte.

»So?«, fragte er, ohne sich umzudrehen.

»Viel zu hoch«, erklärte sie.

Er senkte das Bild herab: »Sie haben recht. Ich kann es

auch nicht ausstehen, wenn Bilder zu hoch hängen. Die meisten machen diesen Fehler.«

»Herr Andersen, bevor Sie anfangen …«, hob Julia an. Er drehte sich um, sah sie an. »Ich würde gern mit Ihnen sprechen.«

»Okay.« Er stellte das Bild ab und nahm auf einem der Sessel Platz, warf dabei lässig ein Bein über die Armlehne. Sie fand das etwas befremdlich, wollte aber nicht spießig sein und übersah es einfach.

Sie setzte sich auf den anderen Sessel: »Finden Sie nicht, dass wir einmal miteinander reden sollten?«

»Ich weiß, ganz schlechte Show gestern Abend in der Philharmonie. Ich kann nur wieder das tun, was ich bei Ihnen offenbar immer tun muss: Sie um Entschuldigung bitten.«

»Das meine ich nicht allein.«

»Sondern?«

Julia holte weit aus – ihr war danach, ganz weit auszuholen. Endlich einmal allein. Allein in ihrer Wohnung, in einem geschützten Raum, wo sie niemand sonst hören oder stören konnte, draußen war es kalt und dunkel, hier drinnen warm und ruhig, und irgendwie legte sich jetzt eine friedliche Stimmung über sie, eine Art Vertrautheit, die geradezu danach verlangte, Tacheles zu reden: »Als wir uns zum ersten Mal begegneten, in Ihrer Kunsthandlung, waren Sie auffällig arrogant mir gegenüber, jedenfalls anfangs.«

»Ich weiß, unverzeihlich. Die Wahrheit ist: Ich sah Sie, und ich war verwirrt. So bin ich dann immer, wenn ich durcheinander bin.«

»Beim zweiten Mal waren Sie wie ein ungezogener Grundschüler, frech wie ein Rotzlöffel, Sie haben jeden

Anstand und jeden Stil vermissen lassen und sich aufgeführt wie ein … ein eifersüchtiger Geliebter, der gekränkt war, weil ich mich nicht bei ihm gemeldet habe.«

»Sie sagen es. Aber mehr als sorry sagen kann ich wohl nicht, oder?«

»Sie haben mich angepöbelt, wie es sonst niemand bei mir wagen würde.« Julia dachte, er wollte etwas erwidern, doch Rupert schwieg. »Beim dritten Mal, in der Philharmonie haben Sie mich bestürmt, vor mir gekniet …« Nun wollte er sie unterbrechen, abwehrend hob sie die Hand. »Lassen Sie mich bitte ausreden. Dann kam diese … diese …«, sie suchte nach dem richtigen Wort, wollte die Sache nicht zu sehr dramatisieren, »… dieser Satz: Sie seien in mich verliebt.« Julia ließ nachklingen, was sie gesagt hatte, wartete auf eine Antwort.

Er senkte den Blick, sah hinunter, als wollte er auf dem Teppichboden etwas suchen. Tatsächlich fand er einen Fussel, hob ihn mit spitzen Fingern hoch und drehte ihn hin und her. »So ist es eben.«

»Das ist absoluter Unsinn. Was soll das? Ist das Ihre Art, Kundinnen an sich binden zu wollen?«

»Jetzt beleidigen Sie mich schon wieder. Mir ist es ernst. Ja, ich bin vielleicht manchmal etwas … durchgeknallt, kann sein. Aber ich habe es weiß Gott nicht nötig, Ihnen gegenüber zu schleimen oder zu versuchen, Sie mit falschen Behauptungen ködern zu wollen. Mein Geschäft läuft fantastisch. Ich brauche Sie nicht als Kundin. Auch wenn ich mich darüber freue, dass Sie diese Arbeit erworben haben.«

»Rupert …« Sie sprach seinen Namen weich aus, fast zärtlich, »… wir kennen uns überhaupt nicht. So was ist mir vollkommen fremd. Gesetzt den Fall, Sie wären in mich, ach, irgendwie, na ja, verknallt oder so. Das brabbelt man nicht so heraus. Das behält man für sich. Sie sind kindisch, leider sehr kindisch.«

»Ich habe es nicht gebrabbelt. Ich habe es gesagt, so wie es ist.«

»Sie sind kein kleiner Junge mehr, herrje! Was wollen Sie erreichen? Sie stürzen mich in eine echte Verwirrung, das muss ich Ihnen jetzt mal sagen.«

»Wirklich?« Er sah sie verblüfft an und lächelte.

»Ja. Vielleicht nicht so, wie Sie denken oder wie Sie es sich wünschen. Ich kann damit einfach nicht umgehen. Ich habe mich in Sie verliebt. Hä? Spinnen Sie? Fakt ist: Ich mag Ihre Art überhaupt nicht. Bedaure. Anders kann ich es nicht ausdrücken. Ich finde Sie arrogant, unreif, Sie machen sich zur Witzfigur.«

Rupert stand auf, ging im Zimmer hin und her. »Ganz schön bitter, was ich mir da wieder anhören muss. Wissen Sie, wie ich unsere Begegnungen empfunden habe? Völlig anders als Sie. Ich habe in Ihnen eine Frau gesehen, die voller Neugierde und voller Sehnsucht ist. Ich habe gespürt, wie interessiert Sie an meinen Ausführungen zum Thema Kunst waren. Ich habe Ihre Blicke eingefangen. Ich habe gesehen, wie Sie mich gemustert, geprüft, und ja, verzeihen Sie meine Eitelkeit, für gut befunden haben. Dass Sie sich nicht bei mir telefonisch zurückgemeldet haben, deutete ich so: Sie mag dich auch, sie will dich zappeln lassen. Als Sie auf dem Spielplatz auftauchten, dachte ich innerlich: Wow! Da ist sie. Sie kommt extra deinetwegen her. Und Ihre Streitlust schließlich! Das kam nicht von ungefähr. Jemandem, der einem wurscht ist, den man nur als Geschäftspartner sieht, dessen Art man angeblich nicht mag, den man für eine ›Witzfigur‹

hält: dem zeigt man nicht so viel von sich, von seinen Gefühlen, seiner Wut. Nein, nein, das nehme ich Ihnen alles nicht ab. Sie trauen sich nur nicht. Sie haben mir Signale gesendet, und ich habe sie empfangen, und ich habe einfach nur den Mut gehabt, die Wahrheit auszusprechen.«

Julia lachte auf: »Sie wollen nicht allen Ernstes sagen, ich hätte mich auch in Sie verliebt?«

»Wer weiß?« Er setzte sich wieder.

»Wer weiß? Sie wissen gar nichts, junger Freund. Sie kennen mich überhaupt nicht, Sie sind übergriffig, Sie stören meine Kreise. Sie hängen jetzt bitte das Bild auf, und dann gehen Sie. Habe ich mich klar genug ausgedrückt, sind die Signale deutlich?«

Sie wollte aufstehen. Rupert hielt sie zurück, packte sie am Handgelenk: »Julia«, sagte er leise, »ich bitte Sie.«

»Lassen Sie mich los. Das ist schon wieder so eine Übergriffigkeit.«

Er ließ sie tatsächlich los, stand nun auch auf, blieb nah vor ihr stehen: »Sie denken, ich weiß nichts über Sie? Ich weiß sehr viel über Sie! Über Ihre Angst vor dem Älterwerden. Über den ständigen Druck, unter dem Sie stehen. Über Ihre eingefahrene Beziehung zu Herrn Dr. von Parlin.«

Sie wich einen Schritt zurück, sie fühlte sich erkannt und auf eine unangenehme Weise ertappt. »Sie merken gar nicht, wie unverschämt Sie sind, oder? Ich habe keine Angst vor dem Älterwerden!« – Nun lügst du, dachte Julia. – »Und was geht Sie mein beruflicher Druck an?« – Unrecht hat er natürlich nicht, fand sie und wurde immer wütender. – »Sehen Sie, und das ist eben der Gipfel. Sie wissen, dass ich gebunden bin. Wie hinterhältig ist es, einem Mann, der gerade mal eben fünftausend Euro bei Ihnen hingeblättert hat, als Geschenk für seine Lebensgefährtin, die Partnerin ausspannen zu wollen, nur aus einer Laune heraus.«

»Es ist keine Laune.«

»Das ist mir schnurzpiepe.« Sie ging zur Tür, als wollte sie flüchten.

»Julia, ich möchte mit Ihnen zusammen sein.«

»Zusammen sein! Aus welchem Jahrhundert stammen Sie?«

»Ich möchte mit Ihnen zusammen sein!«, wiederholte er stoisch.

»Hören Sie auf, ich will das nicht hören.«

Er kam auf sie zu: »Sie können sich ruhig alles anhören, was ich sage. Ich tue es auch. Ich akzeptiere all Ihre Einwände.«

»Na, herzlichen Dank!«

»Ja! Ich mache mich zum Affen vor Ihnen, ich bin unreif, kindisch, boshaft, theatralisch, und, ehrlich gesagt, ich kenne mich im Umgang mit Ihnen selbst nicht wieder. Herr Dr. von Parlin, der ja in der Stadt einen Ruf wie Donnerhall als Anwalt hat: Er hat mir nichts getan, ich bin ihm zu Dank verpflichtet. Trotzdem könnte ich ihn töten. Ja, ich würde töten, um Sie zu kriegen, Julia.«

»Aus welchem Stück ist das?«

»Was soll ich denn machen? Ich bin einfach nur ehrlich zu Ihnen.«

»Nehmen Sie sich einfach zusammen, mehr verlange ich gar nicht. Hängen Sie dieses verdammte Wasseramsel-Bild auf, und gehen Sie. Lassen Sie sich nie wieder blicken. Es reicht mir.«

»Glaube ich immer noch nicht.«

Sie schwiegen eine Weile. Julia schüttelte den Kopf. Er stand da, ganz verwirrt. Sie hatte direkt Mitleid mit ihm. War er nicht im Recht, ihr zu sagen, was er empfand? War sie nicht auch immer nach dem Prinzip verfahren, offen und ehrlich ihre Meinung zu sagen, wenn es wirklich um etwas ging? Hatte sie sich nicht, in der Nacht zu ihrem Fünfzigsten, auch ganz und gar ungewöhnlich verhalten, einen wildfremden, jungen Fahrer zum Essen eingeladen, ihn so nah an sich herangelassen wie lange niemanden mehr?

»Und wenn ich das auch noch sagen darf«, unterbrach er die Stille, »ich bin nicht einfach nur … verliebt. Ich liebe Sie, Julia. Ich liebe Sie, verstehen Sie?«

»Sie könnten ja fast mein Sohn sein.«

»Bin ich aber nicht.«

»Ich bin vermutlich mindestens zwanzig Jahre älter als Sie.«

»Tja, wo die Liebe hinfällt.«

Nun mussten sie lachen. Es war ein herzliches, befreiendes Lachen, und es war der Schlusspunkt unter ihrem Streit.

Julia holte aus der Küche ihren bescheidenen Werkzeugkasten, Rupert hängte das Bild auf. Der Platz war vortrefflich. Nachdem Rupert das Sofa zurückgeschoben und die übermalte Fotografie ein paar Millimeter nach links ausgerichtet hatte, standen sie davor und betrachteten es.

»Es soll Ihnen Glück bringen, Julia.«

»Danke.«

Rupert hob seinen Pullover vom Boden auf und zog ihn über. Julia brachte den Werkzeugkasten in die Küche zurück. Im Flur trafen sie sich wieder.

»Sie haben natürlich recht. Ich bin manchmal nicht ganz bei Trost. Ich sollte einfach solche Dinge für mich behalten, ja, die Klappe halten«, erklärte Rupert.

»Hören Sie … wenn Sie versprechen, dass Sie tatsächlich nicht wieder mit Ihrem Gesäusel anfangen …«

»Ja?« Seine Augen hellten sich auf.

»Um die Ecke ist ein kleines italienisches Lokal. Meine Stammkneipe sozusagen. Wenn Sie mögen, lade ich Sie auf einen Teller Spaghetti ein.«

»Geht auch eine Pizza?«

»Ich überlege es mir.« Julia hatte ihre gute Laune wiedergefunden, und sie schmunzelte, als sie zum Einbauschrank ging und ihren Mantel herausnahm.

»Ihr Lieblingsmantel, hm?«, fragte Rupert und kam zu ihr, um ihn ihr abzunehmen.

»Woher wollen Sie das denn wissen?«

»Ich weiß es eben.«

Das überraschte Julia, doch sie dachte nicht weiter darüber nach, schloss die Schranktür und ließ sich von ihm in den Mantel helfen. Er stand direkt hinter ihr, beide blieben regungslos stehen. Julia merkte, dass er versuchte, die Heftigkeit seines Atmens zu unterdrücken. Rupert ließ den Stoff eine Weile nicht los, Julia bewegte sich nicht. Dann legte er ihr seine Hände auf die Schultern. Es waren große, warme, vertrauenerweckende Hände, sie lagen schwer auf Julia. Langsam, sehr langsam drehte sie sich um. Sie sahen sich in die Augen. Dann umfasste er ihr Gesicht und beugte sich zu Julia herunter.

»Lass es«, flüsterte sie, als spräche sie zu sich selbst, und wusste zugleich, dass er sich nicht daran halten würde. Es war, als bliebe die Zeit stehen. Zwei Seelen in ihr kamen zum Klingen, zwei Stimmen sprachen in ihr, das Herz, das arme, törichte Herz, wollte nicht hören, was der Verstand zu sagen hatte. Du bist zu alt für ihn, er wird dich unglücklich machen, du bist nicht frei und begehst einen Betrug, wenn du es jetzt zulässt. Und die andere Stimme sagte ihr: Es ist vielleicht das letzte Mal, das letzte Mal, dass dich ein solcher Mann begehren wird, das letzte Mal, dass du dich fallen lassen kannst, das letzte Mal, dass du jung sein darfst und unbeschwert. Das letzte Mal glücklich sein, ohne alle Grenzen. Er ist so schön, er ist so schön, er ist so schön …

Ganz zart berührten seine Lippen die ihren. Julia wehrte sich nicht mehr. Und während er sie küsste, war es ihr, als höre sie Philippe Quint auf seiner Geige spielen. Ein Lied von Sehnsucht und von Erlösung. Und auf einmal wusste Julia Kilchberg, während sie sich ganz dem Kuss von Rupert Andersen hingab, an wen er sie die ganze Zeit erinnert hatte, von Anfang an, als sie ihn mit den Kindern hatte Ball spielen sehen und er sich die Haare aus dem Gesicht strich, mit dieser einen, bestimmten Geste: an ihre ferne, tote Liebe, an Hannes.

Kapitel 6

Durch die Wohnungstür dröhnte Walzermusik. Johann Strauß, Josef Strauß, Ziehrer oder Waldteufel? Julia wusste es nicht. Sie wusste nur, dass da drinnen wieder einmal der Wahnsinn ausgebrochen war. Dada dada daramm-tammtamm. Sie konnte nicht anders und musste im Takt mit dem Fuß wippen, während sie erneut Sturm klingelte. Endlich hörte sie, wie drinnen ein Schloss geöffnet wurde. Dann noch eines und noch eines. Wenn das so weitergeht, dachte Julia, dann stehe ich morgen Abend noch hier und kann die Silvesternacht mit Frank vergessen. Eine Kette wurde ausgehakt. Eine zweite Kette klirrte. Eine dritte. Endlich ging die schwere, alte Holztür mit dem verschnörkelten, glänzenden Edelstahlemblem, das die Initialen »AW« zeigte, sehr vorsichtig und sehr langsam auf. Sie sah das misstrauische Gesicht von Lili Lee. Ein kleiner Kopf mit straff geliftetter, blasser Haut, kurzgeschorenem, blondiertem Haar, abrasierten und schwarz nachgezogenen Brauen, unter denen fast asiatisch anmutende blaue Augen kalt hervorblitzten, einer feinen, gepuderten Nase, einem schmalen Mund, der sich auch dann nicht zu einem Lächeln verzog, als Lili sie erkannte.

»Miss Kilchberg!«, sagte das Gesicht mit dramatischem Erstaunen und in tiefem Bariton. Lili Lee, der eigentlich Andrew Silversteen hieß, war Engländer, und er sprach die Silbe »berg« wie »börg« aus. »Miss Kilchbörg! Welche Überraschung!« Er konnte gar nicht anders, als hinter jeden Satz ein Ausrufezeichen zu setzen. Sein ganzes Leben war ein Ausrufezeichen. I am, what I am! Ein Mann mit der Seele einer Frau, ein Star auf grellen Bühnen, ein Mensch, der versucht hatte, aus seinem Leben das Beste zu machen. Das Beste für ihn war gewesen, nach einer Friseurlehre in seinem Heimatkaff, umgeben von Cottages und dunklem Bier, von Hügeln, Seen und Wäldern, von Vorurteilen und übler Nachrede, zu flüchten. Die Welt lockte. New York zog ihn an. Er lackierte sich die Fingernägel blutrot und stürzte sich ins Nachtleben. Ein Clubbesitzer wurde sein neuer Daddy und sein Lover, entdeckte Andrews Talent und förderte ihn. Er erfand den Namen Lili Lee, steckte ihn in Roben und unter Perücken und ließ Lili singen. Dann war Daddy gestorben, in den Achtzigern, an einer Krankheit, die alle für eine schwere Grippe hielten. Ein neuer Mann kam und noch einer, und alle waren gleich mies zu Lili, und so flüchtete er erneut und ging auf Tournee, denn sein neuer Manager sagte ihm, in Europa würden die Leute die Travestie noch zu schätzen wissen. Paris, London, schließlich Berlin, nur Applaus und Allüre, laute Pensionen und schmale Gagen. I did it my way. Und die Nacht wurde zum Tag und der Tag zur Nacht. Überall trat Lili als Edith Piaf auf und als Judy Garland und später als deren Tochter Liza Minelli. Life is a Cabaret. Ein Leben lang genauso aussehen wie jemand anderes, seine Lippen synchron bewegen, jede Geste und Bewegung einstudiert und abgeguckt und abgelauscht von alten Filmen und Schallplatten. Lili hätte ein ebenso guter Conférencier werden können wie Joel Grey. Niemand gab ihm die Chance. Er lebte ein Leben aus zweiter Hand, und das machte ihn einsam, zumindest so lange, bis die Lichter angingen. Und bis ihm Agnes

Sommer begegnete, die Unternehmerwitwe, die sich ihm seelenverwandt fühlte und fortan die Mutterrolle übernahm. Jetzt war Lili sechzig, sein Manager längst tot, die Hälfte aller Nachtclubs geschlossen, noch immer ging er auf Tournee.

Lili machte die Tür weit auf, und Julia sah, als sie eintrat, dass der kleine, schmale Mann einen Smoking trug, mit perfekt sitzendem, strahlend weißem Hemd, einer schwarzen Schleife und Lackschuhen, die so groß waren wie Kähne.

»Wollen Sie ausgehen, Lili?«, fragte Julia und schloss die Tür hinter sich. Die Nachbarn von Agnes mussten sich ja nicht schon wieder beschweren.

»Freitag, Miss Kilchbörg!«, sagte er vorwurfsvoll, als habe sie schon wieder alles vergessen und lasse jeglichen Respekt vermissen. »Teadance!«

»Ah!« Julia zog ihren Mantel aus und hängte ihn an den Art-déco-Kleiderständer in der getäfelten Halle. Lili ging mit zierlichen Schritten, die angesichts seiner Riesenfüße besonders lächerlich wirkten, voran. Er zog eine Wolke von Parfüm hinter sich her, die nach Papaya roch und Julia fast ohnmächtig werden ließ. Als sie das Wohnzimmer betrat, das in dieser Wohnung Salon hieß, war sie augenblicklich wieder bei klarem Verstand. Ein Raum, groß wie ein Fußballfeld, mit persischen Teppichen auf knarrendem Parkett, goldenen Stuckaturen an der Decke, Blumentapeten an den Wänden und mit Vorhängen aus Theater-Samt vor den riesigen, ungeputzten Fenstern. Voller pastellfarbener Gemälde in Barockrahmen, Renaissance-Tischen, Louis-quinze-Sessel, Rokoko-Stühlchen, Biedermeiersofas, Glasvitrinen mit KPM-Figuren und -Vasen, Trockenblumensträußen und einer

50er-Jahre-Musiktruhe. Der Raum bebte unter den Orchesterklängen, und man verstand sein eigenes Wort nicht mehr, geschweige denn die eigenen Gedanken.

Vor imposanten Erkerfenstern gab es eine mit einem Holzgitter eingefasste Empore, zu der zwei breite Stufen hinaufführten. Dort saß Agnes Sommer in einem Abendkleid aus rosa Chiffon und sah aus wie ein vergreistes Mädchen beim Abschlussball, das keiner auffordern wollte. Durch ihr hochtoupiertes, feinsilbriges Haar sah Julia die letzte Nachmittagssonne hindurchscheinen und die Fassaden auf der gegenüberliegenden Seite der Straße. Sie hatte ihrem Gast den Kopf zugewandt und lächelte wie die Königin von England. Es kam Julia so vor, als wäre sie zur Audienz gebeten. Agnes trug Schmuck für zehn Personen, hatte Rouge aufgelegt und Lippenstift und leuchtete.

»Julia!«, piepste sie, und Entzücken lag darin. Sie winkte mit ihrer kleinen Hand, an der Brillantringe funkelten. »Och, Mensch, Lili, nu' mach mal die olle Kiste leise, dieses Tschingderassabum, nee!«

Julia kam zu ihr, sie begrüßten sich mit einem weichen Wangenkuss, während Lili dem Walzer den Hahn zudrehte. Auf einem Tischchen neben Agnes stand ein Samowar, der missbilligend vor sich hinblubberte.

»Tee, Kleene?«, fragte Agnes, und als Julia bejahte, rief die Herrin des Hauses den Eintänzer heran, der einschenkte. »Stuhl?«

Julia nickte und wollte sich einen holen.

Agnes ermahnte sie: »Das macht Lili. Wozu haben wir denn die Männer, was?«

Die Frauen saßen sich nun gegenüber und nippten an ihren Tassen. Agnes hielt sich kerzengerade, trotz ihrer fünfundneunzig Jahre, und Julia musste, als sie ihre alte Freundin ansah, unwillkürlich an eine Teepuppe aus China-Porzellan denken, die ein paar Risse und Sprünge hatte. Sie plauderten über dies und das, und Julia entschuldigte sich dafür, dass sie, einen Tag vor dem Jahreswechsel, keine Blumen mitgebracht hatte, da sie direkt aus dem Büro zu ihr gekommen sei, einem spontanen Entschluss folgend. Bevor das alte Jahr zu Ende ging, wollte sie Agnes noch einmal sehen, denn sie hatte sie in letzter Zeit vernachlässigt. Dazu kam, dass sie etwas mit ihr besprechen musste. Seit jener ersten Begegnung, als Julia nach dem Tod ihres Mannes kurz vor dem Zusammenbruch gestanden und mitten im Supermarkt in eine Zitrone hineingebissen hatte und Agnes sie mit zu sich nach Hause nahm und sie mit Tee und Sympathie tröstete, waren sie befreundet. Julia war zu einer Art Tochter geworden und Agnes für Julia eine mütterliche Freundin, die ihr ohne Eigeninteressen oder Eitelkeiten (wie es etwa bei Fanny und bei Frank der Fall war) Ratschläge gab, sie zum Lachen brachte und ermutigte.

Agnes war fünf Mal verheiratet gewesen. Alle Männer waren längst tot. Sie sah sich selbst als Schwarze Witwe. Als glückliche Schwarze Witwe, denn sie hatte immer Wert darauf gelegt, sich gut – was in ihrem Verständnis reich hieß – zu verehelichen. Sie sah die Ehe als Institution, die man durch Geschick und Charme durch alle widrigen Fahrwasser führen musste. Dabei half Agnes ein altmodisches Talent zur Unterordnung. Der Mann war immer der Kapitän an Bord, das war für sie unstrittig, aber die Frau sagte ihm, wie er das Boot zu lenken habe. Nie hatte sie aus Liebe geheiratet. Davon hielt sie nichts. Sie plädierte für die Ehe aus Sympathie und aus Vernunft.

Die Erotik, so erzählte sie Julia oft, würde ihren Reiz verlieren im Laufe einer Partnerschaft. Was bliebe oder bleiben müsse, sei der Zusammenhalt, die Loyalität, der Humor und vor allem, dass man miteinander reden könne. In diesem Sinne hatte sie Julia geraten, sich an Frank zu binden. Agnes hatte sich auch immer Männer ausgesucht, die älter waren als sie.

Für Julia war wieder einmal der Zeitpunkt gekommen, sich Rat zu holen. Nach dem Kuss mit Rupert und dem anschließenden Abend in ihrem italienischen Lieblingsrestaurant hatte sie sich Hals über Kopf in den Kunsthändler verknallt. Von heute auf morgen fand sie alles an ihm hinreißend, empfand seine Launen, kleinen Wutausbrüche und seinen forschen Charme nicht mehr als nervtötend, sondern als charaktervoll. Er hatte sich vor ihren Augen verwandelt. Und auch sie hatte sich verwandelt, das spürte sie genau. Julia war in einen Zug eingestiegen, und der Zug raste und schien nicht mehr anhalten zu können und nahm ihr die Möglichkeit, wieder auszusteigen. Genau darüber dachte sie nach, denn das Tempo machte ihr auch Angst, und was blieb, wenn sie nachts allein im Bett lag, war dieser bittere Nachgeschmack. Zwar hatten sie und Rupert noch nicht miteinander geschlafen, dennoch fühlte sie sich bereits als Verräterin dem arglosen Frank gegenüber, ja, geradezu als Ehebrecherin.

Sie und Rupert waren an jenem ersten Abend spät ins *Da Marco* gekommen, das Lokal war bis auf den letzten Platz besetzt gewesen. Aus einem Missverständnis heraus, das sich nicht mehr klären ließ, hieß Julia bei Marco nur »Signora Wolf«. Es musste an einer falsch eingetragenen Reservierung gelegen haben, und anfangs versuchte Julia, ein-, zweimal, wenn sie mit Frank nach dem Kino, dem Theater- oder Opernbesuch dorthin kam, es geradezurücken. Doch Italiener sind die Europäer mit dem stärksten Beharrungsvermögen, und was einmal ist, das bleibt – in Stein gemeißelt.

»Signora Wolf«, rief Marco aus, ließ die Weinflasche und den Dekanter stehen, kam vom Tresen her angesaust und schüttelte ihr herzlich die Hand zur Begrüßung.

»Ein Freund«, erklärte Julia knapp, deutete auf Rupert, und damit gehörte er auch schon zur Familie. Es roch nach Basilikum, Knoblauch und gegrilltem Fisch, an allen Tischen wurde geredet und gelacht, gegessen und getrunken, Lucio Dalla sang »Cosa Sarà«, und Julia war glücklich.

Marco drückte mit opernhafter Geste sein Bedauern aus: »Wir sind ausgebucht, scusi!«

»Können wir an der Bar etwas trinken, bis ein Tisch frei wird?«, fragte Rupert.

»Naturalmente«, antwortete Marco, »und das geht auf meine Kosten. Bei Signora Wolf tun wir alles, was wir können, keine Widerrede!«

Julia und Rupert bekamen ein Glas Rotwein in die Hand gedrückt, drängelten sich an der Bar neben einem jungen Pärchen und dem alten Kellner Luigi, der einen ständig wiederkehrenden Kampf gegen das neu eingeführte Touchscreen der Kasse führte.

»Buona sera, Signora Wolf«, sagte er und wischte sich mit einer Serviette, mit der er regelmäßig die Ciabatta-Krümel von den rot-weiß karierten Tischdecken fegte, den Schweiß von der Stirn.

Sie stießen an. »Ich bin unheimlich glücklich«, sagte Rupert.

»Na, das ist ja schön«, erwiderte sie.

»Und du?«, fragte er, ohne sich beirren zu lassen.

»Und ich? Ich bin verwirrt!«, antwortete Julia. Eine Sekunde lang schaute er sie an, in die Augen und damit mitten ins Herz, wie sie fand, und weil er nichts sagte, fühlte sie sich irgendwie verunsichert und versenkte ihren Blick in das Weinglas. Er beließ es dabei.

Während er sich umsah und das Restaurant für »nett« befand, stellte Julia ihm jene Frage, die ihr schon seit längerem auf dem Herzen lag. Sie wollte wissen, wer die Kinder waren, mit denen sie ihn nun schon zweimal beim Sport gesehen hatte. Eine Weile nämlich hätte sie gedacht, erklärte sie ihm, es wären seine eigenen. Aber die Sache lag ganz anders. Rupert war seit ein paar Jahren Mitglied in einem Verein, der sich ehrenamtlich um Kinder aus sozial schwachen Familien kümmerte. Durch einen befreundeten Koch, der in dem Sternerestaurant eines Hotels arbeitete und den Kindern beibrachte, wie man aus frischen Zutaten ein schmackhaftes und gesundes Gericht zubereitete, war er auf dieses Projekt, das den Namen »Barke« trug, aufmerksam geworden. Der Verein hatte seinen Sitz im Stadtteil Hellersdorf, am Rande von Berlin, dort, wo mitten im flachen, sandigen Land, von Schnellstraßen gen Osten durchzogen, Hochhäuser standen, voller Graffiti und Kälte. In einem Keller waren gemütliche Räume eingerichtet worden, zu denen auch eine Küche gehörte und wo die Kinder nach der Schule einen Platz zum Lernen, Spielen und Zusammensein fanden. Zweimal die Woche schnappte sich Rupert eine Gruppe Kinder, die zu viel wogen und zu viel wussten, und machte mit ihnen Sport. Sie waren ihm ans Herz gewachsen, und er erzählte Julia anrührende und traurige und für sie unfassbare Geschichten. Hatte sie ihn bis dahin für einen Sonnyboy gehalten, wusste sie jetzt, dass er auch ein verantwortungsvoller Mann war, und sie nahm sich vor, im Internet die Adresse des Vereins herauszufinden und Geld zu spenden.

Wenig später führte Marco sie an ihren Tisch. Sie bestellten Mozzarella mit Tomaten, Julia wählte einen gegrillten Loup de Mer und Rupert ein Bistecca alla Fiorentina, denn auf Pizza hatte er keine Lust mehr. Den Wein, einen Soave, suchte Marco aus.

Männer wollen handeln, Frauen reden, heißt es. So war es an diesem späten Abend auch. Sie fragte ihn aus. Nach seinen Eltern, nach seiner beruflichen Entwicklung, danach, ob er gebunden sei. Fast treuherzig erzählte er von den Schwierigkeiten, die er während der Ausbildung und Zusammenarbeit mit seinem Vater hatte, von seiner Beziehung mit der Ex-Freundin Stefanie und ihrer Trennung. Während sie Rupert zuhörte, dachte Julia ständig darüber nach, was zwischen ihnen passiert war. Er hatte ihr seine Liebe erklärt, und sie hatten sich geküsst, nun saßen sie hier zusammen, die Kerze auf dem Tisch flackerte, Marco gab schreiend an der Durchreiche zur Küche Bestellungen durch, die Tür zum Lokal ging auf und zu, die Musik spielte. Aber alles um sie herum war für Julia nicht da. Es gab nur Julia und Rupert, Rupert und Julia.

»Rupert, ich bin völlig durcheinander, weißt du das?«

Er legte sein Besteck weg und sah sie zärtlich an: »Ja, ich weiß genau, was du meinst.«

»Ich bin mir nicht sicher, ob du weißt, was ich meine.«

»Dann erkläre es mir. Wie einem Fünfjährigen!«

Er spielte damit auf eine Formulierung von Frank in der

Kunsthandlung an. Julia erinnerte sich nur zu gut, und genau daran wollte sie jetzt nicht denken.

»Du weißt, dass ich gebunden bin.«

»Hast du schon erwähnt«, erwiderte er fast barsch.

»Ja, und was sagst du dazu?«

Er lehnte sich zurück, legte sich die Serviette über das Gesicht.

»Jetzt sei nicht wieder albern, Rupert.«

Er zog sie vom Gesicht herunter, grinste, legte sie wieder darüber, zog sie erneut weg und guckte finster.

»Du bist ein Kasper, mein lieber Freund.«

»Sag das noch mal.«

»Du bist ein Kasper.«

»Das meine ich nicht!«

»Mein lieber Freund?«, fragte sie zögernd, so als wolle er sie aufs Glatteis führen.

»Yeah!« Er drehte sich zum Nachbartisch um, wo ein Mann um die sechzig mit rotem Kopf und einem Hund unter dem Tisch die zweite Flasche Barolo köpfte: »Mein Freund! Haben Sie es gehört? Mein Freund!«

»Fick dich, Schwuchtel!«, sagte der Hundebesitzer und ertränkte seine Frustration im nächsten Glas.

»Rupert, bitte! Du bist peinlich! Jetzt sei einmal erwachsen!«, flüsterte Julia.

»Ich fürchte, daran musst du dich gewöhnen.«

Marco kam und räumte die Teller ab: »Ein schönes Dessert? Wie ist es, Signora Wolf, zur Feier des Tages?«

Abwechselnd blickte er zu Rupert und zu Julia, und ihr fiel zum ersten Mal auf, dass Marco eigentlich ganz gut aussah, trotz ein paar Kilo Übergewichts.

»Also, was mich angeht, Marco«, antwortete sie zögernd.

»Haben Sie Zabaione?«, wollte Rupert wissen.

»Aber sicher, Signor! Die beste der Stadt!« Er griff nach der Karte, klappte sie auf, hielt sie Rupert vor die Nase. Dort stand »Beste Zabaione der Stadt«.

Julia kannte diesen Hinweis und dachte daran, wie sie fast jeden Tag auf dem Weg zur S-Bahn an einem Lokal vorbeikam, in dessen Fenstern ein schreiend orangefarbener Aufkleber hing, auf dem stand: »Neueröffnung! Wir sind jeden Tag für Sie da!« Das Restaurant war vor Monaten in Konkurs gegangen, hinter den Fenstern herrschte gähnende Leere, und jedes Mal dachte sie, dass man nicht alles glauben müsse, was geschrieben steht. Ihr wurde bewusst, dass sie ein misstrauischer Mensch war und nur an Fakten glaubte. Was waren die Fakten bei ihr und Rupert? Der Mann, der ihr vis-à-vis saß, war ihr ein Rätsel, sein Verhalten war ihr ein Rätsel, und dass sie jetzt mit ihm hier saß, sich hatte hinreißen lassen, seinen Kuss zu erwidern, war für sie das größte Rätsel von allen.

»Wir nehmen eine Zabaione für zwei«, bestimmte Rupert.

Marco klappte die Speisekarte zusammen: »Gern, es dauert eine Weile.«

»Wir haben alle Zeit der Welt«, war Ruperts Antwort.

Nach und nach leerte sich das Lokal. Rupert nahm ihre Hand, sah sie verliebt an. Im ersten Moment war Julia das unangenehm. Sie blickte unsicher nach rechts und nach links, aber niemand nahm Notiz von ihnen. Da fühlte sie sich freier. Der Wein tat ein Übriges. Blitzartig, während der Kunsthändler über seinen Lieblingsmaler Peter Doig referierte, beugte sie sich über den Tisch und gab dem verblüfften Rupert einen Kuss auf die Wange.

»Wow«, sagte er, »damit hätte ich ja nun nicht gerechnet.« Und nach einer Pause: »Wie geht es denn nun weiter mit uns?«

»Ich habe keine Ahnung, Rupert. Aber ehe ich antworte: ›Gar nicht‹ … lass uns einfach diesen Abend genießen.«

»Du glaubst ja wohl nicht, dass ich dich jemals wieder loslasse, Julia!«, gab er zurück.

Marco brachte die Zabaione, und wie Teenager löffelten sie die Eiercreme aus dem Glaspokal, die für vier gereicht hätte.

Julia erzählte von ihrer Arbeit, er schimpfte auf die Banken, sie verteidigte ihre Branche, schließlich befanden sie sich in einer heftigen Diskussion, die Julia als anregend empfand. Anregender als alle Gespräche, die sie in der letzten Zeit mit Frank geführt hatte.

Wenn Frank mich so sähe, dachte sie plötzlich, er wäre entsetzt. Er war der treueste der Treuen, und sie war sich sicher, dass er während der langen Zeit, die sie ein Paar waren, niemals mit einer anderen Frau aus romantischen Gründen ausgegangen war und Händchen gehalten hatte, geschweige denn sie geküsst hätte.

Das schlechte Gewissen verhagelte Julia schnell den Abend. Nach einem Espresso bestand sie darauf zu gehen. Mittlerweile waren sie fast allein im Lokal. Ein paar wenige Hartnäckige und Stammgäste saßen wie versprengt an ihren Tischen. Marco stand mit seiner Kollegin am Tresen und machte Kasse. Die Kerze auf dem Tisch war heruntergebrannt. Dies war die Stunde der Verliebten. Kurz nach elf. Adriano Celentano sang sein altes Lied: »Una festa sui prati«. Rupert stand auf und bat Julia zum Tanz. Sie wollte absolut nicht, wehrte sich, im Wortsinne, mit Händen und Füßen. Er ließ sie da nicht raus.

»Die kennen mich hier«, sagte sie leise, nachdem er sie hochgezogen und den Arm um sie gelegt hatte.

»Weiß ich ja. Na und?«, fragte er. »Was werden sie tun? Uns verhaften? Deinen Frank anrufen?« Und dann setzte er hinzu, sie imitierend: »Jetzt sei einmal erwachsen.«

Sie tanzten dann doch, engumschlungen. Marco drehte das Deckenlicht herunter, bis es fast dunkel war.

Julia war verliebt. Sie wollte nicht mehr ernüchtert sein, sondern trunken. Und so gab sie sich dem Gefühl hin.

Sie merkte nicht, dass in diesem Augenblick Fanny das *Da Marco* betrat. Sie trug eine eng geschnittene Jeans zu hohen Schuhen, ein Pailletten-T-Shirt und darüber eine taillenkurze, schwarze Lederjacke. Fanny sah niemanden, auch weil sie nachtblind und kurzsichtig war. Marco führte sie an den Zweiertisch in der Ecke hinter dem Tresen, einen Platz außerhalb der Sichtweite, an den sie sich, mit dem Rücken zum Lokal, setzte. Marco war ein Charmeur, ein Schlitzohr, ein erfahrener Gastronom. Ihm war klar, dass sich die Frauen nicht begegnen durften, denn er kannte sie als Freundinnen. Er verwickelte Fanny in ein Gespräch, während er kurz nach hinten zu dem Paar schaute, winkte seinen Kollegen heran, der Wein brachte, und empfahl ihr ein Gericht auf der Abendkarte. Sie erklärte, dass sie warten wolle. Er ließ ihr die Speisekarte da und kam zu Julia und Rupert, um ihnen leise zu sagen, dass dahinten eine gute Bekannte säße. Sofort beendete Julia den Tanz. Sie verengte die Augen, um in der Dunkelheit besser sehen zu können, und erkannte Fanny. Sie dankte Marco kurz, verließ fluchtartig den Raum, während Rupert schnell die Rechnung beglich und ihr dann folgte. Draußen schlug ihnen die Winterluft entgegen.

»Damit das gleich klar ist, Rupert: Ich gehe allein nach Hause.«

»Verstanden«, antwortete er wie ein braver Schüler. »Auf jeden Fall bringe ich dich bis zur Haustür.«

Er nahm ihre Hand, und sie gingen nach links um die Ecke, verschwanden in der Dunkelheit. Wären sie nach rechts gegangen, wäre ihnen Frank begegnet.

Er war, nach einem sehr langen Abend in der Kanzlei, auf dem Weg ins *Da Marco*, wo er sich mit Fanny verabredet hatte. Julia wusste nichts davon. Während seiner Krankheit hatte sich eigentlich nur seine Haushälterin Jolanda um ihn gekümmert. Sie bezog sein Bett täglich frisch, kaufte für ihn ein, besorgte ihm Medikamente in der Apotheke. Er litt schwer unter seiner leichten Erkältung, und er litt vor allem darunter, dass Julia sich nicht die Zeit nahm, ihn zu besuchen. Ihre täglichen Anrufe endeten meistens in Kühle, manchmal im Streit. Er fühlte sich wie auf dem Sterbebett und Julia sich wie auf der Anklagebank. Immerhin schickte sie ihm Blumen, ein Kistchen mit Obst und ein paar aufmunternde Zeilen. Frank genügte das nicht. Er fand, dass Julia undankbar sei. Hatte er nicht extra für sie ein Fest arrangiert, ihr ein kostbares Kunstwerk geschenkt, verwöhnte er sie nicht immer nach Strich und Faden, las ihr jeden Wunsch von den Augen ab, war ihr ein treuer Freund und ergebener Partner? Je länger er im Bett lag und sich langweilte, desto mehr kam er ins Grübeln. Seine Wut stieg. Er stellte die Beziehung auf den Prüfstand.

In dieser Situation hatte ihn eines Nachmittags Fanny

angerufen, die von ihrer Freundin gehört hatte, Frank sei krank. Das Gespräch dauerte nur ein paar Minuten, und Fanny begriff augenblicklich, dass dieser Mann Hilfe brauchte. War Frank ihr nicht immer ein wunderbarer Freund gewesen, und hatte er sich nicht kürzlich gerade wieder bewährt, als er mit Julia bei ihnen zu diesem schrecklich verunglückten Abendessen eingeladen gewesen war?

Ein Sprichwort sagt: Gehe den Weg der Freundschaft häufig, sonst überwuchert er. Und tatsächlich war es so, dass die lange Freundschaft zwischen Julia und Fanny, ohne dass es ihnen bewusst geworden wäre, einen Riss bekommen hatte. Sie hatten, was viele Menschen tun, ihre Beziehung als zu selbstverständlich hingenommen, ganz so, wie es in der Ehe zwischen Fanny und Stefan geschehen war. Langsam verwandelte sich ihre Nähe in Distanz, das Wissen um den anderen in zu viele Fragezeichen. Julia hatte den Eindruck, Fanny würde bei jedem Treffen nur jammern. Fanny dagegen hatte das Gefühl, dass Julia immer oberflächlicher wurde und ihr jegliches Verständnis fehlte. Ihre Lebensentwürfe waren einfach zu verschieden, sie hatten sich in zu unterschiedliche Richtungen entwickelt. Insgeheim neidete Fanny ihrer Freundin den von außen besehen unangetasteten Erfolg, sie neidete ihr den Optimismus und das Geld, das gute Aussehen und den Mut. Vor allem neidete sie ihr den Mann. Besonders seit dem Tag, als Stefan ausgezogen war. Heulend hatten ihre Mädchen auf der Treppe gesessen, als das Umzugsunternehmen vor der Tür stand und Stefan seine letzten Dinge einpackte. Wie weit kann man sich selbst verleugnen?, fragte sich Fanny in dieser bitteren Stunde und half ihm beim Heruntertragen eines Kartons mit Fotos. Sie konnte sich, auch dank ein paar Pillen, mit unfassbarer Gelassenheit wappnen; sie gab sich fröhlich, obwohl ihr zum Weinen zumute war; sie tat, als führe er in Urlaub, und wünschte ihm alles Gute, obwohl sie wusste, dass es ein Abschied für immer war. Im Vorfeld hatte es Streit gegeben, fast nur wegen Kleinigkeiten. Meine Schallplatten, meine Wolldecke, mein Fernseher, mein Computer – alles Nebenkriegsschauplätze, die das Surrogat für eine ganz andere Frage waren: mein Leben oder dein Leben? Fanny sah sich als Verliererin. Und sie hatte allen Grund dazu. Sie brauchte Verstärkung, und sie brauchte Ermutigung, und sie brauchte einen Ersatzspieler in ihrer Mannschaft.

Getarnt mit Hilfsbereitschaft, war sie wenig später bei Frank in der Wohnung aufgetaucht, hatte ihm Hühnersuppe gekocht, ihm einen Wadenwickel gemacht, an seinem Bett gesessen und ihm zugehört. Frank kriegte aufgrund der heißen Suppe rote Wangen, und er fühlte sich erstmals seit langem in seinem goldenen Käfig wieder wie daheim und musste an seine liebe Mutter denken. Fanny vergaß für eine Weile, wie demontiert und erniedrigt sie war, und es gab so einen Gedanken in ihr, ganz winzig nur, dass Julia diesen herrlichen, väterlichen, klugen und wohlhabenden Freund gar nicht verdient hätte und was er wohl für einen Vater für ihre Töchter Germaine und Françoise abgeben könnte.

Kurz gesagt, zwei Menschen fanden sich im passenden Moment. Als Freunde zwar nur, doch sie fanden sich, und sie fanden Gefallen daran. Beide.

Von nun an kam Fanny regelmäßig. Sie erklärte Frank, dass Jolanda – die sich bei ihm angeblich angesteckt hatte und für ein paar Tage ausfiel – überhaupt nicht gut putzte, und griff zum Staubsauger. Erst nervte das Frank ein wenig, dann fand er es gemütlich, die Akten, die seine Sekretärin ihm per Kurier geschickt hatte, im Bett, drei Kissen im Rücken, durchzugehen, während nebenan eine Seele von Frau sein Heim verschönerte. Gemeinsam saßen sie vor dem Fernseher – Frank mit dickem Schal und Kaschmirmorgenmantel (ein Geschenk von Julia), Fanny in der Jeans, die ihr so gut stand, und auf Socken, die Beine auf der Couch hochgezogen, zwischen ihnen ein Tablett mit feinen, kleinen Leckereien und einem guten Glas Wein. Sie erzählten sich gegenseitig Geschichten aus ihrem Leben, Fanny lachte an den richtigen Stellen über Franks Anekdoten, Frank war gerührt, als Fanny ihm beschrieb, wie Germaine und Françoise in der Nacht nach Stefans Auszug zu ihr ins Bett gekrochen gekommen waren, um sie zu trösten.

Ach ja, der Trost. Ein wenig klammerten sich die zwei aneinander, denn sie fühlten sich, jeder auf seine Weise, ungerecht behandelt, von ihren Partnern und vom Schicksal. Schließlich brachte Fanny ein Schreiben von Stefans Anwalt mit, in dem er darauf hinwies, dass sie mit einer finanziellen Unterstützung nur für die Töchter zu rechnen habe, nicht für sich. Nachdem sie ihren Mann empört in der Charité angerufen und sich beschwert hatte, erklärte er ihr kühl: »Einmal Chefarztfrau – immer Chefarztfrau, das ist vorbei nach den neuen Scheidungsgesetzen.«

»Es ist noch nicht aller Tage Abend«, hatte Frank daraufhin erklärt und ihr versprochen, sich der Sache anzunehmen. Das war auch der offizielle Grund für ihre späte Verabredung im *Da Marco*. In Wahrheit wollte Fanny ihren Frank ein bisschen bezirzen und, wenn möglich, verführen. Ich pfeif auf dich, Julia!, dachte sie. Du kümmerst dich nicht um uns, dann kümmern wir uns eben um uns selbst.

Das Einschlafen in Franks Arm in der Nacht von Julias Geburtstag hatte ihr gut gefallen. Es schlich ihr nach wie eine Hyäne. Fanny war gierig, sie wollte es wiederhaben, dieses Gefühl, sie wollte Frank erlegen und ihn auffressen.

Von alledem ahnte Julia nichts, als sie ein paar Tage später bei ihrer Freundin anrief und sie zum Lunch einlud. Es war zwei Tage vor Weihnachten. Nach dem Essen im *Da Marco* hatte Rupert sie tatsächlich nur nach Hause gebracht, sich vor der Tür mit einem Kuss in die Ferien bis Anfang Januar verabschiedet. Er verbrachte die Feiertage in München bei seinen Eltern, auch, um sich um seinen Vater zu kümmern, dem es gesundheitlich nicht gutging. Frank war mit seinen Kindern auf Sylt, und Julia wollte tags darauf zu ihrer Mutter in den Schwarzwald fahren, um dort Heiligabend und den ersten Weihnachtstag zu begehen. Sie fragte sich, wie wohl Fanny zumute wäre bei diesem ersten Familienweihnachtsfest ohne Mann und wie sich die Mädchen fühlten, nachdem ihr Vater fort war.

In einem alteingesessenen Weinlokal am Gendarmenmarkt trafen sie sich, wie verabredet, um halb eins. Fanny war vor ihrer Freundin da, sie hatte ein schlechtes Gewissen, obwohl zwischen ihr und Frank bislang nichts passiert war. Nervös starrte sie in Richtung Eingang, und jedes Mal, wenn die Tür aufging und wieder einmal ein paar Geschäftsmänner oder Touristen hereinkamen, richtete sie sich auf und reckte ihren Kopf.

Julia erschien auf die Minute pünktlich. Sie hatte Geschenke für Germaine und Françoise dabei und stellte die rot leuchtende Tüte mit dem Rauschgoldengel auf einen der freien Stühle am Tisch. Mit einem Wangenkuss begrüßten sie sich und versanken sofort in eine ebenso unverbindliche wie intensive Plauderei. Die Kellnerin brachte ihnen die Karten, sie wählten schnell das Business-Menü und entschieden sich dafür, keinen Wein zu nehmen, sondern nur Wasser zu trinken. Weil Julia so herzlich war wie in alten Tagen und so arglos danach fragte, wie es ihrer Freundin in der letzten Zeit ergangen sei, war Fanny eine Sekunde lang versucht, alles zu beichten. Aber was hätte sie sagen sollen? Dass sie Hühnersuppe gekocht und Staub gesaugt hatte? Dass sie und Frank vor dem Fernseher das Abendbrot eingenommen und er sich mit ihr im Restaurant *Da Marco* getroffen hatte, um ihr juristische Ratschläge zu geben? Es gab nichts Verwerfliches an ihren Handlungen, und die Gedanken sind schließlich frei.

Das Essen kam, und nun war der Zeitpunkt gekommen, wo Julia die Katze aus dem Sack ließ. Sie hatte sich zwar auch mit Fanny verabredet, um sich über den aktuellen Stand der Dinge zu informieren – und fand sie erstaunlich gelassen und gut gelaunt –, vor allem aber deshalb, weil sie ihr Geheimnis nicht länger für sich behalten konnte. Sie zerbarst fast vor Glück und brauchte endlich einen Menschen, mit dem sie das, was ihr und Rupert widerfahren war, teilen konnte.

»Darling, ich töte dich, wenn du jemals darüber redest,

was ich dir jetzt erzähle«, setzte sie an und hielt warnend ihre Gabel in die Höhe, auf der ein Stück Rahmspinat klebte. »Es ist etwas passiert.«

»Es ist etwas passiert?«

»Etwas Wunderbares!«

»Etwas Wunderbares?«

Julia nickte: »Und Schreckliches zugleich.«

»Und etwas Schreckliches zugleich?«

Wenn du jetzt noch einen Satz von mir wiederholst, dachte Julia, dann hau ich dir eine rein. Mit einem Mal kam ihr die Idee, Fanny einzuweihen, falsch vor. Sie sah in das Gesicht ihrer Freundin, das seit ihrem letzten Treffen gealtert war und glanzlos wirkte. Das Nervöse, das ihrer Erscheinung sonst immer etwas Zauberhaftes und Zerbrechliches gegeben hatte, war verschwunden, in Julias Augen zu ihren Ungunsten. Fanny wirkte behäbig und spießig und fast ein wenig selbstgefällig, so, als hätte die Trennung ihr den letzten Grund dafür geliefert, endlich das zu sein, was sie im Grunde immer gewesen war – eine enttäuschte Hausfrau, die von Anfang an wusste, dass sie recht damit behalten würde, dass Frauen arme Schafe und Männer fiese Schweine sind. Und da war noch etwas, das Julia zu entdecken glaubte: ein unerklärliches Funkeln in Fannys Augen, das sich aus Bösartigkeit und Missgunst speiste und das jede Sekunde etwas auslösen könnte, das Julia tief verletzen würde.

Vielleicht täuschte sie sich auch nur, dennoch wurde Julia kleinmütig: »Ach, komm, was wollen wir uns unser schönes Wiedersehen verhageln. Vergiss es!«

»Nein!« Fanny bestand auf Aufklärung. »Wer A sagt, muss auch B sagen. Kommt das nicht von dir?«

»Genau genommen gibt es nicht wirklich etwas zu erzählen. Ich will dich mit meinem Kram nicht belasten. Weil es auch um Frank und mich geht, irgendwie. Das würde deine Loyalität, nun ja, nur auf eine ganz unnötige Probe stellen.«

Sie hat einen anderen, dachte Fanny und schluckte ein Stück des zarten Tafelspitzes unzerkaut herunter. Wenn sie einen anderen hat, dann gute Nacht, Marie. Dann kenne ich auch keine Gnade mehr. Dann nehme ich mir auch mal mein Recht, endlich! Schließlich war es Julia gewesen, die ihr am Telefon geraten hatte, sich einen Lover zu suchen. Fanny verschluckte sich und musste husten. Während sie sich entschuldigend ihre Serviette vor den Mund hielt, reichte ihr Julia ein Glas Wasser. »Arme hoch!«, befahl sie.

Fanny streckte die Arme in die Luft, Julia stand auf und klopfte ihr auf den Rücken.

»Du hast einen Schlag drauf«, sagte Fanny, und Julia setzte sich wieder. »Also? Ich höre.«

Und dann konnte Julia nicht anders und erzählte alles. Sie berichtete davon, wie sie Rupert zum ersten Mal mit den Kindern beim Charlottenburger Schloss gesehen hatte, ihm in seiner Kunsthandlung wiederbegegnet war, wie er in der Philharmonie vor ihr gekniet und sie in ihrer Wohnung geküsst hatte. Sie beschrieb anschaulich ihre Gefühle und sein Aussehen, ihre Zweifel und sein Drängen, und sie verschwieg vor allem nicht, dass er zwanzig Jahre jünger war als sie.

»Das ist die ganze Geschichte«, sagte sie und legte ihre Serviette, sorgfältig zusammengefaltet, beiseite.

Fanny konnte nicht glauben, was sie da hörte. Sie legte auch ihre Serviette weg: »Julia! Ein jüngerer Mann! Wo soll das enden?«

»Ich weiß es nicht.«

»Wart ihr im Bett miteinander?«

Julia schüttelte den Kopf.

»Und dein Frank?«

»Tja, das ist es eben.«

»Weiß er was?«, fragte Fanny scheinheilig, denn sie war sich vollkommen sicher, dass Frank ahnungslos war wie ein Engel.

»Nein. Und ich möchte natürlich auch nicht, dass er es erfährt.«

»Eine Affäre mit einem Jüngeren! Wer hätte das gedacht? Ausgerechnet von dir?«

»Ich habe keine Affäre mit ihm.«

»Was ist es denn sonst?«

Die Kellnerin kam und ersparte es Julia, auf die Frage einzugehen: »War es recht so?«

»Danke«, antwortete Julia gleichgültig.

»Es war köstlich«, ergänzte Fanny, der es missfiel, dass nicht nur das Essen abserviert wurde, sondern von Julia auch die Bedienung. Die Kellnerin schenkte ihr ein dankbares Lächeln, während sie mit den Tellern und den Bestecken in Richtung Küche verschwand.

»Ja, Fanny, nun sitze ich hier mit dir und bin ratlos. Ratlos und …«

»Und?«

»Und … verliebt. Irgendwie.«

Sie schwiegen eine Weile, und jede hing ihren Gedanken nach. Julia dachte an Rupert. Fanny dachte an Frank. Julia dachte über Fanny nach und darüber, was sie jetzt wohl denken würde. Fanny dachte über Julia nach und hegte Groll. Und dies war der Augenblick, in dem der Verrat begann.

Julia mal wieder im Glück, dachte Fanny mit Bitterkeit. Warum erzählte sie ihr die Geschichte überhaupt? Gerade jetzt, wo sie dieses Trennungsdrama durchmachen musste. Fast wären Fanny die Tränen gekommen. Sie nahm sich zusammen, sie dachte an sich und Frank, und das tröstete sie ein wenig. Dennoch stieg Wut in ihr hoch. Ruhig, fast ein wenig zu beiläufig fragte sie in das Schweigen hinein: »Und Kinder will er keine?«

»Und Kinder will er keine?«, wiederholte Julia, als hätte sie die Frage nicht verstanden. Sie hatte die Frage sehr gut verstanden. Sie wollte sie nicht verstehen. »Was meinst du damit?«

Fanny pumpte sich ein bisschen auf, heftig holte sie Luft, gestikulierte: »Gott, Julia, du bist fünfzig geworden, wie wir wissen. Er ist ein junger Mann, voller Saft und Kraft. Reden wir Klartext. Du willst ihn. Er dich offenbar auch. Also, da fragt man sich: Wie wird das werden mit euch? Was bedeutet eine Beziehung mit einem so immensen Altersunterschied, was verbaust du ihm, wenn du keine Kinder mehr bekommen kannst? Ich meine, darüber musst du dir Gedanken gemacht haben, bevor du einem solchen Mann den Kopf verdrehst!« Sie atmete aus und lehnte sich zurück.

»Das ist deine einzige Sorge?«

»Mal ganz abgesehen von Frank. Der tut mir natürlich wahnsinnig leid.«

Verblüfft schüttelte Julia den Kopf und sah ihre Freundin sprachlos an. »Ich hätte etwas mehr von dir erwartet, Fanny, eine andere Reaktion.«

»Du vergisst vielleicht manchmal in deiner anmaßenden Arroganz …«

»Fanny!«

»Ist dir klar, dass ich in der größten Krise meines Lebens stecke? Ja! Da wird man vielleicht mal etwas weniger feinfühlig im Eingehen auf andere. Und jetzt kommst du mit dieser lächerlichen Verknalltheit, wie ein Teenie, und ich soll wohl am liebsten ja und amen sagen, obwohl für mich Frank auch ein Freund ist – und ein guter, wenn ich das mal nebenbei erwähnen darf, ein sehr guter. Es bricht mir das Herz, wenn ich an ihn denke und an diese Leichtfertigkeit von dir, alles aufs Spiel zu setzen, was in deinem Leben einen Wert hat. Dir geht es zu gut, meine Liebe. Du sitzt auf einem zu hohen Ross. Wenn es dem Esel zu wohl wird …«

»Ich kann ja einiges ab und vieles wegstecken, aber der Satz ›Und Kinder will er keine mehr?‹ ist eine wirkliche Gemeinheit. Ich glaube, ich zahle mal.«

Als die Kellnerin erneut kam, dieses Mal, um zu kassieren, bestand Fanny darauf, ihren Teil der Zeche selbst zu bezahlen. Wortlos verließen die Frauen das Lokal, mit einem kühlen Händedruck verabschiedeten sie sich voneinander. Die eine ging nach links, die andere nach rechts.

Doch kaum hatte sich Julia ein paar Schritte vom Lokal entfernt, hörte sie, wie Fanny ihren Namen rief. Eigentlich war sie so sauer, dass sie am liebsten weitergegangen wäre. Andererseits hatte es schon oft in ihrer Freundschaft solche heftigen Auseinandersetzungen gegeben, nach denen sie sich wieder versöhnt hatten. Und schließlich stand Weihnachten bevor, das Fest der Liebe. Julia blieb stehen. Schon hörte sie Fannys Absätze über den Gehweg klappern, sie rannte förmlich auf sie zu. Langsam drehte sich Julia um. Erschrocken sah sie, dass Fannys Gesicht tränenüberströmt war.

»Es tut mir so leid, Julia, so wahnsinnig leid. Ich bin unmöglich. Ich meine das alles nicht so.«

»Doch, das tust du.«

»Nein, nein … ich meine, ich meine … ich meine schon, dass du nicht so leichtfertig sein darfst. Ich will dich schon warnen.« Fanny senkte den Kopf, sie schämte sich jetzt wirklich für ihre Gemeinheiten. »Aber ich habe eigentlich am allerwenigsten ein Recht dazu.« Sie war kurz davor, Julia zu erzählen, dass sie gewissermaßen ein Auge auf Frank geworfen hatte und er eines auf sie. Doch das wichtigere Anliegen für sie war jetzt nicht die Erleichterung ihres eigenen Gewissens, sondern der Versuch, die Freundschaft zwischen ihr und Julia zu retten. Sie wusste, dass sie zu weit gegangen war und das Messer in voller Länge zwischen Julias Rippen gestoßen hatte.

»Ich bitte dich, mir zu verzeihen, Julia«, bat sie. »Das mit dem Kinderkriegen ist … ach, alles Quatsch. Du musst doch schließlich selbst wissen, was gut für dich ist und was nicht, und ob einer jung ist oder alt, ist ja völlig wurscht, es zählt die Liebe.«

Schweigend sahen sich die Frauen an.

»Wie zwischen uns, hmm?«

»Komm mal her, du dumme Kuh«, sagte Julia und streckte ihre Arme aus.

Fanny ließ die Weihnachtstüten zu Boden fallen und warf sich ihrer Freundin an die Brust. »Kannst du nicht ein bisschen verstehen, dass ich Angst um dich habe?«, fragte sie leise.

»Doch«, antwortete Julia und flüsterte fast, »ich habe ja auch Angst.«

Eine Weile blieben sie so stehen, lagen sich in den

Armen, weinten am Ende, lachten, schluchzten, traten jede einen Schritt zurück, sahen sich an, zogen Taschentücher hervor, wischten sich gegenseitig die Tränen aus den Augen. Dann schüttelten beide den Kopf über die Dummheiten und Frechheiten der anderen, und sie gingen schließlich, nachdem sie noch eine Weile belangloses Zeug geplaudert und sich eine schöne Weihnachtszeit gewünscht und sich versprochen hatten, dass nichts Bitteres von diesem Gespräch mehr hängenbleiben würde, auseinander.

Julia war klar, dass trotzdem Porzellan zerschlagen war, das sich nicht mehr so ohne weiteres kitten ließ. Diese traurige Einsicht trug sie Agnes schließlich vor, nachdem sie ihr vorher die Geschichte mit Rupert ausführlich erzählt hatte. Sie sprach über Frank und das Eingefahrene ihrer Beziehung, das sie oft sogar als Lieblosigkeit empfand, über ihre Begegnung mit Kay berichtete sie, über ihren Geburtstag, das Bild von dem Vogel, das über ihrem Sofa hing und für sie untrennbar mit Rupert verbunden war, dem Mann, der ihrem Herzen nun so nah war. Die Frauen waren allein in dem Raum, die Musik war aus, Lili hatte sich auf Agnes' Wunsch in sein Zimmer zurückgezogen. Ruhig, und ohne sie zu unterbrechen, hatte die alte Dame ihr zugehört. Ab und zu zupfte Agnes an ihrem Chiffonabendkleid, drückte sich gelegentlich mit zarter Hand seitlich ihre Frisur zurecht und nippte am Tee, der mittlerweile kalt geworden war. Auf die Auseinandersetzung mit Fanny ging sie nicht näher ein, zuckte nur resignierend die Schultern. Über Rupert allerdings wollte sie alles wissen. Der Kunsthändler interessierte sie brennend. Sie fragte, welche Bedeutung seine Kunsthandlung habe und was für Werke er verkaufe. Sie erkundigte sich nach seiner Herkunft und Ausbildung und warum er ungebunden sei. Vor allem hakte sie nach, als Julia davon sprach, dass es zwischen ihm und ihrer einst so großen Liebe Hannes Ähnlichkeiten gäbe, dass er sie mehr und mehr an ihn erinnern würde, auf ganz und gar unerklärliche Weise.

Sie beugte ihr pikantes Gesicht ein wenig vor: »Sieht er ihm ähnlich?«

Julia schüttelte den Kopf.

»Was ist es dann, Kindchen?«

»Ich weiß es eigentlich nicht wirklich. Nun, es ist seine ganze Art, seine Gesten, sein Lachen, seine Gedanken. Wir kennen uns kaum, und er ist mir so vertraut. Wie Hannes. Ach, wurscht.«

»Na, wurscht is det ja nu' ma' nicht, wenn es dich so beschäftigt, Kleene!«, erwiderte Agnes bestimmt und deutete mit heftigen Zeigebewegungen ihres verkrümmten linken Daumens auf ihre halbleere Teetasse. Julia verstand die Geste, schließlich kannten sie sich nun schon lang genug. Sie stand auf, nahm Agnes' Tasse, füllte aus dem Samowar Tee nach, stellte die Tasse auf das Beistelltischchen zurück und setzte sich wieder.

»Och, immer nur der olle Tee.« Agnes machte ein Zitronenmündchen. »Is' es schon fünfe?«

Julia sah auf ihre Armbanduhr: »Zehn nach vier.«

»Na, det is doch so jut wie fünf.« Agnes zeigte auf das Buffet rechts der Empore, über dem ein Gartenbild von Liebermann hing. »Bring mir mal die Klingel.« Sie war es ihr Leben lang gewohnt, Befehle zu erteilen, und vor allem war sie es ihr Leben lang gewohnt, dass man ihren Befehlen Folge leistete. Julia ging zum Buffet und nahm eine Silberglocke in Form einer jungen, blumenbekränzten Frau mit langem Rock hoch und wollte sie Agnes bringen.

Sie winkte ab: »Läute. Mit Schmackes. Der Vogel hört ja inzwischen och nicht mehr so jut.«

Ein zartes Bimmeln ertönte, und eine Sekunde später – Julia schien es, als habe er hinter der Tür gelauscht und nur auf ein Zeichen gewartet – tauchte Lili auf.

»Lilimaus, sei ein Engel, und bring uns mal Champagner. Mir ist nach Champagner.« Lili nickte verständnisvoll, so als wisse er, dass dieses Leben nur zu ertragen war, wenn man beizeiten soff. »Aber den juten. Den Dom!«

In zwei schlanken Sektflöten perlte kurz darauf der Champagner, und Lili zog sich wieder zurück. Die Frauen stießen an.

»Auf dich, mein Püppchen!«, sagte Agnes mit einem Lächeln.

»Auf dich, Agnes! Und dass es ein gutes neues Jahr wird, ein gesundes.«

»Ach, um mich olle Schrapnelle geht's ja gar nicht mehr. Ich warte nur darauf, dass der liebe Gott mich endlich zu sich holt.«

»Agnes! Wie kannst du so etwas sagen? Sieh dich an. Du bist putzmunter. Du stirbst nicht!«

»Da muss man ganz realistisch sein. Ich hatte ein wunderbares, reiches Leben. Ich habe überhaupt keine Angst vor dem Tod. Im Gegenteil. Weil ich mich drauf freu. Ja! Nun kiek nich' so kariert! Ich glaube nämlich …« Sie brach ab, trank den Champagner zügig aus und deutete mit dem Daumen mit vertrauter Geste auf ihr leeres Glas. Julia nahm die Flasche aus dem Silberkübel mit Eis, in den Lili sie gestellt hatte, und füllte Agnes und sich auf.

Und dann nahm das Gespräch eine für Julia ungewöhnliche Wendung.

»Wann ist dein Hannes … wann starb er?«

»Das weißt du, Agnes. Im Dezember 19…« Julia hielt kurz inne. »Vor dreißig Jahren. Dreißig Jahre ist das nun schon her.«

»Wann ist der … dieser Rupert Andersen geboren?«

Julia hatte sich sein Geburtsdatum, das er einmal beiläufig ihr gegenüber erwähnt hatte, seltsamerweise genau gemerkt, denn es war ausgerechnet der Tag der Beisetzung von Hannes. »20. Dezember«, antwortete sie.

»Und wie alt ist er?«

»Dreißig. Aber jetzt fang nicht auch an wie Fanny …«

»Kindchen.« Agnes legte ihre Hand, die leicht war wie eine Feder, auf Julias Knie. »Wenn man sich liebt, dann spielt das Alter überhaupt keine Rolle. Glaube mir das.«

»Für mich ist das schon ein Problem«, widersprach Julia.

Fast ein wenig erregt sah Agnes ihre Freundin an, richtete sich dabei kerzengerade auf: »Ich will auf etwas anderes hinaus. Vor dreißig Jahren im Dezember starb Hannes. Vor dreißig Jahren im Dezember wurde Rupert Andersen geboren. Fällt dir da nichts auf?«

Stille. Julia verstand immer noch nicht, was Agnes damit sagen wollte: »Ich weiß nicht, was du meinst.«

»Ich sage immer: Es gibt mehr zwischen Himmel und Erde, als unsere Schulweisheit sich träumen lässt. Du bist ja so ein schrecklich rationaler Mensch. Dir kann man ja mit solchen Dingen nicht kommen. Eigentlich. Aber nun … nun wirst du dich dem wohl stellen müssen. Weißt du, Julia, als mein Vater starb, das war das Schlimmste, was mir in meinem Leben widerfahren ist. Der Tod meiner fünf Kerle, nun ja. Kummervolle Zeiten, immer wieder. Mein Vater: Er war der wichtigste Mensch in meinem Leben. Ich hege noch heute die zärtlichsten Erinnerungen an ihn. Als ich erfuhr, dass er tot war … vielleicht ging es mir da wie dir mit Hannes … ich habe es nicht ertragen können. Ich war Mitte zwanzig. Ein dummes, junges Ding, das leben wollte und genießen. Bloß, es waren ja harte Zeiten, die dunklen Tage Deutschlands … und dann dieser Schlag, schrecklich! Und da lag ich in dieser einen Nacht im Bett, und ich konnte nicht schlafen und keine Ruhe mehr finden, und so habe ich einfach zu ihm gesprochen, als wäre er am Leben. Vater, sagte ich laut, und mein Herz schlug so heftig, und die Tränen sind jeflossen, und ich dachte, ich müsse nun och sterben und ihm folgen: Vater, sagte ich, gib mir ein Zeichen. Wenn deine Seele irgendwo ist, bitte, ich flehe dich an, gib mir ein Zeichen. Damit ich verstehe. Und weißt du, was dann passierte? Ich wurde ganz ruhig. Ganz ruhig, verstehst du, friedlich fast, und ich schlief ein, tief und fest bis zum nächsten Morgen, und da wusste ich: Er hat mich gehört, er hat mir ein Zeichen gesendet. Sein Körper ist fort, seine Seele ist noch da.« Agnes machte eine kurze Pause. »Diese Geschichte habe ich nie jemandem erzählt, und sicher hältst du mich jetzt auch für meschugge. Die Alte ist meschugge jeworden, mit ihren fünfundneunzig.«

»Nein, gar nicht.« Julia nahm Agnes' Hände in die ihren. »Ich verstehe nur nicht, worauf du hinauswillst.«

»Worauf ich hinauswill? Seit jenen Tagen, und heute mehr denn je, glaube ich, dass Seelen nicht sterben, Julia. Ja, das glaube ich. Und ich glaube auch, die Seelen werden wiedergeboren.«

Julia lachte laut auf. Agnes schwieg. Sie sahen sich an. Julias Augen blitzten voller Widerspruchsgeist. Agnes entging das nicht, sie hatte es geradezu erwartet, auch sie war immer eine kampfeslustige Frau gewesen und hatte ihre eigenen Ansichten zu den Dingen, die sie mit Vehemenz zu vertreten gewohnt war.

»Die Sache ist für mich klar wie Kloßbrühe. Das ist alles kein Zufall. Den hat dir der Himmel geschickt. Du musst es nur verstehen und annehmen. Dieser Kay war der Vorbote für das, was dich erwartet. Die Prüfung. Und Rupert Andersen: Er ist dein Hannes. Er trägt dessen Seele in sich. Er ist zurückgekehrt zu dir. Wurde geschickt, um dir zu helfen, weil vielleicht etwas passieren wird, was dich in Not bringt.«

Das war nun doch zu starker Tobak für Julia: »Also wirklich, Agnes!« Sie schüttelte den Kopf.

»Er ist ein Geschenk des Himmels! Ja! Je länger ich darüber nachdenke, desto klarer wird es mir. Nimm es an. Werde glücklich mit deinem Rupert Andersen. Es ist eine zweite Chance. Eine, die nur wenigen Menschen zuteilwird.«

»Mehr Champagner kriegst du nicht«, erklärte Julia.

Agnes guckte sie mit einem Anflug von Überheblichkeit an. Dann erhob sie sich, sah kurz an sich herunter und strich sich ihr Kleid glatt. Julia verstand. Zeit zu gehen. Auch sie stand auf. Agnes hakte sich bei ihr unter, und Julia geleitete ihre großmütterliche Freundin die Stufen von der Empore herunter durch den Salon zur Tür. Gemeinsam gingen sie schweigend den Flur entlang in Richtung Eingangshalle. Sie kamen an Lilis Zimmer vorbei. Die Tür stand weit offen. Während sie den Raum passierten, registrierte Julia, dass er einem Boudoir glich. Alles war zart und üppig zugleich, und wie eine Sommersonne bildete ein überladener Schminktisch mit einem Spiegel, der von Glühbirnen vollständig eingefasst war, das Herzstück. Lili saß, ohne die Vorbeigehenden zu bemerken, davor, betrachtete sich ernst und wischte sich gerade mit großer Geste den grellroten Lippenstift vom Mund. In seiner Hand blieb ein Kosmetiktuch, das er fest umklammert hielt und dessen weiße Zipfel voller Farbspuren waren, die wie Blut aussahen. Julia fühlte sich unwillkürlich an einen kleinen toten Vogel erinnert.

»Nu hat er wieder seine traurigen fünf Minuten«, erklärte Agnes leise, als sie in der Halle angekommen waren. »Malt sich an und schminkt sich ab. Immer und immer wieder.«

Julia schlüpfte in ihren Mantel: »Seine traurigen fünf Minuten?«

»Die falsche Seele im falschen Körper. Eines Tages wirst du alles verstehen lernen.«

Julia bedankte sich herzlich für den Tee, den Champagner, vor allem dafür, dass Agnes ihr so wundervoll zugehört hatte. Die Frauen wünschten sich einen guten Rutsch und versprachen sich fest ein baldiges Wiedersehen. Als die schwere Tür hinter Julia ins Schloss fiel, blieb sie ein paar Sekunden verwundert stehen. Sie vernahm das kalte Brummen der Treppenhausbeleuchtung und das Klappern und Klimpern der Ketten, die drinnen von Agnes eingehakt wurden. Julia fing an, fürchterlich zu frieren. Sie klappte den Kragen ihres Mantels hoch und ging mit festen Schritten die Treppe hinunter.

Kapitel 7

Berlin lag unter Dauerbeschuss von Feuerwerkskörpern. Julia hasste diese Knallerei. Schon als Kind mochte sie es nicht, ja, sie hatte sich sogar davor gefürchtet. In Erinnerung war ihr geblieben, wie sie sich als Zehnjährige mit ihrem Familienhund Bingo im Keller des Elternhauses versteckt hatte, wo beide, eng aneinandergekuschelt, auf einer Apfelkiste hockten und von ihrer Mutter entdeckt wurden, die beschwipst und heiter die Steintreppe herunterkam. Sie forderte sie auf, hinauszukommen, dorthin, wo alle anderen Kinder, die Freunde und die Nachbarn auf der Straße fröhlich und lärmend das neue Jahr feierten. Sie hatte sich geweigert, und kopfschüttelnd war ihre Mutter wieder verschwunden. Noch heute studierte Julia in den ersten Tagen des Jahres auf der »Panorama«-Seite der Zeitung, wie viele Unfälle es wegen Feuerwerkskörpern wieder gegeben hatte und wie viele Menschen mit Verletzungen und Verbrennungen in Krankenhäuser eingeliefert worden waren, so, als wolle sie eine statistische Bestätigung für ihr persönliches Unbehagen erhalten. Nicht einmal Wunderkerzen kaufte sie, obwohl Frank so große Freude daran gehabt hätte. Sie hielt das Ganze für eine Verschwendung und den Gedanken, dass damit die bösen Geister vertrieben und die guten begrüßt werden würden, für Unsinn.

Während Julia das Champagnerglas fest umklammert hielt, schien es ihr, als würden ihre Finger erfrieren, so kalt war es auf Franks Dachterrasse. Sie schauten zum

Himmel hinauf und hinab auf die Stadt. Wie ein kleiner Junge stieß Frank »Ahs« und »Ohs« aus, während ein glühend roter Sternenregen sich über ihnen entfaltete und sanft herniedersank, während knallend und zischend Raketen hochjagten und mit roten, grünen und blauen Lichterspielen die Silvesternacht erleuchteten. Man hörte Autos hupen und Menschen lachen und kreischen; ein Hund bellte in der Ferne, hier und da läuteten Kirchenglocken, Chinaböller knatterten durch die sonst so stille Wohnstraße, auf dem Balkon unterhalb von ihnen stritt sich lautstark ein Ehepaar. Frank stand ganz vorne auf der Terrasse, das Geländer festhaltend, als stünde er an der Reling eines Luxusliners. Julia lehnte im Rahmen der Glasschiebetür zum Wohnzimmer, wo drinnen gemütlich der Kamin prasselte.

Sie war auf Franks Wunsch schon am späten Nachmittag zu ihm gekommen, denn er wollte in Ruhe das Jahr Revue passieren lassen. Vorher hatte sie sich noch einmal mit Fanny getroffen. Weil beide keine Lust hatten, in Restaurants zu Mittag zu essen, deren Mitarbeiter eigentlich nur damit beschäftigt waren, für den Abend alles zu dekorieren und das große Silvestermenü vorzubereiten, verabredeten sie sich im Charlottenburger Café Richter in der Giesebrechtstraße. Inmitten von Vitrinen mit Putten und Porzellanelfen, Sofas und dicht an dicht stehenden Tischen und Stühlen saßen sie umgeben von alten Damen, die Hündchen und Hörgeräte trugen, und tranken Cappuccino.

»So werden wir auch mal«, meinte Fanny und kicherte.

»Du vielleicht«, antwortete Julia, »ich sicher nicht.«

»Fängst du schon wieder an?«

»Womit?«

»Mit deinen Hässlichkeiten!«

»Ich hatte irgendwie in Erinnerung, Fanny, dass du auch Humor hast.«

»Hör schon auf, es ist der letzte Tag des Jahres. Wir wollen nur noch nett zueinander sein!«

»Ja«, sagte Julia nachdenklich und blickte sich um. »Wenn wir so alt sind, du und ich, sind wir dann noch Freundinnen?«

»Aber natürlich sind wir das!«, rief Fanny aus. »Warum denn nicht?«

Julia hing noch immer das unharmonische Treffen aus den Vorweihnachtstagen nach. Mit Abstand besehen, war es ein Fehler gewesen, Fanny von Rupert zu erzählen, selbst wenn sie ihre Freundin war. Aus schierem Egoismus und lächerlichem Überschwang hatte Julia sie zur Mitwisserin gemacht und sie damit in einen Loyalitätskonflikt gegenüber Frank gebracht. Sie hatte Fanny – scherzhaft fast – darauf eingeschworen, mit niemandem darüber zu reden. Doch nach ihrem Streitgespräch war Julia klar, dass solches Wissen auch Macht bedeutete und dass Fanny, wäre sie zu verärgert, sich rächen könnte. Was wäre, wenn sie Frank erzählte, was sie wusste?

Fanny fühlte ähnlich, auch sie steckte in einer Bredouille. Zwischen ihr und Frank herrschte immer noch dieser einerseits spannende, prickelnde Schwebezustand, der sie andererseits zermürbte und belastete, weil sie in ihrer Fantasie schon viel weiter war und sich deshalb schon jetzt als Täterin und Verräterin fühlte.

Weil Julia, statt zu antworten, ihr Gesicht tief in ihre Cappuccinotasse versenkte, ergriff Fanny beherzt das Wort: »Ich finde, wenn das immer noch zwischen uns steht, die Geschichte mit deinem … diesem Typen da … und unserem Streit, dann müssen wir drüber reden.«

»Möchte ich gar nicht, Fanny. Du hast schon recht, wenn du sagst, wir wollen nur noch nett zueinander sein.«

»Nett und verlogen, wie die meisten Leute zueinander sind? So hatte ich das nicht gemeint.«

»Ich finde nur«, antwortete Julia langsam, »es gab zu viele Spannungen zwischen uns in den vergangenen Monaten. Und wir müssen nicht immer alles ausdiskutieren.«

»Wozu sind Frauenfreundschaften sonst da?«, fragte Fanny, und beide Frauen lachten. »Im Ernst, Julia, ich will nur noch eine Sache loswerden, sagen wir, zum Abschluss … zum Abschluss des Jahres. Dass ich so fies reagiert habe auf dich, und ja, unterbrich bitte einmal nicht, ich war fies zu dir, sehr bewusst fies, das war übel von mir …«

»Das hatten wir doch längst geklärt, Fanny, hör schon auf.«

Doch Fanny, einmal in Fahrt, ließ sich nicht so leicht von ihren Gedankenbahnen schubsen, wahrscheinlich hatte sie sich schon morgens im Bett genau überlegt, was sie loswerden und was sie wie sagen wollte: »Ich habe ja behauptet, meine Reaktion sei so heftig gewesen aus Sorge um dich. Das stimmte auch. Aber nur zum Teil. Der andere Teil war sicher auch Neid … Missgunst …«

»Fanny, lass diese Selbstanklagen. Das brauche ich nicht. Und das brauchst du erst recht nicht.«

»Was weißt du schon, was ich brauche? Es war Neid. Auf dein gutes, pralles, gesundes Leben, dein Selbstbewusstsein, deine Schönheit …« Julia hob schon wieder an, ihre Freundin zu unterbrechen, Fanny legte ihr ganz frech den Zeigefinger auf die Lippen, lächelnd, und brachte sie damit zum Schweigen. »Auf deinen beruflichen Erfolg, deinen

Erfolg bei Männern.« Fanny schluckte. »Hätte ich auch gern.«

»Ich habe dir doch gesagt, du sollst dir einen Lover suchen.«

»Erst mal finden!«, antwortete Fanny und setzte doppeldeutig hinzu: »Aber ich arbeite dran.«

»Komisch, du solltest mich besser kennen«, meinte Julia. »Jeder sieht immer nur die Siege, das Leichte, das Glück. Aber der Weg dahin … die Kämpfe, Niederlagen, Verzweiflungen. Du weißt doch als eine der wenigen, was ich schon alles durchgemacht habe.«

»Ja, aber am Ende ist alles immer gut ausgegangen.«

»Und das neidest du mir?«

»In dem Moment habe ich es dir geneidet. Nicht grundsätzlich, nein, ich will ja, dass du glücklich bist. Aber als wir da so zusammen beim Mittagessen saßen … du warst so verknallt … ich habe das ganz vergessen, wie das geht. Du hast so geleuchtet.« Sie blickte Julia versonnen an, etwas Kindliches lag darin, und auch, trotz all der Bösartigkeiten, eine tiefe Sympathie für ihre Freundin. »Und auch das wollte ich unbedingt noch loswerden: Ich habe natürlich deinen … wie soll ich es sagen? … Betrug an Frank verglichen mit dem Betrug von Stefan an mir. Das war wahrscheinlich der tiefste Schmerz in dem Augenblick. So. Das war es. Alles vergessen. Und ich hoffe, alles vergeben.«

»Danke, dass du so ehrlich bist, Fanny.«

Fanny wirkte wie erleichtert: »Ich finde, das bin ich dir schuldig, dir und mir. Gibt es übrigens etwas Neues von deinem Verehrer?«

Julia schüttelte den Kopf.

»Traust du mir nicht mehr?«

»Quatsch, Fanny. Es gibt bloß nichts Neues.«

Sie hätte ihr jetzt erzählen können von den seltsamen Beobachtungen, die sie bei Rupert gemacht hatte, von dem Besuch bei Agnes, von diesem magischen Thema Reinkarnation, das mehr und mehr von ihr Besitz ergriff und dem sie sich nicht entziehen konnte, doch sie ließ es lieber bleiben.

»Und Frank?«, hakte Fanny nach. In dieser Frage lag eine gewisse Scheinheiligkeit. Denn noch am Morgen hatte sie bei Frank angerufen und sich erkundigt, wie es ihm ginge und wie er das Silvesterfest verbringen würde. Er war bester Laune gewesen und schien keine Ahnung davon zu haben, dass Julia einen Verehrer hatte. Sie verabredeten sich für den Nachmittag des ersten Januar. Frank wollte hinaus nach Kleinmachnow kommen und mit ihr einen Neujahrsspaziergang machen.

»Ich fahre nachher zu ihm, wir wollen allein feiern.«

»Ja, das sagte er.«

»Ach, ihr habt telefoniert?«

»Weißt du doch, Julia, dass ich am letzten Tag des Jahres immer alle rundum anrufe. Warum nicht auch Frank?«

Julia nickte. Dann nahm sie mit der Rechten Fannys Hand, die ihr erschreckend kalt vorkam. »Irgendwie habe ich das Gefühl, bei dir neuerdings in tausend Fallen zu tappen.«

»Wie meinst du das?«

Julia legte nun auch noch ihre Linke auf die Hand ihrer Freundin und rieb sie ihr warm. »Na ja, ganz schön oberflächlich von mir, zu sagen, dass wir allein feiern wollen. Was ist mit dir?«

Fanny zog ihre Hand nicht zurück, sondern hielt Julias Rechte fest. »Ich feiere auch allein.«

»Ganz allein? Und die Mädchen?«

»Die sind bei Nachbarn eingeladen, die einen Haufen Kids versammelt haben, mit Raclette und Bleigießen und so. Sie übernachten auch dort.« Fanny gab sich betont beiläufig. »Ist mir ganz recht. Ich fange um zwölf sicher das Heulen an, und dann möchte ich nicht, dass sie mich sehen. Ihre Mutter war in der letzten Zeit anstrengend genug. Im Übrigen, Julia, um das noch einmal klipp und klar zu sagen: Du musst mich nicht mit Samthandschuhen anfassen. Ich bin mir meiner Situation vollständig bewusst. Was mir passiert ist, passiert Tausenden von Frauen. Ich finde mich schon zurecht. Also keine falschen Töne, bitte!«

Fanny tat Julia in diesem Augenblick leid. Es gab viele Frauen, die allein lebten, allein ausgingen, allein aßen, allein zu Bett gingen und die das alles auch mit sich allein ausmachten. Und oft auch ausmachen konnten und wollten. Jemand wie Fanny aber, die ihre Bestimmung immer darin gesehen hatte, Familie zu haben, einen Mann zur Seite, jemand wie Fanny war nicht dazu gemacht, an einem leeren Tisch vor einem vollen Glas zu sitzen.

»Soll ich Frank fragen, ob …«

Weiter kam Julia nicht, nun zog Fanny ihre Hand tatsächlich zurück. »Um Gottes willen. Danke, aber das möchte ich auf gar keinen Fall, Julia.« Seltsamerweise hatte sie blitzartig das Bild vor Augen, wie sie drei auf der eiskalten Terrasse stünden und Frank Schlag zwölf kurz zögerte, wen er zuerst küssen solle. Sie war sich sicher, Julia bekäme den Zuschlag. Der Gedanke, dumm danebenzustehen und sentimental einen Schluck Schampus herunterzuwürgen, ließ sie erschaudern. »Lieb, dass du daran denkst, aber ich wollte noch nie einen Mitleidsbonus.«

»Aber wenn dir die Decke doch auf den Kopf fällt, dann rufst du an, versprochen?«

Fanny versprach es. Dann zahlten sie. Arm in Arm gingen sie am Kuchentresen, hinter dem der Konditormeister Richter gerade Stachelbeer-Baiser-Torte auf Porzellanteller hob, vorbei. Er sah ihnen nach und war sich sicher, dass dies die beiden besten Freundinnen der Welt seien.

Als Julia eine halbe Stunde später bei Frank eintrudelte, dirigierte er sie sofort in die Küche. Er hatte bereits mit den Vorbereitungen begonnen und war so in Schwung, dass man hätte meinen können, er erwarte eine Gesellschaft von mindestens zwölf Freunden. Sie kamen kaum zum Reden. Über Stunden hielten sie sich in der Küche auf und bereiteten das Abendessen vor. Es gab roten Heringssalat und Rinderkraftbrühe, halbe Hummer, zu denen Frank die Mayonnaise selbst aufschlug, und Obstsalat, den Julia schnippeln musste. Während sie schon mal einen »kleinen Soave« (Franks Formulierung) tranken, beschränkte sich ihre Konversation auf Halbsätze und Aufforderungen zu Handreichungen. Ähnlich verlief der ganze Abend. Über allem lag, wie Julia es empfand, eine gepflegte Langeweile. Auf Franks Wunsch hin guckten sie im Fernsehen »Dinner for one«, und für Außenstehende hätte es so wirken können, als sähe er die Geschichte zum ersten Mal. Er hielt sich vor Lachen den Bauch, kugelte sich fast auf dem Sofa und streckte den Zeigefinger immer wieder in Richtung Bildschirm, als müsse er Julia auf Dinge aufmerksam machen, die sie sonst übersehen könnte. Später lief im Hintergrund leise Jazzmusik, während sie ihr Essen kommentierten, als gäbe es sonst keinen Gesprächsstoff.

Wahrscheinlich war es richtig, dass sie den Entschluss gefasst hatten, den letzten Tag des Jahres nur zu zweit zu feiern. Anstrengende Wochen und Monate lagen hinter ihnen, und eigentlich waren alle Weichen für einen besinnlichen und vertrauten Abend gestellt. Doch Julia war verunsichert und Frank auf für sie unerklärliche Weise wortkarg. Beide trugen ein Geheimnis mit sich, und beide konnten nicht anders, als in ihren Gedanken immer wieder in jenen Raum zu gehen, in dem es sich verborgen hielt.

Julia dachte ständig an Rupert. Die Zeit ohne ihn wurde ihr lang. Während seiner Abwesenheit telefonierten sie jeden Abend, und mehrfach am Tag bombardierte er sie mit SMS, bis sie ihn aufforderte, das zumindest so lange zu unterlassen, wie sie bei Frank war. Natürlich übernachtete sie bei Frank, natürlich schliefen sie miteinander, zärtlich und erprobt, natürlich frühstückten sie am nächsten Vormittag in Bademänteln und machten, nachdem das Neujahrskonzert aus Wien im Fernsehen übertragen worden war, den obligatorischen Spaziergang durch den Grunewald. Gegen drei Uhr fuhr Julia in ihre Wohnung. Sie zog es vor, für sich zu sein, erklärte, einige geschäftliche Vorgänge abarbeiten zu müssen.

Frank war das nur recht. Er wollte in Ruhe mit Fanny telefonieren, die ihm leidtat, weil sie den ersten Jahreswechsel ohne ihren Mann verbracht hatte, und sie fragen, ob er bei seinem Besuch Berliner Pfannkuchen lieber mit Guss oder mit Puderzucker mitbringen sollte.

Das Gespräch mit Agnes ließ Julia keine Ruhe. Es bohrte in ihr, und zu gern hätte sie mit jemandem darüber geredet und sich angehört, ob Agnes nun vollkommen meschugge war oder ob tatsächlich etwas an ihren

Ansichten dran sein könnte. Wem aber hätte sie davon erzählen können? Irgendjemandem aus ihrem weiten Freundes- und Bekanntenkreis, der sie wahrscheinlich einfach nur ausgelacht hätte? Kay, der vollständig erfüllt war von seinem neuen Job als Trainee bei der Bank und sich immer seltener bei ihr meldete? Frank gar, der nicht die geringste Ahnung davon hatte, dass sie und Rupert sich so nah gekommen waren? Wo hätte sie bei der ganzen Geschichte anfangen, wo aufhören sollen? Ein junger Kunsthändler, der kurzerhand von einer Fünfundneunzigjährigen zu Julias wiedergeborener großer Liebe Hannes erklärt wurde? Was für ein abstruser Gedanke.

Wie immer, wenn uns ungewöhnliche Überlegungen nahegebracht werden, gegen die wir uns sträuben, so kam es auch in diesem Fall: Es war ein Samen gesetzt worden, und er ging auf. Immer häufiger fing Julia an, sich mit dieser Frage zu beschäftigen. Es hatte etwas von den verbotenen Früchten aus dem Paradies, vom Nicht-rauchen-Dürfen, vom Auskundschaften und Schatzsuchen. Aber es war mehr als das. Die Frage rührte an Julias Innerstem. An ihren Sehnsüchten. An dem tief vergrabenen Schmerz, den Hannes' Tod bei ihr hinterlassen hatte, der Schmerz, den die Zeit eben nicht geheilt, sondern über den der Alltag sich gelegt hatte wie Schorf über eine Wunde. Es blieb eine Narbe, die je nach Jahreszeit und Wetterlage sich bemerkbar macht. Selbst nach dreißig Jahren.

Einem Magneten gleich zog es sie Anfang Januar – sie hatte an diesem Tag ohne wirklichen Grund früh Feierabend gemacht – in die Ecke einer Buchhandlung, wo stapelhoch Bücher zum Thema Esoterik auslagen. Fast kam sie sich vor wie eine Frau, die verlegen zum ersten Mal einen Sexshop aufsucht, oder einer jener Männer, die sie in Bahnhofszeitschriftenläden manchmal dabei beobachtete, wie sie scheinbar beiläufig Erotik-Journale durchblätterten. Zunächst überflog Julia nur die Titel. Dann griff sie nach einem schmalen Band, der »Geheimnisse der Seele« zu enträtseln versprach. Eine junge Buchhändlerin, schlank und freundlich, näherte sich lächelnd. Sie war Julia sofort beim Betreten des Geschäftes aufgefallen, weil sie, hinter der Kasse stehend, einem etwa gleichaltrigen Kunden mit einem herzlichen Lachen ein als Geschenk verpacktes Buch über den Tresen reichte. Buchhandlungen sind leise Orte. Es wird selten gelacht. Die junge Frau jedoch, die mit wippenden Korkenzieherlocken, die Jeans zum schmalen, schwarzen Blazer in Stiefel gesteckt, festen Schrittes auf sie zukam, verströmte Heiterkeit und Neugierde.

Eigentlich wäre Julia am liebsten gar nicht angesprochen worden. Als sie nun gefragt wurde, wofür sie sich denn im Speziellen interessiere, konnte sie gar nicht anders, als dieses ihr selbst so fremde Wort »Reinkarnation« auszusprechen. Die Verkäuferin sprang sofort auf dieses Thema an. Sie zog ein Buch nach dem anderen aus dem Regal, erklärte den Inhalt und wirkte dabei so klar und klug, so wenig versponnen, dass Julia ihre anfängliche Scheu sofort verlor.

Mit einer Papiertüte voller Bücher verließ Julia wenig später das Geschäft. Es war bereits dunkel. Ostwind schlug ihr ins Gesicht. Kaltes Licht fiel aus den Geschäften, Kaufhäusern und Bürogebäuden. Julia nahm von alledem keine Notiz. Sie ging durch die Friedrichstraße, ohne die Schaufenster, an denen sie entlangkam, oder die

Menschen, die an ihr vorbeihetzten, richtig wahrzunehmen. Ihr Blick war nach innen gewandt.

Ständig musste sie an Rupert denken. Schmerzhaft vermisste sie ihn und sehnte den Tag seiner Rückkehr herbei. Gleichzeitig hatte sie Angst vor einem Wiedersehen. Wie sollte es mit ihnen weitergehen? Sie war verliebt. Und auch er schien in sie vernarrt zu sein. Am Telefon war er zauberhaft. Mehrfach am Tag schickte er ihr eine SMS, allabendlich kamen Mails, in denen er anschaulich und offenherzig von den Erlebnissen mit seinen Eltern berichtete und ihr gestand, dass er es kaum erwarten könne, sie wiederzusehen. Sogar einen dicken, bunten Tulpenstrauß hatte er ihr als Neujahrsgruß in die Bank geschickt. Eigentlich gab es nur Grund zur Freude.

Aber da war auch dieser Gedanke, dieser vernunftbestimmte Vorbehalt: Was würde passieren, wenn sie sich ganz und gar auf ihn einließe? Julia wusste, dass diese Liebe sie an ihre Grenzen führen könnte, dorthin, wo ihre Ängste lauerten. Die Angst vor Verlust und davor, sich selbst zu verlieren; die Furcht, einem so viel jüngeren Mann nicht standhalten zu können, einen furchtbaren Fehler zu begehen, am Ende gekränkt zu werden, eine Narbe mehr zu haben. »Ich trage einen Panzer aus meinen Narben«, hatte Franz Werfel einst geschrieben. »Sie werden immer dichter und horniger. Wenn ich's erleben sollte, werde ich nächstens schon unverwundbar sein.« Darin lag Schmerz und bitterer Zynismus, und beides fürchtete Julia auch für sich. Fannys Frage nach Ruperts möglichem Kinderwunsch schlich ihr nach, und daraus ergab sich für sie diese Unsicherheit, von der sie glaubte, sie längst überwunden zu haben: Habe ich eine solche Liebe wirklich verdient? Ihr Leben lang hatte sie das Gefühl gehabt, nichts geschenkt zu bekommen, nie um ihrer selbst willen geliebt zu werden, so angenommen zu sein, wie sie wirklich war. Immer musste sie um Anerkennung, Liebe und Erfolg kämpfen, stets sich durch Leistung etwas erwerben, andauernd eine Rolle annehmen und sie perfekt spielen. Eine einzige Ausnahme hatte es gegeben, da war sie jung gewesen, ahnungslos, tastend – und schließlich unverstellt und uneingeschränkt glücklich. Die Liebe zwischen ihr und Hannes.

Seit seinem Tod, diesem Schlag, von dem sie sich nie wieder richtig erholen konnte, war sie ein anderer Mensch geworden. Eine vorsichtige Frau. Zumindest, was ihr Privatleben anging. Nicht ohne Grund hatte sie sich auf Frank eingelassen, war mit ihm so viele Jahre zusammen. Er brachte nichts zum Wanken, stellte nichts in Frage, war einfach da – ein älterer, in sich ruhender Mann, der ihr einmal gestanden hatte, er sei sich sicher, dass sie seine letzte große Liebe sein werde.

Zu Hause angekommen, stellte Julia die Tüte mit den Büchern in die Ecke neben ihren Schreibtisch im Schlafzimmer und machte es sich dann im Jogginganzug mit einem wärmenden Becher Tee zwischen den Händen auf dem Sofa bequem. Sie wartete. Auf den Anruf von Rupert. Lange hatte sie dieses Gefühl nicht mehr empfunden. Die Hoffnung, die Anspannung, die Unmöglichkeit, einen konzentrierten Gedanken zu fassen, während man darauf wartet, dass ein geliebter Mensch sich per Telefon meldet. Wieder kam Julia ein Satz in Erinnerung, den sie sich gemerkt hatte, ein Ausspruch der Schriftstellerin Dorothy Parker: »Als das Telefon nicht klingelte, wusste ich ganz genau, dass du es warst.« Julia lächelte. Die alten Zeiten kamen ihr in Erinnerung und ein Ratschlag ihrer

Mutter: Warte nicht, vergiss es einfach, und unverhofft wird es klingeln.

Tatsächlich läutete es kurz darauf. Es war leider nur Frank, der noch im Büro saß. Etwas Dringendes wollte er mit ihr besprechen und kurz vorbeikommen. Sie lehnte ab und erklärte, dass sie zu müde sei. Frank zeigte sich verständnisvoll, und Julia versprach, sich den morgigen Abend freizuhalten. Dann legte er auf. Sie war wieder allein mit sich und ihren Gedanken.

Geduld war nie ihre Stärke gewesen. Hastig trank sie den Tee aus, stand auf, ging durch die Wohnung, entdeckte hier einen Fussel und dort etwas Schmutz. Sie schob Gegenstände zurecht, die schon immer so gestanden hatten, stellte den Becher in den Geschirrspüler und schaltete ihn ein, obwohl er halbleer war. Im Kühlschrank suchte sie nach etwas Essbarem; als sie einen Rest Möhrensalat herausgenommen hatte, verspürte sie keinen Hunger mehr, schüttete den Salat in den Abfalleimer und verstaute die Schüssel im Geschirrspüler. Schließlich ging sie ins Bad, entkleidete sich, duschte, putzte sich die Zähne, cremte sich ihr Gesicht ein und betrachtete sich lange im Spiegel. Unzählige Altersspuren entdeckte sie auf einmal. Krähenfüße, Augenschatten, Labialfalten. Sie fand ihr Haar schlecht geschnitten und zu dünn. Jeden Teil ihres Körpers, den sie mit einem Kaschmirhausmantel vor der Strenge des Spiegels und ihrem eigenen Blick verbarg, bedachte sie mit Kritik. Morgen gehe ich zum Friseur, nahm sie sich vor, legte den Mantel beiseite, kleidete sich in ihren Lieblingspyjama aus grauem Flanell, löschte das Licht im Bad und legte sich ins Bett. Das Telefon nahm sie mit. Es blieb tot.

Hat alles keinen Zweck, durchschoss es sie, wenn er

anruft, werde ich ihm sagen, dass es keinen Zweck hat. Er wird widersprechen (hoffentlich), und ich werde ihm klarmachen, dass ich die Ältere bin und mehr vom Leben weiß und deshalb recht habe. Ich werde hart bleiben, mich nicht abbringen lassen, ich werde Schluss machen, ehe es richtig begonnen hat.

Ach, und was soll dieser ganze Quatsch mit der Reinkarnation?, bohrte die vernünftige Stimme in ihr weiter. »Den hat dir der Himmel geschickt« – Sie schüttelte in Erinnerung an Agnes Sommers Äußerung den Kopf. Morgen schmeiße ich die Bücher weg, ungelesen. Ich will meinen Frieden, ich will meinen guten Frank, ich muss mich auf mich und meine Karriere konzentrieren. Ich bin eine Frau für Fakten, nicht für Fantasien.

Sie machte die Nachttischlampe aus, drückte ihren Kopf in die schweren, festen, beruhigenden Rosshaarkissen und zog sich die Decke über den Kopf.

Doch diese Haltung dauerte nur Sekunden, denn es klingelte an der Haustür. Julia schreckte hoch. Sie machte das Licht wieder an, horchte. Es klingelte erneut. Dieser verdammte Frank mit seinem Dickkopf! Sie sprang aus dem Bett und lief barfuß durch den dunklen Flur. Aus der Küche drang das freundliche Wasserrauschen der Geschirrspülmaschine. Sie hob den Hörer der Gegensprechanlage und hielt ihn sich ans Ohr. »Ja?«, fragte sie voller Abwehr und fand nun sogar ihre Stimme alt. Der Bildschirm erhellte sich, und eine Sekunde lang glaubte Julia zu träumen. Wie eine Lichtgestalt erschien Rupert auf dem Display, streckte seinen Kopf weit vor in Richtung Kamera, strahlte, und sie hörte seine Stimme verzerrt und zugleich vertraut.

»Ein Wanderer aus der Ferne begehrt Einlass!«

»Rupert!«

»Wie wär's mit Öffnen?« Er trat einen Schritt zurück, wartend, und verschränkte die Arme vor der Brust. »Oder lieber nicht?«

Julia war so überrascht, dass sie einfach nur den Hörer umklammert hielt und nicht reagierte. Sie sah, dass er eine Steppjacke mit falschem Fuchskragen trug, einen Schal um den Hals gewickelt hatte und eine Reisetasche zu seinen Füßen stand.

»Julia?«

»Oh …« Sie drückte den Summer. »Ja, Rupert, komm rauf!« Fast benommen über diesen unerwarteten Besuch öffnete Julia die Wohnungstür und lehnte sich gegen den Rahmen, während im Hausflur das Licht anging und sie seine Schritte im Treppenhaus hörte.

In letzter Zeit beobachtete Julia an sich eine Eigenart, die sich ständig zu verstärken schien und ihr dabei vorkam, als trüge sie geradezu neurotische Züge. Sie führte in Gedanken lange Dialoge, besonders nachts, wenn sie nicht einschlafen konnte. Dabei rief sie sich Situationen und Begegnungen ins Gedächtnis, von denen sie glaubte, sie anders hätte steuern zu können. Aus diesem Zurückbesinnen und Vorausdenken entstand die Einsicht, dass es manchmal nur eines Wortes, eines Satzes, einer winzigen Entscheidung bedurfte, um einer Sache eine vollständig andere Wendung zu geben.

Handelnde Menschen unterscheidet man in zwei Kategorien. Denn tatsächlich sind es nur zwei wesentliche Motive, die Menschen dazu bringen, etwas zu tun und Entscheidungen zu treffen: Schuldbewusstsein oder Widerstand. Julia hatte, soweit sie sich zurückerinnern konnte, zur Gruppe der Widerstand-Typen gehört. Alles, was sie tat, beruflich oder privat, basierte darauf: Widerstand gegen die Berufswelt der Männer, Widerstand gegen die Unterschätzung von Frauen, Widerstand gegen die eigenen Schwächen und Ängste. Schuldgefühle als Motor für ihr Handeln kannte sie nicht. Doch nun änderte sich etwas. Seltsamerweise nagte neuerdings das Gewissen an ihr.

Da war die Geschichte mit ihrer früheren Assistentin Karla. Die Kritik ihrer Vorgesetzten in Bezug auf deren harsche Entlassung war damals an ihr abgeperlt. Jetzt spielte Julia in Gedanken immer wieder das Gespräch durch, schämte sich dafür, dass sie der weinenden Karla eine Kleenexbox über den Schreibtisch zugeschoben und gesagt hatte: »Hier, das ist im Gehalt mit inbegriffen.« Wenn Julia heute an das Streitgespräch dachte, fand sie, dass sie falsch und hart reagiert hatte. Der Juniorchef Jörg Kremer und die Personalchefin Sonja Karlowski hatten in dieser Sache recht. Persönliche Kränkungen sollten nicht zum Repertoire einer verantwortungsvollen Führungskraft gehören. Ihren Chefs ging es letztlich nur um die Höhe der Abfindung, Julia dagegen sah nun auch die menschliche Seite der Angelegenheit, und sie verspürte Reue.

Im Nachhinein fand Julia, dass sie hätte sagen sollen: »Karla, aus meiner Sicht funktioniert es so nicht. Was glauben Sie, woran liegt es?« Und sie hätte die junge Frau vielleicht nicht so überfordern dürfen, mehr Geduld mit ihr haben müssen, ihr eine weitere Chance geben sollen. Der Druck, unter dem sie selbst stand, hatte sie hart gemacht und unzugänglich für die Schwächen anderer. Immer wieder kam Julia in den Sinn, Karla anzurufen und sich zu entschuldigen: »Karla, ich habe einen Fehler gemacht. Das sehe ich heute ein. Wollen wir zusammen eine Tasse Kaffee trinken, und Sie erzählen mir, wie es Ihnen geht, und ich biete an, Ihnen zu helfen?«

Warum denke ich so?, fragte sich Julia dann. Will ich eine Absolution für meine Schandtaten? Zeigen sich erste Schwächen? Neige ich zu Depressionen, die sich langsam an mich heranschleichen? Ist das nicht reine Eitelkeit? Sie schob die Überlegung, Kontakt mit Karla aufzunehmen, wieder weit von sich fort. Regelmäßig kehrte das Bild der völlig aufgelösten Mitarbeiterin zu ihr zurück und ließ sie nicht mehr los. Und auch andere Gespräche, Situationen und Entscheidungen krochen hinter dem fernen Horizont der Erinnerungen wieder hervor, all das Fehlverhalten, die bösen Worte, die falschen Entscheidungen, Drehungen und Wendungen.

Einmal hatte sie einen Streit mit Hannes gehabt. Eine belanglose, unwichtige Situation, ein vergessener Lebensmitteleinkauf, ein Krach um Verantwortlichkeiten, der in gegenseitigen Kränkungen mündete. Hannes war schließlich richtig sauer geworden, hatte in der Wut eine wegwerfende Handbewegung gemacht, die ihr schien, als wolle er sie mitten in der Küche ohrfeigen.

Sie schrie: »Ich hasse dich!«

Dann holte sie eine Strickjacke aus dem Zimmer und verließ türenknallend die Wohnung. Sie übernachtete bei einer Studienfreundin und betrank sich. Erst in den frühen Stunden des nächsten Morgens kehrte sie zurück, verkatert, todmüde, mit einer Mischung aus Verärgerung und schlechtem Gewissen. Den Grundsatz ihrer Mutter, man solle nie im Bösen auseinandergehen, kannte sie zwar, doch er war ihr bei dieser Auseinandersetzung vollkommen egal. Sie war beleidigt und fühlte sich im Recht.

Julia fand Hannes auf dem Bett sitzend, sein Nächtebuch auf den Knien, einen Stift in der Hand, blass, mit dunklen Schatten unter den Augen. Er hatte vor Traurigkeit und Angst nicht geschlafen. Als er sie sah, brach er in Tränen aus.

»Tu das nie, nie wieder, hörst du, nie wieder! Ich habe dich in der halben Stadt gesucht, war bei der Polizei, habe herumtelefoniert. Ich dachte, dir sei etwas passiert.«

Weinend versöhnten sie sich auf dem Bett, und er sagte immer und immer wieder: »Das geht doch nicht, dass man jemanden so sitzenlässt, so weggeht und nicht wiederkommt, sich nicht meldet, fast einen ganzen Tag und eine lange Nacht, das geht doch nicht!« Es brach ihr das Herz.

»Ich möchte, dass nie wieder jemand meinetwegen weinen muss«, nahm sich Julia vor, und bei dieser Überlegung kam ihr auch Frank in den Sinn und vor allem Rupert. Denn in ihren Gedankenspielen kam nicht nur die Vergangenheit vor, sondern auch die Zukunft. Während Rupert, zwei Stufen auf einmal nehmend und rücksichtslos laut pfeifend die Treppe zu ihrer Wohnung hinaufstürmte, sah sie ihn bereits vor sich stehen und wusste, dass dies jetzt der entscheidende Moment war, in dem alle Weichen für das Morgen gestellt werden würden.

»Rupert, pass auf, du brauchst gar nicht erst hereinzukommen. Es ist ein Wahnsinn. Du bist zu jung für mich, ich bin zu alt für dich. Wenn du fünfzig bist, so wie ich jetzt, bei einem Mann sagt man ja: in den besten Jahren, dann bin ich siebzig. Eine alte Frau. Du wirst mich nicht mehr attraktiv finden. Und schlimmer. Ich werde mich nicht attraktiv genug für dich finden. Unsere Leidenschaft füreinander wird auf der Strecke geblieben sein, längst. Und was bleibt dann? Du wirst ein Resümee ziehen, und es wird bitter für dich ausfallen, weil ich dich … weil unsere Liebe dich um so vieles gebracht hat. Um die Normalität nämlich. Eine Ehe auf Augenhöhe, Kinder, ein Familienleben. Am Ende wirst du mich hassen und mich verlassen. Ich will nicht zurückbleiben als alte, verbitterte, einsame Frau ohne Aufgaben, ohne dich. Besser, du machst auf dem Absatz kehrt und gehst. Wir werden uns in Erinnerung behalten als etwas ganz Besonderes, als Schatz, als Geheimnis. Das reicht, denn es ist schon sehr viel.« Sie sah ihn verständnisvoll nicken und die Tür hinter sich schließen.

Natürlich kam dann alles ganz anders. Atemlos stand Rupert nun vor ihr, ließ seine Reisetasche zu Boden fallen, umarmte sie stürmisch, umfasste ihr Gesicht, sah sie an, ernst und feierlich geradezu, und sein Atem roch nach Pfefferminzkaugummi, als er sagte: »Endlich!«

»Rupert, ich …«

Er ließ sie nicht ausreden: »Ich habe mir fast jeden Tag ausgemalt, wie wir uns wiedersehen.« Mit dem linken Fuß gab er der Tasche einen Kick in Richtung Wohnungsflur, schob Julia engumschlungen hinein, trat die Tür zu, küsste sie leidenschaftlich, ließ ihr gar keine andere Wahl, als alles hinzunehmen. Wortlos hob er sie hoch, wirbelte sie herum, trug sie, als wären beide frisch vermählt und als gelte es, sie über die Türschwelle zu heben, den Flur entlang bis zu ihrem Schlafzimmer, wo er Julia auf dem Bett herunterließ.

»Sag mal, was machst du mit mir?«

Er antwortete nicht, sondern zog mit einem scharfen Ratschen in einem Zug den Reißverschluss seiner Steppjacke auf, warf sie auf den Fußboden, kickte seine Schuhe weg, entledigte sich seines schwarzen Rollkragenpullovers und stand mit seinem nackten, sehnigen, leicht gebräunten Oberkörper da und sah sie unverwandt an, während er die Schnalle seines Gürtels löste.

Julia saß mit durchgedrücktem Rücken auf dem Bett und hielt seinem Blick stand: »Was soll das werden?«

Wieder antwortete er nicht, sondern knöpfte seine Jeans auf, zog sie aus, streifte seine Strümpfe ab und kam in seinen Boxershorts zu Julia. Als dulde er keinen Widerspruch, begann er, Julias Schlafanzugoberteil langsam aufzuknöpfen.

Sie hielt seine Hand fest: »Das geht mir zu schnell!«

Er machte sich los und schob ihr sanft die Pyjamajacke über die Schultern, bis sie auf die Bettdecke glitt.

Es gibt kein Zurück mehr, dachte Julia, als er sie nun auf den Hals küsste und sie in die Kissen drückte. Sie erwiderte seine Zärtlichkeiten. Julia kam hoch, schob die Shorts über seine Hüften. Er stand nackt vor ihr. Ein schöner, junger, erregter Mann, der sich auf sie legte, an ihrem weichen Körper herunterglitt, sie streichelte und liebkoste und ihr schließlich auch die Pyjamahose auszog.

Später erinnerte sie sich daran, dass es war, als würde sie in einen rauschhaften See des Vergessens eintauchen, und dass ihr letzter, geradezu kindlich-mädchenhaft beglückter Gedanke war: »Wir schlafen miteinander!« Dann musste sie lächeln, denn sie hatte sich stets gegen die Formulierung »miteinander schlafen« für den aktivsten Zustand des Menschen gewehrt.

Es war ein Auf und Ab, ein Schweben und Festhalten, ein Fühlen und Sehnen; es war leidenschaftlich, wild und zart zugleich. Rupert ging auf sie ein und machte es ihr leicht in seiner Kraft und seinem Mut und seiner Selbstverständlichkeit, vor allem dadurch, dass er ihr immer wieder leise sagte, wie schön sie sei.

Tief in der Nacht lag sie in seinem Arm. Julia war erstaunt, dass sie sich so hatte überrumpeln lassen und dass sie alles so, wie es war, richtig fand, ohne den Anflug eines Zweifels oder gar eines schlechten Gewissens. Eine Weile blieben beide schweigend liegen, dann duschten sie gemeinsam, tranken in der Küche ein Glas Wein, kehrten ins Schlafzimmer zurück und schliefen schließlich erschöpft und glücklich ein.

Als sie am Morgen erwachte, auf der Seite liegend, hatte Rupert sich fest an sie gedrückt und den Arm über sie gelegt. Sein Atem war tief und gleichmäßig, und Julia konnte in ihrem Überschwang ein kleines, glückliches Auflachen nicht unterdrücken. Seit Jahren war sie nur an einen Mann gewöhnt, der sich laut schnarchend auf die andere Hälfte des Bettes drehte. Vorsichtig löste sie sich, um Rupert nicht zu wecken, und schlich sich ins Badezimmer. Später setzte sie eine Kanne Kaffee auf, kochte für sich Tee und deckte den Frühstückstisch. Draußen prasselte der Regen gegen die Scheibe. Julia schaltete den Küchenfernseher ein und wunderte sich über das Programm. In der Wiederholung einer Telenovela-Folge, die im Lüneburger Hotelmilieu spielte, las eine erregte ältere Dame mit rotem Haar und Wiener Akzent einem schlaffen, jungen Hungerhaken die Leviten. Normalerweise war Julia es gewohnt, nebenher ein Morgenmagazin laufen zu lassen. Programmänderung? Sie drückte die Teletext-Taste, während der Wasserkessel pfiff, und erschrak. Es war fast halb zehn.

Sie hatte verschlafen. Verdammt! Das war ihr in den letzten zwanzig Jahren nicht passiert. Hektisch nahm sie den Kessel vom Herd und rannte ins Wohnzimmer, wo ihr Handy lag. Ausgerechnet heute! Um neun Uhr war eine Sitzung mit dem Vorstand anberaumt, deren Anlass eine Kursbestimmung für die nächsten Jahre war. Julias Aufgabe sollte es sein, nach einer kurzen Einführung von Kremer I, einen Vortrag zu halten und die Strategien und Ziele ihrer Abteilung darzulegen. Pünktlich. Verdammt, verdammt. Sie wählte die Nummer ihrer Sekretärin und stürmte mit dem Handy am Ohr zurück in die Küche.

»Eich-Hellmann.«

»Hier ist Julia Kilchberg, Morgen, Bri…«

»Frau Kilchberg! Ich habe schon dreimal auf Ihr Handy gesprochen! Ist etwas passiert? Hier sind alle in schierer Aufregung. Die Sitzung! Ihr Referat! Frau Schütz hat auch schon versucht, Sie zu erreichen. Selbst auf Ihrem Festnetz läuft nur der Anrufbeantworter. Wir machen uns schon Sorgen!«

»Das ist lieb, Brigitte. Es gibt eine einfache Erklärung. Ich habe verschlafen. Leider.«

»Verschlafen.« Brigitte Eich-Hellmann konstatierte das so trocken, als hielte sie diese Auskunft für einen Scherz.

»Sagen Sie der Alberta, sie soll mich entschuldigen. Irgendwie. Ich springe kurz unter die Dusche, bestellen Sie mir schon mal ein Taxi für in …« Julia sah auf die Uhrzeitanzeige des inzwischen auf stumm geschalteten Fernsehers, »… zehn Minuten, nein, in einer Viertelstunde, ich …«

»Sie wissen das mit Ihrem Referat, ich meine … um zehn spricht Kennrich, um halb elf Herr Kleist, dann geht es um die Privatkundengeschäfte, also Sie werden da nicht mehr landen können.«

»Daran lässt sich jetzt auch nichts mehr ändern. Drucken Sie meinen Vortrag in ausreichender Stückzahl aus, lassen Sie ihn von Alberta verteilen, ich bin dann zumindest zur Schlussbesprechung rechtzeitig da.«

»Okay.«

»Also, Alberta soll natürlich auf keinen Fall sagen, ich hätte verschlafen. Ich schätze, das ist nicht besonders gut fürs Image.« Julia versuchte mit einem Auflachen, ihre Verwirrung zu überspielen.

»Natürlich.«

»Dann danke, und bis gleich.«

»Ja, bis gleich.«

Wenig später war Julia tatsächlich fertig angezogen und rannte durch die Wohnung, einen Becher Tee in der Hand, und suchte ihre Sachen zusammen. Sie war nervös. Als Rupert fröhlich aus dem Bad kam und sie umarmen wollte, wehrte sie ab.

»Ich bin total genervt, Rupert, tut mir leid. Das hätte mir nicht passieren dürfen!«

»Was? Das mit uns?« Erschrocken sah er sie an.

»Quatsch. Dass ich verschlafe. Ausgerechnet heute. Wo ist mein verdammtes …«

Er hielt sie im Vorbeigehen fest, ließ sie nicht aus seiner Umklammerung, sosehr sie sich auch wehrte: »Wenn das Kind nun sowieso schon in den Brunnen gefallen ist, hey, warum bleibst du nicht ganz zu Hause?«

Sie sah ihn an, und ihr Blick sprach Bände. Was weißt du schon, schien sie zu denken, du hast ja keine Ahnung.

Das Lächeln in seinen Augen, die Ruhe und Lebensfreude, die daraus hervorblitzten, ließen sie jedoch nichts sagen. Stattdessen küsste sie ihn.

»Also?«, fragte er und ließ sie los, mitten im Flur, als wolle er ihr weismachen, dass sie eine Wahl hatte. Sie hatte keine. Sie war wieder so überwältigt von der Schönheit dieses Mannes, von seiner Selbstsicherheit, von dem unbändigen Gefühl, geliebt zu werden und zu lieben, dass ihr alles andere egal war.

»Also?«, wiederholte er.

»Du bist furchtbar, Rupert!«

»Und du leidest unter Perfektionszwang!« Er ging in die Küche, holte das Telefon, hielt es ihr unter die Nase. »Man lebt nur einmal! Ruf an. Melde dich krank. Was auch immer. Bleib heute bei mir. Ich gehe auch nicht ins Geschäft, okay? Wenn du absagst, rufe ich die strenge Alma an und melde mich krank.« Er lachte.

Und so geschah es. Julia erklärte Brigitte, dass sie nicht ohne Grund verschlafen habe und dass sie unter einer schrecklichen Migräne leide. Rupert bat Alma, alle Termine und Telefonate auf den nächsten Tag zu verlegen. Dann frühstückte das Paar in der Küche. Mehrfach klingelten Julias Handy und ihr Telefon. Sie ging nicht ran, sondern ließ die Gespräche einfach auf der Mailbox und dem Anrufbeantworter auflaufen. Sie redeten stundenlang, sie schwiegen und sahen sich dabei an, sie lachten, sie hatten Sex. Früh am Abend schlug Rupert vor, zu ihm zu fahren. Ein Taxi brachte sie zum Paul-Lincke-Ufer und bog dann auf einen Industrie-Hinterhof ab, wo Rupert ein Loft besaß. Ein Lastenaufzug brachte sie in die oberste Etage. Der Raum, den sie betraten, kam Julia riesig vor, größer sogar als das Penthouse von Frank; Frank, an den sie immer wieder mit einem Stich im Herzen denken musste. Anstatt sich dem Gefühl des schlechten Gewissens zu stellen, verdrängte sie es einfach. Rupert bot ihr ein Glas Wein an, das sie, an einem der fußbodentiefen Eisenfenster stehend, trank, während er sich ins Badezimmer zurückzog – dem einzigen abgetrennten Raum mit einer Tür –, um sich frisch zu machen und umzukleiden. Julia sah sich um. Eine hohe, grauweiß gestrichene Decke, Steinwände voller zeitgenössischer Riesengemälde, Parkettboden, sparsame Möblierung mit auffällig praktischen Möbeln, alles beladen mit Stapeln von alten Zeitungen und Zeitschriften, achtlos liegen gelassenen Geschäftspapieren und beiseite geworfenen Kleidungsstücken. Das Ganze hatte eindeutig etwas von einer Junggesellenwohnung. Missbilligend betrachtete Julia die zahlreichen Umzugskartons, die wie Kunstobjekte überall herumstanden.

Stahl, Eisen, Aluminium, Holz. Keine Blumen oder Pflanzen, kaum Stoffe. Nur das riesige Bett in der hintersten Ecke des 200-Quadratmeter-Raums strahlte Wärme und Gemütlichkeit aus. Neben dem Bett befand sich ein Sideboard aus Wenge-Holz, auf dem sich staubige CDs und DVDs türmten und Fotos in Silberrahmen standen. Julia war erstaunt, in der Wohnung eines Dreißigjährigen überhaupt gerahmte Privatfotografien zu sehen. In ihrer Vorstellung knipsten alle zu allen Gelegenheiten digital mit dem Handy Fotos, die niemand mehr zu sehen bekam, außer vielleicht auf dem PC, Bilder, die niemals, wie einst, entwickelt, vergrößert und in Alben oder Rahmen geklebt oder gesteckt wurden. Sie beugte sich herunter und betrachtete die gerahmten Fotos genauer. Da war Rupert im Ski-Outfit vor einer Bergkulisse zu sehen; da in Badehose gemeinsam mit einer sehr hübschen, sehr schlanken jungen Frau im Bikini (Julia vermutete, dass es sich um seine Ex-Freundin handelte) an einem strahlend besonnten Inselstrand; da lachte Rupert inmitten von zahlreichen Künstlern auf einer Vernissage. Rupert am Schreibtisch, Rupert beim Sport im Fitnesscenter, Rupert hinter dem Steuer eines Cabrios. Rupert nackt, Rupert ernst, Rupert als Schnappschuss. Sie konnte sich des Eindrucks nicht erwehren, dass er zu einer putzigen Selbstverliebtheit neigte. In der hintersten Ecke entdeckte Julia das Foto eines älteren Ehepaars, das in einem elegant-bürgerlichen Wohnzimmer auf dem Sofa saß, sich an den Händen hielt und ernst in die Kamera schaute. Sie nahm das Bild hoch und betrachtete es genauer.

Plötzlich stand Rupert neben ihr, und Julia erschrak. Er nahm ihr den Rahmen aus der Hand und stellte ihn zurück: »Das sind nur meine Eltern. Letztes Jahr, beim Geburtstag meiner Mutter, ich hab's geschossen.«

Sie sah ihn von der Seite an. Er trug eine Khakihose, ein rot-schwarzes Holzfällerhemd, dessen oberste drei Knöpfe er offen gelassen hatte, verströmte einen Duft von Hölzern und Pfeffer und war barfuß, weswegen sie auch nicht gehört hatte, dass er zu ihr gekommen war.

»Seltsam, wenn man sie so sieht, auf dem Foto …« Julia zögerte einen Augenblick, »… ich kann überhaupt keine Ähnlichkeit zwischen ihnen und dir entdecken.«

Rupert antwortete nicht. Julia hatte das Gefühl, etwas gesagt zu haben, was er nicht hören wollte. Sie überbrückte diesen Moment der Stille, indem sie fragte: »Wie geht es deinem Vater?«

Er ging zum Bett, um im Sitzen ein paar Kniestrümpfe anzuziehen: »Besser. Es war das Herz. Sein Hausarzt sagt, er braucht einen Herzschrittmacher, keine große Sache wohl.«

Sie kam zu Rupert, setzte sich neben ihn auf die harte, frisch bezogene Matratze: »Erzähl mir was von deinen Eltern.«

»Da gibt es nicht viel zu erzählen.« Er holte ein Taschentuch hervor und schneuzte sich, obwohl er keinen Schnupfen hatte und in keiner Weise ergriffen wirkte.

Julia hakte nach: »Das ist mir zu wenig.«

Er stopfte das Taschentuch unter sein Kopfkissen: »Habe ich doch alles schon gesagt. Mein Vater ist Kunsthändler, meine Mutter arbeitet, solange ich mich zurückerinnern kann, mit im Geschäft.« Er sprach widerwillig.

»Und Geschwister hast du keine?«

»Nein.«

»Wie ist dein Vater so?«

»Ist das jetzt die Spanische Inquisition?« Er wollte aufstehen; ihr Blick hielt ihn zurück.

»Was bist du denn so wortkarg?«, fragte sie erstaunt.

»Tja, was soll ich sagen? Er ist streng, das habe ich auch schon mal gesagt, glaube ich. Er ist nicht so recht mein Fall. Klingt blöd, ist so. Wir verstehen uns nicht besonders. Er hält mich für einen Hallodri oder so etwas in der Art.«

»Und deine Mutter?«

»Die hält mich nicht für einen Hallodri.« – Beide lachten auf. – »Gott, ja, ich schätze, sie liebt mich. Auf ihre Art.«

»Auf ihre Art? Was meinst du damit?«

»Auf ihre Art heißt eigentlich nur: Sie ist eine ziemlich kalte Frau. Sie liebt wahrscheinlich nur einen Menschen wirklich auf der Welt …«

»Sich selbst.«

»Nein, meinen Vater. Sie hat ihr Leben dem seinen vollkommen untergeordnet. Ich war im Grunde immer nur das Anhängsel. Etwas, das zu einer anständigen Familie eben gehört. Ein Kind. Ein Sohn. Ein wohlgeratener Sohn. Vielleicht habe ich sie da auch enttäuscht.«

»Du bist wohlgeraten!« Julia strich ihm über den Rücken.

»Lass uns über etwas anderes reden, ja?« Er befahl es mehr, als dass er sie darum bat.

Es schien Julia, als legte er ihr Interesse an ihm als Neugier aus, als hätte sie eine Grenze überschritten. Und sie hatte den Eindruck, als würde Rupert ein Geheimnis haben, dessen Aufdeckung er um jeden Preis verhindern wolle. Schlagartig fühlte sie sich unwohl. Was stelle ich für Fragen, was hege ich für Gedanken, was mache ich eigentlich hier?, dachte sie, bin ich verrückt geworden?

»Ist etwas?«, fragte er und legte den Arm um sie. »Ich wollte nicht barsch sein, Julia. Aber was meine Eltern angeht … da bin ich eben etwas verstockt. Tut mir leid.«

Sie winkte ab.

»Du hast was!«, hakte er nach.

»Ach, lass uns nicht kompliziert sein, ja?« Sie hielt ihm ihr leeres Glas hin.

Rupert ging an den Kühlschrank, nahm die Flasche heraus, schenkte ihr nach. Wenig später fläzten sie sich auf einem der Sofas, plauderten über etwas Unverfängliches; er zeigte ihr seine kleine Sammlung, dann aßen sie einen Salat, den Rupert rasch zubereitet hatte und der köstlich schmeckte. Er legte zum Essen Musik auf, machte ein paar Kerzen an, und als sie fertig waren, kehrten sie zum Sofa zurück, Julia schmiegte sich an ihn, bis Mitternacht vorbei war und sie sich schlafen legten.

Zeitig standen sie am nächsten Morgen auf und nahmen ein Taxi, das Rupert in sein Geschäft fuhr, während Julia sich vorher zu Hause absetzen ließ. In der Bank rief Dr. Reinhold Kremer sie sofort zu sich. Er berichtete von der Sitzung und erkundigte sich nach ihrem Befinden. Als sie log, dass sie unpässlich gewesen sei, erhob er sich aus seinem Sessel, stellte sich hinter den Schreibtisch, sah Julia von oben herab streng an und konfrontierte sie mit ein paar Unfreundlichkeiten.

»Was ist los mit Ihnen? Sie waren nie krank, Julia, soweit ich mich erinnern kann. Ich dachte immer, Sie hätten den Satz ›The show must go on‹ extra für sich erfunden. In letzter Zeit machen Sie einen übermüdeten und erschöpften Eindruck auf mich. Wirken unkonzentriert. Machen zu viele Fehler, Sie …«

Julia unterbrach ihn selbstbewusst: »Ich dachte, das verbindet uns, Dr. Kremer. Dass wir von Legendenbildung nichts halten.«

»Verstehe ich nicht.«

»Meine Zahlen sind top, meine Abteilung funktioniert. Ganz einfach.«

»Eben nicht, Julia.« Er kam hinter seinem Schreibtisch hervor und ging an ihr vorbei zu den Fenstern: »Sie haben – das stimmt – nach der Kritik letztes Jahr die Sache wieder hingekriegt. Früher allerdings hätten sie es so weit gar nicht kommen lassen. Sie hätten Ihre Fehler vor den anderen bemerkt.«

»Wir sind alle keine Maschinen.«

»Was ist denn das für eine Plattitüde? Natürlich nicht. Aber ich sehe Sie an und finde Sie verändert.«

Eine Pause entstand, die er strategisch bewusst gesetzt zu haben schien. Julia fühlte sich ertappt. Während sie schwieg, kam Dr. Kremer zu ihr, legte ihr eine Hand auf die Schulter. Sie wirkte überhaupt nicht mehr väterlich wie sonst.

»Julia, ich meine es nur gut mit Ihnen. Ich habe Sie von Anfang an gefördert. Gern sogar. Bedenken Sie aber: Stimmungen ändern sich …« Er zog seine Hand weg.

»Ihre Stimmung gegen mich? Meinen Sie das?«

»Unsinn. Um mich geht es gar nicht. Oder vielleicht doch.« Er zog sich einen Besucherstuhl heran und setzte sich dicht neben sie. »Ich plane, irgendwann dieses Jahr …«

»… doch nicht etwa aufzuhören?«

»Unterbrechen Sie mich nicht dauernd! Hören Sie mir einfach mal zu.« Er begleitete seine Aufforderung mit einem Lächeln und fuhr dann fort: »Sehen Sie: Als ich gelernt habe, waren wir Bankiers. Heute ist man Banker. Glauben Sie bitte nicht, dass ich mit dieser Entwicklung zufrieden bin. Unser Haus hat ein fabelhaftes Jahr hinter sich, keine Frage. Wenn wir allerdings über die Umstände nachdenken: immer mehr, immer schneller, immer größer, ohne Rücksicht auf Verluste … das alles geht mir schon lange gegen den Strich.« Er sah sie ernst an, und sie meinte, in seinen Augen jenen irritierenden Glanz zu erkennen, der sich einstellt, wenn Menschen gegen ihre Tränen kämpfen. »Ich habe früher Kredite aus dem Bauch heraus gegeben. Das waren immer die sichersten. In diesen, ja, sagen wir ruhig, großen Jahrzehnten damals hatte ich nicht einen einzigen faulen Kredit oder Zahler. Und dann schauen Sie sich die Schuldner in diesen Zeiten an, die wir nach unseren angeblich unbestechlichen

Kriterien geprüft haben. Heute verlassen wir uns nicht mehr auf unsere Intuition, und ich sage Ihnen auch, warum: weil wir keine mehr haben. Faktenhuberei allüberall. Sie haben das ja in Ihrem glänzenden Vortrag selbst so benannt. Positiv benannt.« Er blickte ins Leere.

Julia hatte das Gefühl, sich verteidigen zu müssen: »Wenn ich den Vortrag noch einmal halten müsste, würde ich es vielleicht etwas anders formulieren …«

»Warum?« Er sah sie neugierig an.

Ja, warum eigentlich? Hatte das etwas mit der Geschichte zwischen ihr und Rupert zu tun? Sollte Kremer I recht haben, und sie hatte sich tatsächlich verändert?

Sie zuckte mit den Schultern: »Keine Ahnung. Es ist nur so ein Gefühl, ein Gedanke … ich würde es etwas differenzierter sehen.«

»Was genau?«

»Ich würde wahrscheinlich etwas kritischer auf unsere Branche blicken und auf die Krisen.«

Kremer I war ein alter Fuchs. Er hatte von sich gesprochen und sich ihr geöffnet und wollte im Grunde nur etwas von ihr hören: »Haben Sie private Probleme?«

Julia schüttelte den Kopf, fast ein wenig zu heftig: »Nein. Wie kommen Sie denn darauf?«

»Ach Gott, ich mache mir eben einfach Sorgen. Es gibt ja nun schon länger Störfeuer gegen Sie. Wenn ich mich irgendwann wirklich zurückziehe, mein Sohn hier das Sagen hat und mein sehr verehrter Bruder, dann haben Sie einen schweren Stand. Gewisse Herren warten nur darauf, dass Sie Fehler machen. So was müssen Sie sich vor Augen halten, wenn Sie wegen einer Unpässlichkeit zu Hause bleiben.«

»Es ging nun einmal nicht anders.«

»Kenne ich von Ihnen gar nicht«, fuhr Kremer I fort. »Sie hätten zwei Pillen eingeworfen, wären gekommen, hätten sich nichts anmerken lassen und Ihr Positionspapier persönlich vertreten und nicht durch eine Assistentin verteilen lassen. Selbst wenn ich Alberta sehr schätze: Vertreten kann die Schütz Sie nicht.«

»Ich weiß.«

»Sie liefern Ihren Gegnern – und wir beide wissen, dass es die im Hause gibt – seit längerem Angriffsflächen. Wenn das so weitergeht … ich weiß nicht, ob ich Sie dann noch schützen kann.«

»Mich schützen? Was soll das denn heißen?«

»Packen Sie den Stier bei den Hörnern! Gehen Sie zu meinem Sohn, machen Sie Schönwetter, nehmen Sie ihn wichtig, erklären Sie ihm persönlich Ihr Strategiepapier, Ihre Pläne …«

»Ich bin nur Ihnen gegenüber weisungsverpflichtet. So haben wir's besprochen.«

»Seien Sie einfach taktisch. Sind Sie doch immer gewesen. Denken Sie an morgen. Wenn ich weg bin. Dann wollen Sie schließlich noch hierbleiben und Ihre Karriere befördern, oder?« Er stand auf.

»Okay.«

»Okay?«, hakte er weich nach.

Julia nickte und erhob sich ebenfalls. »Danke für die offenen Worte.« Sie ging zur Tür.

Kremer nahm wieder hinter seinem Schreibtisch Platz und sah ihr nach: »Wenn es etwas Privates gibt, wo Sie Rat brauchen. Ich bin da.«

Im Öffnen der Tür drehte sich Julia um: »Sie sind sehr lieb.«

»Ich bin froh, dass ich Sie habe, Julia.«

Schnell verließ sie das Büro, denn bei diesem letzten Satz wären ihr fast die Tränen gekommen.

Sie nahm sich zusammen, ging schnurstracks zu Jörg Kremer, mit dem sie ein intensives Fachgespräch führte und der erstaunlich zugänglich und freundlich war. Danach machte sich Julia zusammen mit Alberta ans Tagesgeschäft. Dr. Kremer liegt mit seiner Menschenkenntnis mal wieder goldrichtig, ging es Julia durch den Kopf. Sie war anders drauf als sonst, ohne es bislang selbst zu merken. Ständig verlor sie beim Durchgehen von Zahlentabellen, beim Diktieren von Briefen, in Gesprächen und Telefonaten ihre Konzentration. Julia dachte an Rupert. Und sie grübelte darüber nach, wie sie mit der neuen Situation umgehen sollte, vor allem in Bezug auf Frank.

Am Abend war sie allein zu Hause, weil Rupert einen Termin hatte, und sie entschloss sich, Frank anzurufen. Sie war sich nicht sicher, ob sie ihm die Geschichte beichten sollte. Vielleicht war es nur eine Affäre, eine von denen, die man besser für sich behielt, weil sie den Partner verletzen würde, obwohl am Ende nur alles Schall und Rauch gewesen war. Vielleicht war es etwas Ernsteres. Darüber musste sie sich erst selbst klarwerden, und wahrscheinlich würde sowieso nur die Zeit es zeigen. Auf jeden Fall hatte Julia das Bedürfnis, Frank zu sehen, um ein Gefühl dafür zu bekommen, was richtig sein könnte und was nicht.

Sie erreichte ihn in seiner Kanzlei. »Gut, dass du anrufst, Juli«, begann er, ohne sie zu Wort kommen zu lassen. »Ich wollte mich nämlich auch schon bei dir melden, aber du siehst ja, ich bin noch im Büro. Die Arbeit wächst mir langsam über den Kopf, fürchte ich.«

»Ich würde dich gern sehen, Frank.«

»Das ist es eben, deshalb wollte ich mich bei dir melden. Morgen früh fliege ich nach London.«

»Das wusste ich ja gar nicht.«

»Ich auch nicht. Ein großer englischer Privatsender ist an einem meiner Mandanten interessiert, will ihn vielleicht kaufen und damit auf den deutschen Markt. Sehr hoch aufgehängt, wichtige Sache. Drück uns mal die Daumen.«

»Wie spät kommst du zurück, geht es morgen Abend vielleicht?«

»Nein, ich bleibe drei Tage, Schatz.«

»Drei Tage?« Sie war erstaunt.

»Ja. Wie gesagt. Großes Ding.«

»Gut, Frank, dann melde dich einfach, wenn du wieder im Lande bist.«

»Klar!« – Pause. – »Sonst noch was?«

Julia empfand ihn als seltsam kühl, fast barsch: »Nö, eigentlich nicht.«

»Dann sei nicht böse, ich muss Schluss machen, Schatz.«

»Gut.«

»Gut?«

Irgendwie wollte sie das Gespräch nicht beenden, sie wusste nicht genau, warum.

»Dann also: Au répertoire!«, sagte er.

Sie kannte diese scherzhafte Wortverdrehung von ihm, schließlich war ihr Frank vertraut wie sonst kaum ein Mensch. Trotzdem lachte sie dieses Mal nicht. »Ja, auf Wiedersehen, Frank. Gute Reise.«

Er legte auf, und sie horchte eine Weile in das stumme Telefon. Julia fühlte sich mit einem Mal wehmütig, und sie empfand Schuld. Sie umfasste das Mobilteil, als könne sie Frank damit festhalten.

In Wahrheit war er längst im Begriff, sich von ihr zu lösen. Auch er log. Und auch er hatte ein Geheimnis.

Kapitel 8

Mit einem Mal roch es nach Frühling. Die Tage wurden länger und heller. Es gab die ersten Knospen an den Bäumen. Noch fest verschlossen, ließen sie das zarte Grün erahnen, das für Julia ein Symbol des Aufbruchs war. Morgens hörte sie wieder die Vögel singen, wenn sie die Fenster ihres Schlafzimmers weit öffnete und die frische, kalte Luft einatmete. Rupert lag dann meist im Bett und betrachtete voller Glück und Wollust ihren schlanken, schönen Körper. Sie war eine Frühaufsteherin; im Gegensatz zu ihr liebte er es, lange zu schlafen oder einfach nur liegen zu bleiben und bei einer Tasse mit starkem Kaffee, die sie ihm brachte, die Zeitung zu lesen. Während sie dann in die Bank fuhr, drehte er joggend eine Runde durch den Park des Charlottenburger Schlosses. Das Liebespaar sah sich mittlerweile täglich. Abends saßen sie bei ihr im Wohnzimmer auf dem Sofa unter dem Bild oder bei ihm am Küchentisch, redeten miteinander, spielten eine Runde Rommee, kochten gemeinsam, tranken zum Essen guten Wein, hatten Sex oder kuschelten einfach nur im Bett. Es war ein Leben zu zweit. Hatte Julia anfangs gezögert, auch weil sie dachte, gegenüber ihm, dem Jüngeren, Verantwortung zu tragen, und kam ihr dabei immer wieder der Gedanke, bei dieser Lovestory vielleicht zu egoistisch zu sein, warf sie ihre Bedenken flugs über Bord. Rupert gab ihr Sicherheit und das Gefühl, dass alles so, wie es war, richtig war.

Auf eine geheimnisvolle Weise entdeckten sie sehr

schnell, wie ähnlich sie einander waren, wie viel sie voneinander wussten, ohne je darüber gesprochen zu haben, und auch wenn Julia immer wieder rätselhaft erschien, wie sie sich innerhalb so kurzer Zeit so nah und so vertraut sein konnten, so verdrängte sie jeden Gedanken, der diese Einigkeit und Innigkeit in Frage stellen konnte. Das Liebespaar war glücklich; glücklich auf eine Weise, die alles und alle ausschloss. Abgesehen davon, dass sie ihren Berufen nachgingen – mehr schlecht als recht hätten sie sich eingestehen müssen, wären sie ehrlich gewesen –, waren Julia und Rupert vollkommen abgeschottet vom Rest der Welt, und sie genossen es. Ab und zu gingen sie ins Kino oder ins Theater. An den Wochenenden, wenn Julia gegenüber Frank vorgab, sie müsse arbeiten, besuchten sie Museen oder Galerien, und Rupert gab ihr einen Crashkurs in Kunst. Er war ein wundervoller, origineller Lehrer und sie seine wissbegierige Schülerin. Sie lachten viel, sie diskutierten, das Schönste jedoch war, dass sie miteinander schweigen konnten, ohne dass es peinlich gewesen wäre.

An einem Samstag voller Sonne entschloss sich Rupert spontan, Alma freizugeben und das Geschäft geschlossen zu lassen. Er lud Julia zu einem Ausflug ein. Mit seinem alten, verbeulten Volvo zuckelten sie durch die Stadt. Wie ein Lauffeuer schien es sich herumgesprochen zu haben, dass der Winter sich endlich verabschiedet hatte. Überall vor den Cafés, Kneipen und Restaurants waren Stühle und Tische aufgestellt worden, und jeder Platz war besetzt. Das Licht, das Blau des Himmels und die wärmenden Strahlen zauberten ein Lächeln und eine Entspanntheit auf die Gesichter der Menschen – sie waren anders gekleidet, sie bewegten sich anders, sie sahen sich anders an. War das Stadtbild bislang von einer Stimmung zwischen finsterer Entschlossenheit und aggressiver Resignation geprägt gewesen, lagen nun Beschwingtheit und Optimismus in der Luft. Aus heiterem Himmel sah man offene Cabrios, kurze Röcke, Sonnenbrillen. Die Stadt hatte Frühlingsblumen spendiert, die in den Beeten entlang den Straßen, auf den Plätzen und in Pflanzenschalen ihre roten, gelben und blauen Köpfe hochreckten. Menschen schlenderten, bummelten, standen in Grüppchen herum, hatten bei einem Espresso oder Latte macchiato die Beine von sich gestreckt und plauderten, führten ihre Hunde spazieren, schauten sich die Auslagen in den Schaufenstern an, die bunt lockten.

Nach einer Stunde Fahrt setzte Rupert den Blinker nach links, fuhr von der Autobahn ab und lenkte den Volvo durch Dörfer, vorbei an noch kargen, blassen Wiesen und Feldern, bis sie an den Teupitzer See gelangten. Dort parkte er auf einem matschigen Seitenstreifen außerhalb der Ortschaft und führte Julia an der Hand über einen Kopfsteinpflasterweg vorbei an Backsteinhäusern, Villen der Kaiserzeit und grauen Datschen, bis sie ans Wasser kamen. Kiefern in sandigem Boden zur Linken, rechts die Ausläufer des Dorfes, in dem die Zeit stehengeblieben zu sein schien, wanderten sie in Richtung Wald. Der See lag weit und still, gesäumt von Dickicht und Schilf. Vögel stiegen kreischend auf. Schmatzend und gleichförmig schlugen Wellen gegen das Ufer. Sie kamen zu einem Steg, der tief ins Wasser hineinführte, dessen Planken verwittert und Pfähle mit Algen bewachsen waren. Als sie den äußersten Punkt erreicht hatten, nahm Rupert Julia in die Arme und küsste sie. Dann ließ er sie los und machte eine weit ausholende Bewegung, so als wäre sie zum ersten Mal im Brandenburgischen, und er müsse ihr alles zeigen und erklären.

»Fontane-Landschaft«, sagte er feierlich. Sie musste lachen.

»Warum lachst du?«

»Weil du so süß bist«, antwortete sie und schmiegte sich an ihn, Schutz suchend, denn eine frische Brise kam auf, und ihr war kalt.

Er legte den Arm um ihre Schulter: »Süß? Warum bin ich süß?«

»Na ja … irgendwie … so eine Mischung aus Oberlehrer und Romantiker. Süß eben.«

Er ging darauf nicht näher ein. »Julia?«, fragte er, drehte sie zu sich und sah sie an.

»Ja?«

»Wie lange sind wir jetzt zusammen?«

Obwohl Julia, soweit sie sich zurückerinnern konnte, immer etwas mit Zahlen zu tun gehabt hatte, besaß sie keinen guten Sinn für Daten. Hätte sie kein funktionierendes Sekretariat gehabt und keinen elektronischen Kalender, sie hätte sich im Alltag, im Dickicht ihrer Verpflichtungen verirrt, wäre in ihrem eigenen Leben verlorengegangen.

»Also …«, sie zögerte, »… ich schätze … nun, vor Weihnachten …«

»Ja?«

»Drei Monate plus.«

»Wir sind uns an deinem Geburtstag zum ersten Mal begegnet.«

»Klar. Mein Geburtstag. Aber da waren wir noch nicht zusammen.«

»Gefühlt war ich da schon mit dir zusammen.«

Sie verstand nicht, was er damit meinte.

»Es ist einfach so«, erklärte er seelenruhig. »Ich finde es superschön mit uns. Außergewöhnlich schön. Schön und besonders, so, wie ich es vorher noch nie erlebt habe. Und ich finde, es ist nach … bald einem halben Jahr … an der Zeit, dass du reinen Tisch machst.«

Sie riss die Augen weit auf und sah ihn an.

»Ich will nicht mehr, dass wir ins Museum gehen und du dich, wenn ich den Arm um dich lege, nach dem Eingang umsiehst, ob da jemand kommen könnte, der dich kennt. Das ist unserer nicht würdig.« Murmelnd fügte er hinzu: »Kränkt mich.«

»Ich gucke doch nicht zum Ausgang, wenn du mich im Museum umarmst, Rupert!«

»Doch, das tust du. Du bist am liebsten mit mir allein, in deiner Wohnung, in meiner Wohnung. Am Anfang fand ich das auch schön. Und ich finde es immer noch wunderschön und genieße die Zeit mit dir allein. Aber das dunkle Kino, in das wir erst gehen, wenn der Film bereits läuft, das Restaurant, in dem du mir zuraunst: Man kennt mich hier … das sind so Beispiele, wo ich manchmal Angst habe, du stehst nicht zu mir.«

»So ein Quatsch.«

»Oder zu uns.«

Wie meistens, wenn wir uns ertappt fühlen, wehrte auch Julia ab. Sie wusste, dass etwas Wahres an seinen Beobachtungen und Äußerungen war. Vielleicht, weil sie sich tatsächlich nicht sicher war und ein wenig Angst vor der Zukunft hatte und davor, dass alles nur ein schöner Traum sein könnte, aus dem sie irgendwann erwachen würde. Ihre größte Befürchtung war, von ihm sitzengelassen zu werden. Deshalb ließ sie sich nicht ganz und gar fallen. Und dann war da noch Frank. Seit längerem schon hatte sie das Gefühl, sie würden sich, so beiläufig wie möglich, aus dem Weg gehen. Bei sich selbst kannte sie den Grund. Das Verhalten von Frank indes, sein neuerdings andauerndes Beschäftigtsein, die ständigen London-Reisen, seine Ausflüchte, die Erleichterung in seiner Stimme, wenn sie ihm am Telefon sagte, sie habe leider keine Zeit – all dies konnte sie sich nicht erklären.

Letzten Mittwoch erst hatten sie sich spontan verabredet. Der Fundus an Ausreden war erschöpft. Julia musste ihn treffen. Und wenn sie ehrlich mit sich selbst war, wollte sie das auch. Eine so lange Zeit des Zusammenseins fegte man nicht so einfach vom Tisch. Sie hing an ihm, auch wenn überwog, dass sie ihm, aus Angst, dass er hinter ihre Affäre kommen würde, aus dem Weg gehen wollte.

Julia und Frank hatten früh Feierabend gemacht. Sie saßen um die Ecke im Weinlokal *Il Calice*, hatten einen der wenigen Holztische an den bodentiefen Fenstern erwischt, die den Blick freigaben auf den italienisch anmutenden Walter-Benjamin-Platz. Frank hatte, wie es so seine Art war, gleich eine ganze Flasche 96-Barolo bestellt, und »etwas zum Naschen« – Oliven, hauchdünn geschnittener Parmaschinken, getrocknete Tomaten in Öl, eingelegte Balsamico-Zwiebeln und in dicke Scheiben geschnittenes Bauernbrot, alles serviert auf einem deftigen Holzbrett. In dem hohen Säulengang vor dem *Il Calice* und auf dem Platz gingen die ersten Lichter an. Das sonst stets ausgebuchte Restaurant war nur halbvoll, die italienischen Kellner wieselten herum, deckten ein, polierten Gläser, warfen die lärmende Espressomaschine an, unterhielten sich. Im Hintergrund sang Paolo Conte ein Lied von der Liebe.

»Warum hast du eigentlich in letzter Zeit so wenig Zeit für mich, für uns?«, fragte Julia.

»Habe ich dir doch erklärt«, antwortete Frank, »der Laden brummt.«

Er wich ihrem forschenden Blick aus und sah einem jungen Paar zu, das draußen knutschte.

»Und du?«, wollte Frank nun wissen, ohne sie anzusehen.

»Wie bei dir«, erklärte sie knapp.

Da strich ihr Frank in einem Aufwallen von Zärtlichkeit sanft über die Wange: »Du musst mir versprechen, dass wir uns nie aus den Augen verlieren, Juli.«

Sie hätte jetzt sagen können: Warum sagst du das, was steckt dahinter, verstehe ich nicht. Aber sie nickte nur.

Frank gab auch gar keine weiteren Erklärungen ab, ging sofort ins Plaudern über, sie kamen vom Hölzchen aufs Stöckchen, es war amüsant, die Zeit verflog, und plötzlich – alle Tische waren mittlerweile besetzt – drängte Frank zum Aufbruch. Da er noch einen Anruf von der Ostküste der USA erwarte, so erklärte er, müssten sie sich nun leider voneinander verabschieden. Er umarmte sie fest, drückte sich an sie, schien sie gar nicht mehr loslassen zu wollen, und als er einen Schritt zurücktrat, glaubte Julia, in seinen Augen Wehmut zu erkennen.

»Alles in Ordnung?«, fragte sie.

»Aber sicher«, antwortete er und machte sich auf den Weg. Sie sah ihm nach und wäre ihm am liebsten hinterhergelaufen, denn sie hatte das Gefühl, dass da ein Mann im Dunkel des Abends verschwand, der viel weniger stark war, als er zugab. Ein Mann, der Angst davor hatte, alt zu sein, und der sich deshalb besonders aufrecht hielt.

»Was genau soll ich tun?«, fragte sie Rupert, während sie den Steg langsam wieder zurückgingen.

»Ich hab's ja schon gesagt.« Er blieb stehen, zog ein Taschentuch aus der Hose und schneuzte sich. »Dass du reinen Tisch machst. Es ihm sagst. Schluss machst mit deinem Frank.« Er sah sie an und steckte das Taschentuch umständlich weg und erinnerte sie damit einmal mehr an Hannes, der auch immer so ein Taschentuch-Freak gewesen war und sich selbst dann die Nase putzte, wenn er keinen Schnupfen hatte.

»Ist das zu viel verlangt, Julia?«

Sie zögerte einen Moment, dann schüttelte sie den Kopf und gab ihm damit recht.

Sie kehrten in einen Gasthof ein, wo sie gemütlich bei einem Teller Gemüsesuppe in einer Ecke des fast leeren Schankraums auf den See schauten, und fuhren am späten Nachmittag in vollkommener Harmonie zurück in die Stadt. Julia nahm sich vor, gleich am nächsten Tag mit Frank zu reden. Der Gedanke daran bedrückte sie. Deshalb bat sie Rupert, sie bei sich zu Hause abzusetzen, denn es war ihr ein Bedürfnis, allein über alles nachzudenken. Nach einer so langen und guten Zeit der Partnerschaft einfach von heute auf morgen Schluss zu machen, schien ihr geradezu unmöglich. Unruhig wälzte sie sich fast die ganze Nacht in ihrem Bett hin und her und malte sich aus, wie das Gespräch verlaufen würde. Vielleicht müsste sie die Beziehung nicht sofort beenden. Vielleicht reichte es schon, ihm von Rupert zu erzählen. Vielleicht war er tolerant und verständnisvoll und ließ sie los, ohne Streit und böse Worte. Vielleicht konnten sie am Ende Freunde bleiben und die ganze Geschichte einfach nur um ein paar Millimeter verlagern. Nicht mehr miteinander schlafen, keine Ansprüche aneinander stellen, sich weiterhin Vertrauen und Nähe schenken, aber eben nicht mehr als Mann und Frau.

Frank wird aus allen Wolken fallen, dachte sie, es wird ihn in seinen Grundfesten erschüttern. Er hängt ja so an mir, wir sind uns so vertraut. Was man hatte, weiß man erst, wenn man es verloren hat: Dieser Ausspruch ihrer Mutter kam Julia in den Sinn, und am liebsten wäre sie morgens um drei, als sie immer noch nicht einschlafen konnte, ans Telefon gerannt und hätte sie angerufen und um Rat gefragt. Ihre Mutter würde sie tadeln, das wusste sie. Auf einmal fühlte sie sich wieder wie ein kleines Mädchen. Doch nun war sie fünfzig, eine Frau, deren letzte Lebenshälfte begonnen hatte und die nichts weiter sein wollte als so glücklich wie möglich. Glücklich mit einem zwanzig Jahre Jüngeren, einem halben Künstler, einem Kindskopf, der es gewohnt war, alles von der leichten Seite zu nehmen und immer seinen Willen durchzusetzen.

Wie unvernünftig kann eine Frau meines Alters sein?, kritisierte sich Julia in Gedanken, und sie knuffte ihr Kissen, als würde sie dadurch mehr Halt bekommen. Nicht zum ersten Mal nagten die Zweifel, die sie so erfolgreich verdrängt hatte, und nicht zum ersten Mal ging ihr, nachdem sie einmal an sie gedacht hatte, ihre Mutter nicht mehr aus dem Kopf. Sie hatte ihr Leben im Schutz der Berge des Schwarzwaldes fest im Griff, immer und trotz aller Sorgen und selbst nach dem Tod ihres Mannes. Sie schien dort, wo sie war, angekommen. Ausbrechen, neu anfangen, etwas ganz und gar Verrücktes tun, nur dem Gefühl folgen – so etwas war im Lebensplan der Anna Kilchberg nie vorgesehen gewesen. Hätte Julia auch nur einen Hauch davon in ihren Genen gehabt, sie hätte alles abgeblasen, Frank im Unklaren gelassen, vielleicht sogar sich selbst, so lange, bis die Beziehung zu Rupert ohnehin beendet gewesen wäre. Aber sie war Julia. Sie hatte sich früh freigeschwommen, stets das getan, was sie für richtig hielt. Sie liebte Rupert, er wollte eine Entscheidung, und die Sache mit Frank war ohnehin kaum mehr als Alltagsroutine. Mit diesen tröstlichen Überlegungen schlief sie endlich ein – am frühen Morgen, als sie draußen schon die ersten Vögel singen hörte.

Wie gerädert wachte Julia zwei Stunden später auf, duschte kalt, zog sich an, fuhr ins Büro, machte ihre Arbeit, die eine willkommene Ablenkung bot, und schaffte es erst gegen drei Uhr nachmittags, bei Frank in der Kanzlei anzurufen. Seine Sekretärin Ingrid ließ sie abblitzen mit der Begründung, der Chef sei in einem Meeting. Der versprochene Rückruf erfolgte auch in den nächsten Stunden nicht. Was war los mit Frank? Lag es nur an der beruflichen Überlastung, oder gab es einen anderen Grund?

Julia fing an, sich zu ärgern. Der Ärger steigerte sich in Wut, als er auch auf eine SMS von ihr nicht reagierte, und wurde zum Motor ihrer Entscheidungen. Keine komplizierten Gedanken-Pirouetten mehr! Keine falsche Rücksichtnahme, keine Sentimentalitäten. Alles musste auf den Tisch. Klarheit war das Gebot der Stunde.

Julia verließ kurz nach fünf die Bank und düste mit ihrem Golf zum Kurfürstendamm, wo sich Franks Sozietät befand. Ihren Wagen ließ sie im Halteverbot stehen. Egal. Sie wuchtete die schwere Eingangstür des alten, eleganten Gebäudes auf, und als der Lift nicht gleich kam, stürmte sie über den weinroten Sisalläufer die Treppe nach oben. Dritter Stock. Julia betrat die Anwaltskanzlei, die früher einmal eine typische Berliner Großbürgertums-Wohnung gewesen war. Hohe Räume, Stuck, alte Türen mit Messinggriffen, alles picobello auf Vordermann gebracht – Frank hatte an solchen Dingen nie gespart.

Der Empfangschefin schenkte Julia ein freundliches Kopfnicken, dann marschierte sie schnurstracks den Flur entlang, bis sie an dessen Ende zu Franks Sekretariat kam. Die Tür war weit geöffnet. Ingrid saß an ihrem Schreibtisch und telefonierte. Julia rief ihr ein kurzes Hallo zu und steuerte, ohne zu warten oder eine Erklärung abzugeben, auf die Flügeltür zum Arbeitszimmer ihres Lebensgefährten zu.

Ingrid rief ein konsterniertes: »Moment«, in den Hörer, knallte ihn auf ihre Arbeitsplatte, sprang auf und rief: »Augenblick, Frau ...« Schon hatte Julia die Klinke heruntergedrückt und trat ein. »Dr. von Parlin ...«, hörte sie Ingrid sagen, der Rest des Satzes blieb draußen, denn Julia hatte rasch die Tür hinter sich geschlossen.

Frank stand mit dem Rücken zu ihr am Fenster und sprach in sein Diktiergerät: »... Gegendarstellung zu der Überschrift im ›Berliner Blitzlicht‹ vom, Datum bitte einsetzen, ›Ist Ellen Münster betrunken vom Balkon gefallen?‹ stelle ich fest ...« Frank drehte sich um, sah sie an, diktierte weiter und bedeutete Julia nur stumm, sich auf einen der Besucherstühle vor seinem mächtigen schwarzen Schreibtisch zu setzen. Sie blieb stehen, wie angewurzelt, und sah und hörte ihm zu: »Es ist unwahr, dass ich mir dabei eine Platzwunde auf der Stirn zugezogen habe. Es ist ferner unwahr, dass deshalb die Dreharbeiten verschoben werden mussten und die Schauspielerin Ines de Berg meine Rolle als Marina Marais übernommen hat. Es ist weiterhin unwahr, dass ich alkoholabhängig und in den deutschen Kinos Kassengift bin. Es stimmt nicht, dass mein Mann mich verlassen hat. Die Platzwunde, deretwegen ich nicht zu den Dreharbeiten erscheinen konnte, habe ich mir bei einem häuslichen Unfall zugezogen. Ich stehe weiterhin als Schauspielerin für die Rolle der Marina Marais zur Verfügung. Mein Mann hat mich nicht verlassen. RA Dr. Frank von Parlin für Ellen Münster.«

Er erschien Julia in diesem Moment viel stärker und machtvoller als sonst. Was für eine Kälte und Härte in seiner Stimme liegen konnte. Er kam ihr fast fremd vor. Dann entdeckte sie wieder dieses Funkeln in seinen Augen, bemerkte um seine Mundwinkel herum das Ironische und Spielerische, das sie an Frank so mochte. Fast zärtlich betrachtete sie ihn, und sie merkte, wie sie wehmütig wurde, so, als stünde eine endgültige Entscheidung, ein Abschied bevor: sein Bauch, der unter dem Westen-Anzug hervorsprang und den sie so gern gestreichelt hatte; seine viel zu kleinen, kräftigen Hände, an deren Rücken sich die schwarzen Haare kräuselten; die Hände, die sie so oft gehalten und die er ihr immer wieder gereicht hatte. Wie akzentuiert er sprach, wie er sich bewegte, immer ein wenig zu schnell, zu überspannt, zu gierig auf das Nächste und Übernächste, die Kopfhaltung, wie bereit zum Sprung und einem immer zugewandt, sein Geruch, seine Nähe, nur ein paar Schritte entfernt … Ein Lächeln von ihr, eine Umarmung, das richtige Wort, die richtige Frage, und alles wäre gut.

Aber es war nicht gut. Nicht so.

Er diktierte unermüdlich weiter: »Über den Redaktionsschwanz rede ich mit dem Chefredakteur und dem

Herausgeber … Abdruck verlangen in dieser Form auf der Titelseite, sonst Paragraph 93 ff ZPO einstweilige Verfügung. Unterlassung, Berichtigung, Schadenersatz, et cetera … Bitte Daten einfügen und mir dann im Entwurf vorlegen!« Er schaltete das Gerät aus und kam auf Julia zu: »Juli, gut, dass du da bist, ich wollte …«

Sie streckte ihren Arm aus, bremste ihn mitten im Satz, ließ nicht zu, dass er sie küsste.

»Was ist los?« Er zog eine Augenbraue hoch.

»Ich muss mit dir reden, Frank.«

»Das passt. Ich mit dir auch. Wollen wir uns nicht setzen?« Er deutete auf die Stühle.

Julia nickte, streifte im Gehen ihren Mantel ab, nahm Platz und legte ihn über ihre Knie.

Frank zeigte, während er um den Schreibtisch herumging, darauf: »Ich kann ihn dir auch aufhängen.«

»Danke, geht so.«

Auch Frank setzte sich, faltete seine Hände und legte sie auf die Schreibtischplatte: »Also?«

Julia fühlte sich wie im Beichtstuhl.

»Ich höre«, setzte er nach.

Sie versuchte es auf die scherzhafte Tour: »Du zuerst, wie immer.«

»Nein, nein. Du bist zu mir gekommen. Also bitte. Was möchtest du mir sagen?«

»Frank, was ist los mit uns?«

»Sag du es mir.«

»Ach, nun hör schon auf mit deinen Spielchen. Wir sitzen hier ja nicht in einer Verhandlung. Sondern als erwachsene Menschen, als Partner, als ein Paar …«

»Und?« Er blieb vollkommen gelassen.

Julia fing an, vor Wut zu kochen. Was dachte sich dieser

Mann eigentlich? Ließ sie von seiner Sekretärin abwimmeln, meldete sich kaum, gab sich jetzt, wo sie ihm gegenübersaß, arrogant. »Warum sehen wir uns so selten?«

»Waren wir nicht erst im *Il Calice?*«

»Warum blockst du? Warum weichst du mir aus?«

Während er schwieg und sich sorgfältig zu überlegen schien, was er antworten sollte, hatte Julia das Gefühl, selbst ein durchtriebenes Biest zu sein. Ihn so anzugehen und ihm Vorwürfe zu machen, die er genauso gut hätte ihr machen können, bedurfte einer ganz schön großen Portion Chuzpe. Sie war schließlich die Betrügerin und hierhergekommen, um ihm die Wahrheit zu sagen. Aber wahrscheinlich hatte sie sich diese Taktik – die Dinge einfach umzudrehen, nach dem Motto »Angriff ist die beste Verteidigung« – von ihm abgeguckt.

Er zögerte, während er sprach, und das war für Julia ein Warnsignal. Sie kannte ihn zu gut, um nicht sofort zu ahnen, dass ihre Begegnung nun eine überraschende Wendung nehmen und dass es bei Frank um etwas Ernstes gehen würde.

»Juli, pass auf. Ja, es ist etwas passiert, und wenn ich ehrlich bin, versuche ich seit längerem … dir aus dem Weg zu gehen.« Er hob seinen Zeigefinger in ihre Richtung. »Man kann freilich nicht gerade sagen, dass du dich in den vergangenen Wochen besonders bemüht hättest, mich zu sehen oder zu sprechen.«

Er schwieg. Sie antwortete nicht. Warum auch? Sie saß schließlich hier. Das war der Beweis, dass sie auf ihn zugegangen war, nicht umgekehrt.

»Tja, wo soll ich anfangen?«

»Wie wär's mit dem Anfang, Frank?«

»Schwer auszumachen. Der Anfang.«

»Wovon?«

»Franziska.« Er sah ihr fest in die Augen.

Julia war ganz gelassen. Dem Anschein nach sollte nun eine Standpauke folgen, weil sie sich mit Fanny zerstritten hatte und wahrscheinlich auch aus Sicht von Frank ihr gegenüber unfair gewesen war.

»Okay. Ja und?«

»Verstehst du nicht?«

»Ja, klar verstehe ich: Sie hat dich angerufen und sich mal wieder ausgeheult. Was für eine Megäre ich bin … dass ich immer nur an mich denke …« Julia stoppte abrupt. Ihr kam in den Sinn, dass Fanny, wenn sie sich denn tatsächlich bei Frank beklagt haben sollte, ihm möglicherweise längst die Geschichte mit Rupert erzählt haben könnte. Sie schlug sich mit der flachen Hand gegen die Stirn, ein wenig zu theatralisch, wie sie selbst fand: »Natürlich, Frank, natürlich verstehe ich.«

»Tatsächlich?«

»Sicher, sie hat dir den ganzen Kram erzählt. Unser Mittagessen kurz vor Weihnachten. Die ganze Geschichte. Und nun bist du sauer.«

Nun verstand Frank kein Wort mehr. Seit Wochen grübelte er darüber nach, wie er ihr die Wahrheit sagen sollte. Das schlechte Gewissen machte ihm zu schaffen. Er konnte deswegen kaum noch einschlafen, schluckte Pillen. Und anstatt sich einfach mit Julia zu treffen, schob er immer wieder einen anderen Grund vor, warum er ihr nicht sagen konnte – oder wollte –, dass er mit Fanny Schiller eine Affäre hatte. Wahrscheinlich liebte er Julia eben immer noch viel zu sehr, als dass er sie hätte verletzen können. Außerdem, so gestand Frank es sich ein, hatte er Schiss.

Fanny war zauberhaft. So zerbrechlich. Dauernd musste er sie in den Arm nehmen. Herrlich! Da fühlte man sich stante pede wieder gebraucht. Außerdem war sie jünger als Julia, und das brachte ganz neue Perspektiven in Sachen Bett. Fanny war so ausgehungert, so dankbar, so keck. So was in seinem Alter! Wer hätte das gedacht? Andererseits lag in ihrer Zartheit auch eine gewisse Gefahr, etwas Unberechenbares. Das liebte er gar nicht an ihr. Immer das Theater um ihre verwöhnten Biester, schreckliche Mädchen, um die sie sich andauernd sorgte und die sie nie allein lassen wollte. Dann ihre Empfindlichkeiten, wenn er aus Versehen den Namen Julia fallen ließ. Wie sie im Savoy beim High Tea ohne Grund in Tränen ausgebrochen war. Wie sie dauernd gleich einschnappte, wenn er mal keine Zeit für sie hatte oder etwas in ihren Augen Falsches zu ihr sagte. Da war die gute Julia aus ganz anderem Holz geschnitzt. Handfest, unkompliziert und so vertraut. Was setzte er alles aufs Spiel?

Frank wäre es am liebsten gewesen, die Affäre weiterhin hübsch unter dem Deckel zu halten. Julia war viel zu beschäftigt, als dass sie irgendetwas mitgekriegt hätte. Oder? Warum saß sie ihm jetzt gegenüber? Bildhübsch, irgendwie auch ein wenig kalt. Wie sie sich jetzt am linken Ohrläppchen zog. Sie war unsicher. Ja, so kannte er sie. Viel Fassade. Viel dahinter. Ach, die gute Julia. Gibt die harte Businessfrau und ist gleichwohl so etwas von arglos. Vielleicht ist sie sich meiner viel zu sicher, dachte Frank schließlich.

»Frank?« Julia sprach mit einem Mal sehr laut. »Hörst du mir überhaupt zu?«

»Was hast du gesagt?«

»Ich wollte wissen, was Fanny dir alles erzählt hat.«

Frank wollte weiterhin Zeit gewinnen: »Wie meinst du das?«

Schlagartig ging Julia ein Licht auf. Schlagartig sah sie seine zu grelle Krawatte, die neu war und die er wahrscheinlich aus London mitgebracht hatte. Schlagartig spürte sie, dass es gar nicht um sie und Fanny ging, sondern um ihn und Fanny. Julia war geschockt. Die Verräterin in ihr fühlte sich verraten. Wie hatte sie nur so dumm sein können! Fanny hatte ihn sich geschnappt, und Frank in seiner Eitelkeit war ihr auf den Leim gegangen. Unglaublich. Endlich hatte sie sich überwunden, herzukommen und mit ihm zu reden, und dann drehte sich die ganze Geschichte um hundertachtzig Grad.

Die Tür ging auf, und Ingrid steckte ihren Kopf herein. Ingrid, des Meisters ergebenes Sprachrohr, war sicher längst eingeweiht. Julia drehte sich nach hinten um und schleuderte ihr einen wütenden Blick entgegen, der Ingrids Lächeln erfrieren ließ.

»Herr Doktor, die einstweilige …« Weiter kam sie nicht.

»Kann man nicht mal fünf Minuten ungestört reden?«, fauchte Julia.

»Ja, Ingrid«, erklärte Frank freundlich. »Geben Sie mir bitte noch einen Moment.«

Die Sekretärin nickte, verschwand und zog die Tür sanft hinter sich zu.

Julia drehte sich wieder zu Frank hin: »Also du und Fanny …?«

Er nickte.

»Warum sagst du mir so etwas nicht, Frank? Das begreife ich nicht.« Sie begriff sehr wohl, aber da sich die Dinge nun einmal so gewendet hatten, drehte auch Julia den

Spieß um und verwandelte ihre Kleinmütigkeit in eine Anklage: »Seit wann geht das schon?«

»Eine Weile«, antwortete er kleinlaut.

»Na, toll. Und wie ernst ist es?«

Frank zuckte mit den Schultern und knipste dabei heftig auf seinem Kugelschreiber herum.

»Frank! Ist es eine ernste Sache?«

»Ich fürchte, ja.«

»Diese hinterhältige Hexe!« Julia schüttelte verwundert und verärgert den Kopf.

»Bitte, Juli.«

»Ja, was denkst du, wie ich darauf reagieren soll? Mein Mann und meine beste Freundin. Das ist ja wirklich der Klassiker! Ich könnte kotzen. Ausgerechnet Fanny! Unser Moralapostel. Die Betrogene, Verlassene. Hat sich ja schnell getröstet.«

»Das war im Grunde ...« Er legte den Stift beiseite, als könne er sich so besser konzentrieren, und sah Julia an. »Sie kam anfangs wegen rein juristischer Fragen.«

»Och, und dann hat sie ein bisschen geweint, dann hast du sie getröstet, und dann ab in die Kiste. Toll! Großartig! Bin begeistert!«

»Sei nicht so vulgär.«

»Die ganze Geschichte ist vulgär.«

»Nein, das ist sie nicht. Und das möchte ich auch nicht hören.«

»Na, Frank, was glaubst du, was ich alles nicht hören möchte.«

Frank wurde nüchtern und analytisch: »Es tut mir sehr leid, dass es jetzt so herausgekommen ist. Ich hätte natürlich schon sehr viel früher mit dir sprechen müssen, keine Frage. Ich war mir eben selbst nicht sicher. Ich wollte einfach abwarten. Außerdem, so eins zu eins ist es natürlich nicht gelaufen. Fanny und ich sind zu einem Zeitpunkt ein Paar geworden, wo wir wahrscheinlich beide etwas Trost ganz gut gebrauchen konnten. Ich war krank, du erinnerst dich, sie hat mir Suppe gekocht und mich versorgt … ich will dir ja keine Vorwürfe machen …«

»Aber du machst mir Vorwürfe.«

Er ließ sich nicht aus der Ruhe bringen: »Nun, wenn wir ehrlich zueinander sind: Unsere Beziehung war schon ein wenig eingefahren. Wir sind in der letzten Zeit sehr unseren Karrieren nachgegangen, haben uns zu wenig gesehen und, ja, zu wenig geredet. Da ist ein Vakuum entstanden, bei mir, Juli, und Fanny ist einfach im richtigen Moment zur Stelle gewesen.«

»Dann ist es aus mit uns?«

»Das ist so eine Terminologie, die ich versuche zu vermeiden. Das ist Kindersprache: aus.«

»Ja, wie wollen wir es denn formulieren?« Sie sagte das mit einem ironischen Unterton, denn sie war verbittert, dass er in dieser Situation offenbar keinen Funken Zweifel an der Richtigkeit seines Handelns hegte und sogar wagte, sie zu maßregeln.

»Ich verstehe, dass du jetzt geschockt bist, liebe Julia. Bitte glaube mir, dass mir das alles nicht leichtfällt …«

»Das fehlte ja auch noch!«

»Ich hatte wirklich schlaflose Nächte deswegen.«

Das war nun ein gewisser Triumph. Frank, der Schnarcher, hatte ihretwegen schlaflose Nächte. Eine klitzekleine innere Stimme erinnerte Julia daran, dass es ihr umgekehrt genauso gegangen war. Sie war versucht, ihm nun endlich die Geschichte mit Rupert zu erzählen. Doch sie schwieg.

»Es ist trotzdem so, dass ich, tut mir leid, eine Entscheidung gefällt habe«, erklärte er kategorisch.

»Welche?«

»Wir könnten jetzt gedanklich mehrere Modelle durchspielen. Pause einlegen, Trennung auf Probe, abwarten, kämpfen um uns. Dergleichen. Das wäre von mir aus alles unehrlich. Ich möchte mit Franziska zusammen sein.«

»Gut. Dann ist es so.« Julia erhob sich, und der Mantel fiel von ihren Knien. Sofort sprang Frank auf, kam um den Schreibtisch herumgelaufen und wollte ihr helfen, ihn aufzuheben. Im Herabbeugen kamen sich beide so nah, dass nur ein paar Zentimeter ihre Gesichter voneinander trennten. Sie kamen hoch, Frank drückte ihr den Mantel in die Hand, und sie sahen sich an.

»Ich würde dich jetzt gerne küssen«, sagte er sanft.

Julia schüttelte den Kopf.

Er reichte ihr die Hand: »Es wäre so schön, wenn wir unsere Freundschaft …« Frank brach ab. »Ich weiß, irgendwie auch ein blödes Klischee. Wir lassen einfach alles sacken, und dann reden wir, in Ruhe, nicht bei dir, nicht bei mir, sondern dort, wo wir uns gut benehmen müssen.« Er brachte sie zur Tür seines Büros. »Verüble es Fanny nicht, ja? Es ist alles meine …«

»Lass es gut sein, Frank.« Sie schüttelten sich die Hände, und Julia ging, ohne Ingrid auch nur eines Blickes zu würdigen.

Getrennt. Keine Schuldzuweisungen, kein Streit. Einfach so. Adieu. Nach all diesen Jahren. Wie war das möglich?

Als Julia draußen auf dem Kurfürstendamm stand, dachte sie, wie seltsam es war, wie das Leben einfach so weiterging. Um sie herum dröhnte der Verkehr, Doppeldecker brummten, Autos hupten, Menschen hetzten, in einem Schaufenster neben dem Eingang zu Franks Kanzlei stand ein Dekorateur in Stoff-Überziehschuhen und drapierte eine leichte Sommerjacke über eine kühl guckende Männerpuppe. Julia musste auf einmal weinen. Sie lehnte sich gegen die Hausmauer, hob den Kopf zum Himmel. Die Sonne blendete sie. Tränen liefen ihr über das Gesicht. Am liebsten wäre sie einfach um die Ecke gelaufen, hinüber zu Ruperts Kunsthandlung und hätte sich an seine Brust geworfen. Natürlich ging das nicht. Sie wusste, dass er einen Termin mit Kunden hatte, mit denen er schon seit längerem über den Verkauf einer Frauenplastik von Gerhard Marx verhandelte. Julia zog ein Taschentuch hervor, und irgendwie, während sie sich die Augen abtupfte und sich schneuzte, kam ihr diese Handlung beruhigend und freundlich und vertraut vor, und sie lächelte mit einem Mal. War das nicht Ruperts Feld, das Taschentuch hervorziehen und die Nase putzen? War das nicht Hannes' Eigenart gewesen?

Sie stopfte das Taschentuch zurück in ihre Manteltasche. Hatte sie nicht schon so vieles erlebt, ausgehalten, überstanden? Nun war es vorbei mit dem guten, alten Frank. Was war so schlimm daran? Bloß jetzt nicht sentimental werden oder gar wütend. Sie war in Franks Büro gegangen, um die Dinge zu klären. Jetzt waren sie geklärt. Und es gab eine neue Liebe für sie. Happy End für alle. Was will man mehr?

Wäre da bloß nicht dieser Schmerz – über das Versagen, die eigene Fehlbarkeit, das Vergängliche im Leben des Menschen. Bei Licht besehen, war die Trennung von Frank eine Niederlage, ein Sturz aus dem Vertrauten. Aber vielleicht würde die Freundschaft zwischen ihr und

Frank am Ende alles überstehen. Mit diesem sie tröstenden Gedanken stieg Julia in ihren Wagen ein, startete und jagte davon in Richtung Uhlandstraße, über eine rote Ampel hinweg.

Sie fuhr nicht wie geplant zu Rupert. Julia lenkte ihren Wagen auf die Autobahn, stadtauswärts. Keine zwanzig Minuten später hatte sie ihr Ziel erreicht. Sie parkte auf der schmalen Straße, halb auf dem Gehweg, was zwar verboten, ihr aber egal war. Während der Fahrt hinaus nach Kleinmachnow war nicht nur die Nadel auf dem Tachometer auf hundertachtzig gestiegen. Wütend sprang Julia aus dem Auto und stürmte auf das Haus der Familie Schiller zu. Schon als sie die halb offenstehende, quietschende Eisenpforte ganz öffnete, sah sie Fanny im Vorgarten auf einer aufgeschnittenen Plastiktüte knien und Stiefmütterchen einpflanzen. Erstaunt drehte sie sich zu Julia um, die auf sie zugestapft kam.

Sie baute sich vor ihr auf, während sich Fanny mit einem irritierten Blick langsam erhob, und sprang direkt hinein in das, was sie ihr zu sagen hatte, ohne jede Einleitung und Beschönigung.

»Gut, wir haben uns Silvestermittag zuletzt gesehen und persönlich miteinander gesprochen. Aber seitdem haben wir nahezu jede Woche miteinander telefoniert, Franziska, und ich begreife nicht, wie du mit mir über deine Kinder, deinen geplanten Umzug, deine Sorgen und Nöte reden kannst, mich nach meinem Befinden ausfragst, mit mir sprichst, als wäre alles wie immer, und dabei ist nichts wie immer. Gar nichts.« Die letzten Worte hatte sie herausgeschleudert, fast geschrien, und Fanny sah unsicher über die ausgedünnte Hecke zum Grundstück der Nachbarn hinüber.

»Das kann ruhig jeder hören, dass du mit Frank ein Verhältnis hast, der ja eigentlich mein Frank ist.«

»Können wir das drinnen besprechen?«

»Es gibt eigentlich gar nichts zu besprechen, Franziska.«

»Franziska, Franziska, Franziska. Was soll'n das jetzt? Warum bist du dann gekommen, wenn es nichts zu besprechen gibt?«

»Weil ich hören will, und zwar, während ich dir Aug in Aug gegenüberstehe, wie du mir gegenüber so scheinheilig von Freundschaft reden kannst, und davon, dass wir auch im Alter noch befreundet sein werden, und in Wahrheit das Entscheidende für dich behalten hast!«

»Komm bitte mit ins Haus, Julia!«, sagte Fanny mit gedämpfter Stimme. Streits hatten die Nachbarn in den letzten Jahren schon genug mitbekommen.

Sie ging voran, über die glitschigen Gehwegplatten, die durch den Rasen zur Terrasse führten. Oben lag eine dickborstige Fußmatte, auf der sie ihre Gummistiefel abtrat, ehe sie dann die Terrassentür aufschob und hineinging. Julia folgte ihr bis in die Küche.

»Möchtest du etwas trinken?«

»Nein«, antwortete Julia.

Fanny nahm ein Glas aus dem Schrank, ließ Leitungswasser hineinlaufen und trank in hastigen, großen Schlucken, als müsse sie sich erst Mut antrinken, ehe sie antworten könnte.

»Du kannst dir nicht vorstellen, dass ich es einfach nicht über mich bringen konnte, mit dir darüber zu reden?«

»Aber offenbar konntest du es über dich bringen, mich zu hintergehen und mit meinem Freund ins Bett zu steigen.«

»Ich habe überhaupt keine Lust, dir die ganze Geschichte, die Entwicklung, wie es dazu gekommen ist …«

Julia unterbrach sie: »Will ich auch gar nicht hören. Es reicht mir schon, was Frank da vorhin alles vom Stapel gelassen hat.«

»Dann weißt du ja, dass es sich einfach so ergeben hat, Julia.«

»Wie kann man so überheblich sein.«

»Habe ich von dir.«

»Du hast eigentlich überhaupt keinen Grund, mir gegenüber frech zu sein, Franziska.«

Jetzt fing Fanny an, laut zu werden: »Was willst du von mir? Was erwartest du? Soll ich wieder mal in meinem Leben zu Kreuze kriechen? Denke gar nicht daran. Du hast Frank betrogen. Damit war er für mich in gewisser Weise frei. Du hast mir gesagt, ich soll mir einen Lover suchen. Habe ich. Tut mir gut. Aus. Ich werde mich nicht entschuldigen.«

»Du hättest ehrlich zu mir sein können.«

»Schon mal gehört, dass Menschen manchmal der Mut fehlt?«

»Dann hättest du nicht so rumsülzen dürfen. Wie kannst du dich über deine zerrissene Seelenlage bei mir ausheulen, und, ich wiederhole es noch mal, mir das Gefühl geben, dass du alles zwischen uns klären möchtest … und dass am Ende alles geklärt ist … und gleichzeitig quietschvergnügt mit Frank nach London fliegen. Rumvögeln. Und mir auch noch ein schlechtes Gewissen machen, weil ich den armen, armen Frank hintergehe.«

»Verlieren konntest du noch nie.«

»Also doch: aus Neid, aus Missgunst, aus Rache?«

Fanny knallte ihr Glas auf den Küchentisch. »Ist doch vollkommen wurscht, Julia. Du hast deinen Rupert. Ich habe jetzt Frank. Alles liegt offen auf dem Tisch, alles ist geklärt.«

»Tja, bis auf unsere Freundschaft.«

»Freundschaft? Nach allem, was du mir gerade um die Ohren geknallt hast?«

»Dann ist es also, wie wollen wir es nennen ... mal eben so: finito? Und damit fühlst du dich gut?«

»Ich habe keine Lust mehr, mich schlecht zu fühlen. Ich möchte auch mal genießen, will mein Stück vom Kuchen. Das ist doch nicht so schwer zu verstehen.«

»Und du denkst, Franziska, dafür lohnt es sich, eine Frauenfreundschaft, wie wir sie ...«

»... hatten ...«

»... hatten, ja: zu opfern?«

»Wir sind nicht die Ersten, und wir werden nicht die Letzten sein. Übrigens, Julia: Ich habe Frank nichts von deiner Affäre mit Rupert Andersen gesagt.«

»Ach, soll ich dir etwa auch noch dankbar sein?«

»Verlass bitte einfach mein Haus.«

Bevor Julia in ihr Auto einstieg, blickte sie noch einmal zum Haus. Sie sah Fanny am Fenster stehen, neben der beiseitegeschobenen Gardine. Als sie merkte, dass Julia zu ihr hinschaute, ließ sie den Stoff los und war im Bruchteil einer Sekunde verschwunden, unsichtbar, fort aus Julias Leben.

Mit Höchstgeschwindigkeit schoss Julia zurück in die Stadt. Auf einer Autobahnbrücke in der Nähe des Messegeländes setzte sie plötzlich den Blinker, fuhr auf den Standstreifen und hielt an. Sie stieg aus und merkte, dass sie am ganzen Leib zitterte. Julia war so schockiert darüber, was ihr die beiden bis dahin wichtigsten Menschen in ihrem Leben zugemutet hatten, dass sie nicht einmal weinen konnte. Die Autos und die LKW rasten an ihr vorbei. Julia hielt sich am Geländer der Brücke fest und starrte auf die darunterliegende Autobahn. Mitten in der Großstadt, umrauscht vom Verkehr, fühlte sich Julia verlassen. Sie drehte sich um, schaute zum Himmel hoch, schloss die Augen. Vielleicht war das alles eine gerechte Strafe für ihren Hochmut, für ihren Egoismus, ihre Lügen, die sie nun ausgerechnet den anderen vorwarf. Sie machte die Augen auf und schrie. Gegen den Lärm an. Ein langer, gellender Schrei. Niemand hörte sie. Nichts passierte. Keiner hielt an, keiner sah hin, die Menschen in ihren Wagen fuhren einfach weiter.

Julia hörte auf zu schreien. Vielleicht war alles richtig so, wie es gekommen war. Vielleicht musste es so sein. Vielleicht war dies ihr Weg. Eine unbändige Sehnsucht nach Rupert überkam Julia, sie machte die Augen wieder auf, öffnete die Wagentür, stieg ein und fuhr weiter. Zurück zu ihm.

»Und wie hat er reagiert?«, wollte Rupert am Abend wissen, als sie sich in seiner Küche gegenüberstanden. Julia war durch ihren Besuch bei Franziska Schiller später nach Hause gekommen als er, fand ihn vor seinem PC. Er studierte Auktionsergebnisse und machte sich Notizen. Lieber Himmel, dachte sie, nachdem sie ihn zur Begrüßung in den Nacken geküsst hatte und nun hinter ihm stand und ihm ihre Hände auf die Schultern legte, was sind das für kleine Zahlen auf dem Bildschirm. Ich brauchte eine

Brille, um die lesen zu können, er natürlich nicht. Rupert drehte sich strahlend zu ihr um, gab dann zwei kurze Befehle ein, beendete das Programm, stand auf, küsste Julia und zog sie zum Kühlschrank. Dort nahm er eine bereits geöffnete Flasche Weißwein heraus, und während er zwei Gläser einschenkte, stellte er seine Frage.

»Du wirst es nicht glauben, Rupert. Alles ist ganz anders gekommen.«

»So?« Er hielt ihr ein Glas hin, sie stießen an und tranken.

»Er hat mir erzählt – ich kann es immer noch nicht richtig glauben …«, sie setzte sich auf den Küchentresen und ließ die Beine baumeln, »… dass er mit Fanny, wie soll ich es sagen, nun, eine Affäre hat.«

»Mit deiner besten Freundin?«

»Einstmals besten Freundin, sagen wir mal so. Ich bin sofort nach dem Gespräch mit Frank zu ihr gefahren, habe sie zur Rede gestellt. Ende einer Freundschaft, so kann es gehen.« Sie holte tief Luft.

»Es verletzt dich, stimmt's?«

»Es ist auf jeden Fall ein komisches Gefühl. Vor allem, weil ich damit überhaupt nicht gerechnet hatte, ich naives Tier.«

»Dann seid ihr wenigstens quitt.«

Sie sagte nichts darauf. Er umfasste sie an der Taille. Julia und Rupert lächelten sich an, er ganz offen, sie ein wenig schief.

»Was sagt er zu uns?«, wollte Rupert wissen.

»Ehrlich gesagt, ich habe es nicht geschafft, ihm von uns zu erzählen.«

Rupert ließ sie los: »Wie bitte? Deswegen bist du zu ihm gefahren.«

»Ich weiß, Rupert.« Sie sprang vom Tresen herunter. »Und ich weiß auch, dass du mich gebeten hast, reinen Tisch zu machen. Nur, als er fertig war mit seiner Geschichte, konnte ich es einfach nicht. Nenn mich feige. Vielleicht bin ich einfach nur bequem. Warum soll ich es ihm nun noch erzählen?«

»Aus Anstand? Um der Klarheit willen? Meinetwegen, deinetwegen?«

»Es wäre mir so vorgekommen, als würde ich dann nur noch eins draufsetzen. So nach dem Motto: Du verletzt mich, und jetzt verletze ich dich noch viel mehr.«

Rupert wurde sauer. Er konnte mit seinem Ärger nicht hinter dem Berg halten. Erneut warf er ihr vor, nicht zu ihm zu stehen, sich vor einem Bekenntnis zu ihrer Liebe zu drücken. »Ich mag keine unklaren Situationen, Julia, wie oft soll ich das denn noch sagen? Mein ganzes Leben bestand aus Unklarheit, aus Geheimnissen. Ich hasse das.«

Ein Wort gab das andere, und nach wenigen Minuten steckten sie mitten in einem Streit. Das war etwas, was Julia an diesem Abend am allerwenigsten vertragen konnte. Sie sperrte sich gegen seine Argumente, sah nur sich und ihre Gefühle.

Schließlich hatte sie genug. »Ach, Scheiße, Rupert! Hör auf mit deinen dämlichen Moralpredigten!«, schimpfte sie.

»Wenn du beginnst zu fluchen, fängst du an zu lügen«, entgegnete er.

»Was ist das denn für eine Behauptung?«

»Das ist die Wahrheit über dich.«

Sie tippte ihm mit dem Zeigefinger heftig auf den Brustkorb: »Woher willst du denn die Wahrheit über mich wissen, hm? Ich lüge nicht! Was für eine Anmaßung. So lange kennen wir uns nun auch wieder nicht!«

»Ich kenne dich schon sehr lange, Julia. Sehr lange und sehr genau«, entgegnete er ruhig.

Julia stutzte und zog ihren Finger zurück: »Du sprichst in Rätseln.«

»Ich sehe dich an, und ich kenne dich«, antwortete er und zuckte mit den Schultern.

»Das ist mir zu viel, Rupert. Zu viel Anklage und zu wenig Verständnis. Letztlich ist es meine Sache, wie ich damit umgehe. Also lass mich gefälligst in Frieden.«

Julia war von der Begegnung mit Frank noch immer aufgewühlt. Sie war erschöpft, verärgert, wütend. Sie wollte jetzt schlechte Laune haben. Und sie wollte, dass er es merkte.

Ohne weitere Worte zu machen, schnappte sich Julia ihren Mantel und ihre Tasche, ging zur Tür, öffnete sie und ließ sie hinter sich schwer ins Schloss fallen. Draußen, im kalten Treppenhaus, blieb sie eine Sekunde stehen, atmete tief durch und überlegte blitzschnell, ob sie nicht einfach wieder umdrehen sollte. Einerseits war sie verletzt und sauer. Andererseits hatte sie ihn so gern, dass es ihr körperlich weh tat, ihn allein zu lassen. Dann hielt sie sich an den Grundsatz, wer A sagt, muss auch B sagen, und stieg die Treppe hinunter. Ihre Schritte hallten im Flur. Eine Etage tiefer angekommen, hörte sie, wie er oben die Tür seines Loft aufmachte.

Er war einen Moment perplex gewesen, mochte nicht glauben, dass sie tatsächlich ging. Seit ihrem Schlagabtausch im Park hatte es keinen Streit mehr zwischen ihnen gegeben. Rupert wartete, ob sie zurückkommen würde. Als er merkte, dass sie es nicht tat, lief er Julia hinterher.

Seine Hände auf das Eisengeländer abstützend, beugte er sich herunter und brüllte: »Julia!«

Sie blieb stehen, sah hoch. Ihre Blicke trafen sich, und Julia konnte, obwohl sie Meter voneinander entfernt waren, seine Wut förmlich sehen.

»Lass mich jetzt einfach mal!«, rief sie zurück.

Er strich sich die Haarsträhnen, die ihm über die Augen fielen, aus dem Gesicht. »Ja, weglaufen ist natürlich immer das Einfachste!«, gab er laut zurück, und seine sonst so schöne, warme Stimme klang wie aus Metall. »Das nützt dir nichts. Wahrheit und Offenheit und Ehrlichkeit sind nun einmal das Wichtigste im Leben!« Rupert wartete nicht ab, was sie erwidern würde, sondern verschwand in seinem Loft. Türknallend!

Julia blieb stehen, den Kopf nach oben gereckt. Da ging mit einem technischen Klacken die Treppenhausbeleuchtung aus. Dunkelheit. Stille. Der Satz klang in ihr nach. Er war ihr schon einmal begegnet. »Wahrheit und Offenheit und Ehrlichkeit sind nun einmal das Wichtigste im Leben.« Es war ein Satz aus einem Brief von Hannes, den er ihr, auch nach einem Streit, einst auf den Nachttisch gelegt hatte. Immer wieder hatte sie die Zeilen damals gelesen und sie sich sogar angestrichen, mit dem alten Füllfederhalter ihres Vaters. Sie sah den Briefbogen in ihrer Erinnerung wieder vor sich. Vergilbt, zerknittert, die Tinte an einer Stelle verwischt. Wie konnte es sein, dass Rupert jetzt genau dasselbe sagte, was Hannes vor mehr als dreißig Jahren geschrieben hatte? Und wie kam es zu all den anderen Parallelen zwischen diesen beiden Männern?

Das Gespräch mit Agnes kehrte in ihr Gedächtnis zurück, der ihr so befremdlich anmutende Gedanke, Rupert sei der wiedergeborene Hannes. Sie musste an den Stapel Bücher denken, den sie gekauft und letztlich ungelesen in einer Plastiktüte in einer Ecke ihrer Wohnung verstaut hatte. Julia dämmerte es, dass sie diesem Thema nicht länger ausweichen konnte. Sie musste mehr wissen. Sich auf die Spur begeben, auf die Suche.

Während sie die letzten Stufen hinunterging, sehr langsam und zögernd fast, denn es gab den Impuls, wieder zu Rupert hinaufzugehen und ihn zu fragen, warum er das eben gesagt hatte und wie er gerade auf diese Formulierung käme, schüttelte sie den Kopf. Das ist ja alles Blödsinn!, dachte sie. Jetzt hast du dich schon viel zu oft mit dieser Frage beschäftigt, bohre nicht weiter; lass dich nicht irremachen von ein paar ungewöhnlichen Zufällen, die dir nur deshalb auffallen, weil Agnes dich auf diese verrückte Spur setzen wollte.

Doch dann, während sie im Neonlicht den Innenhof überquerte und zu ihrem Auto ging, stieg wieder der Gedanke in ihr hoch, dass sie sich diesem Thema stellen müsse. Das ist deine Aufgabe, der du nicht mehr ausweichen kannst. Denk zum Beispiel nur einmal an die seltsame Koinzidenz zwischen Hannes' Todestag und dem Datum von Ruperts Geburt.

In ihr kroch die Angst hoch. Stell dir vor, es wäre so; stell dir vor, das gäbe es; mal dir nur aus, wie du dich fühlen würdest, wenn es wahr wäre. Ein Toter, wiederauferstanden, ein längst verloren geglaubter Mensch kehrt zurück, eine Liebe wird wiedererweckt. Mit welchen Gefühlen würdest du Rupert begegnen, mit welchem Blick ihn ansehen, wie ihn berühren? War es nicht auch wie eine Szene aus einem Alptraum? War es nicht auch eine Horrorvorstellung?

Lasst die Toten ruhen, dachte sie, es gibt einen guten Grund, warum man das so sagt.

Und dennoch, ein Gefühl von Getriebensein überwog. Julia nahm sich vor, zumindest in die Bücher hineinzulesen. Sie stieg in ihren Wagen, startete und brauste davon. Während der Fahrt dachte sie unablässig über das Thema Reinkarnation nach. Dabei vergaß sie fast ihren Streit mit Rupert, die Kränkung durch Frank und das Ende ihrer Freundschaft mit Fanny. Ihr kam es vor, als würde eine seltsame Macht sie in eine Richtung lenken, der sie sich innerlich heftig widersetzte. Gleichzeitig registrierte sie bei sich eine lange nicht mehr empfundene Neugierde. Es gab da etwas, das es zu entdecken galt; ein Rätsel, das sie lüften wollte, und je näher sie zu ihrer Wohnung kam und je länger sie über alles nachdachte, desto entschlossener wurde Julia. Selbst wenn sich am Ende alles als Unsinn und Aberglaube herausstellen sollte (und dessen war sie sich in diesem Stadium vollkommen sicher), es musste nun sein. Sie beschloss, niemandem davon zu erzählen, vor allem Rupert gegenüber nichts dergleichen zu erwähnen, denn sie fürchtete, er würde sie auslachen oder gar für verrückt erklären.

Direkt vor dem Haus fand Julia einen Parkplatz. Wenigstens einmal Glück an diesem Tag, dachte sie. Während sie ausstieg und auf die Eingangstür zuging, wühlte sie in ihren Manteltaschen nach ihrem Schlüssel. So in Gedanken versunken, bemerkte sie nicht, dass wenige Schritte von ihr entfernt Kay gegen den Hausvorsprung lehnte und auf sie wartete. Julia erschrak, als er sie ansprach.

»Meine Güte«, rief sie aus, »was machst du denn hier?«

»Auf dich warten«, antwortete er und wollte sie in den Arm nehmen.

Ihr stand der Sinn nicht nach Nähe. Julia wäre gerne allein gewesen, um in ihren Erinnerungen zu wühlen. Schnell drehte sie sich zur Tür, schloss auf und machte die Beleuchtung über ihnen und im Treppenhaus an, während er die ausgebreiteten Arme sinken ließ und die Hände in die Taschen seines Trenchcoats stopfte. Sein Lächeln gefror. Er merkte, dass er nicht willkommen war. Auf ihre Frage, ob er mit hochkommen wolle, antwortete er dennoch mit einem entschiedenen Ja.

In der Wohnung sahen sie sich an. Julia fühlte sich mies; durch Kays Anwesenheit sogar noch viel mieser. Wie ertappt kam sie sich vor, und anstatt sich bei ihm für ihre harsche Art der Begrüßung zu entschuldigen, erklärte sie ihm knapp, dass sie eigentlich überhaupt keine Zeit habe. Aber da er nun einmal hier sei, könnten sie einen Tee zusammen trinken. Gemeinsam gingen sie, nachdem sie ihre Mäntel an die Garderobe gehängt hatten, in die Küche. Julia setzte einen Kessel mit Wasser auf, nahm die dicke, weiße Porzellankanne und zwei Tassen aus dem Hängeschrank, gab mit einem Silberlöffel Teeblätter in das Sieb und hängte es in die Kanne. Schweigend sah Kay ihr zu. Sie könne ihm nicht viel mehr anbieten, sagte Julia, und Kay erwiderte, dass er das auch überhaupt nicht erwartet hätte. Auf die Frage, warum er gekommen sei, antwortete er, dass er überraschend von Kremer I nach Berlin bestellt worden wäre, im Hotel Bogota in der Schlüterstraße übernachten würde und Sehnsucht nach ihr gehabt habe. Der Kessel pfiff anzüglich.

»Sehnsucht?«, fragte Julia spitz und goss das kochende Wasser in die Kanne.

»Genau genommen …« Er zog sich einen Stuhl unter dem Küchentisch hervor, »… ich darf mich setzen?« Sie sagte nichts dazu, sondern stellte, während er Platz nahm, ein Schälchen mit Kandis vor seine Nase. »Genau genommen …«, wiederholte er, stibitzte sich ein Stück Kandis und zerkaute es krachend, »… hatte ich irgendwie so ein Gefühl, nachdem dein Handy aus war, ich weiß auch nicht, als ginge es dir nicht gut.«

Julia hielt inne und drehte sich zu ihm um, offenbar weil sie nicht sicher war, ob er sie auf den Arm nahm. Er sah sie nur ernst, beinahe feierlich an und nickte bekräftigend.

»Ist alles okay, Julia?«

»Natürlich ist alles okay.«

»Dann ist ja alles prima.«

Er glaubte ihr trotzdem nicht, und Julia wusste, dass er ihr nicht glaubte. Trotzdem ließen sie es auf sich beruhen, tranken gemächlich ihren Tee und verlegten sich aufs Plaudern. Julias Anspannung legte sich, während er von seinen neuen Aufgaben erzählte und davon, dass er im nächsten Monat für vier Wochen nach Berlin kommen und ein Praktikum in der Bank machen würde. Sie sprachen über Zürich, seine Eltern, über den Frühling und darüber, was man im Sommer machen und wohin man schon immer einmal fahren wollte. Kurz, während der Tee dampfte und die Dunkelheit draußen sich wie eine schützende, schwarze Decke vor das Küchenfenster legte, entfaltete sich drinnen eine Atmosphäre von freundschaftlicher Vertrautheit.

Sie nahm seine Hand, nickte: »Du hast recht. Es ist nicht alles okay. Allerdings frage ich mich, woher du das wissen konntest.«

»War halt nur so'n Gefühl, wie gesagt.«

Und dann sprudelte es nur so aus ihr heraus. Kurz berichtete sie von ihren Begegnungen mit Frank und mit Fanny; sie sprach über Rupert und darüber, wie prächtig sie sich verstünden; sie erzählte von Agnes und ihrer Begegnung zum Jahresende, schließlich von der seltsamen Geschichte, dass so vieles an ihrem neuen Freund sie an ihren toten Mann Hannes erinnern würde.

»Ich habe ja gleich gemerkt, wie Rupert mich fasziniert hat. Natürlich ist es einem dann so, als hätte man sich einfach nur verliebt. Nach und nach entdeckte ich immer mehr Parallelen. Wie er geht, wie er sich verbeugt, meine Hände in die seinen nimmt. Wie er sich die Haare aus der Stirn streicht, lächelt, mich ansieht. Er hat überall Taschentücher herumliegen, genau wie Hannes damals. Viele seiner Angewohnheiten, verblüffend … das Heitere und das Theatralische, das Alberne, Kindische, Verspielte, seine Empfindlichkeiten …« Sie ließ Kays Hand los.

»Vielleicht hat das tatsächlich mit seinem Alter zu tun, Julia. Versteh mich nicht falsch, du bist eine lebenserfahrene Frau, die natürlich ganz anders tickt als ein 30-Jähriger.«

Ihre Augen verengten sich. Machte sich Kay über sie lustig, hielt er sie für bekloppt, hätte sie lieber schweigen sollen?

»Jetzt denkst du, ich mache mich über dich lustig, halte dich für bekloppt, und du glaubst, es war ein Fehler, den Mund aufzumachen.«

»So ähnlich«, antwortete Julia und fühlte sich ertappt.

»Ich nehme das alles sehr ernst, mehr, als du jetzt glaubst. Ich will nur der Sache auf den Grund gehen, verstehst du?« Und dann fügte er etwas hinzu, was sie nicht verstand: »Klares Licht.«

»Hätte mir Agnes nur nicht diesen Floh ins Ohr gesetzt«, meinte Julia leise und rührte in ihrer Tasse, die längst leer war. Sie blickte auf und sah an Kay vorbei durch das Küchenfenster in die Dunkelheit.

»Und nun kommt ein Geheimnis von mir«, hob Kay an. »Nur, wenn ich noch etwas Tee kriege.«

Sie schenkte ihm nach. In diesem Moment war sie glücklich. Kay hatte so eine schöne, helle Ausstrahlung, er war so hübsch, so herzlich, sie fand es mit einem Mal ganz wunderbar, mit ihm hier in der Küche zu sitzen und zu reden … Er war ihr vertraut, als würden sie sich schon ewig kennen.

Agnes hatte von einem Vorboten gesprochen, ihr kam Kay vor wie ein Engel, dachte Julia schmunzelnd. Ein Engel, den ihr der Himmel schickte, jetzt wieder an diesem Tag, wo Frank sie so brüsk in seiner Kanzlei vor vollendete Tatsachen gestellt hatte, ohne von sich aus die Initiative zu ergreifen. An diesem Tag, wo sie sich erst mit Fanny und dann mit Rupert gestritten hatte, wo sie sich mies und klein fühlte und sich die Fragen vor ihr auftürmten wie ein nicht bezwingbarer Berg. Woher kam es nur, dass er immer im richtigen Moment da war? Was trieb ihn an? Was trieb ihn zu ihr? Sollte es am Ende so sein, dass sie, nachdem sie fünfzig geworden war, dieser seltsamen Zahl im Leben jeder Frau, auch eine Schwelle übertreten hatte, hinter der ganz neue Themen in ihrem Leben auftauchten, sie vor ganz neue Fragen gestellt wurde, sie vielleicht sogar auf eine spirituelle Ebene gehoben wurde, vom Leben, vom Schicksal, von wem auch immer?

Neugierig sah Julia ihn an: »Und? Was ist das Geheimnis? Du hast einen Mann kennengelernt, bist frisch verliebt? Jemand aus der Bank? Kenne ich ihn?«

Kay schüttelte den Kopf: »Ich bin Buddhist.«

»Ja und?«, fragte sie zurück.

»Als Buddhist, Julia, ist es für mich gar keine Frage, dass wir wiedergeboren werden.«

Oh Himmel, dachte sie, jetzt sitze ich wirklich in der Falle. Erst Agnes, jetzt Kay. Die werden mich alle am Ende kirre machen. Aber das gelingt ihnen nicht. Ich bin eine moderne, emanzipierte Frau mit Verstand. Keine Träumerin. Übersinnliches und dieser ganze Quatsch, der nur dazu dient, Leute abhängig zu machen oder ihnen das Geld aus der Tasche zu ziehen. Nichts für mich. Und wenn Rupert mich hundert Mal an Hannes erinnert – dafür gibt es Erklärungen, dieser ganze spirituelle Überbau ist Hokuspokus. Sie lachte auf, als müsse sie die Geister verscheuchen, die sie selbst gerufen hatte.

»Was ist daran so witzig?«, fragte Kay.

»Nichts. Gar nichts. Ich bin einfach nur blöd. Ich kann so was halt nicht glauben.«

»Weil du es nicht willst.«

»Nein, Kay. Weil ich es nicht kann.«

»Hast du schon einmal von Padmasambhava gehört?«

Julia verneinte.

»Er gilt als Begründer des Buddhismus in Tibet. Um ihn ranken sich viele Legenden. Man sagt, er wurde im achten Jahrhundert übernatürlich geboren, erschien auf wunderbare Weise auf einer Lotusblüte in einem See. Der König von Oddiyana, einer sagenumwobenen Stadt, nahm ihn als Sohn an. Er war Mönch, er war Lehrer, er ist für uns einer der wichtigsten Heiligen, der Wunder vollbrachte. Padmasambhava sagt: Alle Wesen haben unzählige Male gelebt, sind gestorben und wurden wiedergeboren.«

»Sagt er das.« Julia konstatierte es trocken, weniger als Frage denn als ironische Bemerkung.

Kay überging das. »Buddhisten glauben fest daran.«

»Ich bin nun einmal keine Buddhistin.«

»Trotzdem musst du anerkennen, dass es Millionen, quatsch, Milliarden von Menschen gibt, die keinen Zweifel an Wiedergeburt und Reinkarnation haben.« Er hob die Hand wie ein Lehrer, der ein aufgeregt mit den Fingern schnippendes Kind beruhigen wollte: »In nahezu allen Weltreligionen wird diesem Gedanken nachgegangen. Eine Frage, die keiner letztlich mit einem Nein beantworten kann. Es ist eine Frage von Glauben an der Schwelle zur Gewissheit. Wir wissen es nicht im wissenschaftlichen Sinne, so wie niemand weiß, was Seele ist. Unsere Religion und unsere Lebenserfahrung lehrt uns: Ja, so ist es. Verstehst du?«

Julia wusste nicht, was sie dem entgegensetzen konnte, und nickte.

»Ich gebe dir zwei Bilder«, fuhr Kay fort, »denk dir eine Kerze, die fast abgebrannt ist. Wenn du nun eine neue Kerze daran hältst, wird das brennende Licht überspringen. Während die eine Kerze verlischt, leuchtet die andere weiter.« Nun lächelte er, nicht ohne Stolz über dieses Gleichnis, und als Julia ihn weiterhin interessiert und herausfordernd ansah, erklärte er ihr das zweite Bild: »Dass du es jetzt, sag ich mal, nicht glauben willst, liegt einfach daran, dass du nicht klar genug siehst. Du bist verblendet, abgelenkt, verdunkelt …«

»Na, na, na …«

»Denk dir diese Fensterscheibe hier«, er drehte sich um und zeigte nach hinten, »am Abend. Draußen ist es dunkel, du siehst nichts, trotzdem ist etwas da. Stell dir vor, es wäre Tag. Weil das Glas durchsichtig ist, scheint dich nichts vom draußen zu trennen. Du siehst … wir sehen: den Himmel, die Bäume, die Straße. Wenn du die Scheibe berührst, merkst du, dass da etwas ist, du siehst es an deinen Fingerabdrücken. Offensichtlich steht da etwas zwischen uns und dem freien Raum. Und könntest du nun meditieren, wäre dein Geist, der noch von Barrieren eingeschränkt ist, imstande, sich zu befreien, die Grenzen zu durchbrechen. Die Dunkelheit des Nichterkennens würde sich wandeln in klares Licht. Solange du an deinem Karma – ich nenne es mal deine ›Seelenlage‹ – nicht arbeitest, überhaupt kein Verhältnis zu dem Begriff Karma hast, wirst du an das, was ich dir hier erzähle, nicht glauben, es nicht annehmen können.« Er lehnte sich zurück, verschränkte die Arme vor der Brust, so als müsse er sich nun schützen vor Julias Erwiderungen. Sie entgegnete ihm wieder nichts. Sie war fasziniert. Er hatte, ohne dass er es beabsichtigt oder sie es erwartet hätte, sehr vorsichtig eine Tür geöffnet.

Nach einer Weile sagte sie: »Meditierst du regelmäßig?«

Er nickte.

»Kannst du es mir irgendwann einmal zeigen?«

»Sicher!«

Julia stand auf. »Ich möchte dir was zeigen.«

Sie gingen durch den Flur ins Schlafzimmer. Aus der Ecke vis-à-vis ihres Bettes zog Julia die Tüte mit den Büchern hervor, packte sie auf den Schreibtisch und knipste die Tizio-Leuchte an. Sie zog eines nach dem anderen heraus und zeigte sie Kay.

»Siehst du?«, fragte sie. »Ich habe bereits begonnen, mich mit dem Thema auseinanderzusetzen.«

Interessiert betrachtete er die Titel. »Sieht allerdings nicht wirklich so aus, als würdest du dich damit auseinandersetzen.«

»Na ja, gut, ich habe sie noch nicht gelesen. Immerhin schon mal erworben.«

»Es ist leicht, ein Buch zu kaufen …«, meinte Kay und blätterte ein Buch über Buddhismus durch, »… es hingegen zu lesen, das ist eine andere Geschichte.« Er hielt es ihr unter die Nase. »Dieses hier zum Beispiel, das wäre was für den Anfang.« Kay legte das Buch auf den Stapel zurück. »Fang heute Nacht damit an. Versprichst du das?«

Julia nickte.

»Prima«, meinte er.

»Ich habe hier noch etwas.« Julia ging in die Hocke und holte den Pappkarton hervor, in dem sie ihre Erinnerungsstücke an Hannes verwahrte. Während sie den Deckel hochhob, setzte sie sich im Schneidersitz auf den Boden und kramte in den Devotionalien herum. Kay kniete sich neben sie. Schließlich zog Juli einen zweiseitigen Brief heraus und faltete ihn vorsichtig auseinander.

»Ich hoffe, du verstehst mich nicht falsch, Kay. Nur weil ich diese Bücher lesen werde und nur weil du mir mit deinem Buddhismus kommst, bin ich noch lange nicht so weit, ernsthaft anzunehmen, es könnte etwas dran sein an der Geschichte.«

»Welche Geschichte?«

»Na, dass Rupert … dass Hannes' Seele in Rupert … lächerlich … dass Rupert und Hannes, also …« Sie verhaspelte sich, suchte fieberhaft in dem Brief nach den Zeilen, die in ihrer Erinnerung haften geblieben waren.

»Rupert hat vorhin beim Streit einen Satz gesagt … Wahrheit und Offenheit und Ehrlichkeit sind nun einmal das Wichtigste im Leben.«

»Da hat er recht.«

Sie lächelten sich an, und in ihren Blicken lag so viel Freundschaft und Vertrauen, dass man hätte denken können, sie wären ein Liebespaar.

»Ja, wahrscheinlich hat er recht.« Sie überflog den Brief erneut und fand auf der zweiten Seite das Gesuchte. Sie tippte mit dem Finger darauf und hielt Kay den Bogen hin. »Vor mehr als dreißig Jahren hatte ich auch einen Streit. Mit Hannes. Es war eine heftige, sehr grundsätzliche Auseinandersetzung. Und nun … lies selbst.«

Laut las er vor: »Dass du fortgegangen bist, Julia, ist nicht das Schlimmste. Das Schlimmste ist, dass du vor der Realität weggelaufen bist. Vor dir selbst. Wahrheit und Offenheit und Ehrlichkeit sind nun einmal das Wichtigste im Leben.« Er ließ den Brief sinken.

»Verstehst du, was ich meine?«, fragte sie.

Er nickte.

Ihre Stimme wurde ganz leise: »Was bedeutet das alles?«

Kapitel 9

»Alma, sind Sie von allen guten Geistern verlassen?« Rupert schlug mit der Hand auf die Arbeitsplatte seines Schreibtisches.

Alma, seit fünf Jahren die gute und manchmal auch die böse Seele der Kunsthandlung, blieb ungerührt. Sie steckte sich den Kugelschreiber in ihr Haar und hielt das Papier mit der Rechten hoch: »Nun keifen Sie hier nicht so rum. Ich …«

»Ich keife nicht, Alma, ich ärgere mich!«, unterbrach der Kunsthändler seine Angestellte. »Wir sind eine Kunsthandlung, verdammt, und keine Leihanstalt. Wir verkaufen unsere Arbeiten, wir verleihen sie nicht! Zumal es für die Ausleihe nicht einmal Geld gibt.«

Alma ließ sich nicht einschüchtern, sie hatte früher für ganz andere Kaliber gearbeitet. »Wundert mich, dass Sie mit einem Mal derartig kleinkariert sind, Herr Andersen. Wenn ein Museum so was anfragt, dann sollten wir uns freuen und ja sagen, wer weiß, wozu wir die noch brauchen. Ein Museum, das wir verärgern, ist ein potenzieller Kunde weniger.«

Rupert war zwar gelegentlich starrsinnig, vernünftigen Argumenten gegenüber indes stets offen. »Zeigen Sie mal her.«

Sie legte ihm den Leihvertrag vor. »Es ist von Nagel zu Nagel versichert, wo soll das Problem sein? Die Spedition verpackt es so, wie wir wollen. Liegend, in einer Spezialkiste, da passiert nichts, gar nichts.«

»Vielleicht haben Sie am Ende recht.«

Alma reichte ihm ihren Stift, der nach einem schweren Rosenparfüm duftete. »Ich habe immer recht. Am Ende.«

Er sah Alma kurz an, sie verzog keine Miene. Nun musste Rupert lächeln. Und unterschrieb. Damit war die Sache vom Tisch, und Alma zog hochzufrieden ab.

Rupert widmete sich wieder dem vor ihm liegenden Auktionskatalog, seiner Lieblingslektüre in diesen Tagen. Die Saison zum Jagen und Erlegen guter Kunst war eröffnet, aus allen Hörnern erklang das Halali. Die großen und bedeutendsten Auktionshäuser Deutschlands, Großbritanniens und der USA verschickten nun fast täglich ihre Kataloge für die Frühlings- und Sommer-Versteigerungen moderner und zeitgenössischer Kunst. Leute mit Geld hatten plötzlich ungebremsten Appetit auf Sachwerte. Der Markt war vital, die Preise stiegen, die Umsätze kletterten höher denn je. Rekorde gehörten zur Tagesordnung, ebenso wie Enttäuschungen. Der Kunsthandel war bunt, lebendig, voller Diskussionsstoff, sich widersprechender Expertenmeinungen, Launen, Freuden und Eitelkeiten, und Rupert fühle sich in seinem Element. Überall gab es Entdeckungen zu machen, sogar Schnäppchen fanden sich darunter, man musste nur genau hinsehen, bestens informiert sein und im richtigen Moment beim richtigen Objekt zuschlagen. Der Trend ging in Richtung Plastiken, das Abstrakte war wieder gefragt und die Kunst der 50er und 60er Jahre im Aufwind. Das hatte Rupert vorausgesehen und sich im vergangenen Herbst besonders bei der älteren Generation unter seinen Kunden umgesehen – lange vor den Häschern der Auktionshäuser. Sein Lager war gut gefüllt. Doch da fast täglich

Kunden kamen, um zu kaufen und zu stöbern, war es Zeit, für Nachschub und marktfrische Ware zu sorgen.

So faszinierend auch die Welt war, die sich da vor ihm in den Druckwerken ausbreitete, es fiel Rupert schwer, sich zu konzentrieren. Ständig musste er an Julia denken. Er lenkte seinen Blick nach draußen, wo die Kastanien im Innenhof in saftigem Grün ihre Blätter entfaltet hatten und ihre weißen Blüten in die Höhe zeigten wie Kerzen an einem Tannenbaum. Rupert stand auf, öffnete die Fensterflügel, atmete tief durch. Die Luft war mild, fast warm. Es roch nach Aufbruch und Erneuerung. Wild schilpten ein paar Spatzen im Innenhof. Aus der Dachetage rieselte leise Swing-Musik herunter.

»Fly me to the moon …« Leise summte Rupert mit. Er mochte diesen Song. Sehr sogar. Heiterkeit durchflutete ihn in diesem Augenblick. Er war glücklich. Nach dem großen Krach im Treppenhaus und einigen kleineren Streitigkeiten, die längst beigelegt waren, verstanden Julia und er sich besser denn je. Zwischen ihnen, das fühlte er jedes Mal, bestand nicht nur eine große erotische Anziehungskraft, sondern auch eine Seelenverwandtschaft. Da, wo sie verschieden waren, ergänzten sie sich. Die Ähnlichkeiten überwogen. Er genoss jede Minute des Zusammenseins. Sie begegneten sich auf Augenhöhe, etwas, was er bei seinen früheren Beziehungen vermisst hatte. Rupert war stolz auf Julia. Ihre Intelligenz, ihre schnelle Auffassungsgabe, ihr Widerspruchsgeist, ihre Neugierde und ihre Lebenserfahrung waren eine Bereicherung für sein Leben. Ihre Schönheit, die Art, wie sie sich anzog, bewegte, sprach, ja selbst, wie sie roch, ließen sein Herz jedes Mal höherschlagen. Jeden Abend konnte er es kaum erwarten, sie wiederzusehen. Er dachte sogar daran, sie zu heiraten, doch als er einmal davon sprach, winkte sie lachend ab. Er fand, sie hatte recht, wenn sie sagte, dass ihre Beziehung noch viel zu frisch sei für solche Pläne und dass sie auch ohne Schriftstück eng verbunden waren. Alles war gut so, wie es war.

Es heißt: Wie glücklich wäre die Welt, wenn jeder Mensch am richtigen Platz säße. Rupert fand, dass er und Julia den richtigen Platz im Leben gefunden hatten, endlich. Wenn sie abends zusammenkamen, konnte jeder von ihnen aus einem reichen, gleichwohl anstrengenden Arbeitstag berichten, die Erfolge teilen, Kummer loswerden und Ratschläge einholen. Am liebsten blieben sie zu Hause. Doch nach langen Wochen der Zweisamkeit hatten sie langsam begonnen, wie er es ausdrückte, sich »der Welt zu zeigen«. Rupert nahm Julia zu einer Vernissage der Galerie CFA mit, die anschließend zu einem wilden Fest zu Ehren des Künstlers Marc Brandenburg in den Club Berghain eingeladen hatte. Julia war noch nie dort gewesen und »staunte Bauklötze«, wie sie nachher sagte. Das Paar tanzte auf der Party bis in die Morgenstunden, trank, lachte, quatschte gegen das Lärmen an. Julia lernte Ruperts Kollegen und Freunde kennen, darunter seinen besten Kumpel Tom, der die beiden in der darauffolgenden Woche zu einem Abendessen zu sich nach Hause einlud.

»Hör mal, die Alte ist ja der Hammer!«, meinte Tom, als Rupert die Einladung am Telefon zusagte. »Sieht bombig aus, und doof ist sie auch nicht. Hätte ich nicht gedacht, dass du so einen guten Geschmack hast.«

»Die Alte?«, fragte Rupert zurück, und dass er die umgangssprachlich hingeworfene Formulierung bemerkte und wiederholte, zeigte, dass er entgegen seiner häufig geäußerten Ansicht, ihm käme es nur auf den Menschen an und nicht auf das Geburtsdatum, einen Restzweifel hegte und nicht ohne Furcht war, wie die anderen auf diese ungewöhnliche Beziehung reagieren würden.

»Seit wann bist du denn so spitzfindig?«, wollte Tom wissen.

»Vielleicht seit ich mit Julia zusammen bin.«

»Gut, übersehen kann man's halt nicht. Sie könnte deine Mutter sein.«

»Bist du bescheuert, Tom? Was soll das denn jetzt?«

»Aber sie ist es ja nicht«, konstatierte Tom lachend, »du würdest ja nicht mit deiner Mutter ins Bett gehen.«

»Hör zu, Tom, wenn du damit irgendwelche Probleme hast … dann lassen wir es. Dann kommen wir nicht.«

»Sei nicht so eine Mimose! Ich finde sie klasse, das habe ich schon gesagt.«

Dabei beließen sie es. Dennoch kehrte das Thema immer wieder zu Rupert zurück, sosehr er auch vor dieser Wahrheit die Augen verschließen wollte. Als sie zu Toms Wohnung hochstiegen, die in einer Seitenstraße in Prenzlauer Berg lag, blieb Julia auf halber Treppe stehen. Rupert fiel auf, dass sie sich betont lässig und jung gekleidet hatte. Er fand, dass ihr die Baumwollbluse, die kurze Lederjacke und der Jeansrock super standen. Die Einladung bei seinem Freund hatte sie offenbar ausgiebig beschäftigt, und es war klar, dass sie Eindruck schinden wollte. Sie war dezent geschminkt, trug kaum Schmuck, ihre Haare waren frisch gewaschen und sorgfältig frisiert. Selbst an einen Strauß Frühsommerblumen hatte sie gedacht. Rupert kam es so vor, als fühle sich Julia wie bei einem Antrittsbesuch bei ihren künftigen Schwiegereltern.

Er schmunzelte: »Fällt dir das Treppensteigen schwer, oder bist du nur aufgeregt?«

Sie lachte und tat, als wolle sie ihm die Blumen um die Ohren hauen. »Sag mir nur schnell was über deinen Tom!«

»Er ist zwei Jahre älter als ich, wir kennen uns aus dem Verein ›Barke‹ und sind seit ein paar Jahren, nun, ich würde sagen, die dicksten Freunde. Er ist Oberarzt in der Charité, Mikrochirurg in der Hautklinik dort. Kennt übringens auch den Stefan Schiller flüchtig. Sein Ton ist manchmal rauh, sein Herz groß. Ich glaube, er ist der weltbeste Arzt und hat mir mal hier und da geholfen, wenn was war. Sonst noch was?«

»Verheiratet?«

Rupert schüttelte den Kopf. »Seine Freundin Astrid ist ebenfalls Ärztin, selbständig, mit einer eigenen Praxis hier auf dem Kiez. Sehr nett, etwas kühl. Beide kennen sich vom Skifahren in den französischen Alpen, sind seit drei Jahren ein Paar. Keine Heiratsabsichten, soweit ich weiß. Sie leben sehr bescheiden …« Er machte eine weit ausholende Armbewegung, »… wie du siehst. Sie geben nicht viel auf Äußerlichkeiten. Weitere besondere Kennzeichen? Keine Ahnung. Er kocht gern, ist ein Technikfreak, liebt Autos, fährt eine schwere BMW-Maschine. Reicht das, du süße Maus?«

»Was weiß er über die süße Maus?«

»Alles.«

»Hat er was gesagt … ich meine, zu meinem Alter?«

Rupert antwortete nicht, sondern drückte sie fest an sich, was für Julia auch eine Art von Antwort war.

Der Abend verlief prächtig. Tom und Astrid hatten eine bunte Truppe von acht Leuten eingeladen, darunter auch einen siebzigjährigen Arztkollegen und Mentor der beiden, der pensioniert war und in seiner jugendlichen Ausstrahlung perfekt zu den anderen Gästen passte. Es gab Salat und Risotto, hinterher Trauben und Käse. Reichlich Wein wurde ausgeschenkt, später Grappa, und der Alkohol lockerte die Stimmung immer mehr, so dass sich alle am Ende duzten und aus dem Lachen kaum noch herauskamen. In keinem Moment gab man Julia das Gefühl, sie wäre die unpassende Begleiterin für Rupert. Im Gegenteil. Als sie half, das Geschirr abzuräumen, nahm Astrid sie in der Küche, die nach Toms Kochen aussah, als sei ein Tornado durch sie hindurchgefegt, in die Arme.

»Ich freu mich so für euch«, sagte sie mit ihrer tiefen Stimme, »du bist das Beste, was Rupert passieren konnte.«

»Danke«, antwortete Julia ungewohnt offen gegenüber einer Frau, die sie erst seit ein paar Stunden kannte. »Ich bin sehr glücklich mit ihm.«

Astrid, eine große schlanke Frau, die mit ihrem dunklen Haar, das zu einem Bubikopf geschnitten war, der großen, runden, schwarzen Hornbrille und einem anthrazitfarbenen Etuikleid aus Leinen, zu dem sie weiße Tennisschuhe trug, fast aussah, als wäre sie einem französischen Film Noir aus den Sechzigern entsprungen, sah sie offen an: »Man sieht es euch beiden an.«

Gemeinsam räumten sie die Geschirrspülmaschine ein und unterhielten sich dabei. Astrid erzählte von Julias Vorgängerin – Stefanie –, die sie für eine arrogante Schnalle hielt und die niemand im Freundeskreis leiden konnte, weil sie Rupert ständig über den Mund gefahren war. Sie sprach darüber, wie sehr er unter dieser Beziehung am Ende gelitten habe, und wie schwer es ihm gefallen sei, die Sache zu beenden. Oft habe er sich bei seinen Freunden ausgeheult, und sie hätten ihn immer wieder ermutigt, Schluss zu machen. Er sei »ein starker Typ«, wie Astrid erklärte, während sie die Maschine einschaltete und sich dann mit Julia an den Küchentisch setzte, »innerlich eben auch ein großer Junge, der irgendwie nicht erwachsen werden will.« Während die Maschine leise summte und aus dem Wohnzimmer das Gelächter und die Gesprächsfetzen herüberdrangen, entspann sich zwischen den Frauen ein vertrauensvolles Gespräch. Julia gab zögernd zu, dass sie den großen Altersunterschied nach wie vor als ein Problem ansehe und dass sie ihm alles sein wolle, nur keine Ersatzmutti.

Astrid, die nicht nur eine gute Ärztin, sondern auch eine kluge Psychologin war, beruhigte sie: »Schau, Julia, genau genommen ist es ganz egal, wie viele Jahre man auseinander ist. Man muss das Beste daraus machen, man muss sich respektieren und dem anderen seinen Raum lassen. Heute trennen sich die Leute viel zu schnell. Sie kämpfen nicht. Wenn man sich von der Beziehung überfordert fühlt, steigen die meisten aus. Dann kommt halt was Neues. Ein Neuer. Eine Neue, was weiß ich. Die Liebe in Zeiten der Wegwerfgesellschaft: ein übervoller Selbstbedienungsladen. Das war in der Generation unserer Eltern, vor allem unserer Großeltern, doch noch anders. Man blieb zusammen. Solche Kompromissbereitschaft, das Sich-Zusammenraufen, an der Partnerschaft arbeiten, das gibt es heutzutage immer seltener. Zu Tom sage ich immer, wenn es mal wieder richtig kracht: Das Geheimnis einer langen Beziehung ist, dass man sich nicht trennt.«

»Das muss ich mir in mein Poesiealbum eintragen«,

sagte Julia und dachte dabei an Hannes' Nächtebuch, in das er diesen Satz sicher auch geschrieben hätte, hätte er ihn gekannt.

»Was ich sagen will«, ergänzte Astrid und stand auf, »euren Altersunterschied sieht man, klar. Bemerken tut man ihn, wenn man euch als Paar erlebt, nicht. Ihr harmoniert perfekt miteinander. Sei da bloß nicht defensiv. Männer sind das auch nicht. Guck dir das klassische Szenario an: Wenn ein älterer Mann eine jüngere Freundin hat, dann gilt er als Held. Im umgekehrten Fall hegen Frauen wie du immer noch Skrupel. Wieso?«

Julia fühlte sich nach diesem Gespräch und dem heiteren Abend auf der Rückfahrt zu ihrer Wohnung bestärkt und erleichtert.

»Feuerprobe bestanden«, sagte Rupert knapp, als sie das Mietshaus betraten. Er merkte, wie unbeschwert Julia mit einem Mal war, ganz anders als zu Beginn des Abends.

»Frage oder Feststellung?«, wollte Julia wissen, schloss ihren Briefkasten auf und nahm die Tagespost heraus, wozu sie – der Vorbereitungen für den Abend wegen – nach der Arbeit noch nicht gekommen war.

»Für mich: Feststellung. An dich: Frage.«

Sie verschloss den Briefkasten wieder, kam zu ihm, gab Rupert einen Kuss. »Es war ein wundervoller Abend. Super Freunde. Danke.« Sie wollte hochgehen.

Er hielt sie zurück. »Du warst toll!« Rupert drückte sie gegen das Treppengeländer. »Ich bin scharf auf dich«, flüsterte er ihr ins Ohr. »Ich will mit dir schlafen.«

»Hier?«

Er zog sein Jackett aus und bestürmte sie: »Ich kann nicht länger warten.«

»Du spinnst!« Sie entwand sich seinem Griff, ging die

Treppe hoch, er folgte ihr, sie ging schneller, er holte sie ein, hielt sie erneut fest, küsste sie wieder, merkte, dass auch sie ihn wollte, und fing an, ihr die Bluse aufzuknöpfen.

»Wir sind gleich oben.« Julia wurde atemlos.

Er stürmte hoch, stellte sich ihr in den Weg, öffnete den Gürtel seiner Hose.

»Rupert! Das geht nicht!«

Nun zog er sie mit sich, wortlos, bis sie das Zwischengeschoss des zweiten Stockwerks erreicht hatten, drängte sie zur Fensterbank, setzte sie darauf, schob ihren Rock hoch. Sein Atem wurde schneller. Das Licht im Hausflur ging aus. Es war zwei Uhr nachts. Vollkommene Stille. Hastig zog er ihren Slip herunter, öffnete seine Hose, küsste Julia leidenschaftlich. Sie ließ ihn gewähren. Sie hatten die Augen nicht geschlossen, sondern sahen sich an. Das Weiß ihrer Augen war wie Licht im Dunkeln, ein Funkeln, ein Wollen, ein Sich-Finden. Sie wurden leidenschaftlicher und leidenschaftlicher, es gab kein Zurück mehr, keine Grenzen, keine Rücksichtnahmen, nur noch Begehren. Auf dem Höhepunkt legte er ihr seine Hand auf den Mund, und diese Geste des Unterdrückens steigerte noch die Lust. Julia konnte nicht anders, sie biss ihm in den Zeigefinger. Sie stöhnten auf. So schnell es begonnen hatte, war auch alles vorbei.

An ihn geschmiegt ging Julia langsam an Ruperts Seite die restlichen Stufen der Treppe hinauf, ohne dass einer von beiden das Flurlicht wieder einschaltete, bis zu ihrer Wohnungstür. Julia war so aufgeregt, dass sie den Schlüssel nicht finden konnte. Er half ihr beim Suchen und entdeckte ihn auf dem Boden ihrer Handtasche. Sie mussten kichern. Nachdem die Tür offen war, traten sie ein, redeten noch immer kein Wort, zogen sich aus, ließen eine Spur von Kleidungsstücken hinter sich zurück, kamen nackt ins Bad, gingen unter die Dusche und liebten sich wieder.

Eine halbe Stunde später saßen sie in Morgenmänteln in der Küche; Julia fand, dass Rupert im Licht der drei Kerzen, die sie angezündet und auf dem Tisch plaziert hatte, ungemein sexy aussah. In zwei Tassen dampfte Tee. Noch immer sprachen sie nicht, hielten sich an den Händen, sahen sich an. Es war wie ein Spiel. Abwechselnd trank jeder langsam einen Schluck, schaute über den Rand der Tasse zum anderen herüber, ohne etwas zu sagen, ohne zu lächeln. Julia war glücklich, überglücklich geradezu, das Glück schoss ihr wie Hitze durch alle Poren, sie hätte Rupert verschlingen wollen, und dieses Gefühl war so überwältigend und von solcher Kraft und Gier und unerklärlicher Verzweiflung, dass ihr die Tränen in die Augen stiegen. Stumm streckte er die linke Hand aus, wischte ihr behutsam mit dem Daumen die Tränen von den Wangen. Er wünschte sich still, die Uhren anhalten zu können, den Augenblick zur Ewigkeit zu verwandeln.

Genau in diesem Moment läutete nebenan im Schlafzimmer ein Handy. Der Ton, der sich in die stille Küche drängte, sich unablässig wiederholend, war laut, grell, wie brennendes Rot. Julia und Rupert erschraken. Hastig stellte Rupert seine Teetasse auf den Küchentisch, sprang auf, lief bis zum Ende des Flurs und durch die geöffnete Tür, wo er sein Handy, das aus der Hose gerutscht war, auf dem Boden fand. Er ging ran.

Nach ein paar Minuten kehrte Rupert in die Küche zurück. Er lehnte sich gegen den Türrahmen, ließ abwechselnd den Kopf sinken, sah Julia kurz an, starrte dann vor sich hin, hob das Handy, das er noch immer umklammert hielt, hoch, so als gäbe es Antwort auf ihren fragenden Blick.

Sie stand auf, kam zu ihm. »Was ist los, Rupert? Was ist passiert?«

»Ich …«

Sie strich ihm über die Wange, er drehte den Kopf weg. »So sag doch.«

»Es war …«

»Wer?«

Er schüttelte den Kopf, strich sich dann in der vertrauten Geste die Haare, die ihm dabei in die Stirn gefallen waren, zurück.

»Rupert, bitte!«

Es war der Blick eines Verwundeten, der Julia bis ins Mark traf: »Meine Mutter …«

»Was ist mit ihr?«

»Es war … meine Mutter«, erklärte er. Dann räusperte er sich kurz. »Entschuldige … ich bin ganz … Meine Mutter war am Telefon. Mein Vater ist vor einer Stunde gestorben.«

»Oh, Gott.« Sie umfasste seine Schultern, zog ihn zu sich heran, umarmte ihn fest.

Es war wieder still in der Küche. Julia merkte, wie Ruperts Körper zuckte, sich sein Kopf, dicht an sie geschmiegt, auf und ab bewegte. Sie spürte seine Tränen, die über ihren Hals an ihrem Brustbein herunterliefen.

»Es tut mir so leid«, sagte sie leise.

Er machte sich von ihr los. »Ich muss sofort nach München. Ich nehme den Nachtzug, meine Mutter ist vollkommen außer sich.«

Das Haus, in dem Ruperts Eltern in einer Mietwohnung fast vierzig Jahre gemeinsam gelebt hatten, lag im Münchner Stadtteil Schwabing in der Franz-Joseph-Straße. Es stand unter Denkmalsschutz. Und jedes Mal, wenn Rupert es betreten wollte, blieb er eine Weile vor dem Gebäude stehen und bestaunte die reichverzierte Fassade. Hier hatte er seine Kindheit und Jugend verbracht. Sein Zimmer ging nach hinten hinaus, von dort hatte er einen Blick auf den Leopoldpark. Es war ein Zimmer gewesen, das wie ein Fremdkörper in der fast zweihundert Quadratmeter großen, mit Antiquitäten ausgestatteten, großbürgerlichen Altbauwohnung wirkte. Es war zweckmäßig eingerichtet mit einem zeitlos modernen Kleiderschrank, funktionalem Schreibtisch, mit Stühlen und zwei 50er-Jahre-Sesseln, die seinen Großeltern gehört hatten und die Ruperts Mutter Luise für den Sperrmüll hatte ausrangieren wollen. Dazu kamen ein Bett und ein Bücherregal von Ikea. An den Wänden hingen Poster von den Pet Shop Boys und Madonna. Ein anderes zeigte den Vollmond über schneebedeckten Schweizer Berggipfeln.

Rupert kam dieses Bild, vor dem er nun zum ersten Mal seit Jahren wieder stand, kitschig vor. Und doch berührte es ihn, denn es rief Erinnerungen wach, Erinnerungen und Gefühle. Während der Trauerfeier und der anschließenden Beisetzung auf dem Münchner Nordfriedhof hatte er nicht geweint, nun hätte er heulen können. Weniger um seinen Vater, der so unerwartet an einem Herzinfarkt gestorben war, als um sich selbst. Für einen Moment nur setzte er sich auf das Bett seiner Jugend und fühlte sich wie ein verlassenes Kind. Er nahm sich zusammen. Er wollte nicht weinen. Schließlich saßen da drüben im Salon die verbliebenen Trauergäste, der engste Kreis seiner

Eltern, gemeinsam mit seiner Mutter, tranken Champagner und warteten darauf, dass er zu ihnen käme und Aurelia, die litauische Haushaltshilfe, im Speisezimmer das Mittagessen – von der Hausherrin untertreibend als »Gabelimbiss« bezeichnet – servieren konnte.

Zweihundertfünfzig Gäste waren morgens um zehn bei schönstem Frühsommerwetter in die Aussegnungshalle gekommen. Die Einladungen dazu waren auf handgeschöpftem Bütten gedruckt, die Todesanzeigen – nahezu in allen großen und wichtigen regionalen und überregionalen Tageszeitungen erschienen – halbseitengroß, der Blumenschmuck – Kornblumen und Margeriten – so verschwenderisch üppig und teuer wie betont schlicht. Ruperts Mutter Luise hatte sich den Abschied ihres Mannes etwas kosten lassen.

Die 62-Jährige wirkte auf ihren Sohn wie ein reifes Model, das, kerzengerade und in einem engen, kragenlosen, schwarzen Seidenkleid mit Spitzenärmeln auf hohen, schwarzen Christian-Louboutin-Schuhen, deren blutrote Sohlen bei jedem Schritt leuchteten, durch die Menge ging und die Trauerbekundungen entgegennahm. Ihr Haar, elegant in eisgraue Wellen gelegt, war dabei so unbewegt wie ihre Miene.

Nach dem ersten Schock über den Tod ihres Mannes, den sie tot auf dem Boden des Badezimmers gefunden hatte, nach dem verzweifelten Telefonat mit ihrem Sohn, nach einer schlaflosen Nacht und einem Tag des gebrochenen Herzens, hatte Luise sich schnell gefasst und sich aufs Ordnen, Organisieren und Zukunftsplanen verlegt. Beim Wiedersehen mit dem übernächtigten Rupert (er hatte im Zug nach München nicht länger als eine halbe Stunde schlafen können) weinte sie. Er nahm sie fest in den Arm, strich ihr fast ein wenig hilflos mit rudernden Handbewegungen über den Rücken und murmelte, dass alles wieder gut werden würde. Sie sah ihn an, nickte, als wisse sie das längst, und forderte ihn dann knapp auf, zu duschen, er wirke ungewaschen, sei unrasiert, und seine Haare würden verwildert aussehen.

Plötzlich fühlte er sich wieder wie der *Bub*, der immer glaubte, ungeliebt zu sein, der alles dafür tat, die Mutterliebe und die des Vaters zu erlangen, durch Bravsein, durch Angepasstsein, durch allerlei Bemühungen, seine Eltern zu erfreuen und zu überraschen. Es half alles nichts. Sie gaben ihm alles, was ein Junge brauchte – Essen und Trinken, ein Zuhause, eine strenge Erziehung, bestmögliche Schul- und Ausbildung –, doch Rupert fehlte so furchtbar viel. Ihm schien es immer so, als würde er stören, als gehöre er nicht dazu. Wenn er sich traute, sie darauf anzusprechen, verwiesen sie ihn unisono in seine Schranken und erklärten ihm, er sei zu empfindlich und zu verwöhnt. Als er dann anfing, aufzubegehren, sich zu widersetzen, ihre Erwartung nicht zu erfüllen, kam es zu Streitereien, in deren Folge Rupert den Eindruck bekam, sie hätten ihn verstoßen.

Boris Andersen und seine Frau Luise – sie betonte immer wieder, dass sie alles, was sie vom Leben wüsste, von ihm gelernt habe – waren ein eingeschworenes Team. Zuerst kamen sie, dann kam die Kunsthandlung. Wo ihr Sohn Rupert stand, wusste er nicht.

Unzählige Bilder und Erinnerungsfetzen kamen Rupert in den Sinn. Die Urlaube seiner Kindheit: Jedes Jahr ging es auf die Insel Sylt, wo sein Vater an der Hörnumer Westküste ein Boot liegen hatte und Rupert segeln lernte. Die Drohungen, ihn ins oberbayerische Internat Schloss Neubeuern zu stecken, sofern er nicht diese oder jene Leistung in der Schule erbringen würde. Die Besuche in der Kunsthandlung seines Vaters, in der es nach Weihrauch und Lilien und Zigarren roch und die stets etwas Feierliches und zugleich Unheimliches hatte. Der Krach wegen seiner ersten Liebe Stefanie, die bei ihm im schmalen Bett gepennt hatte, als er fünfzehn war. Die Party, bei der, während seine Eltern auf einer Antiquitätenmesse im holländischen Maastricht waren, eine Gallé-Vase zu Bruch ging, die er seinem Vater in Raten ersetzen musste. Sein Auszug aus der Wohnung, nachdem er endlich klipp und klar verkündet hatte, er würde seinen eigenen Weg gehen. Geradezu fassungslos hatte seine Mutter an jenem Tag in der Wohnungstür gestanden und ihm nachgeschaut, wie er, die letzte Umzugskiste auf der rechten Schulter, sich noch einmal nach ihr umdrehte – damals kam es ihm vor, als sei sie wirklich erschüttert und er läse in ihren Augen Liebe und Verlust. Es schien ihm ein Triumphmarsch zu sein, der noch ins Heute herüberschallte. Und auch dieser Gedanke, den er damals hatte, kam ihm wieder in den Sinn: Du liebst mich also doch, Mutter, und nun, wo es zu spät ist, wird dir das endlich klar.

Rupert stand vom Bett auf, bewegte seinen Kopf heftig nach links und nach rechts, so, als wolle er die Vergangenheit abschütteln. Aus dem Salon drang Gelächter herüber. Es war an der Zeit, zu den anderen zu gehen, den gut erzogenen, mitfühlenden Sohn zu geben.

Kurz darauf saß eine Runde von zwölf schwarzgekleideten Personen im Esszimmer am Tisch. Die Flügeltüren zum Salon waren geöffnet. Flache, alte Teppiche aus China und Persien bedeckten das Eichenholz-Parkett.

Ruperts Mutter hatte immer darauf hingewiesen, dass die Bezeichnung »dicke Teppiche« ein Unsinn war, der den Nichtkenner entlarven würde, weil nur die flach geknüpften Teppiche wirklich von Wert wären. Cremefarbene Samtsofas und Sessel standen um einen mit Bildbänden beladenen, flachen Diego-Giacometti-Eisentisch vor dem Sandsteinkamin; überall Tischchen mit Lampen, die friedliches Licht verströmten; an den Wänden holländische Altmeistergemälde und französische Gobelins – die Wohnung hatte immer etwas von einer Ausstellung gehabt, in der ihre Bewohner ihren guten, teuren Geschmack ausstellten. Einen Geschmack, den man kaufen konnte. Nicht selten hatte Ruperts Vater Boris scheinbar aus einer Laune heraus, in Wahrheit aus Kalkül, dem einen oder anderen Gast überschwenglich dieses oder jenes Stück angeboten, zunächst zur Ansicht. Meist war daraus, wie er dann stolz seiner Frau und seinem Sohn verkündete, das Geschäft seines Lebens geworden. Er war ein Meister in der Kunst des Verkaufens gewesen.

Aurelia servierte auf Meissener Porzellan Leberknödelsuppe, danach folgte Bachsaibling mit Spargelgemüse, zum Dessert hatte die junge Frau eine Erdbeer-Creme mit frischer Minzsauce kreiert. Es gab österreichischen Welschriesling, gut gekühlt, stilles Wasser aus Kristallkaraffen, und Rupert kümmerte sich um das Nachschenken. Endlich, nach dem Espresso, der im Hause Andersen Mocca hieß, und Petit Fours löste sich die Gesellschaft gegen halb fünf auf. Aurelia hatte bereits die Küche wieder auf Vordermann gebracht und bekam für den Rest des Nachmittags und den Abend frei.

Rupert und Luise blieben allein in der Wohnung zurück. Sie setzten sich einander gegenüber auf die üppigen Sofas. Luise kickte ihre Schuhe weg und beugte sich vor, um die Silberdose auf dem Giacometti-Tisch zu öffnen und eine Mentholzigarette herauszunehmen. Augenblicklich sprang Rupert auf, um ihr mit dem Feuerzeug, das neben der Dose lag, Feuer zu geben. Luise steckte sich die Zigarette zwischen die Lippen, schloss die Augen und inhalierte tief. Rupert hatte sich zu ihr hinunterbeugen müssen, und nun, da sie die Augen wieder aufmachte, sahen sich die beiden an.

Seine Mutter strich ihm durch die Haare. »Wie wär's mal wieder mit Friseur, Bub?«, fragte sie lächelnd.

Er antwortete nicht, legte das Feuerzeug zurück, ging um den Tisch herum, wollte sich gerade wieder setzen, als sie ihn bat, ein lieber Junge zu sein, in die Küche zu gehen und ihr einen Campari zu holen. »Mit einem Schuss Soda, zwei Eiswürfel, du bist wunderbar, dank dir.«

Rupert ging in die Küche. Sie war riesig. Die Hausherrin, die eine glänzende und begeisterte Köchin gewesen war, bis vor drei Jahren Aurelia angestellt wurde und alle Arbeiten übernahm, hatte die Küche nach ihrem Geschmack im historisch-holländischen Stil, in den Farben Weiß und Blau mit Delfter Kacheln, Messingstangen und -knäufen ausstatten lassen. Hinzu kam aufwendigste Technik, zu der auch ein Eiswürfel spendender amerikanischer Großkühlschrank und ein neunzig Zentimeter breiter Backofen in Brusthöhe gehörten. Statt einer Fensterbank gab es ein eingelassenes Kräuterbeet, auf dem Dill, Schnittlauch, Petersilie und Liebstöckel, das Lieblingsgewürz des verstorbenen Boris Andersen, üppig wuchsen. Neben dem ausziehbaren Vorratsregal gab es ein Bücherbord voller Kochbücher, die Luise sammelte.

Sie sammelte auch alte Kruken und Krüge, zudem Körbe, die, an quer gespannten, Wäscheleinen-ähnlichen Messingdrähten in Reih und Glied befestigt, herabhingen und gleichsam eine zweite Küchendecke bildeten. Sie stammten aus Bayern ebenso wie aus Friesland, sie kamen aus Österreich und Italien, aus Spanien und Griechenland, ja selbst aus Thailand und China hatte Luise welche mitgebracht. Zum Teil waren sie mehr als hundert Jahre alt. Boris hatte sie stets als Staubfänger abgetan. Dennoch konnte Luise von ihrer Leidenschaft für diese Körbe nicht lassen. Rupert blieb mitten in der Küche stehen und sah zu ihnen hoch. Eine Minute verweilte er so. Dann seufzte er, holte Gläser aus dem Schrank, die er mit Eiswürfeln, Campari und Soda füllte, und kam zu seiner Mutter in den Salon zurück.

»Trinken wir auf deinen Vater«, sagte Luise und hob das Glas.

Rupert nickte. Sie tranken, stellten ihre Gläser auf den Tisch. Luise hatte mittlerweile ihre Zigarette ausgemacht und griff nach einer zweiten. Als Rupert Anstalten machte, sich zu erheben, winkte sie ab und zündete sich die Zigarette selber an. Tief inhalierend, erkundigte sie sich nach seiner Galerie. Als er von seinen Erfolgen sprach, sah sie ihn an, blickte aber scheinbar durch ihn hindurch, nickte gelegentlich, tippte die Asche in den Aschenbecher, lehnte sich in die Kissen aus mauvefarbener Wildseide zurück.

»Und die Liebe?«, fragte sie, nachdem er seine Ausführungen beendet hatte.

»Ich habe eine Freundin«, antwortete er knapp.

»Ah. So.«

»Sie ist Managerin bei einer Privatbank.«

Luise nickte.

»Es ist sehr ernst, dieses Mal.«

»Fein.« Luise machte eine Pause. »Wie lange seid ihr zusammen?«, fuhr sie fort. »Wie heißt sie?«

»Seit einem … äh … guten halben Jahr. Julia. Sie heißt Julia.«

»Bisschen wenig Campari«, meinte Luise und hielt das Glas hoch. »Na ja, du warst ja immer so ein Zaghafter.«

»Ich kann auch die Flasche holen.«

»Nein, nein … ich fürchte, ich bin sonst zu betrunken, um …«

Rupert konnte sich in seinem Elternhaus nie ganz fallenlassen. Stets fürchtete er, irgendetwas Unangenehmes könnte passieren, etwas schieflaufen, die Dinge eine falsche Wendung nehmen, ihm ein Vorwurf entgegengeschleudert werden, ein Streit entstehen, der böses Blut machte. Er hatte ganz einfach Angst davor, wieder verletzt zu werden. Von dem Moment an, als die letzten Gäste gegangen waren, fühlte er sich unbehaglich. Es war wie ein heißer Sommertag, an dem einem klar war, dass jede Sekunde ein Gewitter hereinbrechen könnte. Er kannte seine Mutter. Sie war keine Friedensgöttin. Die Raben Odins, die doch längst ausgestopft und zum Dekor geworden zu sein schienen, breiteten schon ihre Schwingen aus und flogen, schwarzen, zerrissenen Tüchern gleich, durch die Luft und kamen auf ihn zu, um ihr Wissen zu verkünden. »Zu betrunken, um was …?«, hakte er nach.

»Ach ja, lieber Junge, dein Vater war sehr enttäuscht, dass du dich nach dem Weihnachtsfest nicht mehr gemeldet hast.«

»Er hätte sich auch melden können«, schoss es Rupert heraus.

Der Blick seiner Mutter, ihr Schweigen daraufhin sprachen Bände.

Lass die Toten ruhen, dachte Rupert, und halte gefälligst die Schnauze! Er trank den Rest vom Campari-Soda in einem Zug aus.

Seine Mutter drückte die Mentholzigarette aus. »Im Grunde war ihm ja klar, uns beiden, dass du dich mehr und mehr zurückgezogen hast. Natürlich, es gab ja immer diese schrecklichen Diskussionen zwischen deinem Vater und dir. Verständlich, dass dich das genervt hat. Dennoch: Er und ich sind alte Leute, gell … er war …« Sie nahm sich eine dritte Zigarette.

»Rauch nicht so viel, Mutter.«

Sie ging darauf nicht ein. »Dass du eine Freundin hast: Warum erzählst du uns so etwas nicht?« Sie schlug sich gegen die Stirn. »Gott. Ich muss mir das abgewöhnen, ›uns‹ zu sagen. Es gibt kein ›uns‹ mehr. Und kein ›wir‹.« Luise machte eine Pause, um diesem Gedanken nachzugehen, kam jedoch flink wieder auf den Punkt zurück: »Warum hast du uns so wenig teilhaben lassen an deinem Leben, Rupert?«

»Ich wusste nicht, ob euch das interessiert.«

»Unsinn. Ausreden. Du hast immer den bequemen Weg gewählt. Wir haben dich zu sehr verwöhnt. Das ist es. Du bist ein hübscher kleiner Egozentriker.« Wie zur Abwehr hob sie beide Hände, Rupert konnte die Verkrümmungen und Verhärtungen an den Innenseiten der Finger sehen und die rot verfärbten Ballen, die wie verbrannt aussahen. »Ist kein Vorwurf. Ich stelle nur fest. Ich bin ja nicht dein Vater.«

Wenn du wüsstest, wie ähnlich du ihm geworden bist, dachte Rupert und schwieg.

»Jedenfalls«, hob sie erneut an, »er war nicht mehr gut auf dich zu sprechen.«

»Wann war er das je?«

»Vielleicht hat der Boris geahnt, dass es nicht so gut um ihn stand, wie wir alle dachten. Denken wollten. Er war mit mir bei Dr. Lindermann, Ende April.«

Sie sah ihn an, als warte sie darauf, dass ihr Sohn fragen würde, wer Dr. Lindermann sei, doch Rupert wusste, dass es sich bei ihm um den Anwalt seiner Eltern handelte, der auf Familien- und Erbrecht spezialisiert war. Und Rupert ahnte nun auch, wohin das Gespräch führen sollte.

Als er nichts sagte, fuhr Luise fort: »Ich mache es kurz, Rupert. Boris hat verfügt, dass sein Geschäft mit seinem Tod geschlossen wird. Die Kündigung für die Räume hat die Gerda gestern an Bayern-Immobilia rausgeschickt. Der Nachlass an Kunstwerken aus seinem Besitz, der Bestand der Galerie, gell, Plastiken und Gemälde und Zeichnungen im Wesentlichen, wird im Dezember bei Christie's in London versteigert.« Wieder ein Griff nach einer Mentholzigarette, das Klicken des Feuerzeugs, das Knistern des Tabaks, das tiefe Ein- und Ausatmen. »Du weißt ja, dass er Sotheby's nicht mochte, wegen der Sache damals … nun, also der Erlös geht in die Boris-und-Luise-Andersen-Stiftung zugunsten elternloser Kinder ein, das wird dich nicht wundern, denke ich.«

Rupert hatte mit vielem gerechnet, damit nicht. Dass sein Vater zu seinen Lebzeiten die Zerschlagung des eigenen Lebenswerks anordnen würde, überraschte ihn. Tatsächlich hatte er nicht erwartet, dass seine Mutter ihm die Kunsthandlung zur Weiterführung anbieten würde. Im Stillen war er sich sicher gewesen, dass es zwischen ihm und seiner Mutter eine gemeinsame Entscheidung darüber geben würde, was zu geschehen hatte. Wieder einmal fühlte er sich ausgebootet.

Luise war noch nicht fertig mit dem, was Rupert hinterher im Gespräch mit Julia als Hinrichtung bezeichnen würde. »Wir gehen, so jedenfalls die Leute von Christie's, reizend übrigens, sehr bemüht, sehr kompetent … von mindestens fünfundzwanzig Millionen Pfund aus, allein der Rembrandt-Kopf, nun ja, Altmeister, das hat dich ja nie interessiert.« Etwas Asche fiel auf ihr Kleid, sie sah an sich herunter und tupfte sie mit ihren sorgfältig manikürten Fingern vom Stoff herunter. Ohne wieder aufzusehen, redete sie weiter: »Das private Vermögen geht vollständig an mich. Du bist enterbt. Was übrig bleibt, erhältst du nach meinem Tod. Solltest du auf deinen Pflichtteil klagen, entfällt auch das. Da gibt es Wege, sagt der Dr. Lindermann.«

Sie starrte ihn förmlich an, wartete darauf, dass er zurückschießen würde. Nichts dergleichen. Rupert war des Kampfes gegen seine Eltern müde. Natürlich, ihn kränkte es, dass sie mit ihrem Anwalt einen Dritten zu Rate gezogen hatten, der nun eingeweiht war, auch in die Familienstrukturen und -geheimnisse; dass sie wieder einmal ihre Entscheidungen für sich getroffen hatten, ohne ihn mit einzubeziehen; dass sie ihm mit der Enterbung vor allem einen Wert vorenthielten: den der Gemeinsamkeit. Dazu kam, dass er es unangemessen von seiner Mutter fand, ihn am Tag der Trauerfeier mit diesen Fakten zu konfrontieren, zumal in so kalter Weise. Er hatte in Wahrheit nie darauf spekuliert, von ihnen etwas zu bekommen. Spontan fiel ihm ein Satz von Frank von Parlin ein, den Julia einmal beiläufig zitiert hatte: »Es gibt Familienangehörige, und es gibt Erben.« Rupert wollte nicht zu denen gehören, die raffgierig waren, denen Geld über alles ging, die alles und alle, sogar sich selbst verrieten, nur um sich zu bereichern. Er war der Meinung, dass niemand Anspruch auf ein Erbe besaß, sondern nur auf das, was man sich selbst erarbeitet und ehrlich erworben hatte.

Als er auch nach einer Weile nichts zu den Ausführungen seiner Mutter gesagt hatte, sondern nur an seinem halbleeren Glas nippte, begriff sie, dass es keine Diskussion mehr geben würde. Luise hatte einen Sinn für Klarheit, und ihr war es wichtig gewesen, hier und heute die Dinge auf den Tisch zu legen. Doch sie sah sich auch als die Vermittlerin und Diplomatin in der Familie Andersen. Sie hob ihren Arm, an dessen Handgelenk das Armband von Südseeperlen mit prächtigem Lüster schimmerte, und zeigte auf die Wand hinter Rupert: »Ich dachte mir, das schöne Bild dort von Pellegrini, gell …«

Er drehte seinen Kopf nach hinten und sah ein prächtiges Altmeistergemälde. Rupert schätzte seine Entstehungszeit auf das frühe 18. Jahrhundert. Es zeigte eine junge Frau in einem rubinroten Samtkleid, die einen vor ihr knienden Mann, der einen Degen zu seinem smaragdgrünen Wams trug, mit einem Lorbeerkranz bekrönte. Die Szene spielte in einer Ideallandschaft, war voller reicher Details und zeugte von der großen Könnerschaft des bedeutenden, venezianischen Historienmalers.

»… Bernheimer hatte eines von ihm vor einiger Zeit auf der Tefaf«, plauderte Luise weiter, »und ich hörte, Lempertz soll eine Arbeit von ihm unlängst sehr gut verauktioniert haben. Es ist eine Allegorie, es heißt: Die Wahrheit siegt über die Zeit.«

Er wandte den Blick vom Gemälde ab und sah seine Mutter an, während er wiederholte: »Die Wahrheit siegt über die Zeit?«

»Ja, die Wahrheit siegt über die Zeit. Das ist sehr schön, sehr passend für dich, meinst du nicht? Dein Vater mochte es immer besonders gern. Es ist wertvoll, davon kannst du eine gute Suppe kochen!« Luise lachte auf, die Zigarette war zwischen ihren Fingern verglüht, sie warf den angesengten Filter in den Aschenbecher. »Ich schenke es dir. Zur Erinnerung meinetwegen, an den Boris.«

Sie kam hoch, und auch Rupert erhob sich, denn er hatte von ihr gelernt, niemals sitzen zu bleiben, wenn eine Frau stand.

»Nun möchtest du danke sagen, gell?« Ihre Augen blitzten.

»Ehrlich gesagt … danke, ja. Ich bin trotzdem etwas verblüfft.«

»Lass es stecken, Junge. Es war ein schwerer Tag für uns beide. Ich bin müde. Gute Nacht.« Mit diesen Worten und ohne ihm einen Abschiedskuss zu geben, verließ sie den Salon.

Am nächsten Tag stand Rupert vor Julias Tür. Als hätte sie die ganze Zeit dahinter gestanden und nur darauf gewartet, dass er zurückkäme und klingeln würde, öffnete sie in Sekunden. Sie sahen sich an. Er versuchte, den Tod seines Vaters und die bedrückende München-Reise mit einem Lächeln zu überspielen, doch Julia konnte mittlerweile in seinem Gesicht lesen. Sie ließ ihn hereinkommen, schloss die Tür und nahm ihn in den Arm. Die

Tage über, die er in München gewesen war, hatten sie mehrmals miteinander telefoniert, und mehrmals hatte Julia ihm angeboten, zu ihm zu kommen. Er hatte – freundlich und bestimmt – abgelehnt. Sie verstand es so, dass er seinen Kummer mit sich ausmachen und die Dinge, die es zu regeln gab, mit seiner Mutter allein klären wollte. Tatsächlich und bei aller Liebe hätte sie für ihn aus seiner Sicht nur eine zusätzliche Belastung bedeutet. Er wollte in die fragile Balance der Waage nicht auch noch das Gewicht seiner Liebesgeschichte mit Julia hineinlegen.

Sie gab sich rücksichtsvoll, ließ ihn in Ruhe, kochte ihm einen Tee, half ihm beim Auspacken seiner Sachen. Julia fragte kaum etwas, er sagte fast nichts, die meiste Zeit über schwiegen sie und waren in stiller, nahezu vollkommener Liebe glücklich, den Rest des Tages über und auch die Nacht.

Dabei hätte Julia ihm am liebsten eine Geschichte erzählt, die sich während seiner Abwesenheit zugetragen und sie ziemlich umgehauen hatte. Noch immer schwang in ihr nach, wie es am Dienstag der Vorwoche abends zu später Stunde bei ihr Sturm geklingelt hatte. Noch immer hatte Julia das Bild vor Augen, wie sie, bereits im Pyjama, den Morgenmantel überwarf, hastig zur Gegensprechanlage ging, um zu fragen, wer dort sei, und durch den Spion draußen im Hausflur Frank stehen sah, der gegen die Wohnungstür hämmerte. Er wirkte für seine Verhältnisse derangiert; die Krawatte war gelockert, die Weste seines Anzugs aufgeknöpft, sein Haar stand ihm zu Berge. Julia hatte den Eindruck, er sei betrunken, denn weil sie nicht sofort reagierte, war er bereits im Begriff, mit dem Schlüssel, den er noch immer besaß und den sie bei jenem denkwürdigen Gespräch in seiner Kanzlei vergessen hatte, ihm abzunehmen, die Tür zu öffnen. Sie kam ihm zuvor, und fast wäre er ihr vor die Füße gefallen wie ein überdimensioniertes Paket. Er fing sich in letzter Sekunde am Türrahmen. Nur sein Regenmantel glitt zu Boden. Er ließ ihn liegen, starrte Julia an, schob sie fast beiseite, trat ein und rief mit Ungeduld und Wut in der Stimme: »Und? Wo ist er?«

»Frank!«, konnte Julia nur ausrufen.

Schon rannte er den Flur entlang in Richtung Schlafzimmer. Sie knallte die Wohnungstür zu und lief ihm hinterher. Als sie ihn erreichte, stand er vor ihrem Bett und starrte ungläubig auf die noch nicht aufgeschlagene Decke und die unbenutzten Kopfkissen, auf die Julias Nachttischlampe ein gemütliches Licht warf. Frank riss die angelehnte Tür zum Bad auf und sah hinein. Als er merkte, dass der Raum dunkel war, drehte er sich zu Julia um und schaute sie ratlos an.

»Was machst du hier?«, fragte Julia völlig entgeistert. »Was ist los? Kannst du mir das vielleicht mal erklären?«

Er schien zur Besinnung zu kommen, und es kam Julia so vor, als sinke er fast in sich zusammen. »Ja, was mache ich hier eigentlich?«

Jeden anderen Mann – außer Rupert und vielleicht noch Kay – hätte Julia an dieser Stelle hinausgeworfen. Aber sie kannte Frank einfach zu gut. Sie hatte ihn in seinen starken und in seinen schwachen Momenten erlebt. Julia wusste, dass hinter der Fassade des Erfolgsanwalts, des Salonlöwen, des Bonvivants auch immer der zarte, sensible, manchmal sogar schwache Junge steckte, der er einst gewesen war. Frank war ein feinsinniger Mann, der es perfekt verstand, die Rolle des Unberührbaren, ja, Unrührbaren zu spielen. In seinem Inneren jedoch gab es Ängste, Fragen, Zerrissenheit, Kleinmut, Sehnsüchte. Dieser Auftritt passte überhaupt nicht zu ihm. Er kam Julia vor wie eine Figur aus einer der zahllosen Komödien, die allmonatlich am Kurfürstendamm gegeben wurden und in denen eifersüchtige Männer nach dem Geliebten im Kleiderschrank suchten – sehr zur Belustigung des Publikums. Diese Szene hier allerdings war keinesfalls lustig. Sie wirkte auf Julia ernst, verzweifelt, verwirrend.

Frank verzog sein Gesicht, und sie wusste nicht, ob er gleich lachen oder weinen würde. »Habe wahrscheinlich etwas zu viel getrunken.«

Julia lotste ihn in die Küche, setzte einen Kessel mit Wasser auf, nachdem er sich auf einen der Stühle hatte fallen lassen und sie den Gürtel ihres Morgenmantels sorgfältig verknotet hatte. Während sie den Tee zubereitete, von dem sie hoffte, er würde Frank zur Besinnung bringen, ließ er einen Wortschwall los. Dass er ja nicht gewusst habe, dass sie mit diesem Kunsthändler zusammen sei, dass Fanny ihm es gesteckt habe, dass er monatelang ein schlechtes Gewissen Julias wegen gehabt habe, ganz unnötig, wie sich nun nachträglich herausstellte. Dass sie beide Schuld am Ende ihrer Beziehung hätten, die doch schließlich »ganz und gar perfekt« gewesen sei, bis auf den Umstand, dass er und sie nicht aufgepasst hätten, alles als zu selbstverständlich hingenommen hätten, nicht pfleglich genug miteinander umgegangen seien, die Partnerschaft hätten mitlaufen lassen neben ihren Karrieren, die ihnen beiden wichtiger seien als alles andere.

Julia stellte zwei Tassen mit Tee auf den Küchentisch und setzte sich zu ihm.

Frank trank einen Schluck. »Warum hast du mir das nicht gesagt, in der Kanzlei, als ich dir alles, aber auch alles dargelegt hatte?«

»Tja«, antwortete Julia, »genau das hat mich Rupert auch gefragt. Unverständlich wahrscheinlich.«

»Rupert Andersen. Nicht zu fassen. Ich kaufe bei ihm ein sauteures Gemälde, das mich Tausende von D-Mark kostet …«

»Euro.«

»Und dieses Sackgesicht nimmt mir meine Frau weg!«

»Frank, bitte! Er ist kein …« Sie sprach das Wort gar nicht erst aus. »Und zudem: Mich kann man nicht wegnehmen. Ich bin ein freier Mensch. Ich habe alles, was die Beziehung zu Rupert angeht, mitentschieden.«

»Macht es auch nicht besser. Ich war, bevor ich herkam, zuerst in seiner Galerie, war natürlich geschlossen.«

»Er ist in München.«

»Sein Glück. Ich hätte ihm wahrscheinlich über kurz oder lang eine reingehauen.« Er lachte plötzlich auf. »Auf den Prozess hätte ich mich gefreut.«

»Frank, nun mal ehrlich: Ich weiß überhaupt nicht, was dein nächtlicher Besuch bei mir hier soll. Wir sind seit langem getrennt, und du hast Fanny. Wie kommst du dazu, dich aufzuführen wie ein eifersüchtiger Ehemann? Das ist absolut lächerlich.«

»Mich stört einfach, dass er dreißig Jahre jünger ist als ich«, platzte es aus Frank heraus.

Wahrscheinlich ist dies der ehrlichste Satz, den er an diesem Abend gesagt hat, dachte Julia. Sie antwortete nichts darauf. Es gab einen Augenblick der Stille. Beide tranken ihren Tee.

Dann schob Frank seinen Krawattenknoten hoch,

knöpfte seine Anzugweste bis auf den untersten Knopf zu und richtete sich etwas auf dem Stuhl auf. »Julia, das stimmt natürlich. Ich darf hier nicht einfach so reinplatzen. Albern.« Er lächelte verlegen. »Mir war so danach.«

»Ja, du hast ja schon immer einen gewissen Sinn für Nervenkitzel gehabt.«

»Und natürlich, ja, du bist keine Ware, kein Produkt, kein Gegenstand, den man sich nehmen kann. Dennoch: Ich würde sehr gern, ich hätte es sehr gern …«

»Ja?«

»Schau, Julia«, er sah in seine leere Tasse, hielt sie hoch, »gibt es noch etwas Tee, bitte?«

»Natürlich.« Sie stand auf, schenkte ihm und sich nach und setzte sich wieder.

»Die Fanny und ich … das ist irgendwie … Bitte sage ihr das nicht weiter …«

»Ich rede überhaupt nicht mehr mit Franziska, Frank, das solltest du eigentlich mitgekriegt haben, durch sie.«

»Es ist auch ein Kompromiss, eine Zwischenlösung.«

»Eigentlich wäre es mir jetzt lieb, wenn du nicht weiterredest. Das will ich nämlich nicht hören.«

»Immer noch loyal ihr gegenüber? Musst du nicht.«

»Ich will nicht über Fanny reden, begreifst du das nicht?«

»Aber ich. Sie ist bezaubernd. Ihre Töchter sind entzückend. Wir sind eine hübsche kleine … Familienkonstruktion. Ich habe mich auf Fanny eingelassen, nicht ahnend, was du für ein Spiel mit mir treibst, aus einer Laune heraus, einer Bockigkeit. Eigentlich wollte ich damit erreichen, dass du eifersüchtig wirst, aufhorchst, mehr auf mich eingehst. Ich wollte gar nicht, dass wir …«

»Uns trennen? Meinst du das?«

»Ja.«

»Ich glaube, ich spinne. Ich glaube, du spinnst.«

»Es funktioniert überhaupt nicht zwischen Fanny und mir. Na gut, das Sexuelle …«

Julia haute mit der Hand auf den Küchentisch, und er hielt inne.

»Sie ist so kompliziert. Dauernd ist was. Sie nörgelt. Ist unzufrieden. Stellt Ansprüche. Will immer etwas anderes. In den vergangenen Wochen bin ich kaum noch mit meiner Arbeit nachgekommen, weil ich immer pünktlich sein muss: Essen gehen, Theater, Oper …«

»Das liebst du doch alles.«

»Aber nicht in dem Maße, meine Güte! Ich fühle mich plötzlich angekettet, zwangsverpflichtet, untergepflügt.«

»Geschieht dir ganz recht, Frank.«

»Mit dir war das anders.«

Nach dem ersten Schock, als er in ihre Wohnung gestürmt war und nach Rupert gesucht hatte, fand Julia die Geschichte jetzt geradezu komisch. Sie hätte lachen können. Auch wenn sie sich ärgerte.

»Juli«, sagte Frank sehnsuchtsvoll und streckte den Arm aus, um ihre Hand zu ergreifen.

Julia entzog sich seinen Annäherungsversuchen. »Keine Sentimentalitäten, Frank. Das mit uns ist beendet. Und morgen früh, wenn du aufwachst und wieder nüchtern bist, wirst du das auch mit einem zufriedenen Kopfnicken einsehen.«

»Ich bin, nach diesem Höllentee hier, komplett nüchtern. Und ich sage es dir klipp und klar und bei vollstem Bewusstsein: Ich will wieder mit dir zusammen sein, ich will dich zurück, ich will um dich kämpfen.«

»Oh, Frank«, Julia schüttelte den Kopf, »wenn du

denkst, das rührt eine Frau wie mich, das bezaubert sie, das könnte sie zum Umdenken bringen, dann irrst du. Was du hier machst, ist Schmiere.«

Er wurde wütend: »Nein, es ist eben keine Schmiere, Frau Bankmanagerin. Ich meine es ehrlich. Komm zu mir zurück!«

»Ich liebe Rupert.«

Diese drei Worte schienen ihn nun endgültig nüchtern werden zu lassen. Verblüfft starrte er Julia an: »Wirklich?«

»Ja.«

Er stand auf. »Da kann man nix machen.«

Sie stand auch auf. »Nee.«

»Schade.«

»Richtig so, Frank, alles ist richtig so, wie es ist.«

Sie begleitete ihn zur Wohnungstür. Er hob seinen Mantel auf, und in vertrauter Weise half sie ihm hinein. Irgendwie hatte Julia das Gefühl, ihn so nicht gehen lassen zu dürfen. Doch ihn in den Arm nehmen, ihn gar küssen wollte sie auf keinen Fall. Deshalb ergriff sie einfach nur seine Rechte, strich ihm über den Handrücken und sagte ihm, es ehre sie, dass er um sie habe kämpfen wollen. Und dass sie es fabelhaft von ihm fände, die Dinge nun als gesetzt anzusehen. Schließlich ging Julia sogar so weit, ihn, was die Beziehung mit Fanny anging, zu ermutigen, er möge sich doch daran erinnern, dass auch sie beide am Anfang ihre Anlaufschwierigkeiten gehabt hätten.

Frank nickte nur noch, immer und immer wieder. Sie öffnete die Tür. Er ging. Noch ehe sie die Tür geschlossen hatte, rief Frank, schon auf den Stufen stehend, aus der Dunkelheit des Treppenhauses, dass Rupert Andersen ein Arsch sei, Julia nicht verdient habe und er ihm seine Meinung schon noch geigen würde.

Julia schaltete für Frank die automatische Treppenhausbeleuchtung ein, damit er nicht fiel, und schloss, erschöpft durchatmend, die Wohnungstür.

Mit Rücksicht auf Rupert behielt sie alles für sich und berichtete ihm nur kurz, dass Frank da gewesen sei und nun endlich alles über sie beide wisse, nicht durch sie, Julia, sondern durch Franziska, und dass er ihnen Glück gewünscht habe. Eine fromme Lüge, aber dem Seelenzustand Ruperts gestundet.

Am darauffolgenden Tag, einem Samstag, fuhren sie an den Teupitzer See, an dem sie in den vergangenen Wochen einige Male gewesen waren, um spazieren zu gehen. Die Sonne schien und ließ den See türkis schimmern und die sich im kühlen Seidenwind kräuselnden Wellen silbrig funkeln. Der noch junge Sommer hatte die Landschaft schon jetzt, nach Wochen des Regens, in einen Urwald verwandelt. Undurchdringlich schien das Ufer mit seinem Schilfgürtel, der es fest umschloss, mit den umgestürzten, efeuumrankten Baumstämmen – die verbliebenen Zeugen der längst vergangenen Herbst- und Wintertage –, mit den wild wuchernden Gräsern, den dicht an dicht stehenden Büschen und den Birken, Buchen, Eichen und Kastanien, die sich stolz dahinter hochreckten und ihre Wipfel in mächtige Kronen verwandelnd ausbreiteten. Der Himmel war frei und blau.

Wie zarte Stücke zerrissenen Seidenpapiers hingen die Blütenblätter der letzten Buschwindröschen, die Julia besonders liebte, an dem fächrigen Hochblattquirl der Pflanze, ihre Zeit war längst zu Ende, jeder Windhauch konnte sie aus ihrer Umklammerung lösen und davonwehen. Rupert nahm Julia an die Hand, und sie gingen entlang des Sees und am Rande des Waldes durch die sumpfige Wiesenlandschaft. Er zeigte ihr jedes Kraut und jede Pflanze, die er kannte. Baldrian, Dotterblumen, der erste Engelwurz, Fieberklee, Knöterich, Mehl-Primel, Moschuskraut, kleinblütige Sumpfkresse. Er fühlte sich vollkommen erleichtert, wieder in Berlin und an ihrer Seite zu sein, und war deshalb sehr gesprächig. Schon während der Fahrt raus hatte er das eine oder andere von seinem Aufenthalt in München erzählt. Sie hatte ihm zugehört und ihn möglichst wenig unterbrochen, denn sie merkte, dass er Fragen eher auswich, selbst steuern wollte, was er bereit war, preiszugeben, und was nicht. Immerhin gestand er ihr, während er am Boden kniete und, in der irrigen Vermutung, es könne sich um Waldmeister handeln, an einem weiß blühenden, zartgrünen Kissen schnupperte, dass er ein schlechtes Gewissen habe.

»Ein schlechtes Gewissen?«, fragte Julia. »Wegen deiner Mutter, weil du sie nun allein gelassen hast?«

Er richtete sich wieder auf, klopfte den Schmutz des Waldbodens von seinen Knien, schüttelte den Kopf und erzählte ihr von seinem sich in der Vergangenheit oft wiederholenden Wunsch, der Vater wäre tot. Nun, da er tatsächlich gestorben sei, fühle er sich schlecht und auch ein wenig schuldig.

Jemandem manchmal, aus Verzweiflung oder Wut heraus, den Tod zu wünschen, sei eine ganz und gar normale Sache, meinte Julia, während sie nebeneinander hergingen, und natürlich fühle er sich jetzt miserabel, er habe seinen Vater doch wohl geliebt, und der Verlust müsse ihn einfach schmerzen.

Nein, das meine er nicht, erwiderte Rupert, ging aber nicht weiter darauf ein, wie es um die Liebe zwischen Vater und Sohn gestanden hatte.

Er blieb stehen: »Es gibt da eine Sache, die ich dir unbedingt erzählen muss, weil sie eigentlich mein ganzes Leben geprägt hat.«

»Ja?«

Er legte den Kopf in den Nacken, schien um Luft zu ringen, kniff die Augen zusammen, wischte sich mit der Linken über das Gesicht, sah Julia an. »Ach, weißt du, ich will mir den Ausflug nicht verderben. Lass uns ein anderes Mal darüber reden.«

Während sie sich anschauten, rief aus der Ferne ein Kuckuck.

»Schnell!«, rief Rupert und griff in seine rechte Hosentasche.

Julia verstand nicht. Er zog eine Handvoll Münzen hervor und gab ihr gut die Hälfte davon ab. Dann formte er beide Hände übereinander zu einer Schale, schüttelte die Münzen, so dass sie klimperten, und ermunterte sie durch Kopfnicken, es ihm gleichzutun.

»Kennst du das denn nicht?«, wollte er von ihr wissen und strahlte.

»Sonst geht's noch, oder?«, scherzte Julia, ließ gleichzeitig die Cents und Euros zwischen ihren Händen im Gleichklang zum Ruf des Kuckucks weiterklackern.

»Wenn man den ersten Kuckuck hört und dann Münzen laut schüttelt, hat man das ganze Jahr über Geld«, erklärte er, stopfte seine Münzen in die Hosentasche zurück und überließ ihr großzügig die ihren. »Nie gehört? Alter Brauch.«

»Nee«, antwortete Julia und steckte die geschenkten Geldstücke ebenfalls in ihre Jeans. »Nie gehört. Seit wann bist du denn abergläubisch? Ich dachte, du tickst immer so rational.«

»Ach, in unserer Familie gab es dauernd solche Dinge. Trotz aller Rationalität«, antwortete Rupert und stapfte voran.

Sie folgte ihm. Der Boden – ein Teppich von Moos, Tannenzapfen und Zweigen – knackte und krachte unter ihren Füßen. Das Rufen des Kuckucks verstummte. Stattdessen hörten Rupert und Julia über sich das hartnäckige Klopfen eines Spechts. Sie blieben stehen, schauten hoch, ob sie den Vogel sehen konnten, entdeckten ihn aber nicht. Rupert legte den Arm um Julia. Sie legte ihren Kopf an seine Schulter. Es war ein schöner und intimer Moment, und obwohl sie ihn nicht zerstören wollte, hatte Julia das Gefühl, dies sei der richtige Zeitpunkt, um ihn noch einmal nach seinen Eltern zu befragen. Vorsichtig tastete sie sich an das Thema heran. Sie erkundigte sich danach, was seine Mutter in Zukunft machen würde, ob sie in der Wohnung und in München bliebe, ob ihre Kühle, von der er ihr berichtet hatte, vielleicht Fassade sei, und ob sie nicht ohnehin – was auch ihr anscheinend distanziertes Verhältnis zu ihrem Sohn erklären könne – eine Frau sei, die Gefühle nur schwer zulassen wolle. Rupert hatte ihr sehr bildhaft auch von der ersten Begegnung mit Luise bei seinem Eintreffen in der elterlichen Schwabinger Wohnung erzählt, vom andauernden Beschäftigtsein seiner Mutter, ihrer Gefasstheit, die im krassen Gegensatz zu dem nächtlichen Telefonat mit ihm gestanden hatte.

Aber Julia wollte andere Dinge wissen. Dass es da ein Geheimnis gab, von dem er nicht sprechen mochte, beschäftigte sie. Sie hakte nach. Wie seine Kindheit gewesen sei, ob er dünn oder dick, sportlich oder faul gewesen wäre, sich für Musik oder Sport interessiert oder bereits damals seine Leidenschaft für Kunst gefunden habe, ob es viele Freunde in seiner Jugend gab und wie seine Eltern ihn erzogen hätten. Ein paar Details gab er preis, manches lachte er weg, zu vielem schwieg er, während sie schließlich weitergingen.

Rupert war tatsächlich ein Mann, der schnell ein Unbehagen empfand, wenn er nicht mehr freiwillig dosieren konnte, was er mitteilen wollte und was nicht. Er fühlte sich ausgefragt und bedrängt. Das sagte er Julia auch.

Während sie zum Auto zurückgingen, gerieten sie in einen Streit. Julia hatte den Eindruck, er blocke sie ab und grenze sie aus seinem Leben aus. Er beschrieb dagegen ihr Verhalten mit Wörtern wie »Indiskretion«, »Neugierde«, bezeichnete sie gar als unsensibel. Das machte Julia wütend. Sie hielt ihm seine eigenen Worte vor, denn er hatte ihr einmal – aus ihrer Sicht theatralisch – erklärt, er »hasse Geheimnisse und Unklarheit«. Er konnte sich nicht erinnern, das so formuliert zu haben.

Auf der Fahrt zurück nach Berlin-Charlottenburg fauchten sie sich nur noch an. Beide waren gekränkt. Rupert hatte, so erklärte er schimpfend, einfach nur die Natur mit ihr genießen und seine Ruhe haben wollen. Julias Wut verwandelte sich in Niedergeschlagenheit – Fragen und Antworten, Offenheit und eine lebendige Auseinandersetzung gehörten für sie zu einer guten Partnerschaft dazu. Sie konnte absolut nicht verstehen, warum er jetzt so ausrastete. Er solle seine verdammten Geheimnisse, seine bescheuerte Familiengeschichte für sich behalten, es interessiere sie nicht mehr, ja, er interessiere sie nicht mehr, warf sie ihm an den Kopf

»Tatsächlich?«, fragte er und sah sie von der Seite an. Ihre Blicke trafen sich, und sie mussten lachen.

»Sind wir bescheuert?«, fragte Rupert.

»Ja, offenbar«, antwortete Julia.

Er legte seine Hand auf ihren Oberschenkel. »Sorry, wenn ich manchmal so reagiere, als wär ich noch achtzehn. War alles ein bisschen viel für mich die letzten Tage. Irgendwann erzähle ich dir mal den ganzen Scheiß.«

»Musst du nicht.«

»Weiß ich.«

Sie legte ihre Hand auf seine: »Doch, musst du.«

»Weiß ich.«

»Nicht heute.«

»Nein, nicht heute.«

Kapitel 10

»Machst du uns auf?«, fragte Julia in die Gegensprechanlage.

»Uns?«, kam es zurück. »Ich dachte, du kommst allein.«

»Frank, bitte! Bist du bekloppt? Denkst du, ich schleppe den ganzen Käse allein runter? Natürlich habe ich Rupert mitgebracht.«

»Ich bin ja auch noch da. Außerdem habe ich nun extra Jolanda herbeordert …«

»Es regnet in Strömen, kannst du uns jetzt bitte, bitte die Haustür öffnen? Sonst schicke ich ein Umzugsunternehmen.«

Die Antwort war ein Summen. Julia machte die Tür auf. Sie hatte miese Laune. Seit Frank sie nach Wochen überraschend angerufen und ihr auf den Anrufbeantworter gesprochen hatte, wann sie eigentlich gedenke, endlich ihre »Siebensachen« bei ihm abzuholen, kochte sie vor Wut. Sein Besuch in ihrer Wohnung, dieser Überfall, und dieser lächerliche Versuch, sie zurückzugewinnen – ein Auftritt, der nach Julias Meinung unter seiner und ihrer Würde lag, stießen ihr immer wieder übel auf.

»Jetzt merkst du mal, wie er drauf sein kann, wie arrogant!«, schimpfte sie und überprüfte dabei im bronzefarbenen Fahrstuhl-Spiegel ihre Frisur.

»Mir musst du das nicht sagen, Liebling«, entgegnete Rupert. »Die zwei, drei Mal, die ich ihm begegnet bin, war er immer so.«

Es machte »Pling«, der Lift blieb stehen, sanft öffnete er sich. Julia und Rupert standen direkt in der Halle.

Keine Spur vom Eigentümer des Penthouse.

»Frank?«, rief Julia.

Statt seiner erschien Jolanda, adrett mit Schürze, im Flur, der genau wie die Eingangshalle durch Dutzende von Downlights hell erstrahlte, als müsse eine Filmszene ausgeleuchtet werden. Die Haushälterin trat eher ungewohnt zaghaft aus der Küche und ging den Besuchern langsam entgegen, tupfte sich dabei mit einem Taschentuch die Augenwinkel.

»No, Frau Doktor …«, sagte sie im Näherkommen – sie hatte Julia stets als »Frau Doktor« tituliert, was Julia wie selbstverständlich vorkam und Rupert zum Schmunzeln brachte –, »… wie lange haben wir uns nie nicht gesehen.«

»Tja, Jolanda, rechnen wir lieber nicht nach.«

Sie blieben voreinander stehen, und Julia konnte in Jolandas Augen das Schimmern zurückgehaltener Tränen sehen.

»Bin ich ein bisschen traurig«, erklärte Jolanda und blickte dabei neugierig über Julias Schultern hinweg zu Rupert, der abwechselnd auf den Teppichboden aus blassem Blau und auf die weißlackierte Decke starrte, die Hände in die Taschen seiner Jeans geklemmt, wie jemand, der sich fehl am Platz fühlte.

Julia trat einen Schritt zur Seite. »Jolanda, darf ich Ihnen Rupert Andersen vorstellen? Rupert: Das ist Jolanda, die Dr. von Parlin seit vielen Jahren treu das Leben organisiert.«

Jolanda lächelte stolz, schüttelte Rupert begrüßend die Hand und machte dabei einen angedeuteten Knicks.

»No, ist schöner Mann, muss ich sagen«, konstatierte Jolanda anerkennend, »junger schöner Mann.«

Fehlt nur noch, dass sie mit der Zunge schnalzt, dachte Julia. Weiteren Gedanken konnte sie nicht nachgehen, denn vom Ende des Flurs dröhnte ein selbstgefälliger »Na endlich«-Ruf. Während Frank näher kam, flüsterte Jolanda Julia noch schnell etwas ins Ohr: »Ich habe die zwölf Teller, wo sind aus echte Silber, mit eingepackt, waren immer für Sie gedacht, von Mutter von Doktor.« Mit diesen Worten verschwand sie wieder in der Küche, weil sie wahrscheinlich Angst hatte vor einem Gewitter, das gleich losgehen würde.

»Habe schon gedacht, du kommst nicht mehr«, sagte Frank und blieb vor Julia stehen. »Na ja, Pünktlichkeit war ja noch nie eine Stärke von dir.« Und dann mit einem gelangweilten Blick zu Rupert: »Tag.«

Julia wollte etwas erwidern, kam aber nicht dazu, denn Rupert übernahm das Wort: »Sorry, Dr. von Parlin, wenn ich das jetzt mal so sage, aber in meiner Gegenwart beleidigen Sie Julia nicht, okay? Im Übrigen steht Ihnen das sowieso nicht zu.«

Mein Held, dachte Julia zärtlich und drückte ihren Rücken durch.

»Was mir, Herr … äh …«

»Rupert Andersen. Ich bin der Kunsthändler, der Ihnen das Bild für Julia verkauft hat.«

»… zusteht oder nicht, in meinen eigenen vier Wänden, geht Sie einen feuchten Kehricht an.«

Rupert blickte sich spöttisch um, er sah die grauen Wände, die japanischen Tuschzeichnungen aus dem 17. Jahrhundert, die erstklassig gerahmt waren, den Alabaster-Buddha, die China-Kommode und die beiden Louis-XIV-

Fauteuils – von allem etwas zu viel, dachte er, doch er sagte, ohne auf Franks aggressives Verhalten einzugehen: »Edel und riesig – Sie werden eine hohe Miete dafür zahlen, schätze ich.«

»Nein«, antwortete Frank hochnäsig, »ich zahle keine Miete. Es gehört mir.«

»Tatsächlich, so ein Penthouse?«

»Nein, das Gebäude«, erklärte Frank.

Julia hob beschwichtigend die Hände. Die Männer kamen ihr plötzlich vor, als seien sie Torero und Stier zugleich: »Nun mal ganz ruhig. Wo sind die Sachen?«

»Zwei Alukoffer, eine Umzugskiste und eine große Jil-Sander-Tragetasche, die von deinem Mantel, du weißt ...« Er zeigte dorthin, wo er hergekommen war. »Im Gästezimmer, die gute Jolanda hat alles verpackt.«

Er hat zugenommen, dachte Julia, und er ist alt geworden. Um die Augen sieht er auch ein bisschen traurig aus, er scheint noch immer nicht richtig glücklich mit Franziska zu sein.

Verdammt, sie sieht göttlich aus mit ihren hochgesteckten Haaren, ihrer Jeans und dem weißen Oberteil, dachte Frank. Die Pailletten sind vielleicht etwas sehr modisch, nun muss sie ja einen auf jung machen. Es ist zu schade.

Hier halte ich es keine fünf Minuten aus, dachte Rupert, das erinnert mich alles an mein Zuhause. Genauso überheblich und selbstzentriert war mein Vater auch immer.

Ohne weitere Worte zu machen, ging Julia voran. Als sie am Ende des Flurs angekommen war und das Gästezimmer betreten wollte, hörte sie hinter der Tür zum Wohnraum Gelächter. Erstaunt drehte sie sich zu Frank um, der ihr mit Rupert gefolgt war.

»Gott ja, was soll das Versteckspiel?«, meinte Frank und machte die Tür auf. »Ihr könnt euch ja wenigstens einmal die Hände schütteln, wir sind ja alle keine Kinder mehr.«

Julia und Rupert sahen in das Zimmer. Im Gegensatz zu früher, wo Frank stets Wert darauf gelegt hatte, dass sein teurer Geschmack sich in einer Unzahl von wohlplazierten Antiquitäten, Bildbänden, Schalen, Tischlampen und Vasen mit Blumensträußen widerspiegelte, die er salopp »Stehrumchen« nannte, wirkte der Raum jetzt unordentlich. Auf dem Boden lagen Illustrierte, Ming-Schalen waren zugunsten von technischem Spielzeug beiseitegeschoben worden, hier stand ein Teller mit einem Apfelgriebs, dort lag ein Mensch-ärgere-dich-nicht-Spiel, über einem Art-déco-Stühlchen hing ein Sweater, ein Stapel DVDs war achtlos in die Ecke geworfen. Die Verursacher des Chaos saßen auf dem Fußboden und waren damit beschäftigt, ein Puzzle, das aus Tausenden von Teilen bestand und – wenn es denn jemals fertig würde – das Brandenburger Tor zeigte, zusammenzusetzen. Jetzt sahen sie auf: Fanny und ihre Töchter.

Julia zögerte nicht lange, sondern marschierte auf ihre frühere Freundin zu. »Hallo, Franziska«, sagte sie.

Fanny sprang hoch, ergriff die ihr dargebotene Hand und schüttelte sie überschwenglich. »Guten Tag, Julia, wie geht es dir denn?«

»Danke, gut, sehr gut.« Julia begrüßte Germaine und Françoise, die sich artig erhoben und ihr sogar beide einen Wangenkuss gaben.

»Fanny, darf ich dich mit Rupert Andersen bekannt machen? Rupert Andersen.«

»Angenehm.« Sie schüttelten einander die Hand.

»Rupert, das ist Franziska Schiller, und das sind ihre Töchter Germaine …«

»Hallo, Germaine!«

»Hallo.«

»… und Françoise.«

»Hallo, Françoise.«

»Hi!«

Daraufhin Julia zögerlich: »Tja …«

»Und sonst so, Julia?«, fragte Fanny nach.

»Alles bestens, Franziska.«

»Nicht zu übersehen, nicht zu übersehen.«

»Bei euch sieht es ja aus«, kommentierte Julia den Zustand des Zimmers.

Fanny wehrte ab: »Na ja, bei uns …«

Frank mischte sich ein: »Nun, langsam kann man wohl mit Fug und Recht sagen: bei uns, Fannyleinchen.«

Fannyleinchen?, dachte Julia und hätte sich am liebsten geschüttelt, so aufgesetzt fand sie die ganze Veranstaltung.

»Wir sind quasi bei Frankieboy eingezogen, die Kids und ich.«

»Platz ist ja in der kleinsten Hütte«, erklärte Frank und schüttete sich aus vor Lachen, und Fanny stimmte mit ein.

»Es hätte ja keinen Sinn gemacht, in Kleinmachnow zu bleiben. Wir haben das Häuschen dann ja am Ende ganz gut verkauft, auf die Schnelle. Ich weiß gar nicht, ob du das weißt …« Julia schüttelte den Kopf. Sie konnte sich nicht mehr recht erinnern, was sie noch wusste von Franziska und was nicht. »Oder in Berlin eine Wohnung zu suchen, bei dem wenigen Geld, das ich zur Verfügung habe. Du erinnerst dich ja sicher, wie miserabel sich

Stefan nach der Trennung verhalten hat, also finanziell, meine ich.«

»Ich denke, Fannyleinchen, das muss ja nun nicht so öffentlich erörtert werden, oder?«, fragte Frank, kam zu seiner Geliebten und legt fest den Arm um ihre Taille, von der Julia den Eindruck hatte, sie sei breiter geworden.

Ohnehin wirkte auf Julia alles völlig verändert, und ihr war nicht klar, welche Rolle ihr in diesem Spiel zukam, ihr und Rupert, und ob ihnen überhaupt eine Rolle zugedacht worden war. Oder war alles nur darauf ausgerichtet, dass Franziska und Frank sich auf die Bühne stellen konnten, um eine neue, heile, fröhliche, gar glückliche Familie darzustellen? Françoise und Germaine setzten sich wieder auf den Teppichboden und fügten mit einer Konzentration, die Julia beinahe rührte, stumm und behende Teilchen um Teilchen in das Puzzle ein, während sich die Erwachsenen noch einen Moment lang mühten, höfliche Konversation zu machen. Selbst Rupert wurde von Frank mit einbezogen. Offensichtlich tat ihm sein Auftritt gegenüber Julias Freund nun leid. Es war ein unverbindliches Gespräch über die Frage, ob der kommende Sommer schön oder wieder verregnet sein würde, über den Zustand von Berlins Straßen, über die steigenden Lebensmittelpreise und die Lage der Weltwirtschaft. Kurz streiften sie Julias Bankgeschäfte und Ruperts Kunsthandel, und bei jedem Satz, jeder Frage und Antwort konnte Julia aus dem Augenwinkel sehen, wie Fanny sie beobachtete. Julia hatte keine Lust, emotional wieder bei ihr anzudocken, deshalb vermied sie es, dass sich ihre Blicke trafen. Überhaupt stand Julia nicht der Sinn nach einem längeren Aufenthalt in Franks Wohnung. Sie drängte darauf, zu gehen. Zum Abschied gab sie Françoise und Germaine ein Küsschen auf die Wange und nickte Fanny zu, die die Botschaft sofort verstand und, noch ehe Julia das Wohnzimmer verlassen hatte, sich auf einen der Sessel in der Ecke zurückzog, eine Modezeitschrift aufschlug und darin blätterte. Schließlich half Frank Rupert und Julia – nachdem sie auch Jolanda Lebewohl gesagt hatte –, die Sachen herunterzubringen und in Ruperts Auto zu verstauen. Er schüttelte dem Kunsthändler etwas übertrieben freundlich und kräftig die Hand. Dann nahm er Julia überraschend in den Arm, küsste sie links und rechts und flüsterte ihr ins Ohr: »Etwas Sehnsucht bleibt.«

Julia reagierte mit einem kurzen: »Man sieht sich«, das Paar stieg ein und brauste davon. Im Kosmetikspiegel der Sonnenblende auf der Beifahrerseite konnte Julia sehen, wie Frank auf dem Trottoir stehen blieb, im Regen, offenbar ohne zu registrieren, dass er nass wurde, und ihnen nachsah. Es brach ihr fast das Herz. Als Rupert sie prüfend von der Seite ansah, lächelte sie ihn an.

Ein Bild blieb in besonderer Weise in Julias Kopf hängen: nicht das der unzugänglichen und unsicheren Franziska, die sie beobachtete und sich dann zurückzog, nicht der Blick auf den im Regen ihr nachsehenden Frank, erst recht nicht die Szene mit der weinenden Haushälterin Jolanda. Nein, es waren die still in das Puzzle vertieften Mädchen, die Julia immer und immer wieder vor Augen traten und sich in ihr Gedächtnis einbrannten. Es kam ihr seltsam vor, aber Germaine und Françoise und deren Spiel, aus vielen kleinen, anscheinend nicht zusammenhängenden Teilen ein großes Ganzes zu machen, lösten bei ihr eine Gedankenkette aus. Glich das nicht, so dachte sie, unserem Leben, das aus einer verwirrenden, unüberschaubaren Zahl von Ereignissen bestand, die, setzte man sie später richtig zusammen, das Unverständliche im Nachhinein oft verständlich machten? Schluss, sagte sie zu sich, mit deiner inneren Zerrissenheit! Es ist höchste Zeit, das Geheimnis aufzudecken.

Vor Monaten noch hätte Julia diesen Gedanken zumindest ironisch, wenn nicht gar zynisch weggelacht. Immer war sie stolz gewesen auf ihre Klarheit, ihre scharfe Intelligenz, auf ihre Befähigung zum analytischen Denken. Religion, Aberglaube, jede Art von Esoterik und Metaphysik und selbst Spiritualität hatten ihr von jeher ferngelegen. Nun aber, seit der ersten Begegnung mit Rupert, seit ihren irritierenden Beobachtungen, seit sie mit Agnes Sommer und Kay Hanau über Wiedergeburt und Reinkarnation gesprochen hatte, wuchs in ihrem Inneren eine kleine Pflanze, die Neugierde hieß. Kays anregende Erklärungen verlangten in ihrem Inneren nach mehr. Das Pflänzchen breitete sich aus. Julia wollte Gewissheit.

Endlich fing sie an, das Kay gegebene Versprechen einzulösen und die Bücher, die noch verpackt und versteckt vor Rupert unter dem Schreibtisch in ihrem Schlafzimmer lagen, zur Hand zu nehmen. Befremdet erst, dann mit Begeisterung. Julia erfuhr von der Unsterblichkeit der Seele, von geistigen Gesetzen, von Religionen, Geheimnissen, Lehren, vom Leben und vom Tod. Sie las manches, was ihr unsinnig vorkam, vieles, was sie faszinierte – über Bestellungen an das Universum; über Engel, die Menschen begleiten und schützen und als »Wesenheiten« Botschaften übermitteln; über Heilungen durch Liebesenergie, »energetische Readings«, Energiefelder, Magnetismus, über »ätherische Doppel«, »außerkörperliche Erlebnisse«; über die »sieben Strahlen der Göttlichen Manifestation« und das »kosmische Gesetz der Anziehung«. Sie versank im »tibetischen Buch vom Leben und vom Sterben«; sie studierte Psychologie- und Philosophie-Werke, kämpfte sich durch medizinische Fachliteratur. Sie lernte, dass es eine »Rückführungstherapie« genannte Methode gab, bei der Menschen sich im Zustand einer Trance oder Hypnose früherer Phasen ihres Lebens erinnern, und sogar, glaubte man dieser spirituellen Richtung, in zurückliegende Leben.

Jede freie Minute verbrachte Julia mit dem Lesen. Sie verzichtete auf die Fahrt mit dem Auto ins Büro und nahm stattdessen mal wieder die S-Bahn, um Zeit für ihre Lektüre zu haben. Die Mittagspausen nutzte sie ebenso zum Lesen wie die Abende, an denen Rupert keine Zeit für sie hatte. Einmal ertappte sie sich selbst dabei, dass sie in einer Konferenz, die besonders langweilig war, auf den Knien unterhalb des Konferenztisches ein Taschenbuch hielt und darin stöberte. Einmal las sie die Nacht durch – Rupert war auf der Kunstmesse Art Basel –, bis sie, angezogen auf dem Bett liegend mit Kissen im Rücken, im Schein der Nachttischlampe einschlief und zwei Stunden später durch das Klingeln des Weckers hochschreckte und völlig übermüdet zu einer Morgenbesprechung in der Bank erschien. Julia wurde süchtig. Sie machte sich Notizen, knickte Eselsohren in Buchseiten, markierte Wörter, Sätze, ganze Abschnitte, die ihr wichtig erschienen. Sie recherchierte im Internet, sie schrieb sich Adressen von Menschen auf, die mit dem Themenkreis befasst waren, Vorträge hielten, Seminare veranstalteten, Gesprächsstunden anboten, natürlich gegen entsprechende

Bezahlung. Je mehr Julia las, desto mehr wurde ihr klar, wie wenig sie wusste, wie gewaltig der Planet Esoterik war und wie schier undurchdringlich darin insbesondere das Feld der Reinkarnation.

Vor Rupert hielt sie alles geheim. Von ihren Vermutungen traute sie sich nicht, ihm zu erzählen. Sie wollte nicht, dass er sie für verrückt erklärte. Und sie hatte Angst davor, dass er abwehrend darauf reagieren könnte, dass sie den Gedanken hegte, in ihm stecke Hannes' Seele, und er sei ihre wiedergeborene Liebe aus den Tagen ihrer Jugend. Sie sammelte weitere Indizien. Seine Gesten, seine Bewegungen, seine Eigenarten, was er dachte und sagte; alles stellte sie auf den Prüfstand, verglich den nichtsahnenden Lebenden mit dem längst Toten.

Mehr und mehr spürte sie den Drang, mit jemandem über dieses Rätsel zu reden. Sie versuchte, mit Kay, den sie seit dem langen, nächtlichen Gespräch in ihrer Wohnung nicht mehr gesehen oder gesprochen hatte, Kontakt aufzunehmen. Weil sie ihn auch per Handy nicht erreichen konnte, recherchierte sie in der Bank. Über ihre Sekretärin erfuhr sie zu ihrer Überraschung, dass Kremer I ihn seinerzeit nach Berlin gerufen hatte, um ihm einen längeren Aufenthalt im Konzernhauptsitz in Dubai zu ermöglichen. Zuerst war sie gekränkt, dass er ihr wieder einmal nichts von seinen beruflichen Plänen mitgeteilt hatte. Dann siegte ihre neu erwachte Selbstkritik. Sie hatte sich auch seit Wochen nicht mehr bei ihm gemeldet, um sich nach ihm und seiner beruflichen Entwicklung zu erkundigen. Ihn in Dubai anzurufen, erschien ihr albern. Sie ließ es.

Schmerzhaft wurde Julia klar, dass sie, seit Fanny und Frank aus ihrem Leben verschwunden waren, nur noch sehr wenige enge Freunde und Vertraute hatte, mit denen sie sich hätte austauschen können. Sie fing an zu grübeln.

Ihr Alter wurde Julia wieder bewusst. Eine Frau von fünfzig Jahren. Wie viele Menschen man auf seinem Weg hinter sich ließ und verlor. Sandkastenlieben, Kinderfreundschaften, Schulkameraden, Kumpels aus der Ausbildungs- und Studienzeit, Cliquen, Spezis, Vertraute. Alles hatte seine Zeit, manches überlebte sich. Einige einst wunderbare Freundschaften gingen nach einem Streit in die Binsen. Mal lag es am neuen Partner, der das vertraute Verhältnis aus dem Gleichgewicht brachte. Das eine Mal überholte man Weggenossen, das andere Mal lagen erst Monate und Kilometer zwischen den Freunden, dann Welten. In vielen Fällen waren Julia die Freundinnen und Freunde einfach entglitten, und wenn sie darüber nachdachte, wusste sie nicht einmal mehr, warum. Es war traurig. Das federleichte Gefühl von Vertrautheit, das beflügelnde gemeinsame Lachen, das Ohne-Worte-Verstehen, das wirkliche Sich-Kennen – alles ein kostbarer Schatz, den sie, wie viele andere, links liegengelassen hatte, einfach weil ihr die Zeit fehlte, die Kraft, später der Mut zur Wiederbelebung. Der Druck, unter dem Julia stand, weil sie sich immer ganz und gar dem Geldverdienen und der Karriere untergeordnet hatte, war größer gewesen als die Einsicht, dass Freundschaft der Wind unter den Schwingen war, die warme Decke, die einen umhüllen, die Quelle, aus der man Kraft trinken konnte. Frank hatte sich perfekt in ihr System integriert, auch ein Geheimnis ihrer langen Beziehung.

Was blieb? Schwechows? Hofers? Sie waren nichts weiter als gute Bekannte und ohnehin eher Franks Vertraute, denen sie wohl kaum erzählen könnte, dass sie sich bei dem Mann, mit dem sie Frank betrogen hatte, auf eine Spur begeben hatte, die jeder rationale und moderne Mensch als Hirngespinst abtun würde.

Julia fühlte sich wie ein Überdruckkessel. Das Gefühl erinnerte sie daran, wie es ihr stets ergangen war, wenn sie sich verliebt hatte. Wie vor Monaten, als sie einfach ihre Klappe nicht halten konnte und Fanny von Rupert erzählen musste.

In ihrem Drang, mit jemandem über dieses für sie so völlig neue und überwältigende Thema zu sprechen, nahm sie an einem Montag, kurz nach der Mittagspause, beiläufig und unter dem Vorwand, sie habe gerade in einer Frauenzeitschrift etwas über Reinkarnation gelesen, Brigitte beiseite und fragte sie, was sie denn davon halte.

Brigitte, die an ihrem Schreibtisch vor dem PC saß und den Terminkalender für die darauffolgende Woche überprüfte, sah Julia erstaunt von der Seite an, schob ihre halbe Lesebrille noch ein weniger weiter nach vorne auf die Nasenspitze und schüttelte fast empört den Kopf. »Also, Frau Kilchberg! So was lese ich gar nicht erst. Das ist ja genauso schlimm wie diese idiotischen Horoskope. Wer an so etwas glaubt, ist total plemplem! Damit will man die Menschen nur dumm halten wie mit der Religion, sage ich immer: Alles nur Krücken für Leute, die es nötig haben. Verzeihen Sie, ich weiß ja gar nicht …« Nun nahm sie die Brille ab und drehte ihren Stuhl frontal zur Seite, »… ob Sie religiös sind. Ich will niemanden verletzen, bloß: Wer an Gott glaubt, an ein Leben nach dem Tode, der tut mir leid. Nein, nein, ich glaube ja auch nicht mehr an den Weihnachtsmann. Tot ist tot, oder? Danach kommt nichts mehr, das ist so sicher wie das Amen in der Kirche.«

Das war ein klares Statement. Für Brigitte war die Sache damit erledigt, und sie wollte auch keinesfalls noch Julias Meinung zu diesem Thema hören, sondern widmete sich wieder den Realitäten des Lebens, den Flügen, den Hotels, den Besprechungen, den Geschäftsessen, den Konferenzen.

Julia ging in ihr Büro, schloss die Tür und ärgerte sich über sich selbst, dass sie überhaupt gegenüber ihrer Sekretärin davon angefangen hatte. Die beiden hatten ein freundliches, perfekt funktionierendes, gleichzeitig völlig kühl-distanziertes Verhältnis zueinander. Und das lag zuallererst an Julia, die nie besonderes Interesse daran gehabt hatte, mehr als das Notwendigste preiszugeben oder von ihrer Mitarbeiterin zu erfahren.

Nachdem sich Julia wieder an den Schreibtisch gesetzt hatte und sich fast ein wenig ertappt fühlte, kam ihr der Gedanke, dass es doch einen Menschen gab, dem sie sich offenbaren konnte, ja, sogar musste: Agnes Sommer. Sie war es gewesen, die ihr im Dezember letzten Jahres wie selbstverständlich gesagt hatte, sie habe keinen Zweifel daran, dass Hannes' Seele in Ruperts Körper wiedergeboren worden sei. Und Agnes hatte ihr von Beginn ihrer Freundschaft an Dinge auf den Kopf zugesagt, die stimmten. Vielleicht war Agnes mit ihren fünfundneunzig schon ein wenig schrullig; sie war vor allem eine Frau, die über eine unerschöpfliche Quelle an Lebenserfahrung verfügte und eine große, seltene Weisheit besaß.

Fast erregt griff Julia zum Telefon. Es war halb zwei. Sie wusste, dass es für Agnes zu den Freveln der modernen Gesellschaft gehörte, die Mittagsruhe nicht mehr zu wahren. Zwischen eins und drei rief man nirgendwo privat an. Egal. Wer die Regeln kennt, darf sie brechen. Julia wählte Agnes' Telefonnummer.

Es dauerte eine Weile, dann wurde abgehoben. »Haus Sommer«, sagte ein Bariton sehr melodiös.

»Lili!«

»Ja, bitte?«

»Lili, hier ist Julia Kilchberg, guten Tag.«

»Miss Kilchbörg. How nice. Wie geht es Ihnen?«

»Danke, gut, und Ihnen, Lili?«

Schweigen.

»Alles okay?«

»Ach, fragen Sie besser nicht.«

»Was ist los?« Julia dachte sofort an Agnes. »Irgendetwas Schlimmes passiert?«

»Kennen Sie Bad Oldesloe?«, fragte Lili zurück, und in seiner Stimme schwang Verachtung.

»Bad Oldesloe?«

»Wissen Sie, Miss Kilchbörg, wo ich früher aufgetreten bin?«

»Nun …«

Er wartete ihre Antwort erst gar nicht ab: »Die ›Katakombe‹ in Frankfurt, kennen Sie noch? ›Madame Arthur's‹ in Paris, ›Le Carrousel‹? Haus Fatherland in Hamburg? Ich war in New York, in Las Vegas, Tokio. I was booked in Nantaskett Beach at the famous ›Show boat Lounge‹, you know?«

»Lili?«

»In Berlin, Darling: Man hat mir zu Füßen gelegen, ich war ein Star. Ein Star!« Er machte eine Pause. Julia schwieg. Sie wusste weder, was sie sagen sollte, noch, worauf er hinauswollte.

»Mein Agent hat mir wunderbare Kontrakte gemacht,

ich habe Geld verdient, wie sagt ihr? Wie Heu. Wie Heu. Kiki Hall, April Ashley, Ricky Renee, Guilda, selbst Lestra La Monte habe ich noch gekannt, alles Schall und Rauch. Namen, die keiner mehr nennt, Vergangenheit. Und nun: Bad Oldesloe.« Er schneuzte sich laut. Julia hatte das Gefühl, er würde weinen.

Vorsichtig versuchte sie es mit einem Trost: »Lili«, sagte sie weich, »wenn Sie all das Wunderbare gehabt haben, warum quälen Sie sich noch? Müssen Sie denn überhaupt auftreten?«

»Mein Gott, Miss Kilchbörg, was denken Sie? Ich bin für die Bühne geboren, ich werde auf der Bühne sterben.«

»Wir werden alle einmal sterben, Lili. Aber nicht so bald.« Die Tür ging nach einem kurzen Klopfen auf, und Jörg Kremer erschien mit einem Grinsen, roter Alarm-Krawatte zum grauen Flanellanzug, und bedeutete ihr mit einem Fingerzeig, sie möge nach dem Telefonat zu ihm kommen, ehe er, nachdem sie mit einem Nicken anzeigte, dass sie verstanden habe, was er wolle, wieder verschwand.

Julia wollte eigentlich nicht mehr die alte Julia sein, die harte, ignorante, sie wollte zugewandt sein, verständnisvoll, und doch wurde sie Lili gegenüber streng: »Aber wenn Sie da nicht auftreten wollen, dann lassen Sie es doch einfach.«

»Ich habe unterschrieben.«

»Dann müssen Sie es machen, bringen Sie es hinter sich! Zeigen Sie den Menschen dort, wer Sie sind, Lili. Ein Star. Ein Star in Bad Oldesloe. Sie werden sehen, auch dort lassen die Menschen sich begeistern.«

»Glauben Sie?«

»Sicher.«

»Gut.« Er schien wieder rundherum zufrieden zu sein. »Sie haben ja nicht angerufen, um sich meine Sorgen anzuhören, Miss Kilchbörg, n'est-ce pas? Was kann ich für Sie tun, Chérie?«

Nun musste Julia lachen. »Ich wollte, ehrlich gesagt, Agnes sprechen. Sicher schläft sie noch.«

»Nein, Gaby ist da. Es ist Montag, Miss Kilchbörg!«

»Gaby?«

»Gaby, die Coiffeuse. Sie macht ihr die Haare, jeden Montag, das sollten Sie wissen.«

Es war für Julia immer wieder ein kleines Wunder, mit welcher Geschwindigkeit Lili von kühler Distanz zu Mitteilsamkeit, von Selbstmitleid zu Fröhlichkeit, von kindlicher Bereitschaft, sich trösten zu lassen, zu zickiger Strenge wechseln konnte. Sie beschloss, nicht weiter auf seine Äußerungen einzugehen. »Lili, tun Sie mir bitte einen Gefallen? Sagen Sie Agnes, wenn sie fertig ist und Zeit hat, möge sie mich bitte im Büro anrufen. Sie hat ja meine Nummer.«

»Sehr gern.«

»Ja, dann, Lili, wie sagt man in Ihren Kreisen? Toi, toi, toi.«

»Miss Kilchbörg?«

»Ja?«

»Sie sind ein feiner Mensch. Wir sind sehr froh, Sie zu haben.« Mit diesen Worten legte der Künstler auf.

Julia war über das Telefongespräch gerührt, als sie sich auf den Weg zum Juniorchef machte. Waren nicht alle Menschen ein wenig wie Lili? Ging es nicht immer darum, Kränkungen zu überwinden, angenommen zu werden, Lob zu erhalten? Die meisten behielten ihren alltäglichen Kummer für sich, verstauten ihn, verdauten ihn aber nicht. Sie wurden hart, kühl, egozentrisch, ließen immer weniger an sich heran, trugen eine Maske, zogen einen Schutzanzug über, spielten eine Rolle. Es war gut, dass sie jetzt an dem Punkt war, wo sie endlich einmal zum Nachdenken kam, zum Reflektieren über sich und ihr Leben, über andere. Nicht einfach nur das Leben abzuarbeiten, sondern es zu leben, bewusst – das sollte ab jetzt ihr Ziel sein.

»Nehmen Sie kurz Platz, Julia«, sagte Jörg Kremer und zeigte mit dem jovialen Männerzeigefinger auf den Sessel vor seinem Schreibtisch.

»Was kann ich für Sie tun, Jörg?«, fragte Julia ebenso jovial und gutgelaunt zurück.

»Bessere Zahlen bringen!«, sagte er und lachte herzlich. »Nein, nein, Scherz beiseite. Sie gehören ja nun zur Führungsetage, und deshalb wollte ich Sie kurz informieren, mit Grüßen von meinem Vater – er weilt ja noch auf Malle, beneidenswert – kurz und gut: Er wird seinen Plan nun durchziehen und Ende Juli aussteigen und den Stab an mich weitergeben.«

Julia durchfuhr es kalt. »Ende Juli?«

Jörg Kremer schob ein paar imaginäre Akten auf seinem picobello aufgeräumten Schreibtisch zusammen und fuhr fort, ohne sie anzusehen: »Keine Feier, keine Sentimentalitäten, die Abteilung Öffentlichkeitsarbeit wird nächste Woche eine Meldung rausgeben, das war's.«

»Sehe ich ihn noch mal?«

Er zuckte mit den Schultern.

»Kann ich ihn anrufen?«

Jörg Kremer grinste: »Don't call us, we call you. Aber nein, das gilt natürlich nicht für seinen Liebling Julia Kilchberg. Sie können selbstverständlich versuchen, ihn zu erreichen. Wenn er denn auf dem Golfplatz rangeht. Na ja, er hat es verdient, oder?«

Julia nickte, sie war sprachlos. Mit dieser abrupten Entwicklung hatte sie nicht gerechnet. Sie hatte überhaupt mit nichts gerechnet. In den vergangenen Wochen hatte sie ihre Arbeit eher routiniert abgewickelt, an wenigen Meetings teilgenommen, sich dem Flurfunk, einer wichtigen Quelle für betriebsinterne Neuigkeiten, geradezu verweigert. Wenn sie ehrlich zu sich selbst war, musste sie sich eingestehen, dass sie ihren Job hatte schleifenlassen. Sie war viel zu vertieft gewesen in ihren privaten Themenkreis. Natürlich hatte Jörg Kremer, der sie zu beobachten schien, das gemerkt. Auch wenn er nichts dazu sagte. Irgendwie fühlte sich Julia ertappt, als sie ihm jetzt so ahnungslos gegenübersaß.

»Noch etwas sollten Sie wissen: Der Junge … äh … Sie kennen ihn ja wohl ganz gut, und Ihnen haben wir zu verdanken, dass er nun Trainee bei uns ist.«

Sie schaltete heute einfach nicht schnell genug. »Welcher Junge?«

»Kay Hanau.«

»Oh ja. Was ist mit ihm? Sitzt er nicht gerade in Dubai?«

Jörg Kremer nickte: »Mein Vater hat ihn mir ans Herz gelegt. Wenn er wiederkommt, wird er mein neuer Assi.«

»Oh.« Nun nickte Julia, versonnen fast. Damit machte ihr Protegé einen Riesenkarrieresprung. Einerseits freute sie das für ihn. Andererseits wechselte er damit ins Feindeslager. War das gut für sie? Oder schlecht? Julia wusste es nicht. Sie nahm sich vor, Kay, sobald er wieder in Berlin war, endlich anzurufen und sich mit ihm zu verabreden.

»Danke, Julia. Das war's.«

»Danke auch.« Sie stand auf, ging zur Tür.

Als sie eben die Klinke herunterdrückte, um sie zu öffnen, hielt Jörg Kremer sie zurück.

»Eine letzte Sache, Julia«, er hielt bereits den Telefonhörer in der Hand, sah sie kaum an, »Sie stehen auf der Abschussliste.«

»Wie immer, Frau Sommer?«, fragte der stockbeinige Barkeeper und schlug mit der Serviette knallend ein paar Krümel vom Sofatisch aus schwarzem Holz.

»Nun mach mal nicht so einen Krawall, Junge, wir wissen ja, wie wichtig du bist.«

Julia und Agnes saßen in der Gobelinhalle des Hotels Kempinski am Kurfürstendamm. Agnes versank förmlich in dem türkisblauen Zweisitzer, doch sie füllte den ansonsten leeren Raum mit ihrer Aura und ihrem schweren, süßen Parfüm. Sie trug eine für ihre Verhältnisse schlichte, weiße Bluse, einen elfenbeinfarbenen Hosenanzug aus Jersey, Lackschuhe in Creme, die schwarze Kappen und schmale Lederschleifchen hatten. Ihren Hals umschloss eine dreireihige Spange aus sanft schimmernden Perlen, zwischen die mit Saphiren, Rubinen und Smaragden besetzte Goldringe gesetzt waren. Sie war für den Tag zu stark geschminkt. Doch ihr Look stand ihr, das Haar saß perfekt, die Augen funkelten.

»Wie immer, ja. Und du, Kleene?«

»Was heißt: wie immer?«, wollte Julia wissen.

»Pink Champagne«, erklärte der Barkeeper.

»Ja, gern, für mich auch«, sagte Julia.

Während der Barkeeper davonstakste, rief Agnes ihm

noch nach, er möge ihr ein Kissen bringen, ein möglichst hartes, aus Rosshaar. Dann widmete sie sich Julia. »Tut mir leid, Julia, dass ich mich erst jetzt gemeldet habe, du darfst det nicht auf Lililein schieben, der ist zwar halb durchgedreht wegen dem Engagement …«, sie sagte »Ängaschemang«, was Julia zum Schmunzeln brachte, »… aber er hatte mir brav von deinem Anruf berichtet. Bloß man hat ja och so viele Verpflichtungen. Wo brennt's denn?«

Julia hatte noch zweimal versucht, Agnes telefonisch zu erreichen, bis sie endlich nach einer Woche ihren Rückruf erhielt und sich nun mit ihr zum Nachmittagstee traf, der eben nie von Tee, sondern stets vom Alkohol bestimmt war, dieses Mal vom Taitinger Rosé, den der Barkeeper in eisgekühlten Gläsern zusammen mit Kissen und Knabbereien servierte. Agnes lächelte ihm wohlwollend zu, machte es sich gemütlich, stieß mit ihrer Freundin an und ließ sich ausführlich alles berichten, was Julia auf dem Herzen lag.

»Irgendwie habe ich jetzt das Gefühl, ich müsste das tun: herausfinden, ob da wirklich etwas dran sein kann. Und ich habe auch das Gefühl, dass du recht haben könntest, Agnes. Ich habe in der letzten Zeit alles zu diesem Thema gelesen, dessen ich habhaft werden konnte.« Julia lachte verlegen auf. »Ich bin wahrscheinlich inzwischen Spezialistin in Sachen Reinkarnation. Das hätte ich vor Monaten nicht für möglich gehalten.« Sie tranken einen Schluck Champagner. »Bei mir geht es natürlich weiter: Ich muss nun einfach herausfinden, ob Rupert …«, Julia machte erneut eine Pause und schüttelte den Kopf über ihre eigene Verrücktheit, dies auszusprechen »… Hannes ist.« Sie und Agnes sahen sich einen Augenblick an. »Bloß kann ich ihn das natürlich nicht fragen. Ich kann überhaupt nicht mit ihm darüber sprechen. Davor habe ich die größte Angst. Also, wie finde ich es heraus?«

Agnes gluckste. »Wenn ich mir nun allerdings vorstelle, meine fünf Ollen würden in irgend so einer Pappnase weiterleben. Fürchterlich!« Sie beugte sich vertraulich vor und schmunzelte: »Ich war ja immer so froh, dass sie mausetot waren.«

»Du machst dich über mich lustig.«

»Aber nee!«

»Bin ich verrückt, Agnes? Sag es mir: Bin ich verrückt?«

Agnes wurde ernst: »Nein, du bist eine liebende Frau.«

Diese einfache Wahrheit war zu viel für Julia. Das dramatische Geschehen um den Tod von Ruperts Vater, die stressige Begegnung mit Frank, die nagenden Fragen und Ängste; die knappe, harte Drohung von Jörg Kremer, ihr Job sei gefährdet, all das hatte Julia in eine solche Anspannung versetzt, dass dieser Satz sie nun, da Agnes ihr klarmachte, sie sei eben keine funktionierende Maschine, sondern eine Frau voller Gefühle, ins Mark traf. Es rührte an Julias innersten Kern, an dieses andauernd verdrängte Gefühl von Schwäche, Weiblichkeit, Weichheit, von Sehnsucht, ja, trotz der tiefen Verbundenheit mit Rupert, von unerklärlicher Einsamkeit und Vereinzelung.

»Wir sind alle zu lebenslänglicher Einzelhaft in unserer Haut verurteilt«, hatte Julia einmal irgendwo gelesen und diesen Satz in Hannes' Nächtebuch gekritzelt. Sie fing an zu weinen. Sie schämte sich nicht. Sie schaute Agnes hilfesuchend an, während sich ihre Augen füllten, die

Tränen an den Wimpern hängenblieben und dann langsam über ihre Wangen liefen.

»Nun heul nicht, Püppie!«, bat Agnes.

Julia nickte. Sie zog ein Taschentuch hervor und betupfte sich die Augen und die Wangen.

Agnes leerte ihr Glas, winkte den Barkeeper heran. »Hansi, bring mal die ganze Pulle, wir brauchen det jetzt, meine Freundin und icke.«

Angenehm überrascht, brachte Hansi die Flasche in einem silbernen Weinkühler, schenkte nach, rückte Agnes fürsorglich das Kissen im Rücken zurecht und servierte eine kleine Platte mit Kanapees, die beide Frauen nicht anrührten.

Agnes kramte in ihrer Handtasche und förderte ein zerfleddertes Adressbüchlein heraus. »Hast du Stift und Zettel?«

Julia holte aus ihrer Umhängetasche, die sie neben den Ledersessel auf den Teppichboden gestellt hatte, ihr iPhone heraus.

»Es gibt einen Menschen, der dir weiterhelfen kann«, erklärte Agnes und blätterte in ihrem Büchlein. »Jeetze, Jeetze, Wilma Jeetze … hier … hör zu.« Sie gab ihr eine Adresse und Telefonnummer in der Nähe von Lüneburg und tat sehr verschwörerisch und geheimnisvoll. »Wilma Jeetze ist eine ganz wunderbare Person, wunderbar und verschroben, sie hat mir einmal, lange her, na jut, bei mir ist ja alles immer lange her, sehr geholfen.«

»Wer ist sie, was macht sie?«, fragte Julia, während sie alle Angaben in ihr iPhone eingab.

»Nun, wie soll ich das sagen? Mir fehlen die Worte.«

»Das wäre aber das erste Mal, Agnes.«

Die Frauen lachten.

Dann erklärte Agnes, dass »die Jeetze« vieles sei, Astrologin, Handleserin, Naturkundlerin, eine weise Frau, eine weiße Hexe, die im Stillen und Geheimen arbeiten würde, nur auf Empfehlung. Sie habe die Gabe, einer Person auf den Kopf zusagen zu können, woran sie litt, körperlich oder seelisch. Sie sei in der Lage, Kranke gesund zu machen, könne Gürtelrosen oder Warzen besprechen, und sie könne die Zukunft voraussagen, die Toten rufen, kurz, sie sei Medium und Mittlerin, Helferin und Heilerin. Es sei schwierig, in ihrer »parapsychologischen Praxis« einen Termin zu bekommen, denn sie sei stets ausgebucht und nehme ohnehin nicht jeden. Sie setze die Bereitschaft voraus, an ihre Fähigkeiten zu glauben und sich helfen zu lassen. Sie sähe seltsam aus und wäre eigenartig, jedoch aus Agnes' Sicht die Einzige, die Julia eine Antwort auf ihre Frage geben könne.

Julia wollte wissen, ob es notwendig wäre, Rupert mitzunehmen.

Agnes schüttelte heftig den Kopf. »Na, bloß nicht! Du kennst die Männer! Die glauben nichts, was sie nicht sehen, schmecken, riechen können.«

»Oder begreifen«, ergänzte Julia.

»Begreifen tun die doch sowieso nie etwas, nein, nein, Schätzelchen, det lassen wir mal lieber. Da gehst du schön alleene hin.«

»Kannst du mir nicht einen Termin machen?«

»Das machst du auch mal schön selber. Darauf legt die nämlich Wert, die Jeetze. Wer sich nicht müht, hat sie mir mal gesagt, dem kann ich auch nicht helfen. Du musst ihr auf jeden Fall beweisen, dass es dir ernst ist.«

»Das ist es, das kannst du mir glauben, Agnes.«

Die Frauen ließen sich von Hansi Champagner nachschenken. Julia war fasziniert und hätte am liebsten tausend Fragen gestellt, insbesondere die nach Agnes' Motivation, die geheimnisvolle Frau aufzusuchen, doch sie kannte ihre Freundin – in entscheidenden Momenten konnte Agnes zuschnappen, mal bissig wie ein Hund, mal beleidigt wie eine Auster. So beschränkte sich Julia darauf, sich nach dem Preis eines solchen Termins zu erkundigen.

»Gut, dass du danach fragst«, erklärte Agnes. »Ist nicht ganz unkompliziert. Genau genommen wird über Geld natürlich gar nicht gesprochen.«

»Sondern?«

»Du gibst, was du zu geben bereit bist. Du tust das Geld – vorher, Mäuseken! – in einen Umschlag, und den legst du irgendwo diskret hin. Bitte so, dass sie es nicht sieht. Sonst ist alles hinne.«

Für Julia klang das alles irritierend, doch sie war gespannt darauf, dieser Frau zu begegnen.

Den Rest ihres Zusammenseins verbrachten sie mit Plauderei. Agnes fragte nach Julias beruflicher Situation. Weil Julia keine Lust hatte, ihr noch weiter ihr Herz auszuschütten, log sie einfach, alles sei in bester Ordnung, wie immer.

Eine halbe Stunde später tauchte Lili auf, der sich einen schwarzen Anzug mit Krawatte angezogen hatte und den Chauffeur von Agnes gab. Er wollte nicht einmal Platz nehmen, sondern blieb kerzengerade neben der Sitzgruppe stehen, verzog keine Miene, zeigte kein Lächeln, kam nicht einmal mehr auf das Bad-Oldesloe-Telefonat zurück. Stattdessen wartete er darauf, dass Agnes endlich bereit war, sich aus ihrem Sofa heraushelfen und, nachdem sie Julia und Hansi eine Kusshand zugeworfen hatte, an seinem Arm aus dem Hotel geleiten zu lassen. Das Bezahlen des Champagners überließ Agnes wie selbstverständlich Julia, einen Preis musste ihre Hilfe schließlich haben.

Kapitel 11

Julia konnte sich nicht daran erinnern, jemals einen so fürchterlichen Dauerregen erlebt zu haben. Während sie über die Autobahn von Berlin in Richtung Hamburg fuhr, musste sie mehrfach die Geschwindigkeit drosseln, denn sie konnte kaum mehr als einen Meter weit sehen, trotz der Scheinwerfer, die sie seit ihrer Abfahrt kurz nach zehn Uhr morgens eingeschaltet hatte. Draußen war es fast schwarz. Das Wasser preschte ihr waagerecht entgegen. Die Scheibenwischer versagten nahezu ihren Dienst. Sie überlegte kurz, den Blinker zu setzen, rechts auf den Standstreifen zu fahren und dort die Warnblinkanlage anzumachen. Doch dann lenkte sie, so gut es ging, ihren Wagen vorsichtig weiter. Zum Glück gab es kaum Verkehr. Offenbar hatten alle anderen die Wetterwarnungen in den Nachrichten gehört und darauf verzichtet, sich auf die Autobahn zu begeben.

Plötzlich geschah ein kleines Wunder. Es schien Julia, als durchbreche sie eine Wand aus Regen, hinter der eine andere Welt lag. Im Bruchteil einer Sekunde war die Fahrbahn trocken, der Himmel blau, besetzt von kleinen, wie gemalt aussehenden Schäfchenwolken. Die Sonne schien. Julia fühlte sich wie Alice, die durch den Spiegel geschritten und ins Wunderland eingetreten war. Sie verließ die Autobahn und kam auf eine Bundesstraße. Birkenhaine, sanfte Hügel, leuchtend gelbe Rapsfelder zogen vorüber, saftig grüne, noch junge Weizenfelder, Dörfer mit Kirchen aus rotem Backstein und niedersächsischen Fachwerkhäusern, Kopfsteinpflaster-Alleen mit sich hochreckenden Kastanienbäumen, wild umwucherte Seen, Waldstücke, deren Boden mit dicken Mooskissen besetzt war, denen Lichtflecken zauberhaften Glanz verliehen. Wie überdimensionierte Holzscheite staken drahtbespannte Zaunpfähle aus dem Boden und umstellten, als wären sie Wachsoldaten, die Wiesen, auf denen Kühe gelangweilt dösten oder grasten. Julia sah eine Schafherde. Rehe, die im Schutz von Tannen ästen. Auf einem umgestürzten Baumstamm saß ein Bussard und erhob sich mit stolzem Flügelschlag gerade in dem Moment, als sie vorbeifuhr. Die Straßen wurden schmäler und gewundener, die Natur dichter und praller. Als Julia eine Brücke überquerte, war sie so überwältigt von der Schönheit des breiten Baches, der unter dem Blätterdach von links und rechts am Ufer stehenden Buchen entlangfloss, dass sie anhielt und ausstieg. Sie ging ein paar Schritte zurück, kletterte die Böschung herunter, kniete sich auf den Boden, tauchte ihre Hände in das Wasser. Es umspülte Steinbrocken, gurgelte, plätscherte. Eine Windböe kräuselte die Oberfläche, fuhr durch die Bäume, die vertraulich rauschten, als erzählten sie eine Geschichte. Schwärme von Mücken standen im Schatten über dem Bach, der in die Unendlichkeit zu fließen schien, und dort, wo das Sonnenlicht zwischen den Zweigen hindurchbrach, sahen sie aus wie silberner Nebel, der flirrend aufstieg und sich Sekunden später wieder herabsenkte. Eine Libelle tanzte. Eine Amsel schien sich auf einem vermoosten, halb untergegangenen Ast auszuruhen und erinnerte Julia an das Bild, das sie von Rupert gekauft hatte und das sie so liebte. Julia stand auf, rieb sich den Schmutz von ihrer Jeans, blieb versonnen stehen. Erinnerungen kamen hoch, fast schmerzhaft spürte sie in ihrer Brust eine Sehnsucht. Sie fingerte in der Hosentasche nach ihrem Handy und wählte die Nummer ihrer Mutter.

Das Tuten, dem sie lauschte, klang in diesem Konzert der Natur wie aus einer fremden Welt. Endlich wurde abgehoben: »Löffler?«

»Mama!«

»Ja, Kind, das ist ja eine Überraschung!«

»Mama, ich …«

»Ist alles in Ordnung?«

»Ich wollte mich nur mal melden und hören, wie es dir geht.«

»Gut geht's mir, gut. Und du? Warum rufst du an?«

»Och, Mama, ich wollte nur mal deine Stimme hören.«

»Ja, wo bist du denn? Du bist wohl nicht auf der Arbeit? Ich hör ja die Vögel zwitschern.«

»Nein, ich … ich habe mir einen freien Tag genommen. Ich mache einen Ausflug. Ich bin in Niedersachsen.«

»In Niedersachsen, so. Wie kommst du denn dahin?«

»Na, mit dem Auto.« Julia lachte. Immer, wenn sie mit ihrer Mutter telefonierte, was, wie ihr nun wieder einmal klarwurde, viel zu selten vorkam, war die in Habachtstellung, vermutete irgendein Drama, gab sich nie mit dem Einfachsten zufrieden, misstraute, argwöhnte, hakte nach. Und das mit erhobener, lauter Stimme, als wäre die Entfernung so groß, dass man sich nur so akustisch verständlich machen könnte. Sie gehörte einer anderen Generation an, sie hatte als Kind und junges Mädchen den Krieg erlebt, sie kannte Hunger, Not und Gefahren, und das hatte sie so geprägt, dass Wachsamkeit und Ängste ihre ständigen Begleiter waren.

Julia war es in diesem Moment beinahe peinlich, angerufen zu haben, nur aus einer Laune heraus. »Mama, es ist nichts weiter«, erklärte sie beruhigend, »ich stehe hier an einem Bach, weißt du, so wie der bei euch ...« Julia hatte die Angewohnheit, immer »euch« und »ihr« zu sagen statt »dir« und »du«, so, als lebte ihr Vater noch, »... an der Landstraße nach Gerolsau.«

»Jaja, ich weiß.«

»Es ist so schön hier, wie damals, und das Wetter ist toll, und irgendwie dachte ich an dich.«

»Na, das ist schön.«

»Ja, wunderschön.«

»Sonst ist nichts?«

Nun hätte Julia ihr am liebsten endlich von Rupert erzählt, davon, dass sie ein Paar waren, seit Monaten, dass sie sich von Frank getrennt hatte, dass sie hierhergefahren war, um eine Heilerin aufzusuchen, und dass sie einem seltsamen Geheimnis auf der Spur war. Sie brachte es nicht fertig. Halte einfach deine Klappe, dachte sie.

»Julia, du hast doch keine Probleme, oder?«

»Nein! Ich erkläre dir ja gerade, dass alles okay ist. Ich wollte nur hallo sagen. Und ich wollte dich fragen, ob du nicht mal wieder nach Berlin kommen willst, mich besuchen. Mama, du warst seit drei Jahren nicht mehr hier!«

»Nach Berlin?«

»Du könntest ein paar Wochen bleiben, du weißt, wie schön meine Wohnung ist. Ich mache es dir richtig gemütlich, wir unternehmen etwas, nur wir beide, Ausflüge, Stadtbummel. Ich vermiss das richtig, dich mal wiederzusehen!«

»Ich vermisse dich auch. Aber wer macht dann den Garten? Wer versorgt das Haus? Letzte Woche ist die Regenrinne abgebrochen, weißt du, links, über deinem Zimmer …«, mehr und mehr Mundartliches floss in ihr Erzählen ein, »einfach ebbi falle, der Borgner hat den ganzen Gruuschd dann mitgenommen, nachdem ich dreimal hab anrufen müssen, numme ned hudle, sagt dieser Labbeduddel, gut reden hat der! Denkt natürlich: Alde Schachdl. Man steht ja halt allein vor allem. Der Kriesibomm ist auch fast umgestürzt.«

»Mama, ich wollte ja auch nur …«

»Ja, Julia, ist recht.«

»Willst du mich denn nicht doch mal besuchen kommen?«

»Warum kommst du nicht mal heim? Ich reise nicht mehr gern, ich sag's dir jedes Mal aufs Neue.«

»Ja, vielleicht. Vielleicht komme ich im Sommer.«

»Das wäre schön.«

»Mama, dann sag ich jetzt ade.«

»Ja, mein Liebling, schön, dass du dich gemeldet hast.«

»Ade, Mama.«

»Ade.«

»Ade.«

»Julia?«

»Ja, Mama?«

»Ich hab dich lieb, Kind.«

Julia kamen fast die Tränen: »Ich hab dich auch lieb.« Sie drückte auf ihrem Handy den Aus-Knopf, steckte es in die Hosentasche zurück, verharrte noch einen Moment am Bachlauf und ging dann zurück zu ihrem Auto.

Eine halbe Stunde später erreichte sie, nachdem sie sich ein paar Mal verfahren hatte und einmal in einer Sackgasse gelandet war, endlich das Ziel. Das Haus von Wilma Jeetze lag einsam außerhalb einer Ortschaft am

Rand eines Waldes. Julia parkte seitlich des Weges, stieg aus, hängte sich ihre Tasche über und verschloss den Wagen. Sie sah sich um. Eine mit Gras zugewucherte Auffahrt, von Tannen gesäumt, vor der an zwei Baumstümpfen ein Absperrseil gespannt war, an dem ein Pappschild mit der Aufschrift »Privat!« baumelte, führte zu dem Haus, das eher einer Kate glich. Windschief, mit schwarzem, spitzgiebeligem Schindeldach und grün verblassten Fensterläden, hatte es, vollkommen im Schatten gelegen, etwas von einem Hexenhäuschen. Julia blieb stehen und atmete tief durch. Die Luft war klar und kühl.

Das Gespräch mit ihrer Mutter hing Julia nach. Zum einen war sie gerührt. Zum anderen war ihr bewusst geworden, in was für verschiedenen Welten sie beide lebten. Sie hatte sich herausbewegt aus der Enge und Kleinlichkeit. Aber um welchen Preis, mit wie viel Kraft? Ihre Mutter war immer sie selbst geblieben, eine schlichte Frau, die es nahm, wie es kam. Keine Frage nach Emanzipation, nach Fortkommen, nach der Welt. Fast schämte sich Julia der Internationalität, die sie sich angeeignet hatte und die ihr so selbstverständlich war. Die Überheblichkeit der Großstädterin und Karrierefrau war ihr in Fleisch und Blut übergegangen. Die einst so kleine Julia: Was war aus ihr geworden, was noch von ihr übrig? Sie hatte einen zwanzig Jahre jüngeren Geliebten, sie besaß Macht, Chic und beherrschte Sprachen, und sie verdiente im Monat mehr als ihre Mutter in einem ganzen Jahr. Und nun war sie rausgefahren, in die Pampa, diese Idylle, und war im Begriff, einer Frau zu begegnen, die der Zugang war zu einer ganz anderen, einer geheimnisvollen, spirituellen, vielleicht ganz und gar abwegigen Welt.

Wenn ihre Mutter Anna Löffler, geborene Himmelsbach, Witwe, Schwarzwälderin durch und durch, das wüsste, wenn sie sie jetzt sehen könnte. Was würde sie sagen? Julia überkam schreckartig das Gefühl, von einem Dämon besessen zu sein, etwas vollkommen Verrücktes zu tun, auf einem Irrweg zu sein. Sie sah sich hier stehen, mitten in diesem norddeutschen Waldstück, an einem sonnigen Frühsommertag, allein, gefangen von einer Wahnidee, geheimniskrämerisch gegenüber Rupert, ihrem engsten Vertrauten, dem sie einfach vorgelogen hatte, eine alte Bekannte besuchen zu wollen. Ihr wurde heiß. Sie hätte sich eigentlich gar keinen Tag freinehmen dürfen, weil Jörg Kremer kurzerhand am Vortag eine Sitzung anberaumt hatte, in der er den Rückzug seines Vaters aus dem Bankgeschäft offiziell verkünden wollte. Nur hatte ihr die Jeetze, eine Frau mit freundlicher, fast junger Telefonstimme, diesen einen Termin gegeben und verkündet, ein anderer stünde nicht zur Verfügung, basta.

Einen Augenblick lang überlegte Julia, einfach wieder in ihr Auto zu steigen und nach Berlin zurückzufahren, zurück zu Rupert, den sie, das spürte sie jetzt ganz genau, auf eine irrationale Weise hinterging. Dann aber atmete sie tief durch, hob ihr Bein über das Absperrseil und marschierte auf das Häuschen zu. Keine Klingel, kein Name, kein Hinweis auf eine »parapsychologische Praxis«, auf Sprechzeiten oder eine Telefonnummer. An der Haustür hing nur ein weiteres Schild, von Hand geschrieben: »Bitte eintreten«.

Julia ging hinein. Sie betrat eine Diele, von der drei Türen abgingen. »Hallo?«, rief sie. »Frau Jeetze?« Es kam keine Antwort. Nur eine Standuhr tickte, kindheitslaut. Julia kniff die Augen zusammen, um im trüben Licht besser sehen zu können. In den Sprossenfensternischen rechts und links des Eingangs standen Kruken mit Trockenblumensträußen. Auf einem Biedermeiertischchen neben der Uhr befand sich, wie ein Ruf aus der Vergangenheit, ein Telefon aus schwarzem Bakelit. Auf dem Boden lagen dicke, abgenutzte Perserteppiche. Julia entdeckte rechter Hand an der Tür mit der abblätternden Farbe ein drittes Schild mit der erneuten Aufforderung »Bitte eintreten«. Während sie die Stube betrat, knarrten die Holzdielen unter ihren Schritten. Niemand war da. Julia bekam plötzlich und unerklärlicherweise Rückenschmerzen. Das muss, dachte sie, an der langen Fahrt liegen und sicher auch an der Anspannung. Sie streckte sich, legte ihre Hände nach hinten und drückte das Kreuz durch. Dann ging sie mit schmerzverzerrtem Gesicht zur Sitzgruppe mitten im Raum, die unter einem Messinglüster gruppiert war. Sie bestand aus einem Blümchensofa, dazu passenden Sesseln und einem runden, mit einem schützenden Häkeldeckchen belegten Birkenholztisch. Julia wählte das Sofa als Sitzplatz. Überall hingen kleine Landschaftsgemälde und Stiche von Ansichten niedersächsischer Ortschaften. An der Außenwand, gleich neben der Tür, durch die Julia hereingekommen war, prangte ein Schapp, ein zweitüriger, norddeutscher Dielenschrank aus dem 18. Jahrhundert. So einen hat sich Frank einmal auf einer Auktion in Berlin ersteigern wollen, dachte Julia. Gegenüber befand sich eine kleine, geduckte Tür, die von vollgestopften Bücherregalen umbaut war. Es war ein gemütliches Großmutter-Wohnzimmer, in dem nichts auf Spiekenkökerei, wie hier im Norden das Wahrsagen und Zukunftsdeuten bezeichnet wurde, hindeutete.

Julia zog aus ihrer Umhängetasche den Umschlag mit dem Geld heraus und überlegte angestrengt, wie sie ihn loswerden und wohin sie ihn legen sollte. Gerade entschied sie sich dafür, ihn auf die Fensterbank, unter den Messingtopf mit den Usambaraveilchen zu schieben, und wollte aufstehen, da ging die Tür zwischen den Bücherregalen auf, und Wilma Jeetze kam herein. Julia schob den Umschlag schnell unter ihren Po. Sie hatte nach dem Telefonat keine wirkliche Vorstellung von der Frau gehabt. Als sie nun auf sie zukam und sie mit einem herzlichen Händedruck begrüßte, war Julia überrascht. Die Jeetze war dick und klein, hatte ihre Haare zu Zöpfen geflochten, die sie straff und kreisförmig um ihren Kopf gesteckt hatte, wie ein Nest. Ihr Gesicht war offen und freundlich, die Augen warm und braun, hinter einer runden Nickelbrille neugierig blickend, die Wangen rot, wie die einer Bäuerin, die gerade vom Feld kam. Dabei strahlte sie auch etwas von einer Lehrerin aus. Julia schätzte sie auf Ende sechzig. Wilma Jeetze trug eine Art Tracht, eine gerüschte Bluse, mit kurzen, bauschigen Ärmeln, ein schwarzes, mit grünen Blümchen besticktes Kittelkleid, dessen Rock in reichen Falten lag und fast bis zum Boden reichte. Ihre kleinen, aufgequollenen, auffallend roten Füße steckten in bequemen, flachen Riemchenschuhen aus schwarzem Samt. Sie hielt in der Rechten ein dickes Buch aus Kalbsleder, aus dem Notizzettel herauslugten. Wilma Jeetze legte es bedächtig auf den Tisch, setzte sich Julia gegenüber auf einen der Sessel und schaute sie erwartungsfroh an, so als sei Julia gekommen, um ihr etwas mitzuteilen, nicht umgekehrt.

Im Telefonat hatte sie ihr klare Anweisungen gegeben. Sie wollte nichts von Julia wissen, hatte sich nur nach ihrem Geburtsdatum und der Uhrzeit (zum Glück hatte Julia sie schon in jenen Tagen, als Agnes sie zu ihrer Astrologin in Berlin mitgeschleppt hatte, von ihrer Mutter erfragt) erkundigt, und danach, was genau Julia herauszubekommen wünsche. Julia kam das zunächst komisch vor. Zu gern hätte sie ihr ausführlich von sich, ihrem Beruf, von Rupert und ihrer Liebe, von Hannes, von Frank, kurz, die ganze Lebensgeschichte erzählt, denn nur so, dachte sie, könne aus der ganzen Sache etwas Vernünftiges herauskommen. Letztlich aber fand sie es gut, dass die Jeetze nichts wusste. So konnte sie unter Beweis stellen, welche Fähigkeiten sie besaß.

Die Jeetze nahm vom zweiten Sessel ein Rosenkissen und reichte es Julia über den Tisch herüber. »Hier, Deern«, erklärte sie, »das ist besser gegen deine Rückenschmerzen.«

Julia war baff, stopfte es stützend hinter sich, antwortete nichts.

Nun klappte die Jeetze ihr Buch auf, blickte kurz hinein, sah dann auf. »Du bist also Waage, nich', Aszendent Löwe, und denn so ein hartes Mädchen geworden, dat passt ja nu eigentlich gar nicht! Wäre da nicht der Löwe in dir, der nach vorne drängt, der im Mittelpunkt stehen will, immer die Hauptrolle und die Regie noch dazu. Schöner Widerstreit, viel Kampf im Leben. Das meiste hausgemacht, würde ich sagen.«

Julia lachte auf, sie fühlte sich ertappt, dabei nicht unwohl. Die Jeetze war ihr sympathisch.

»Immer ausgleichen und auf das Schöne aus, was?«

»Wenn man so will.«

»Schnell aus dem Gleichgewicht raus, das ischa nu man auch klar.«

»Ja, vielleicht. Musste ich mir abgewöhnen in meinem Beruf.«

Die Jeetze winkte ab. »Man soll nicht gegen seine Natur leben. Immer schön auf die innere Stimme hören, das ist die Intuition. Bloß geht die ja nun leider ganz verloren auf unserm modernen Planeten. Immer nur Vernunft, das lässt die andere Hälfte vom Hirnschädel verkümmern.« Sie studierte wieder ihre Notizen. »Und deswegen bist du ja hier.« Sie lächelte Julia ermutigend an. »Besser mit dem Rücken?«

Julia bejahte.

»Nun komm mal mit allem runter, Seuten, ich tu dir ja nu nix. Bei mir bist du sicher. All'ns blieft hier im Raum. Auch, was ich dir sage, einverstanden?«

Julia nickte.

»Ich habe in deinem Horoskop, um einmal damit anzufangen, etwas gesehen …«

»Ja?«

»Friesennerz, sach ich mal, wetterfeste Jacke, es stürmt ein büschen. Saturn mahnt zur Ruhe und Erholung, bloß gibt es das die nächsten Wochen nicht. Mach dich auf grundsätzliche Veränderungen in deinem Leben gefasst, wappne dich gegen üble Nachrede, Intrigen, Feinde. Es kommt das Trennende, vorerst.«

Ein wenig klang das für Julia nach einem Nullachtfünfzehn-Horoskoptext. Zumal sie nicht nach einer astrologischen Beratung gefragt hatte, sondern nach dem Geheimnis um Rupert.

Als könne sie auch Gedanken lesen, kam die Jeetze sofort auf den Punkt: »Der Mann …« Sie machte eine bedächtige Pause.

Julia konnte das Schweigen nicht aushalten: »Er heißt

Rupert Andersen, er ist zwanzig Jahre jünger als ich, wir lieben uns. Sehr.«

»Das hast du mir am Telefon gesagt«, bestätigte die Jeetze nickend. »Nun willst du wissen: Ist er es, oder ist er es nicht?«

»Ja. Irgendwie macht mich diese Frage ganz krank.«

»Und deshalb hast du ihm auch nicht erzählt, was dich bewegt. Und warum du hergekommen bist.«

»Woher wollen Sie das denn wissen?«

»Tscha. Was man so alles weiß, nicht?« Die Jeetze zuckte mit den Schultern. »Ich spüre das.«

Julia konnte sich ein »Erstaunlich«, mit einem Unterton von Ironie, nicht verkneifen.

»Glaubst du denn an die Existenz der Seele? An Seelenwanderung?«, fragte die Jeetze.

»Ich weiß es nicht«, erwiderte Julia zögernd.

»Ja nun, ob es das nun gibt oder nicht, das habe ich ja nun nicht gefragt. Ich habe gefragt, ob du dran glaubst. Das musst du doch wissen.«

In Wilma Jeetzes Stimme schwang nun eine Schärfe und Überheblichkeit mit, die Julia nicht gefiel. Dass sie sie duzte, fand sie anfangs noch originell, nun aber, da die Jeetze sie maßregelte, fing sie an, sich zu ärgern. Ein kleines Misstrauen kitzelte an ihrem Verstand.

»Eigentlich bin ich sehr rational. Inzwischen denke ich, es könnte etwas dran sein«, gab sie, nun auch etwas schärfer, zurück. »Sonst würde ich hier ja nicht sitzen.«

Die Jeetze schmunzelte. »Büschen schnell auf hundertachtzig, was? Ich nehme nicht jeden, damit das klar ist. Bei dir haben mich drei Dinge überzeugt. Dass du von der guten Agnes Sommer geschickt worden bist, dass du eine wahrhaftige Stimme hast, und der Fall, ja, der Fall ist interessant. Das hatten wir noch nicht.«

Dann hielt sie ihr einen Vortrag zum Thema Seele, tippte sich erst mit dem Zeigefinger der Linken auf das Brustbein: »Die einen sagen, sie sitzt hier …«, dann auf die Nasenwurzel zwischen ihren Augen, »… die anderen hier. Ich sage: hier oben.«

Julia wiederholte die Bewegung, als könne sie auf diese Weise die für sie neue Betrachtungsweise bestätigt finden.

»Der gute Nietzsche …«, die Jeetze zeigte in Richtung ihres Bücherregals, »muss ja für vieles herhalten, und vieles is aus meiner Sicht dumm Tüch. Etwas sehr Schönes hat er aber gesagt und etwas sehr Wahres: ›Die größten Ereignisse sind nicht unsere lautesten, sondern unsere stillsten Stunden.‹ Besinnung. Manche nennen es Meditation. Wenn du wieder zu Hause bist, Deern, dann musst du mal das Telefon abstellen und die Haustürklingel und das Handy da in deiner Tasche, und dann legst du dich auf dein Bett, schließt die Augen und gehst ganz langsam mit dem Finger auf diesen Punkt zwischen deinen Augen, lässt ihn da. Du wirst etwas spüren. Eine Kraft. Nicht gleich. Vielleicht musst du es ein paar Mal ausprobieren. Du wirst deine Seele spüren. Du wirst eins sein mit dir, für einen Augenblick möglicherweise nur, dann wirst du, wenn dich mal wieder jemand fragt, ob du an Seele oder Seelenwanderung glaubst, fest antworten können: Ja. Und mehr noch. Du wirst sagen: Ich glaub nich' nur dran, ich weiß es. Es gibt die Seele, und es gibt die befreite Seele, die wiedergeborene Seele. Das sage ich dir ohne Wenn und Aber. Und damit komme ich zum Punkt. Deine Sterne zeigen eine Wende, eine Erkenntnis, eine Reise. Ich habe mich auf dich konzentriert, und ich habe gesehen, dass du – sehr bald – eine klare Antwort auf deine Frage finden wirst.«

Julia, die gespannt zugehört hatte, war nun ein wenig enttäuscht. Das sollte alles sein? Deswegen war sie hierhergefahren? Sollte Geld zahlen? Sie spürte den Umschlag unter ihrem Gesäß und dachte seltsamerweise angestrengt darüber nach, wie sie bloß den Umschlag loswerden könnte. Ihn der Wahrsagerin in die Hand drücken? Das war gegen die Verabredung. Einfach liegen lassen auf dem Sessel?

Die Jeetze holte sie aus ihren Gedankenspielen: »Ich seh dir das an der Nasenspitze an: Du bist noch nicht zufrieden.«

»Können Sie mir nicht etwas mehr sagen? Was ich tun soll? Wie ich die Antwort bekomme?«

»Der andere … der, der starb … dein Mann … den du einst liebtest … wo kam der her?«

»Aus der Schweiz.«

Zufrieden nickte die Jeetze. »Dann musst du dahin mit deinem Rupert. Du musst ihn mit seiner Vergangenheit konfrontieren.«

»Mit seiner Vergangenheit? Dann glauben Sie …?«

Erneut nickte die Frau. »Ich weiß es. Und wenn du richtig in dich hineinhörst – Nietzsches stille Stunde, nich'? –, weißt du es auch. Bloß, du willst die Bestätigung. Wenn ich sie dir jetzt gebe: Das genügt nicht. Er muss es wissen, erfahren, er: dein Rupert Andersen. Du musst ihn heranführen an dieses Thema, klug und vorsichtig, sonst wird er abblocken. Jeder will er selbst sein und beharrt auf seinem Ich. Die Vorstellung, schon einmal gelebt zu haben, mehrfach gar, erschreckt den Menschen. Ich schätze mal, du wirst den richtigen Weg einschlagen. Und wenn ihr es beide wisst, es einmal ausgesprochen habt, wirst du deine Ruhe finden, ist deine Reise beendet.« Mit diesen Worten erhob sie sich. »Du findest wieder raus?«

Verdattert sagte Julia: »Ja.«

Und ehe sie noch etwas hinzufügen konnte, hatte die Jeetze ihr Buch zusammengeklappt, war aufgestanden und durch die Tür im Bücherregal mit kleinen Schritten auf Samtschuhen wieder verschwunden.

Nach einer Nacht voller wirrer Träume stand Julia am nächsten Morgen sehr zeitig auf und fuhr zur Bank. Als sie die Halle betrat, stellte sie überrascht fest, dass viele ihrer Kollegen offenbar Frühaufsteher waren. Noch nicht einmal acht Uhr, und das Haus summte vor Betriebsamkeit. Im Vorbeigehen grüßte sie die Empfangschefs Bülent und Hermann und steuerte auf die Fahrstühle zu, vor denen ihre Kollegen Thorsten Kennrich und Ferdinand Kleist warteten. Sie nickten Julia nur kurz zu, denn sie waren, während alle drei in den Lift einstiegen, in eine heftige Diskussion vertieft.

»Scheiße, Ferdinand«, schimpfte der Aktienhandelschef den Chef des Auslandsgeschäfts an, »das ist Kaffeesatzleserei, vollkommen irrational, durch nichts begründet. Du bist ja schlimmer als meine Frau mit ihrer Unkerei.«

»Durch nichts begründet, Thorsten? Europa wird stürzen. Griechenland, Spanien, Portugal, Italien, Deutschland, dann die USA und am Ende der Rest der Welt. Denk dir einfach ein Mikadospiel. Du ziehst ein Stäbchen heraus, und alle anderen fallen. Der Euro ist im Arsch. Die Überschuldung ist so gigantisch, die Bürger werden für dumm verkauft, und wenn jemand das beurteilen kann, dann Leute wie wir.«

»Der Markt hat noch immer richtig reagiert. Jede Krise bewältigt. Wir erinnern uns an den Vortrag unserer geschätzten Kollegin hier …«, Thorsten Kennrich zeigte auf Julia, »… der Kapitalismus ist ein sehr erprobtes System, darauf ausgerichtet, im richtigen Moment die richtigen Strippen zu ziehen.«

»Die Währungsreform kommt«, beharrte der ältere Kleist. »Der Euro wird abgeschafft. Für eine Rettung und Rückkehr in die Landeswährungen wird es zu spät sein, weil sich die Regierungen nicht zeitig genug getraut haben. Klar, aus Angst vor dem totalen Chaos. Es wird einen Sturz ins Bodenlose geben, die größte Arbeitslosigkeit und Armut aller Zeiten. Ich sage dir: Sachwerte. Kauf dir ein Stück Land und Kartoffel- und Kohlrabipflanzen. Sonst wirst du verhungern mit deiner kleinen, verwöhnten Familie. Und nagele beizeiten die Fenster deiner schicken Villa zu. Die Meute wird raubend und mordend durch die Straßen ziehen.«

»Ich wüsste gern, aus welchem Science-Fiction-Film du diese Bilder hast.«

Kleist sah seinen jüngeren Kollegen spöttisch an: »Behaupte hinterher nicht, ich hätte dich vorher nicht gewarnt.«

»Dann könnten wir hier ja alle gleich einpacken.«

»Ach, Thorsten, keine Angst. Das hat auch etwas Gutes. Wir lernen wieder, uns zu besinnen. Bescheidenheit, Demut, Neustart.«

»Blödsinn. Wenn es so kommt, können wir uns alle aufhängen.«

»Unsere Großeltern, unsere Eltern haben das alles erlebt. Und überlebt. Warum sollten wir davon verschont bleiben? Es ist eine Frage der Evolution. Der Mensch ist stark, er wird immer siegen.«

»Pling« machte der Lift. Ohne weitere Worte stiegen die Männer aus und gingen in ihre Büros.

Julia hatte schweigend zugehört. Gemessen an ihrem persönlichen Problem, dem sie am Vortag nachgegangen war, gemessen an der Welt einer Wilma Jeetze, gemessen am Kosmos des Spirituellen, ging es hier um den Gegenentwurf, immer den kräftigsten Schluck aus der Pulle, das ganz große Rad, das alles umspannende Höllen-Szenario. Und alles kam ihr, die sie sonst so leidenschaftlich mitgespielt und -gekämpft hatte im Sandkasten der Geld- und Männerschlachten, ganz fremd und befremdend vor. Julia beschlich auf dem Weg durch den Flur das Gefühl, sie gehöre nicht mehr dazu. Und sie spürte dabei auch, dass der Dialog der Männer mehr war als ein Austausch über Wirtschaftsthesen. Es ging nicht um die vordergründige Frage, ob der Euro verschwinden würde oder nicht. Es ging um Angst. Die schiere Angst, den Job zu verlieren, die Existenz zu verlieren, die Hoffnung zu verlieren. Es ging um Menschen. Und um das ganze Leben.

Julia betrat das Vorzimmer. Ihre Assistentin Alberta Schütz stand mit einer Tasse Kaffee in der Hand am Schreibtisch von Brigitte. Julia bekam mit, dass sie, ebenfalls in leidenschaftlicher Erregung, die Veränderung im Haus, die gestern allen mitgeteilt worden war, diskutierten. Ein Gesprächsfetzen von »Neue Besen kehren gut« blieb noch in Julias Ohren hängen, dann verstummte das Gespräch. Die Frauen begrüßten sich. Alberta erklärte, Jörg Kremer verlange von ihr innerhalb der nächsten zwei Tage eine komplette Übersicht über alle Zahlen der Abteilung, »weil alles auf den Prüfstand« käme. Mit diesen Worten verschwand sie. Brigitte erklärte Julia routiniert den zu erwartenden Tagesablauf, drückte ihr eine Unterschriftenmappe vom Vortag in die Hand und eine Telefonliste und sagte mit einem hingerissenen Lächeln, dass Kay Hanau in ihrem Büro auf Julia warten würde.

Es war eine herzliche, fast liebevolle Begrüßung. Kay sah gut aus wie immer, er war leicht gebräunt von der arabischen Sonne und wirkte ein wenig älter. Vertraulich setzte er sich halb auf ihren Schreibtisch, während sie dahinter Platz nahm, erzählte ihr von Zürich und Dubai und davon, dass es seinen Eltern besser ginge denn je, seit er sich, wie er lachend hinzufügte, nicht mehr wie eine Glucke um sie kümmere. Er wirkte unbeschwert und voller Energie und erklärte ihr, wie sehr er sich auf den neuen Job als Jörg Kremers Assistent freue. Er schien Blut geleckt zu haben. Die von ihm einst so verpönte Karriere berauschte ihn. Kay trug einen eleganten, grauen Anzug aus Sommerflanell, den er sich, wie er stolz berichtete, in Dubai habe nach Maß machen lassen. Hemd, Krawatte, Schuhe: alles tadellos, konstatierte Julia im Stillen, nur der unpassende Sky-Aktenkoffer, den er auf einem Stuhl abgestellt hatte, war noch immer derselbe.

Dann fragte er Julia, wie es ihr ergangen war. Schnell trug sie ihm vor, was passiert war, und ließ auch den Besuch bei Wilma Jeetze nicht aus. Er hörte ihr gebannt zu. Als sie ihm vom Abgang der Jeetze erzählte und davon, wie sie, dann wieder allein in der Wohnstube, umhergegangen sei, um den lästigen Geldumschlag loszuwerden, und ihn am Ende neben ein Werk von Friedrich Nietzsche ins Regal geschoben habe, lachte er auf. Er wollte eben eine Bemerkung dazu machen, als es klopfte und Brigitte ihren Kopf hereinsteckte, um ihm zu sagen, dass Jörg Kremer dringend auf ihn warte. Er gab Julia zum Abschied einen Wangenkuss, was von Brigitte, die offenbar den Blick nicht von ihm lassen konnte, mit interessiertem Neid beäugt wurde, versprach, sich sehr bald wieder bei ihr zu melden und sie zu einem Abendessen einzuladen. Er ging zur Tür, die Brigitte nur einen Spaltbreit weit öffnete, so dass er sich ganz nah an ihr vorbeidrängeln musste, mit einem Strahlen, das sie befriedigt erwiderte.

Sie wollte die Tür hinter sich schließen.

Julia hielt sie zurück. »Brigitte, seien Sie ein Engel. Tun Sie mir einen großen Gefallen?«

Brigitte kam an Julias Schreibtisch.

Ihre Chefin förderte aus ihrer Handtasche ihr Portemonnaie zutage und zog zwei Fünfhunderter, die sie für alle Eventualitäten immer in bar mit sich führte, heraus: »Düsen Sie in einer freien Minute zum Ku'damm, und kaufen Sie, wo auch immer ... Vuitton, Hermès, Bally, keine Ahnung ... einen anständigen Leder-Aktenkoffer für Kay Hanau? Ich möchte ihm das zum Einstand schenken.«

»Tausend Euro?« Brigitte machte große Augen.

»Ich hoffe, das reicht. Egal. Wenn was fehlt, strecken Sie es vor.«

Brigitte nahm das Geld, betrachtete es gedankenverloren und ging. Kurz nach der Mittagspause kehrte sie zurück. Wie eine Trophäe trug sie einen großen Gucci-Karton mit Schleife vor sich her und stellte ihn vor Julia auf den Schreibtisch.

»Ich wusste nicht«, sagte sie, »dass es so teure Aktenkoffer überhaupt gibt.«

Julia stand auf, zog die Schleife auf, hob den Deckel hoch, schob das raschelnde Seidenpapier beiseite und holte das ebenso dezente wie edle Stück aus anthrazitfarbenem Kalbsleder hervor. »Und so schöne!«, ergänzte sie anerkennend, schnupperte daran, öffnete ihn und besah sich gemeinsam mit ihrer Sekretärin die edlen, silberfarbenen Beschläge in Form des Buchstabens »G« und die reichhaltige Innenausstattung.

Brigitte zog eine Rechnung, die in einem Miniatur-Briefumschlag steckte, und einen Zwanziger hervor und legte beides ebenfalls auf den Schreibtisch. »Ist sogar noch etwas über«, meinte sie. »Die russische Verkäuferin war recht nett, sie sagte, es sei ›alte Saison‹, und darum so günstig. Na ja.«

»Nehmen Sie die Rechnung an sich, Brigitte, falls etwas damit sein sollte.« Julia packte den Aktenkoffer wieder sorgfältig ein. »Und dann versuchen Sie bitte, mir den Hanau ranzuholen, ich will das teure Ding sofort loswerden.«

Am Abend lag Julia in ihrem Bett im Arm von Rupert und gab ihm wieder, wie Kay ein Freudentänzchen aufgeführt hatte, als er die Überraschung in Händen hielt. Zu ihrem Erstaunen reagierte Rupert eifersüchtig. Das gefiel Julia!

»Weißt du, dass er mich mal vor dir gewarnt hat?«

»Soso.«

»Hey, er ist schwul.«

»Mir wurscht.«

»Glaub ich nicht.«

»Wohl.«

Sie zog mit dem Zeigefinger die Konturen seines Gesichtes nach. Sie hatten sich ein paar Tage nicht gesehen, und sie hatte seine Nähe vermisst. Rupert fragte nach ihrem Ausflug, und sie sagte nur, dass es schön und interessant gewesen sei. Er gab zu, den gestrigen Tag, nachdem sie sich freigenommen hatte, auch blaugemacht und »mit den Kids« im Tiergarten getobt zu haben, um dann nachher seinen Freund Tom zu treffen, der auf dem Wannsee ein Segelboot besaß. Er beneide ihn darum und hätte gern selbst eines. Wieder musste Julia einen Moment lang an Hannes denken, der ja auch immer von einem eigenen Boot geträumt hatte. Sofort fühlte sie sich untreu gegenüber Rupert und schob den Gedanken beiseite.

Beide plauderten eine Weile. Rupert sprach von der erfolgreichen Messe in Basel, vom Verkauf einer wichtigen Arbeit des Malers Josef Albers an einen US-Amerikaner, der in Aussicht stünde und »das nächste halbe Jahr sichern« würde, er erzählte von einem Telefonat mit seiner Mutter, die plane, die Wohnung aufzugeben und in eine Seniorenwohnanlage am Tegernsee zu ziehen. Julia wiederum beschrieb ihm haarklein das Gespräch mit ihrer Mutter, und sie beschlossen, sie recht bald einmal zu besuchen. Die personellen Veränderungen in der Bank kamen ins Gespräch und Jörg Kremers kürzlich gemachte, unverschämte Äußerung, Julia stünde auf der Abschussliste. Rupert fragte, warum sie nicht sofort darauf reagiert hätte, sondern einfach die Tür hinter sich zugezogen habe. Darauf wusste sie keine Antwort. Er neckte sie und sprach von »Kleinmädchengehabe« und »fehlendem Kampfgeist«. Sie gab das zurück, indem sie wissen wollte, weshalb er es sich gefallen ließ, nichts von dem ihm zustehenden Erbe zu erhalten. Rupert gestand ihr, dass er neuerdings des Öfteren von seinem Vater träume und sich mehr und mehr gekränkt fühle durch dessen Letzten

Willen. Sein Vater habe ihn eben nicht als seinen Sohn angesehen, sondern als seinen Konkurrenten, meinte Rupert. Scheinheilig begann Julia wieder einmal, Rupert auszufragen, denn der Auftrag Wilma Jeetzes, ihn an ihr Thema heranzuführen, bedrängte sie.

»Warst du eigentlich ein liebes Kind?«, fragte sie.

»Keine Ahnung.«

»Keine Erinnerung, ob es Streit gab zwischen euch?«

»Wie überall.«

»Warst du dünn?«

»Hä?«

»Ein sportliches Kind?«

»Ja, ich denke, ja.«

»Hattest du viele Freunde?«

»Mal mehr, mal weniger.«

»Warst du beliebt?«

»Das musst du andere fragen.«

»Wie warst du denn früher so?«, bohrte sie beharrlich weiter.

»Ich weiß es nicht. Auf jeden Fall weniger weit als heute«, antwortete er.

»Von irgendwoher muss das angespannte Verhältnis zwischen dir und deinen Eltern ja kommen.«

»Was fragst du dauernd nach meinem Leben? Hast du kein eigenes?«

»Also hör mal, Rupert! Du warst am Anfang so offen. Jetzt blockst du dauernd ab. Was ist los?«

Er drehte sich zur Seite. Julia stand auf, ging ins Badezimmer, machte sich für die Nacht fertig. Als sie ins Schlafzimmer zurückkam, lag Rupert nackt auf dem Rücken, hatte das Laken wie beiläufig über seine Scham gezogen, die Augen geschlossen, die muskulösen Arme hinter dem Kopf verschränkt. Wie ein Adonis lag er da, schön, stolz, unverwundbar. Er schien bereits eingeschlafen zu sein. Verzaubert betrachtete Julia ihn eine Weile. Alles an ihm war fest und voller Lebenskraft. Sein Brustkorb hob und senkte sich in sanften, gleichmäßigen Zügen. Seine behaarten Beine hatte er leicht angezogen. Es hatte etwas höchst Erotisches, fast Obszönes. Am liebsten hätte sie jetzt mit ihm geschlafen. Im Verzicht lag eine Wonne, dachte sie. Leise legte sie sich auf ihre Seite des Bettes und machte ihre Nachttischlampe aus. Dann merkte sie, dass seine noch brannte. Sie beugte sich sanft über ihn, um sie auszuknipsen. Augenblicklich legte er den rechten Arm um sie, drückte sie auf seinen Körper.

»Schläfst du schon?«, flüsterte sie.

»Tief«, antwortete er mit geschlossenen Augen und lächelte.

Sie ließ sich fallen. Spürte die Wärme seines Körpers. Roch seine Haut, die nach frisch gewaschener Wäsche duftete. Spürte, wie sein Herz schlug. Diesen Moment wollte sie nie vergessen, festhalten für alle Zeiten, für die Ewigkeit.

»Julia, ich liebe dich«, sagte er ihr ins Ohr.

»Ich liebe dich tausendmal mehr.«

»Wir werden über alles reden«, erklärte er mit gedämpfter Stimme. »Hab keine Angst.«

Mit der Hand ihres freien Arms machte sie das Licht aus. Es war dunkel im Zimmer. Er ließ sie aus seiner Umklammerung los, rückte ein wenig beiseite, machte die Augen nicht auf.

Julia schmiegte sich an ihn: »Ich möcht so gern mit dir verreisen.«

»Wohin denn?«

»Vielleicht in die Berge? Nur ein paar Tage.«

»In die Berge?«

»In die Schweiz, an den Bodensee oder so, da ist es jetzt besonders schön.«

»Was immer du willst.«

»Also dann fahren wir?«

»Ja.«

Julia rückte von ihm ab, legte sich auch auf den Rücken, starrte in die Dunkelheit. Ihr Herz, ihr armes, törichtes Herz raste.

Kapitel 12

Pünktlich landete die Berlin-Maschine auf dem Flughafen Kloten. Sie hatten sich aufs Handgepäck beschränkt, so dass Julia und Rupert eine halbe Stunde später ihren Leihwagen in Empfang nehmen und bei schönstem sommerlichen Wetter in die Stadt fahren konnten.

In der Nähe des Hauptbahnhofs steuerte Rupert einen Platz in einer Tiefgarage an. Die Geschäfte hatten gerade erst ihre Türen geöffnet. Zürich war immer Julias Lieblingsstadt gewesen. Ihr fiel wieder einmal auf, wie sauber und proper alles war. Die Menschen gingen langsamer als in Berlin, waren besser, oft weltläufig und elegant gekleidet, blank geputzte Straßenbahnen fuhren durch die Straßen, Limousinen glitten gemächlich durch die Innenstadt, als wäre ganz Zürich eine Sehenswürdigkeit. Arm in Arm schlenderte das Liebespaar durch die Bahnhofsstraße. Sie staunten über den Schmuck in den Juweliergeschäften, blieben hier und da stehen, um Antiquitäten, exquisite Kleidung, Schuhe, Blumen und Pralinen in den Auslagen zu begutachten. Am Paradeplatz sahen sie am Ende der Straße den See funkeln und die dahinter liegenden, schneebedeckten Bergkuppen hoch aufragen. Sie stiegen im Café Sprüngli die enge, gewundene Treppe in den ersten Stock hinauf, wo sie einen Fenstertisch fanden und sich von der Bedienung die Speisekarten bringen ließen. Julia wählte ein Bircher Müsli und einen grünen Tee; Rupert entschied sich für einen Milchkaffee und mit

Spargel und Lachs delikat belegte Sandwiches. Nachdem sie gefrühstückt hatten, zahlten sie bei der Kassiererin, die hinter einem Tresen neben der Treppe thronte und für jeden Gast ein freundliches Wort und ein »Auf Wiederluege« parat hatte. Unten kaufte Rupert für Alma eine minzgrüne Schachtel mit Baiser-Pralinen, die mit Buttercreme gefüllt waren und »Luxemburgerli« hießen; Julia wählte für ihre Haushaltshilfe Ilse, für Brigitte Eich-Hellmann und Alberta Schütz je einen Karton mit Pralinen. Dann verließen sie gutgelaunt das Café.

In St. Gallen wohnten sie im Hotel *Einstein*, das im Klosterviertel gelegen war. Sie sahen sich die Sehenswürdigkeiten der Stadt an – die Altstadt, das ehemalige Kloster, die Kathedrale, die berühmte Stiftsbibliothek –, aßen im Biergarten von Netts Schützengarten unter Kastanien und Platanen zu Abend, tranken reichlich »Dezaley Weißwein«. Am nächsten Morgen fuhren sie dann, Julias Wunsch folgend, hinauf nach Speicher, keine acht Kilometer von St. Gallen entfernt. Rupert saß nun am Steuer, und sie dirigierte ihn zur Höhenstraße, dorthin, wo sie einmal in Hannes' Elternhaus gewesen war. Sie parkten am Wegesrand und gingen die Wohnstraße, die sich über einem Bergkamm schlängelte, zu Fuß entlang. Links tief unten lag der Bodensee unter einer Decke von Nebel. Zur Rechten erstreckte sich die Ortschaft mit dem Kirchenhügel, den kompakt gebauten, historischen Fachwerkhäusern mit engen Gassen. Speicher erstrahlte im Sonnenlicht. Grüne Hügel und mächtige Berge, Wiesen und Wälder umgaben das Städtchen. Alles wirkte wie eine Spielzeuglandschaft, organisch gewachsen, behutsam bebaut, sorgsam gepflegt.

Es war noch kühl, Julia und Rupert gingen Hand in

Hand. Julia war unruhig, fast ängstlich, und sie spürte, dass auch Rupert nervös war.

»Wie findest du es hier?«, fragte sie.

»Hübsch. Wie Nach-Hause-Kommen.«

Julia horchte auf: »Nach Hause kommen?«

»Vertraut.«

»Vertraut?«

»Na ja, ich meine, vertrauenerweckend. Gemütlich. Ich frage mich allerdings langsam …«

»Ja?«

Er stoppte, ließ sie los. »Warum sind wir ausgerechnet hierher gefahren? Hierauf? Du wirkst so … so zielgerichtet irgendwie.«

Sie traute sich noch immer nicht, die Katze aus dem Sack zu lassen, und machte nur eine Andeutung. »Ach, ich war mal hier, vor Ewigkeiten.«

Dabei ließ er es nicht bewenden: »Du warst schon mal hier? Wieso erzählst du mir das nicht?«

»Ich sage es ja gerade.«

»Wieso? Wann? Mit wem?«

Stets hatte sie es vermieden, ihm zu ausführlich von Hannes zu erzählen. Immerhin wusste er, dass sie als junge Frau verheiratet gewesen und dass ihr Mann gestorben war.

Julia konnte nicht stehen bleiben. Sie wollte das Elternhaus von Hannes sehen und ging voran. Er kam ihr hinterher, und sie redeten im Gehen weiter. Mehr allgemein gab sie preis, dass Hannes hier geboren worden und sie auf seiner Beerdigung hier gewesen sei.

»Das finde ich komisch«, meinte er, »dass du mir davon nicht vorher was gesagt hast. Was soll denn diese Geheimniskrämerei?«

»Ich wollte unseren schönen Ausflug nicht mit so ollen Kamellen belasten«, meinte sie, gespielt leichthin.

Sie kamen an den Platz, wo Hannes' Zuhause gestanden hatte. Es war nicht mehr da, abgerissen, zugunsten eines an den Hang geklebten, hypermodernen Quaders aus Beton, Stahl und Glas, mit umlaufendem Balkon aus Holz. Ein junger Mann mit Dreitagebart stand dort, vor weit geöffneten Schiebetüren, und telefonierte. Julia war enttäuscht. Ihr war klar, dass seine Eltern nun auch nicht mehr lebten. Sie wandte den Blick ab. Traurigkeit stieg in ihr hoch, Traurigkeit und eine fürchterliche Panik, die sie sich nicht erklären konnte.

»Lass uns gehen, Rupert.«

»War es hier?«

»Ja.«

Aus heiterem Himmel rannte sie los, rannte davon, rannte mit dem Gedanken: Fort, nur fort, du bist verrückt, ein Irrweg, was soll das alles, man soll die Toten ruhen lassen, aus, vorbei, Schluss! Rufend raste Rupert hinterher, erwischte sie kurz vor ihrem Leihwagen, packte sie am Arm, hielt sie fest, drehte sie hart zu sich herum und fuhr sie an: »Was ist mit dir los? Was ist los, Julia?«

»Lass mich«, rief sie wütend und versuchte, sich aus seinem Griff zu befreien, »du tust mir weh.«

Er löste seine Hand. »Ich glaube eher, du tust dir weh. Was für eine Scheißidee, hierherzufahren und mir nichts zu sagen … von alledem.« Er sah sie wütend an. »Und nun. Was jetzt?«

»Ich möchte, ich würde …«, etwas Besseres fiel ihr nicht ein, »… gern zu seinem Grab.«

»Ja. Dann eben noch zu seinem Grab. Du bist eine rätselhafte Frau, Julia. Komisch. Bescheuert, genau genommen. Ich ärgere mich.«

»Ich ärgere mich ja selbst.«

Sie wanderten eine Weile nebeneinanderher, bis sie den Friedhof in Hanglage, den man über eine von Zementmauern eingefasste Treppe erreichte, betraten. Schnurgerade, rosabraune, schmale Kieswege, in frisch gemähte Rasenflächen eingelassene Grabstätten, rot leuchtende Blumen, Eisenzäune wie Speere, Kiefern, das Tal, die Berge: Julia hatte den Friedhof im Winter kennengelernt und hatte ihn ganz anders in Erinnerung. Sie ging langsam vor Rupert her und suchte Hannes' Grab, konnte es zunächst nicht finden. Dann entdeckte sie es und blieb davor stehen. Rupert stellte sich neben sie. Julia strich mit der Hand über den verwitterten Stein und den Schriftzug mit Hannes' Namen. Darunter waren die Namen seiner Eltern gesetzt, beide innerhalb eines halben Jahres und erst vor kurzem gestorben. Und dann las sie einen Satz, den der Steinmetz wohl nachträglich eingemeißelt hatte und der sie tief traf: »Trennung ist unser Los, Wiedersehen unsere Hoffnung.«

Das ist es, dachte Julia, das ist die ganze Wahrheit, die ich nun seit Monaten in mir spüre, die mich antreibt, bis hierher. Die Realität des Todes anzuerkennen und zugleich den Wunsch, nein, die Aussicht auf ein Leben danach fest in sich zu tragen. Jetzt, sagte ihre innere Stimme, jetzt ist der richtige Zeitpunkt, Rupert alles zu sagen, ihn einzuweihen, ihn mit allem zu konfrontieren.

Sie schaffte es einfach nicht. Und schwieg.

»Ich wollte dich nicht anmachen«, hörte sie Rupert leise sagen. »Ich habe ja selbst das Problem, dass ich manchmal über Sachen nicht reden kann. Bloß, was wäre dabei gewesen, mir einfach zu sagen: Es geht gar nicht um einen romantischen Trip, es geht um ein Stück Vergangenheit, das ich dir zeigen will?«

»Das ist es ja nicht allein«, murmelte sie.

»Sondern?«

Ehe sie antworten konnte – oder musste –, kam ihnen eine alte Frau in Tracht entgegen, die eine Gießkanne voller Wasser schleppte. Breit lächelte sie vor sich hin, als schwelge sie in Erinnerungen, schien die Besucher zunächst nicht wahrzunehmen, starrte dann, je näher sie kam, unverwandt Rupert an, bis sie vorbeigeschlurft war.

»Was ist denn mit der los?« Rupert sah ihr nach. »Merkwürdige Frau.«

Als Julia nichts erwiderte, trat er von einem Fuß auf den anderen. »Können wir? Ich fühle mich, ehrlich gesagt, irgendwie unbehaglich hier.«

»Warum?« Sie drehte sich zu ihm um.

Er zuckte mit den Schultern.

»Okay«, meinte sie lapidar.

Sie gingen nebeneinander zum Ausgang des Friedhofs zurück. Als sie nach links abbogen, passierten sie die alte Frau, die an einem Grab kniete und verwelkte Blüten mit den Fingern abknipste. Sie sah auf, hielt inne, blickte Rupert, der sich die Haare aus der Stirn schob, direkt in die Augen und sagte zu ihm, als er stoppte: »Bisch du also doch no zruckcho, wo dine Eltere so lang uf dich gwartet händ!«

Rupert verstand nicht sofort, dann dämmerte es ihm: »Sie verwechseln mich«, erklärte er kühl.

War dies das Zeichen, das Erkennen, der Beweis? Julia erschauderte. Sie war auch stehen geblieben, schlug nun die Hände vor das Gesicht und fing an zu weinen. Rupert war erschrocken. Er sagte nichts, sondern nahm sie in den Arm.

»Der Hannes«, brummte die Alte, als wäre sie verärgert, und zupfte weiter braune Zweiglein aus den Grabbepflanzungen.

»Bring mich zurück«, bat Julia, in Ruperts Armen weiter weinend.

Als sie wieder im Auto saßen, gab er ihr sein Taschentuch.

Sie trocknete sich die Augen. »Bist du also doch noch zurückgekommen, wo deine Eltern so lange auf dich gewartet haben«, wiederholte Julia den Satz der Alten auf Hochdeutsch. »Das war wie eine Bestätigung für mich«, erklärte sie, wohl wissend, dass er sie nicht sofort verstehen würde.

»Welche Bestätigung? Ich begreife kein Wort.«

Nun sprudelte alles aus ihr heraus, während sie nebeneinander im Auto saßen und sich nicht ansahen, sondern nur hinaussahen in die schöne, fast märchenhafte Landschaft. Sie erzählte ihm von ihren Gefühlen und Gedanken bei ihrer ersten Begegnung, von seinen Gesten, Angewohnheiten und Sätzen, die in ihr den Keim gelegt hatten, für die seltsame Vermutung, er könne Hannes' Seele in sich tragen. Von ihrer umfassenden Lektüre, den Gesprächen mit Kay und Agnes, von ihren Ängsten und Zweifeln, dem Besuch bei Wilma Jeetze, von all den Fragen, Vermutungen und Beobachtungen, die sie seit Monaten begleiteten und quälten.

Rupert war fassungslos. Er konnte einfach nicht glauben, was sie ihm da erzählte. War das die Frau, die er liebte? War das seine Julia? Wie konnte er mit ihr monatelang zusammen sein, leben, reden, diskutieren, Spaß haben, ihr vertrauen und sie lieben, ohne auch nur das Geringste davon zu ahnen, was in ihrem Inneren vorging? Warum hielt sie so etwas Grundsätzliches so lange vor ihm geheim? Wieso lockte sie ihn hierher, unter Vorspiegelung falscher Tatsachen? Und die wichtigste Frage, die ihm durch den Kopf schoss, war, wie sie überhaupt auf so einen völlig abstrusen Gedanken kommen und ihn wie eine Besessene verfolgen konnte? Ihm fehlten die Worte.

Julia hatte das Gefühl, sie müsse weiterreden, weil er ihr sonst entgleiten würde: »Das ist doch auffällig, Rupert! Hannes ist vor dreißig Jahren im Dezember gestorben, und du bist vor dreißig Jahren im Dezember geboren worden.«

»Mal was von Zufall gehört?«

»Deine Schwärmereien für den Mond, dein Traum vom eigenen Segelboot, ach, ich habe ja alles andere aufgezählt …«

»Ja, es gibt wahrscheinlich in der westlichen Welt ein paar Millionen Menschen, die sich für den Mond interessieren oder Bock haben auf ein Segelboot. Ganz überraschende Erkenntnis.«

»Sei nicht so ironisch. Ist das für dich denn völlig unverständlich, was ich dir erzähle?«

»Ja!«

»Kannst du dir überhaupt nicht vorstellen, ich meine: dass es Seelen gibt, dass Seelen wiedergeboren werden?«

»Nein.«

»Dass etwas dran sein könnte an meiner …« Sie wollte »Theorie« sagen, doch ihre Stimme brach ab, denn sie klang selbst in ihren Ohren kläglich. Sie holte Luft, begehrte dann doch auf: »Du bist ein Mann, der die Kunst liebt, Künstler, Bilder, Assoziationen. Du bist es gewohnt, hinter die Dinge zu sehen!«

»Verschone mich mit deinem Esoterikkram!« Rupert wandte ihr sein Gesicht zu: »Sieh mich an!«, befahl er.

Sie blickten sich in die Augen.

»Also, Julia …«, fuhr er gedehnt fort, »… wenn ich ein sanftes Wesen wäre, würde ich sagen: Du hast dich da in etwas verrannt.« Rupert wurde laut: »Aber ich bin kein sanftes Wesen, ich bin ein Mann! Wie kannst du … wie kannst du auf so einen Trip kommen? Wie kannst du allen Ernstes … als Bankmanagerin, als moderne, aufgeklärte Frau im einundzwanzigsten Jahrhundert, als Frau mit einer gewissen Reife … so eine Scheiße ernst nehmen?«

»Bitte, Rupert!«

»Nee, das muss jetzt raus: Wie kannst du mir über Monate etwas vormachen, mich bespitzeln, ausfragen, observieren, ohne ein Sterbenswörtchen zu sagen?«

»Ich hatte Angst. Ich war … ich bin durch alles … so verwirrt.«

»Verwirrt, ja. Immerhin klar genug, um Pläne zu schmieden, sich ›einzulesen‹«, er lachte bitter auf, »in diese Hochstapler-Materie für moderne Schwachmaten, denen es zu gut geht, die angeblich das Spirituelle suchen. So einen Dreck, bei dem einem nur das Geld aus der Tasche gezogen wird. Was hast du denn für deine Lektüre bezahlt, hä? Redest über mich mit wildfremden Leuten. Diesem Schnösel Kay, der dir noch zeigen wird, was eine Harke ist, mit dieser Gaga-Seniorin Agnes Sommer, mit einer Wahrsagerin aus Niedersachsen? Dass ich nicht lache! Ich fühle mich gerade total unwohl, Julia, total beschissen. Du hast mit diesem … diesem … diesem … ach … alles kaputt gemacht. Danke, Julia.«

»Verstehst du mich nicht wenigstens ein bisschen?«

»Kein bisschen!« Er hielt seine rechte Hand hoch und ließ zwischen dem ausgestreckten Zeigefinger und Daumen kaum einen Zentimeter Zwischenraum. »Nicht so ein bisschen.«

»Das tut mir weh.«

»Dir hat gar nichts weh zu tun. Du behandelst mich wie ein Versuchsobjekt. Mir tut das weh.«

Wieder verstummte er für einen Augenblick. Dann schlug er mit den Händen wütend auf das Lenkrad. »Scheiße, Scheiße, Scheiße. Wie bekloppt kann ein Mann sein? Lasse ich mich von dir auch noch als Geisel nehmen!«

Julia sah nach rechts aus dem Fenster. Eine Gruppe fröhlicher Wanderer zog an ihnen vorbei.

»Ich fahre jetzt zurück«, hörte sie Rupert sagen, »dann checken wir aus, buchen Flüge, und dann geht es sofort zurück. Mir reicht es!« Er war außer sich. »Bist du vollkommen verrückt geworden, Julia?«, rief er aus. »Sind das die Hormone, die dich so meschugge sein lassen?« Er startete den Wagen. »Ist wahrscheinlich doch ein zu großer Altersunterschied zwischen uns. Frau mit fünfzig will noch mal alles wissen. Und nimmt sich einen doofen, gutgläubigen Lover, den sie verarschen kann.« Mit diesen Worten lenkte er den Leihwagen vom Seitenstreifen herunter, drehte und fuhr nach St. Gallen. Julia traute sich nicht, noch irgendetwas zu erwidern. Sie war geschockt.

Wortlos reisten sie ab, stumm fuhren sie zum Flughafen nach Zürich, schweigend saßen sie im Flugzeug nach Berlin nebeneinander. Selbst als sie in seinem alten Volvo, den er in Tegel in der Tiefgarage hatte stehen lassen, zu ihrer Wohnung fuhren, redeten sie nicht miteinander.

Alles Porzellan schien zerschlagen. Beide waren tief verletzt, traurig, ratlos.

Zum letzten, endgültigen Schlag holte Rupert aus, als sie vor Julias Haus vorfuhren, ausstiegen und er ihr aus dem Kofferraum ihre Reisetasche in die Hand drückte. »Wir haben offensichtlich eine so grundsätzlich unterschiedliche Auffassung davon, was man tut und was man nicht tut. Was du getan hast, ist ein so gravierender Vertrauensbruch, eine für mich so unglaubliche Geschichte, dass ich hier und an dieser Stelle mit dir die Beziehung beende. Ich kann nicht mit einer Frau zusammen sein, die mich nicht um meiner selbst willen liebt, sondern wie vernagelt an der Vergangenheit klebt und in mir nur ihre alte Liebe sucht. Das ist keine Basis. Es ist aus, Julia.«

»Habe ich dazu gar nichts zu sagen?«

»Sag, was du willst. Ohne mich.« Er stieg ein und fuhr davon.

Julia war wie vernichtet. Sie schien alles um sich herum vergessen zu haben, selbst den Lift, und zitternd kämpfte sie sich die Treppe hinauf zu ihrer Wohnung. Sie erstarrte, als sie Kay auf den Stufen sitzen sah, eine brennende Zigarette zwischen den Lippen und ein leer gerauchtes Päckchen, das er als Aschenbecher benutzt hatte und aus dem Stummel und Asche herausquollen, neben sich.

»Julia! Da bist du ja endlich. Ich habe dir mindestens drei Nachrichten auf deiner Mailbox hinterlassen.« Er stand auf, um sie zu begrüßen. »Wo warst du? Warum rufst du nicht zurück?«

Sie ließ ihre Tasche fallen, klammerte sich am Geländer fest. »Kay, ich … es geht jetzt nicht.«

»Ich habe etwas sehr Wichtiges mit dir zu besprechen.«

»Es geht jetzt nicht!«, schrie sie, nahm ihre Tasche,

schubste den verblüfften Kay beiseite und ging zu ihrer Wohnungstür, um aufzuschließen, hineinzustürmen und die Tür hinter sich zuzuknallen, während Kay verständnislos den Kopf schüttelte, sein Päckchen nahm und ging.

Ein Sprichwort sagt: Spucke nicht auf deinen Job, sonst spuckt er zurück. Julia hatte in der letzten Zeit tatsächlich im übertragenen Sinne auf ihren Job gespuckt. Vieles vom Tagesgeschäft hatte sie ihrer Assistentin überlassen, manchen Termin einfach gestrichen, an vielen Konferenzen nicht teilgenommen. Ein wenig hatte sie die Lust an der Arbeit verloren, die Umgangskultur im Haus gefiel ihr nicht mehr, und sie hielt auch vor anderen mit ihrer Meinung nicht hinter dem Berg. Ihren Urlaubstrip in die Schweiz, der so abrupt zu Ende gegangen war, hatte sie nicht abgestimmt und auf die anstehenden Veränderungen und drohenden Warnzeichen nicht angemessen reagiert. Der größte Fehler war, dass sie nicht merkte, dass man im Haus über sie sprach, und zwar erneut negativ. Sie ignorierte einfach, dass sie in dem Junior und in Kremer II, und durchaus auch in den Leitern der anderen Abteilungen, Feinde hatte. Zu sicher hatte sie sich in der Vergangenheit gefühlt, geschützt und gestützt durch Kremer I, zu sicher war sie sich wegen ihrer in den zurückliegenden Jahre erreichten Erfolge, zu sicher ihrer Kunden. Doch der Senior, ihr Mentor, hatte nichts mehr zu sagen, und es wehte, ohne dass sich Julia wirklich im Klaren darüber war, ein neuer Wind. Ein eisiger Wind.

Am Morgen nach der Katastrophe mit Rupert kam sie

wie gewohnt zur Arbeit. Julia hatte etwas mehr Make-up aufgelegt als sonst. Sie wunderte sich, dass Brigitte einen freien Tag genommen hatte, obwohl sie ihr noch am Vorabend – trotz ihrer Verzweiflung – eine SMS geschickt und ihre verfrühte Rückkehr angekündigt hatte. Es standen ein paar wichtige Arbeiten auf dem Plan, und Julia hatte beschlossen, sich in ihrem Liebeskummer und ihrer Ratlosigkeit nun wieder in die Arbeit zu stürzen. Nachdem sie an ihrem Schreibtisch Platz genommen hatte, versuchte sie zuallererst, Kay per Haustelefonanschluss zu erreichen, um sich bei ihm für ihr unhöfliches, ja, aus ihrer Sicht fast hysterisches Verhalten zu entschuldigen. Er ging nicht dran. Dann rief sie Alberta zu sich.

»Was ist hier los?«, fragte sie ihre Assistentin, die sofort gekommen war. »Die Eich-Hellmann nicht da, ich kann Kay Hanau nicht erwischen, die Flure leer, als sei ein Feiertag …«

»Im Gegenteil. Der junge Kremer hat schon wieder eine große Sitzung angesetzt, alle sind da.«

»Und wieso weiß ich das nicht?«

»Na, offiziell sind Sie ja noch im Urlaub.«

»Auch wieder wahr. Also, Alberta, es ist ja nun einiges liegengeblieben in der letzten Zeit, da wollen wir mal …« Sie kam nicht mehr dazu, das Wort »ran« auszusprechen, denn ohne anzuklopfen, stand Kay in ihrem Büro, mit blassem, ernstem Gesicht.

»Frau Kilchberg«, sagte er mit ungewöhnlich offizieller Stimme, was Julia dahin gehend deutete, dass Alberta noch mit im Raum war, »Herr Jörg Kremer möchte Sie sprechen.«

»Kay, sei so lieb, ich hatte versucht, dich eben anzurufen, wir müssen reden, vorher allerdings …«, sie zog ein paar Unterschriftenmappen zu sich heran, »will ich diesen Kram mit Alberta durchgehen, das eilt nämlich. Also, kurz gesagt, erklär ihm bitte: In einer Stunde geht es bei mir.«

»Leider muss ich darauf bestehen, dass Sie sofort mitkommen.«

»Darauf bestehen?« Sie lächelte ihn an, obwohl ihr weiß Gott nicht zum Lächeln zumute war, und versuchte es mit einem Scherz: »Wenn Sie darauf bestehen, Herr Hanau.« Sie stand auf. »Dann bis gleich, Alberta.«

»Ja«, sagte Alberta und wusste viel mehr, als sie je sagen würde.

Julia folgte dem schweigenden Kay, der zwei Schritte vor ihr ging, durch den Flur. »Kay, es tut mir total leid, dass ich gestern Nacht so unmöglich war. Sorry! Es ist etwas passiert. Ich muss mit dir in Ruhe darüber reden.«

Er blieb stehen: »Julia, ich habe dir mal vor langer Zeit gesagt, dass ich nie jemanden im Stich lassen würde. Deshalb war ich gestern da, habe mich dank deiner Nachbarin ins Haus reinschleichen können und drei Stunden auf dich gewartet.«

»Aber warum?«

»Es ist nun sowieso zu spät«, meinte er, und ehe er dazu kam, weitere Erklärungen abzugeben, kamen aus dem Vorzimmer von Kremer II die beiden auffällig fröhlichen Kollegen Kennrich und Kleist heraus.

»Morgen!«, sagte Kennrich im Vorbeigehen.

»Morgen«, sagte Kleist und nickte Julia zu.

»Morgen«, sagte Julia, während Kay weiterging.

Die beiden arroganten Drachen in Jörg Kremers Vorstandsbüro saßen an ihren Schreibtischen und nickten

Julia nur zu. Kay öffnete die Tür zu Jörg Kremers Büro, marschierte hinein, Julia folgte ihm. Kay schloss die Tür. Jörg Kremer saß, selbstgefällig wie immer, hinter seinem Schreibtisch und schaukelte sanft mit dem Stuhl, während Julia näher kam und die anderen Anwesenden kurz grüßte. Die Personalchefin Sonja Karlowski stand hinter ihm, Kremer II hatte es sich in einem Sessel unter dem Fenster gemütlich gemacht. Kay hielt sich in der Nähe der Tür im Hintergrund.

»Kommen Sie, kommen Sie«, winkte Jörg Kremer sie heran. »Julia, nun heißt es Abschied nehmen!«, erklärte er ihr dann und lächelte fies.

»Verstehe ich nicht«, gab Julia zurück und wollte sich einen Stuhl heranziehen.

»Erklär ich Ihnen«, antwortete er, »und bleiben Sie gleich stehen, es dauert nämlich nicht lange. Sie sind entlassen, fristlos.« Er hielt seine Rechte hoch und schnippte in Richtung der Karlowski mit den Fingern: »Hier ist Ihre Kündigung, die Sie bitte gleich vor Zeugen unterschreiben.«

Als wäre es eine Inszenierung am Theater, reichte Sonja Karlowski dem Big Boss von hinten den Umschlag, während beide Julia nicht aus den Augen ließen. Jörg Kremer legte die Kündigung auf seinen Schreibtisch und kickte sie mit dem rechten Zeigefinger bis an die Kante, hin zu Julia, die sie nicht nahm, nicht mal eines Blickes würdigte.

»Dürfte ich den Grund wissen?«

»Gern!« Er lächelte noch immer. »Ich hatte Ihnen ja gesagt, dass Sie auf der Abschussliste stehen.«

»Sie meinen, dass Sie mich, aus völlig irrationalen Gründen, auf dem Kieker haben.«

Er beugte sich vor, sein Gesicht verfinsterte sich. »Ich meine, Frau Kilchberg, genug ist genug. In Ihrem speziellen Fall braucht es nicht einmal ein, zwei, drei Abmahnungen. Sie führen Ihr Personal schlecht, Sie liefern miese Zahlen, Sie nehmen sich fröhlich Urlaub, während hier alle Soldaten in Reih und Glied angetreten sind ...«

»Soldaten?«

»Sie sind nicht mehr mit dem nötigen Ernst bei der Sache. Ihnen fehlen Ehrgeiz und Einsatzfreude, Sie sind selbstgefällig geworden.«

Die Karlowski meldete sich zu Wort: »Das sollten wir vielleicht aus dem Protokoll streichen«, flötete sie, »denn persönliche Animositäten tun nichts zur Sache und dürfen auch gar nicht als Grund für eine fristlose Kündigung vorgetragen werden, Herr Kremer.« Es klang belehrend, doch sie wollte ihren Herrn und Meister nur in Schutz nehmen.

Nun nahm Julia den Umschlag, fächelte sich damit Luft zu: »Das wird mein Anwalt sicher gern beurteilen. Ob mir Ehrgeiz und Einsatzfreude fehlen.«

»Ach, Kilchberg«, brummelte Kremer II aus der Ecke, »bei Spesenbetrug braucht man keinen Anwalt zu bemühen. Das sollten selbst Sie wissen.«

Nun konnte Julia ihre zur Schau getragene Arroganz nicht länger aufrechterhalten, ihre Gesichtszüge verfinsterten sich. »Wovon reden Sie alle?«

Kay hustete.

»Sie haben«, erklärte Jörg Kremer, »ein persönliches, privates Geschenk an meinen Assistenten Kay Hanau, einen sauteuren Aktenkoffer, wenn ich es richtig weiß, als Kosten Ihrer Abteilung deklariert und abgesetzt.«

»So ein Quatsch, das habe ich nicht.« Julia drehte sich zu Kay um, der den Kopf senkte.

Jörg Kremer klappte einen vor ihm liegenden Aktendeckel auf und zog Spesenbelege heraus: »Sie haben es selbst unterschrieben.«

»Ich unterschreibe jeden Tag alles, was mir Brigitte Eich-Hellmann vorlegt.«

»Tja«, bemerkte Jörg Kremer trocken.

»Das ist einfach ein Irrtum, ein Fehler. Das kann man ja wohl richtigstellen.«

»Dazu ist es zu spät«, sagte Jörg Kremer.

»Ich habe irgendwie das Gefühl, das hier ist eine Intrige, die irgendjemand eingefädelt hat.« Sie sah von Kay zu Kremer II, von Kremer II zur Karlowski, von der Karlowski zu Jörg Kremer.

Der lächelte wieder. »Sie haben Fehler gemacht, die zu beweisen wahrscheinlich ein langer Weg vor dem Arbeitsgericht wäre, Frau Kilchberg. Wir sollten uns das alle ersparen. Ich will Sie raushaben, ich kann nicht mit Ihnen. Sehen Sie es ein, unterschreiben Sie, es ist juristisch alles in die richtige Form gebracht. Ich habe Ihnen im Beisein von Zeugen persönlich, sprich: mündlich, gekündigt, die schriftliche Kündigung überreicht, quälen Sie sich nicht länger, quälen Sie uns alle nicht länger. Ich möchte, dass Sie, wenn Sie den Wisch unterzeichnet haben, innerhalb der nächsten dreißig Minuten Ihren persönlichen Kram unter Aufsicht unserer Sicherheitskollegen einpacken und gehen, für immer.«

»Sie kriegen sogar noch eine feine Abfindung, trotz allem, und ohne Präjudiz«, ergänzte Kremer II.

Julia unterschrieb. Mit einem Füllfederhalter aus Gold, den Jörg Kremer ihr herüberschob, wie sie einst ihrer Assistentin Karla Wickert die Kleenexbox herübergeschoben hatte, kalt und uninteressiert. Dann ging sie ohne Verabschiedung.

Als sie unten in der Tiefgarage stand, wurde ihr schwindelig. Das war es also nun, nach über einem Jahrzehnt guter Arbeit und Treue für ein Unternehmen: ein Druckerpapier-Karton voller Erinnerungsstücke. Sie stützte sich mit ihrer freien Hand auf dem Autodach ab. Da hörte sie Schritte hinter sich und drehte sich um. Kay kam auf sie zu. Sie stellte den Karton auf den Garagenboden.

»Julia, ich möchte, dass du weißt …«

»Du brauchst nichts zu sagen.«

Kay insistierte: »Doch! Ich will, dass du weißt, es ist nicht meine Schuld. Ich stecke nicht dahinter.«

»Tja, wer weiß, wer dahintersteckt und was das alles zu bedeuten hat. Ich hoffe, du glaubst mir wenigstens, dass ich niemals bewusst einen Spesenbetrug begehen würde.«

»Natürlich glaube ich dir, Julia.«

»Ich erinnere mich noch ganz genau, dass ich Brigitte den Beleg für deinen Aktenkoffer …«

Er unterbrach sie: »Ausgerechnet mein Aktenkoffer!«

»… sie hat ihn nämlich in der Mittagspause für dich ausgesucht … zurückgab mit der Bemerkung, sie möge ihn verwahren, falls mal was damit sei. Garantie und so. Natürlich habe ich ihn nicht eingereicht, natürlich habe ich das nicht bewusst abgezeichnet, wie käme ich dazu. Logisch, ich hätte alles kontrollieren müssen, unter das ich meine Unterschrift setze, das war ein Fehler. Ein lässlicher, denn nach so vielen Jahren vertraut man natürlich seiner Sekretärin. Ja, die Brigitte. Ausgerechnet heute hat sie sich einen freien Tag genommen …« Den Rest sprach Julia nicht aus.

»Ich habe immer gedacht, du übernimmst irgendwann diesen Kasten. Ich habe immer gedacht, du besitzt genügend Ehrgeiz, eine eigene Bank zu gründen.« Er lächelte sie an.

Sie strich Kay über die Wange. Wer hätte das gedacht, dass sie diesem Jungen einmal so gegenüberstehen würde: Er auf dem Weg nach oben, sie ganz unten.

»Rupert hat gestern mit mir Schluss gemacht«, sagte sie.

»Das kann nicht sein. Das auch noch. Shit!«

»Du sagst es. Ich war mit ihm in der Schweiz, weißt du, dort, wo Hannes …« Sie brach ab, sie hatte das Gefühl, sie konnte die ganze Geschichte selbst nicht mehr hören.

»Und er ist sauer geworden, als du ihm die Wahrheit erzählt hast.«

»Sauer ist noch milde ausgedrückt.«

»Ihr werdet euch wieder vertragen. Das ist nur der erste Schock.«

»Ich fürchte, nicht. Rupert meint immer, was er sagt. Es klang ziemlich endgültig. So wie diese Sache hier.« Sie trat gegen den Karton.

»Lass den Kopf nicht hängen.«

»Ja, das sagt man dann so.«

»Ich weiß nicht, was ich sonst sagen soll.«

»Es ist hochanständig von dir, dass du noch mal zu mir gekommen bist, Kay. Ich weiß das zu schätzen, danke.«

»Was wirst du denn nun machen?«

»So was von keine Ahnung.« Julia beugte sich herunter, nahm den Karton hoch. Kay wollte helfen. Sie lehnte ab und verstaute ihn selbst im Kofferraum.

Er stand da, wie das Kind im Dreck, mit hängenden Armen.

»Nun hau ab, und geh nach oben, Kay, zu den Hyänen. Ich war selbst mal eine. Geschieht mir alles ganz recht.«

»Du hast überhaupt keine Schuld, man hat dich gemobbt.«

Julia wunderte sich über sich, woher sie ihren heiteren Ton holte, ihre Ironie: »Das soll es geben in der modernen Businesswelt: Mobbing.«

»Ich bin total fertig über das, was dir passiert ist. Ich weiß überhaupt nicht, wie ich mit Kremer und den anderen jetzt klarkommen soll. Am liebsten würd ich auch kündigen.«

»Das lässt du mal schön bleiben, Herr Buddhist. Du wirst deinen Job machen und eine Topkarriere hinlegen. Und wir beide, du und ich, werden Freunde bleiben und später einmal über alles lachen.« Danke, lieber Gott, dachte Julia, dass du mir die Kraft gibst, diesen Bengel hier zu trösten, anstatt selbst nach Trost zu verlangen. »Ich fahre jetzt nach Hause und schlafe mich mal richtig aus. Zu Hause ist es gemütlich, da komme ich zur Ruhe. Morgen ist auch noch ein Tag.«

»Du bist echt stark.«

»Ja«, sagte sie, schloss ihr Auto auf und öffnete die Fahrertür, »noch.«

Er nickte. »Ich melde mich.«

»Abgemacht.«

»Ciao!« Er gab ihr einen Kuss auf die Wange.

»Ciao«, sagte Julia, stieg in ihr Auto ein und gab beim Anfahren etwas zu viel Gas.

In ihrer Wohnung angekommen, stellte sie den Karton im Schlafzimmer auf dem Schreibtisch ab, ging ins Bad, wusch sich die Hände und sah sich im Spiegel an. Du wirst nicht weinen, sagte sie zu sich, du hast dir alles selbst eingebrockt. So sind die Dinge nun eben.

Und doch fühlte sie sich von Gott und der Welt verlassen. Noch in der vergangenen Nacht, in der sie kaum schlafen konnte, hatte sie ein paar Mal versucht, Rupert anzurufen. Immer landete sie nur auf seiner Mailbox, auf der sie mehrfach die Nachricht hinterließ, er möge sie wenigstens noch einmal anrufen, damit sie in Ruhe reden könnten. Julia wollte einfach nicht akzeptieren, dass er so einfach Schluss mit ihr gemacht hatte. Seine Verärgerung und Wut konnte sie verstehen. Seine heftige Reaktion draußen auf der Straße vor ihrem Haus kam ihr unreif vor. Zu ihrem großen Kummer rief er nicht zurück. Sie hatte sich dann an ihren Schreibtisch gesetzt und ihm einen langen, warmherzigen Brief geschrieben, in dem sie ihn für ihre Fehler und Versäumnisse um Entschuldigung bat, ihm ihre Perspektive ausführlich klarzumachen versuchte und ihn erneut um eine Aussprache bat. Aus irgendeinem Grund hatte sie den Brief, verschlossen und frankiert, nicht eingeworfen. Sie hatte einfach das Bedürfnis, persönlich mit ihm zu sprechen.

Vielleicht hat er auf meinen Anrufbeantworter gesprochen, dachte Julia, trocknete sich die Hände ab und ging in den Flur zurück. Der Anrufbeantworter blinkte nicht. Sie kramte aus ihrer Handtasche ihr Handy heraus, hörte ihre Mailbox voller Hoffnung ab: nur ein Anruf ihrer Mutter, die nachfragte, ob sie nicht doch kommen wolle; eine Erinnerung ihrer Osteopathin, die einen Termin verschoben hatte; kein Lebenszeichen von Rupert. Julia steckte ihr Handy wieder in die Tasche zurück, blieb einen Moment im Flur stehen, wusste nicht, was sie tun sollte. Immer wieder flackerte das Bild aus dem Büro von

Jörg Kremer vor ihrem inneren Auge auf, dann wieder das Streitgespräch mit Rupert im Auto, und das Gesicht von dem hilflosen Kay in der Tiefgarage der Bank. Die Jeetze hatte seltsamerweise recht gehabt mit dem Begriff vom Sturm, der ihr bevorstünde, und dem Rat, einen schützenden Mantel anzuziehen. Aber was war mit der Prophezeiung, sie müsse mit Rupert nur auf den Spuren von Hannes' Vergangenheit wandeln und ihn damit konfrontieren, dann würde sie Ruhe finden, auf ihrer Reise und bei ihm? Das sollte die Ruhe sein? Oder war die Geschichte doch noch nicht vorbei? Gab es noch eine Hoffnung auf ein Happy End?

Julia ging in die Küche. Auf dem Tisch fand sie einen Zettel ihrer Haushaltshilfe, die sich herzlich für die Pralinen aus Zürich bedankte. Daneben lag ein zerbrochenes Weißweinglas und eine zweite Notiz: »Ist beim Abtrocknen passiert, tut mir leid.«

Julia setzte sich an den Küchentisch und stützte den Kopf in die Hände. Wie hatte ihre Mutter immer gesagt? Glück und Glas, wie schnell bricht das.

Kapitel 13

Die Wahrheit siegt über die Zeit: So war der Titel des Altmeistergemäldes, das Rupert von seinem Vater geerbt hatte und das seine Mutter ihm nun, mit Wochen der Verspätung, durch eine Kunstspedition zukommen ließ. Er stand in seinem unaufgeräumten Büro, hatte es ausgepackt, auf die Staffelei neben dem Regal mit den Aktenordnern und Auktionskatalogen gestellt und betrachtete es mit einem Lächeln. Einem bitteren Lächeln. Die Wahrheit zwischen ihm und Julia war sehr schnell ans Licht gekommen, es hatte der Zeit nicht bedurft. Nur einer verhutzelten Alten in den Schweizer Bergen ...

Inzwischen schämte sich Rupert für seinen Ausbruch und bereute, einfach so mir nichts, dir nichts Schluss gemacht zu haben. Er wusste selbst, dass er manchmal zu cholerischen Anfällen neigte und seine Wut dann nicht unter Kontrolle hatte. Er hätte, so dachte er, niemals solch kränkende Äußerungen gegenüber der Frau, die er noch immer innig liebte, machen dürfen. Das war unverzeihlich.

Andererseits fühlte er sich im Recht. Aberglaube passte ihm nicht, Reinkarnation hielt er für das Abwegigste der Welt, ein Mensch, der solchen Strömungen folgte, konnte einfach nicht zu ihm gehören. Und das Schlimmste dabei war eben, dass sie gar nicht ihn wollte und liebte, sondern in ihm den anderen suchte. Die Schwüre, Bekenntnisse, die heiteren Stunden, die leidenschaftlichen

Stunden, die Stunden voller Nähe und scheinbar tiefem Vertrauen – alles eine Lüge. Rupert war eifersüchtig. Eifersüchtig auf einen Toten. Ginge es um einen Lebenden, einen Konkurrenten, einen Nebenbuhler, wäre er, dessen war er sich sicher, Manns genug gewesen, ihm entgegenzutreten und um Julia zu kämpfen. Gegen den Schatten der Vergangenheit fühlte er sich machtlos.

Und dennoch gab es in ihm auch eine Stimme, die ihn ermahnte, Julia vorzuwerfen, sie habe ihm keinen reinen Wein eingeschenkt und wichtige Gedanken, Fragen und Gefühle vor ihm verborgen, war ungerecht. Die größten Kritiker der Elche sind selbst welche – der Ausspruch seines Vaters fiel ihm in dieser Situation wieder ein. Auch er, Rupert, trug ein Geheimnis mit sich herum, ein Familiengeheimnis, das er sich nie getraut hatte, ihr zu erzählen. Vielleicht, so überlegte er an manchen Abenden, wenn er am Fenster stand und in die Nacht hinaussah, während der Regen wie Silberpeitschen gegen die Scheiben schlug, war es gerade dieses Geheimnis seiner Herkunft, das feine, unsichtbare Fäden zu Julias Fragen spann, Fragen, die ihn ängstigten.

Rupert war resigniert und wie gelähmt. Auf Julias Anrufe, ihre Nachrichten konnte er, auch wenn er es wollte, nicht reagieren. Er hüllte sich in finsteres Schweigen, in Selbstmitleid, zog sich, nach getaner Arbeit, in sein Loft zurück, um zu grübeln, hatte schlechte Laune, nun schon seit Wochen. Am schlimmsten bekam Alma dies zu spüren. Sie konnte ihm nichts mehr recht machen. Deshalb beschränkte sie sich auf das sture Abarbeiten der Vorgänge und ging ihm, so gut es möglich war, aus dem Weg. Auch seine Freunde kriegten was ab. Wann immer Tom oder Astrid oder die anderen versuchten, ihn aus seinem

Schneckenhaus zu holen, machte er dicht. Selbst seinen Kunden gegenüber war er nicht mehr der charmante, eloquente, Erfolg ausstrahlende Kunsthändler, sondern ein Griesgram, der nach dem Grundsatz zu arbeiten schien: Wenn Sie nicht wollen, lassen Sie es. Dazu kam, dass es den ganzen Juli und August über nur geregnet hatte. Berlin war triefnass und dunkel und zeigte sich von seiner schlechtesten Seite, eine nicht geahnte Steigerung in einer aus Ruperts Sicht ohnehin von Minderwertigkeitsgefühlen, Missgunst und Kleinkariertheit nur so strotzenden Stadt. Rupert überkam nun manchmal die Lust, einfach hinzuschmeißen, den Laden dichtzumachen, nach Bayern zu ziehen und ein neues Leben zu beginnen.

Julia erging es nicht viel besser. Nach den ersten Tagen in einem unerklärlichen Wechselbad der Gefühle – einerseits fühlte sie sich nach dem Rauswurf wie von einer Last befreit, andererseits war ihr schlecht vor Sehnsucht nach Rupert – fiel sie in ein Loch, schwärzer als jede Nacht. Ihr Leben kam ihr leer vor, sinnlos. Morgens konnte sie kaum aufstehen. Ihr ganzer Körper tat ihr weh, als habe sie zu viel Sport getrieben. Quälte sie sich dann heraus, stand sie ewig vor dem Spiegel im Badezimmer und betrachtete sich, auf der Suche nach Falten in ihrem Gesicht. Sie fühlte sich blass, alt und krank.

Ein harter Job ist wie ein Korsett. Er engt ein, er hebt auch. Julia fehlte der alltägliche Rhythmus, die Meetings und Konferenzen, die Gespräche mit Kunden, die Diskussionen mit Kollegen, das Studieren der Akten, das Entscheidungen-Treffen, die Macht, das Gebrauchtwerden. Was soll aus mir werden?, dachte sie. Ich bin fast einundfünfzig, ich kriege nie wieder einen Job. Wer braucht mich?

Immerhin gab es einen Trost. Julia geriet nicht in wirtschaftliche Not. Sie besaß Ersparnisse, bescheiden zwar, doch genug, um eine Weile zumindest in dieser Hinsicht sorgenfrei leben zu können. Aus einer Eigentumswohnung in Prenzlauer Berg, die sie an ein junges Journalistenpärchen vermietet hatte, floss ein kleiner, monatlicher Ertrag auf ihr Konto. Dazu kam, dass die von ihrem Vater geerbten Weinberge, die eine vorteilhafte und begehrte Lage hatten, einmal jährlich einen hübschen Pachtzins einbrachten.

All das war ihr nicht wirklich etwas wert. Sie ließ sich gehen, hörte einfach auf, sich die Haare zu waschen, sich zu schminken, anständig zu essen. Sie bestellte Ilse, ihre Haushaltshilfe, ab, wollte niemanden mehr sehen, beantwortete keine Anrufe mehr, gab es auf, mit Rupert in Kontakt zu treten. Sie las weder Zeitungen noch Bücher, verlor das Interesse an allem. Unablässig lief der Fernseher, ohne ihr etwas zu sagen. Sie schlurfte durch die Wohnung, stand mal hier, mal dort (»Kann es nicht endlich aufhören zu regnen? Dieses Geräusch tötet mich!«), setzte sich abwechselnd in der Küche auf einen Stuhl, Minuten später auf das Sofa unter Ruperts Bild, legte sich ins Bett, mit über den Kopf gezogener Decke. Sie nahm ab. »Endlich mal eine Diät, die funktioniert«, dachte sie finster. Sie trank Leitungswasser und Tee, knabberte Chips, ihr Kühlschrank leerte sich, ihr Kopf füllte sich, unablässig ratterte es darin, es war kaum auszuhalten.

Doch die Auserwählten fallen nur, um ihr Glück zu finden. »Du hast eine fette, kleine Depression, meine Liebe«, erklärte ihr Agnes, die eines Tages an ihrer Wohnungstür Sturm geklingelt und nicht aufgegeben hatte, bis Julia ihr endlich öffnete.

»Ich höre nichts!«, rief sie, noch im Treppenhausflur stehend, reichte Julia ihren Regenschirm und schwenkte eine Einkaufstüte vom KaDeWe hin und her, so dass ihr schwarzer Paschminaschal, den sie locker über ihr schwarzes Organzakleid geworfen hatte, sanft zu Boden glitt. Julia hob ihn auf und bat Agnes herein, die sofort plappernd in die Küche eilte. »Ich höre nichts von dir, und auf deinen Anrufbeantworter wollte ich auch nichts mehr sprechen. Bitte schön: Wenn der Prophet nicht zum Berg kommt, muss der Berg eben zum Propheten kommen. Man ist zwar keine neunzig mehr, aber wozu gibt's Droschkenkutscher.« Im Gehen drehte sie sich kurz um. »Habe ich es mir doch gedacht. Du siehst schlecht aus.«

»Danke!«, erwiderte Julia.

Julia legte den Schal über einen Küchenstuhl. Agnes stellte die Tasche auf den Tisch und packte aus, was sie mitgebracht hatte. Eine gut gekühlte Flasche Champagner, ein knuspriges Baguette, kleine, sorgfältig verpackte Päckchen, aus denen sie Kanapees mit Hummer, Lachs und Foie gras herauspflückte, eine Schale mit frischen Himbeeren und einen Karton voller bunter Petit Fours. Ohne zu fragen, nahm Agnes eine Servierplatte, Teller und Gläser aus dem Schrank, Besteck und Servietten aus der Schublade, drapierte die Köstlichkeiten auf der Platte, warf Papier, Plastikfolie, Kartons und Schachteln in den Mülleimer, rückte alles ansprechend zurecht und setzte sich dann.

»So«, erklärte sie Julia zufrieden, »nun machste mal das Fenster auf …«

»… um die Sonne reinzulassen?«

»Na, Humor ist ja noch da. Dann gibt's Hoffnung.« Agnes zeigte auf die Flasche. »Den Schampus mach du mal uff, det ist mir zu schwer, det habe ich nur einmal jemacht im Leben und denn nie wieder.«

Julia schenkte ein, nachdem sie den Champagner entkorkt hatte, und setzte sich. Sie stießen an und tranken. Agnes stürzte sich sofort auf den Hummer. Julia konnte nichts von den Delikatessen anrühren, es schnürte ihr die Kehle zu.

»Iss, sonst stirbst du!«, meinte Agnes, ungerührt kauend. »Ach herrlich, ohne dat Jesöff könnte ich gar nicht existieren. Wenn mich jemand fragt, wie ich so alt geworden bin, sage ich immer: Kerle beerben und Schampus saufen.«

Julia nahm zögernd ein Lachshäppchen, biss ab. Der Champagner stieg ihr nach dem ersten Schluck in den Kopf, ihr war klar, dass sie tatsächlich etwas essen musste, sonst wäre sie umgefallen.

»So. Nu' erzähl mal. Alles. Und der Reihe nach.«

Nachdem sie geendet hatte, stellte Agnes ihre Diagnose. »Nun denkst du natürlich, du bist die große Ausnahmeerscheinung, Kleene, nur dir kann es derart schlechtgehen, nur du musst so leiden, alles Quatsch. Sieh dich um da draußen.« Sie zeigte zum Küchenfenster. »Alle Welt leidet. Mir ist auf meinem Lebensweg auch die Schwermut begegnet, damit du nicht denkst, ich wüsste nicht, wie dir zumute ist und wovon ich rede. Wer nicht das Bittere gekostet hat, weiß nicht, was Zucker ist.« Sie griff nach einem butterblumengelben Petit Four und biss begeistert hinein. »Man kommt drüber hinweg, über alles wächst das Gras, die Zeit heilt alle Wunden und wenn nicht die Zeit, dann die Pillen.«

»Ach, Agnes, lass mich in Ruhe mit deinen Binsenweisheiten und Kalendersprüchen.« Julia legte das Schnittchen mit dem Lachs, das sie die ganze Zeit in den Fingern gehalten hatte, auf ihren Teller zurück. »Ich weiß, dass du es gut meinst, nur ... irgendwie ... deine Energie und dein Optimismus ... ich kann das im Moment nicht ertragen.«

»Oder der gute Enderlein? Was ist mit ihm?«

Julia, die den Kopf gesenkt hatte und auf den Tisch starrte, sah auf. »Enderlein?«

»Weeßte noch, vor ... wurscht ... als wir uns kennengelernt haben im Supermarkt, du mit deiner Zitrone im Mäulchen? So was hatte ich ja noch nie gesehen! Und wie wir zu mir sind und Tee getrunken haben und du mir dein Herz ausgeschüttet hast? Da warst du auch so am Boden und hast gedacht: Es geht nicht mehr.« Liebevoll lächelte sie Julia an. »Siehste, und denn ging es doch, nich?«

Julia konnte es sich auch nicht erklären: Von allen Sätzen, die aus Agnes herausgesprudelt waren, war es dieser eine, der sie ein wenig tröstete. Und der Gedanke an Dr. Ado Enderlein, der Psychologe, der sie damals in der Gesprächstherapie schon einmal aus der Verzweiflung geholt hatte. Es gab einen Hoffnungsschimmer. Wieso war sie nicht längst selbst darauf gekommen? Brauchte sie denn immer Menschen, die ihr Ratschläge gaben, die sie aufs Pferd hoben, die sie auf den Weg brachten? Konnte sie denn überhaupt nicht mehr selbst für sich Verantwortung übernehmen? Konnte sie denn gar nichts mehr? Nichts?

Sie schüttelte den Kopf, über sich, über die Situation, in die sie hineingeraten war, über diese Szene hier in der Küche, während es draußen unablässig regnete und donnerte und blitzte.

»Agnes, du hast mal wieder recht. Ich gehe zu ihm.« Sie nahm sich ein Schnittchen mit Gänseleberpastete und stopfte es sich gierig in den Mund. Es war ein Frevel, so etwas zu essen, trotzdem schmeckte es köstlich. »Danke!«

»Na, bitte recht schön. Ich muss mich um jemanden kümmern, sonst komm ich mir ja janz sinnlos vor, wo Lililein nun uff Tournee ist, in …«

»Ich weiß, in Bad Oldesloe.«

»Ja, und er ist entzückt! Sie liegen ihm zu Füßen!«

Julia schenkte Agnes das bereits leere Glas voll, und gemeinsam tranken sie den Champagner in einem Zug aus. Dann lachten sie herzlich. Wie zwei junge Mädchen, laut und albern, so, als könnten sie nie wieder aufhören.

»Jaaa …«, sagte Dr. Ado Enderlein lang gedehnt, so, wie er eigentlich jede Silbe und jedes Wort und jeden Satz in die Länge zog, als gelte es, noch im Sprechen alles Gesagte auf seinen Wahrheitsgehalt hin zu überprüfen. Dabei setzte er das jeweils erste Wort in einer etwas höheren Tonlage an, um dann, langgestreckt, vom Obergeschoss des Tenors in den Bass-Keller hinabzurutschen und manchmal, ganz selten nur, wie im Überschwang, noch kurz einmal pfeilschnell hochzukieksen: »Jaaaah … ah.« Er war ein großer, dünner Mann von Anfang siebzig, seit der letzten Begegnung mit Julia gealtert, immer noch mit einer dichten Haarpracht von silbernen Locken gesegnet, die er in alle Richtungen wild wachsen ließ, offenbar unter Verabscheuung von Kämmen und Bürsten. Er trug ein kariertes Hemd, darüber einen

V-Pullover aus grauer Wolle und eine ausgebeulte Kordhose. Zwischen seine Lippen hatte er eine Pfeife geklemmt, die nicht brannte, an der er aber während des Sprechens immer wieder kräftig zog.

Die Zeit schien in seiner Praxis stehengeblieben zu sein. Die beiden Räume lagen in der Skalitzer Straße, direkt dem Görlitzer Bahnhof gegenüber, einer vitalen, bunten und lauten Gegend, durch die lärmend die S-Bahn hoch über den Straßen ratterte und darunter die Autos und Busse und Motorräder brausten; einem Viertel mit türkischen Gemüseläden, Spielsalons, Dönerbuden, Supermärkten.

Durch einen breiten, schmutzigen Durchgang voller obszöner Graffiti war Julia auf den Innenhof gekommen und zum Hinterhaus gegangen, wo aus Altbauwohnungen schicke Büros von Werbeagenturen und TV-Produktionsgesellschaften entstanden waren. Ein Lastenaufzug mit dem handgemalten Hinweisschild »Bitte Tür feste zuziehen« führte in den zweiten Stock zu der »Psychologischen Praxis, Dr. Ado Enderlein, Termine nur nach Vereinbarung«. Noch immer gab es den Vorraum, in den man direkt aus dem Aufzug kam, mit seiner kargen 80er-Jahre-Einrichtung, die aus einem Garderobenständer, drei Sesseln und Zwischentischchen bestand, auf denen sich vielgelesene Illustrierte stapelten. Noch immer war Enderleins Besprechungszimmer nach hinten ausgerichtet, mit dem Blick auf einen angrenzenden Schulhof und dunkle Hauswände. Noch immer gab es in diesem Raum nur einen Schreibtisch mit einem Stuhl, ein Regal voller Fachliteratur und einen Eichenholz-Esstisch, der zum Besprechungstisch umfunktioniert worden war, an dem Julia und Enderlein sich nun gegenübersaßen. Nichts lenkte vom Wesentlichen ab, kein Bild, keine Pflanze, kein Vorhang. Es galt, sich vollkommen auf das Gegenüber und das Gespräch zu konzentrieren.

»Das Thema Reinkarnation … wollen wir mal außer Acht lassen. Das ist nicht mein …« – lange Pause – »Fachgebiet.«

Julia nickte. Das war ganz in ihrem Sinne.

»Es scheint mir doch sooo …« Er klappte ein winziges Büchlein auf, das vor ihm lag, und schrieb mit einem winzigen Bleistift, der noch aus den Achtzigern zu stammen schien, in winziger Schrift ein paar Worte auf, »… daa gibt es eine Fixiiiierung, Frau Kilchberg.«

Dann referierte er über Kindheitserlebnisse, Verhalten und Empfinden, Erfahrungen, Konflikte, Situationen, er benutzte Wörter wie »fixe Idee«, »Imago des Vaters«, »Überwert-Idee«. Julia hatte Mühe, ihm zu folgen, war aber froh, dass er dann seinen Vortrag beendete und Fragen stellte, nach ihr und ihren Ängsten. Er ließ sie reden und reden und reden. Es tat ihr gut, mit jemandem zu sprechen, der sie zwar einerseits aus der Vergangenheit noch kannte, gleichzeitig ein Fremder war, der nicht gleich mit Ratschlägen kam und ihr seine Meinung überstülpen wollte.

»Sehen Sie, Frau Kilchberg«, erklärte er, »es gibt eigentlich nuuur vier Grundarten der Ängste. Angst vor Tod. Angst vor Sinnlosigkeit. Angst vor Freiheit. Angst vor Isolation. Was davon fürchten Sie am meisten?«

»Ich glaube, den Tod.«

»Sie glauben?«

»Den Tod.«

»Jaaa …«, sagte er wieder nur.

Ado Enderlein verstand es, eine Atmosphäre von freiem Gedankenfluss zu kreieren; er bewertete und verurteilte nicht, er hörte zu, er lachte manchmal sogar an den richtigen Stellen, ein aus der Tiefe kommendes, dunkles Glucksen.

Auf die erste Sitzung folgte eine zweite, und dann noch eine und noch eine. Anfangs nahm er sich sogar die Zeit, sie zweimal die Woche bei sich zu empfangen. Sie wusste, dass sie diesen Mann dafür bezahlte, dass er mit ihr sprach, aber der Gedanke daran verlor sich im Laufe der Zeit, und es kam ihr so vor, als unterhalte sie sich mit einem Freund. Nach und nach ging es Julia besser. Sie aß wieder normal, achtete auf sich, schlief besser, ging sogar ab und zu ins Fitnesscenter.

Es war Anfang September, als sie zum ersten Mal so weit war, daran zu denken, dass sie nun keine Gesprächstherapie mehr nötig haben würde. Wieder saß sie ihm an seinem Tisch gegenüber, wieder begann er das Gespräch mit einem lang gedehnten »Jaaa«.

Dann fragte er sie: »Lieben Sie Rupert Andersen wirklich, oder ist es nur die Sehnsucht nach der eigenen Jugend?«

Spontan hätte sie mit einem »Natürlich liebe ich ihn« geantwortet. Aber sie hielt inne, ehe sie etwas sagte, denn der Satz traf sie und wirkte in ihr nach.

»Vielleicht ist es beides«, sagte sie ehrlich, »eine Art von Sehnsucht, aber auch Liebe.«

»Verstehen Sie seine Position?«, wollte er wissen.

»Ich … ich empfinde sie als nicht sehr tolerant und seine Haltung als sehr apodiktisch. Aber wahrscheinlich bliebe mir … wollte ich es noch einmal mit ihm versuchen …«, sie konnte ein Seufzen nicht unterdrücken, »… nichts anderes übrig, als sie zu akzeptieren.«

»Sehen Sie: Das ist ein Geheimnis des Umgangs der

Menschen untereinander: Toleranz. Die Reaktionen auf das Gegenüber …«, er hielt mit beiden Händen ein imaginäres Lineal hoch, »… haben immer einen Spielraum von hier bis hier. Man kann heftig reagieren, laut, aggressiv. Nicht gut. Es reicht eigentlich«, nun verkleinerte er den Abstand, »so wenig, um sich verständlich zu machen. Ihr Freund, ich darf ›Ihr Freund‹ sagen?«

»Ja, das dürfen Sie, Dr. Enderlein«, antwortete Julia beherzt und geradezu optimistisch, als wäre sie wieder mit Rupert zusammen.

»Also: Ihr Freund hat sehr heftig reagiert. Eine Kränkung, nicht wahr? Daraufhin hat er bei Ihnen ebenfalls eine Kränkung ausgelöst. Paare sollen in einem lebendigen Austausch stehen. Schweigen ist eben nicht immer Gold. In einer Beziehung ist Reden Gold, Meinungen austauschen, streiten, sich versöhnen, Hauptsache, das Band reißt nicht ab. Der vielzitierte Volksmund, dem doch eigentlich Wahrheit aus generationenlanger Erfahrung entspringen soll, der Volksmund ist oft ein Dummschwätzer. Ihr Freund hat den Dialog verhindert. Und auch, als Sie sich anschließend darum bemüht haben, wieder mit ihm in Dialog zu treten, blockte er. So ist es gelaufen, nicht wahr?«

»Es wäre mir unangenehm, wenn Sie konstatieren würden, er sei schuld an allem. Dann habe ich mich in unseren Gesprächen wahrscheinlich als zu edel dargestellt.«

Er lachte. »Das, Frau Kilchberg, weiß ich wohl zu erkennen. Nein. Um die Frage von Schuld soll es nicht gehen. Nur würde ich Ihnen gern klarmachen: Seine, ich nenne es, verzeihen Sie den saloppen Ausdruck, Bockigkeit resultiert aus Unvermögen. Und Ihre Resignation ebenfalls. Dass Sie damit zu mir gekommen sind … es zeigt mir etwas äußerst Positives, was ich nicht von allen meinen Patienten kenne, nämlich, dass Sie auf sich achten, dass Sie sich um sich sorgen, dass Sie bereit sind, für sich selbst Verantwortung zu übernehmen.« Er brachte seinen Anfangssatz und -gedanken nicht zu Ende, sondern schob eine Frage dazwischen: »Kennen Sie übrigens den Unterschied zwischen Verantwortung und Verpflichtung?«

Julia schüttelte den Kopf.

»Verpflichtungen bekommt man auferlegt. Verantwortung übernimmt man.« Er nahm die kalte Pfeife aus dem Mund und lächelte fein. »Wenn man denn Verantwortung übernehmen will. Ich will sagen, liebe Frau Kilchberg, wenn Sie wollen, sind Sie, so scheint mir, durchaus so weit, Verantwortung zu übernehmen – nicht nur für sich, sondern auch für diesen sehr viel jüngeren Mann, der doch, sagen wir es, wie es ist, nur überfordert war, und auch für diese Liebe.«

»Was soll ich Ihrer Meinung nach denn tun, wie soll ich die Verantwortung übernehmen?«

»Da müssen Sie selbst draufkommen, wir sind kein Büro für fertige Antworten. Aber wenn Sie meine Meinung hören wollen, meine Privatmeinung, nuuun … es lohnt sich, ihn aufzusuchen, unter geänderten Vorzeichen. Machen Sie sich klar, dass Sie das Vergangene in sich tragen, es aber nicht auf Ihren Freund übertragen dürfen. Er hat ein Recht darauf, als er selbst angenommen zu werden.«

»Ich soll also das ganze Rätsel, das Geheimnis, ach vielleicht ist es ja am Ende alles Unsinn, auf sich beruhen lassen?«

»Wenn Sie können und wollen. Wenn die Beziehung es Ihnen wert ist.«

Julia nickte. »Danke, Dr. Enderlein.«

Er blickte auf seine Uhr: »Oh ... so schnell um, die Zeit. Ich bringe Sie zur Tür.«

Beide standen auf, er reichte ihr, nachdem er die Tür geöffnet hatte, die Hand.

»Ich lege die ganze Geschichte zu den Akten«, sagte Julia lächelnd.

»Gut dem Dinge!«, antwortete Dr. Enderlein.

»Trotzdem erlauben Sie mir zum Schluss noch diese eine Frage: Wenn wir uns privat begegneten und ich von Ihnen wissen wollte, was halten Sie von alledem? Humbug oder letztlich etwas, das man nicht wissen, nur glauben kann? Was antworteten Sie mir?«

»In der Frage liegt die Antwort. Es ist die Art und Weise, wie wir die Welt betrachten wollen. Wir können sagen: Das Glas ist halbvoll, und es stimmt. Wir können aber auch sagen: Das Glas ist halbleer, und es stimmt auch. Denken Sie sich ein Glas mit Salzwasser. Sie sehen nichts. Und doch, wenn Sie es trinken, werden Sie es schmecken. Guten Tag.«

Überglücklich packte Julia ihr Leben neu an. Sie hatte den Entschluss gefasst zu versuchen, sich wieder mit Rupert zu versöhnen. Wie sie es bewerkstelligen sollte und ob es von Erfolg gekrönt sein würde, wusste sie nicht, wohl aber, dass sie um ihr Glück, dieses Glück im Hier und Jetzt, kämpfen wollte.

Vorher musste sie noch ein paar andere Dinge regeln. Sie nahm sich aus der Ecke ihres Schlafzimmers den Karton mit den Erinnerungsstücken an Hannes hervor, ging damit ins Badezimmer und verbrannte in der Wanne ein Stück nach dem anderen. Seine Briefe und Notizen, die Fotos, sein Nächtebuch. Noch einmal fielen ihr die getrockneten Blüten in die Hand, das Stück Treibholz (das besonders gut brannte), die Todesanzeige, auf deren Rückseite Julia ein letztes Mal den Beitrag über das Findelkind überflog. Es war höchste Zeit, das alles zu vernichten, und sie tat es ohne jedes Gefühl.

Sie schnappte sich am folgenden Vormittag einen Schirm und ging ohne Anmeldung zu ihrem Friseur Jacques, ließ sich die Haare schneiden und die ersten grauen Haare färben. Auf dem Rückweg kaufte sie im Regen an einem Blumenstand einen Arm voller Rosen und drapierte sie zu Hause in ihren schönsten Vasen. Sie rief Ilse an und bestellte sie zum Putzen. Sie füllte ihren Kühlschrank mit Köstlichkeiten, Wasser und Wein. Sie buchte für den nächsten Mittag einen Tisch im *Borchardt* und lud Kay zum Essen ein.

Er hatte seinen schönen Aktenkoffer dabei, den er, bevor er ihn mit der Rechten auf den Stuhl neben sich stellte, mit dem linken Arm umfasste, als umschlinge er ein geliebtes Wesen. Dabei sah er Julia, die ihm an dem Vierertisch gegenübersaß, lächelnd an. Kay wirkte, im Gegensatz zu ihrer letzten Begegnung in der Tiefgarage, erfrischt, heiter, wie befreit.

Obwohl Julia bei ihrer Ernährung mehr und mehr auf Fleisch verzichtete, bestellten sie »ihre« Wiener Schnitzel, und während sie aßen, tauschten sie Neuigkeiten aus. Kay drückte seine Freude darüber aus, dass es ihr wieder gutgehe, und strich ihr dabei über den Handrücken. Dann berichtete er ihr, er habe sich mittlerweile als Assistent von Jörg Kremer »eingegroovt« und dass Ferdinand Kleist vorübergehend Julias Posten mit übernommen hätte, bis jemand Neues eingestellt würde. Alberta Schütz habe überraschend und sehr kurzfristig gekündigt und sei nach Mallorca gegangen, wo sie als Privatsekretärin des alten Kremer arbeite. (Kremer I hatte Julia einen Brief geschrieben, in dem er ihren Weggang, wie er es bezeichnet hatte, »auf das äußerste« bedauerte und ihr alles Glück der Welt für die Zukunft wünschte. Sie hatte den Brief in ihren grauen Tagen nur überflogen und dann weggeschmissen.) Brigitte Eich-Hellmann, so rapportierte Kay weiter, sei groß aufgestiegen. Man habe sie zur rechten Hand des Aufsichtsratsvorsitzenden ernannt, eine Position, die wenig mit dem Tagesgeschäft zu tun hatte und eine glänzende Bezahlung bot.

Am Ende berichtete Kay, dass Jörg Kremer ihm einen Kurs in Business English bezahlen würde und er nun zweimal die Woche – dienstags und freitags – »wie der Teufel« lerne. Nun grinste Kay. Der Englischlehrer, sein Name sei Bruce, so erzählte er, sei ein toller Typ in seinem Alter – und sie hätten sich ineinander verknallt. Kay war glücklich. Julia freute sich aufrichtig für ihn. Stolz übernahm er die Bezahlung des Essens. Draußen vor dem Lokal standen sie unter ihren Regenschirmen und versprachen sich, in Zukunft regelmäßig zum Lunch zusammenzukommen. Er überquerte die Straße und sprang dabei zwei-, dreimal über die Pfützen, ließ den Schirm kreisen und drehte sich auf der anderen Straßenseite noch einmal zu ihr um, winkte, ehe er, wie ein Junge, vorwärtsging, im heiteren Schrittwechsel, einen Fuß auf dem Gehsteig, den anderen auf der Straße. Julia, die ihm nachsah, musste an den Schauspieler Gene Kelly und das Lied »Singin' in the rain« denken, und ein Gefühl von Vertrautheit und Wärme durchströmte sie. Ja, sie hatte ihn gern, diesen Kerl.

Nachdem er um die Ecke verschwunden war, winkte sie ein vorbeifahrendes Taxi heran und stieg ein.

»Wohin darf ich Sie bringen?« Eine Frau saß am Steuer, und ihre Blicke trafen sich im Rückspiegel. Verblüfft riss Julia die Augen auf, und auch die Taxifahrerin drehte sich mit Erstaunen um.

Sie sprachen gleichzeitig, wie aus einem Munde:

»Karla!« – »Frau Kilchberg!«

Julia erkannte ihre frühere Assistentin kaum wieder. Sie hatte mindestens zehn Kilo abgenommen, trug ihre Haare kurz – und sie lächelte!

»Das ist ja eine Überraschung«, meinte Julia.

»Ich dachte schon die ganze Zeit: Irgendwann werden Sie mal in mein Taxi steigen, und wir werden uns wiedersehen. Und nun sind Sie da. Wo wollten Sie denn hin?«

»Ach, eigentlich wollte ich nach Hause, Karla, nach Charlottenburg, aber nun …«

Karla erriet ihren Gedanken. »Wollen wir einen Kaffee zusammen …?«

»Ja, können Sie denn so einfach?«

»Ist meine eigene Kutsche«, sagte Karla, und schon war sie ausgestiegen, holte aus dem Kofferraum einen Regenschirm und hielt ihn Julia höflich hin, so dass sie trockenen Fußes wieder aussteigen konnte. Um die Ecke lag ein Kaffeegeschäft, dort liefen sie hin, standen – jede mit einem Espresso macchiato – an einem der Stehtische und waren ins Gespräch vertieft.

Karla hatte nach dem Rauswurf eine Weile gebraucht, sich wieder zu fassen, dann aber die Entscheidung getroffen, sich eine Auszeit zu nehmen. Für ein halbes Jahr war sie nach Italien gegangen und hatte das »Dolce far niente«, wie sie es formulierte, genossen. Als ihr das Geld ausging, musste sie zurück. Ein Freund schlug ihr vor, weil sie keine Lust mehr hatte, in ein Büro zurückzugehen, vorübergehend Taxi zu fahren. Sie machte eine Ausbildung, und aus der Übergangslösung war eine Selbständigkeit geworden, die ihr gefiel.

»Da war ich ja in gewisser Weise, unwissentlich, klar, Geburtshelfer für ein neues Leben, Karla«, sagte Julia.

»Ja, das waren Sie«, antwortete Karla ohne Hintergedanken und lachte ihr lautes Lachen.

Das ist zumindest gleich geblieben, dachte Julia.

Sie nahm Karlas Hand. »Karla, ich habe mich Ihnen gegenüber sehr unfair verhalten. Irgendwie ist es ja wohl Schicksal, dass ich Sie jetzt wiedertreffe. Ich habe nämlich oft an Sie gedacht und darüber gegrübelt, wie ich mich bei Ihnen entschuldigen kann.«

»Das müssen Sie nicht, Frau Kilchberg«, erklärte Karla. »Alles war richtig so, wie es gelaufen ist. Stimmte alles, was Sie mir vorgeworfen haben. Ich habe nicht in den Laden, sorry, gepasst. Ich war nicht gut in dem, was ich getan habe. Ich muss Ihnen fürchterlich auf die Nerven gegangen sein. Ja, ich war illoyal. Das habe ich später begriffen. Es ist am Ende alles richtig so gelaufen, wie es gelaufen ist.«

»Trotzdem bitte ich Sie um Verzeihung.«

»Lassen Sie uns diese Sache einfach ruhen. Das bringt ja nichts.«

»Da haben Sie auch wieder recht.«

Julia zahlte die Espressi, dann rannten sie zurück zum Taxi, und Karla fuhr Julia, fröhlich plappernd, bis vor ihre Haustür. Julia schaffte es nicht, Karla davon zu überzeugen, Geld von ihr zu nehmen. Sie verabschiedeten sich herzlich, und Julia stieg aus. Hupend fuhr Karla davon, schoss mit ihrem Taxi durch eine Pfütze und spritzte eine Rentnerin mit ihrem alten Hund klitschnass.

Typisch Karla, dachte Julia und kehrte in ihre Wohnung zurück.

Am Wochenende besuchte sie Agnes Sommer. Agnes hatte Julia – keinen Widerspruch duldend – per Telefon zu sich beordert. Ohne Lili wirkte das Zuhause der alten Dame verlassen. Sie wirkte noch kleiner als sonst und einsam. Natürlich wollte sie sich nichts anmerken lassen, bereitete in der Küche Tee vor und servierte ihn mit staubtrockenem Gebäck auf der Empore des Salons. Kaum hatte sie sich gesetzt, stand Agnes wieder auf, um einen Aktenordner mit Kontoauszügen zu holen. Sie legte ihn Julia vor die Nase und erklärte ihr, was sie von ihr wollte: »Ich habe mir Gedanken über dich gemacht, Kleene.«

»Das musst du jetzt nicht mehr, Agnes. Es geht mir wieder gut.«

»Und die Arbeit? Ein junges Ding wie du kann nicht ewig und drei Tage zu Hause sitzen und macht nüschte.«

Julia lachte.

»Also Folgendes: Kiek dir mal die Zahlen an, ich bin ja keine unvermögende Frau …«

»Wenn du mir Geld anbietest, gehe ich.« Julia schlug den Ornder auf und wollte sich die Papiere ansehen, da erhob sich Agnes feierlich, strich ihr geblümtes Sommerkleidchen glatt, machte einen Knicks und trug einen Vers vor, mit anrührendem Stolz: »Ick sitz an' Tisch und esse Klops, uff eenmal kloppts. Ick kieke, staune, wundre mir, uff eenmal jeht se uff, die Tür! Nanu, denk ick, ick denk nanu, jetzt is se uff, erst war se zu. Ick jehe raus und kieke, und wer steht draußen? – Icke.«

Sie nahm wieder Platz: »Ja, icke, die Kleene, wo es sieben Geschwister gab und 'nen Ollen, der soff, und oft nüscht zu fressen, nicht mal Klopse. Elf Millionen. In echte Euro.«

Julia starrte abwechselnd auf die Kontoauszüge, dann auf Agnes. »Hoppala!«, sagte sie.

»Ja nun, ich bin ja nun bei dieser Bank, bei der alle Welt ist, wie man sieht. Ich hasse die. Dieser Peanuts-Virus hat sich offenbar auf alle jelegt, och auf die kleinen Mäuse am Schalter. Arrogantes Pack, Jengster, ich habe ja immer zu euch gewollt, und du hast nee gesagt, von wegen Job ist Job, und Schnaps ist Schnaps. Nun bist du ja frei, Julia, und ich habe mir gedacht, so ohne Job, warum machste dir nicht selbständig? Als Vermögensberaterin? Hier ist dein Einstieg.«

Julia war verblüfft. Ihr fehlten die Worte.

»Von den vielen Freundinnen, die ich hatte, sind ja rundherum fast alle abjenippelt. Es wird stiller, wenn man älter wird. Egal. Drei leben noch, alle mit Piepen – nicht so viel wie ich – trotzdem! Ich habe mit ihnen telefoniert. Sie würden mitmachen. Du kümmerst dich um unser Geld, davon verstehst du was, das weiß ich, kassierst eine anständige Provision, und alle sind glücklich. Wie wäre das?«

Julia war gerührt. Sie brauchte keine Sekunde darüber nachzudenken, es war eine gute, kluge Idee: Julia Kilchberg, selbständige Vermögensberaterin.

Sie nickte: »Das finde ich gut.«

Agnes juchzte auf, schlug die Hände fröhlich zusammen. »Das findest du gut? Ich dachte schon, Gottchen, die wird sich zieren, sagen, ›Darüber muss ich noch mal nachdenken‹. Also du machst es?«

»Ja. Gern sogar. Vielleicht am Anfang erst mal so, aus Freundschaft, und dann sehen wir weiter. Wenn du zufrieden bist, kassiere ich eine Provision. Wenn nicht, gehst du zu deiner …«, sie klappte den Ordner zu, »… zu denen hier zurück.«

Sie schüttelten sich die Hände, und damit war alles geregelt. Es blieb noch ein halbes Stündchen des Plauderns, dann schmiss Agnes Julia kurzerhand raus, weil sie einen Anruf von Lili Lee erwartete, der länger dauern würde.

Mit Küsschen, Umarmungen, Versprechungen und einem Ordner voller unsortierter Papiere unter dem Arm wurde Julia zur Tür begleitet und hörte im Treppenhaus, wie Agnes drinnen sorgfältig alle Schlösser verriegelte und alle Ketten einhängte.

Auf der Straße stellte Julia fest, dass sie ihren Schirm oben bei Agnes vergessen hatte. Sie hatte keine Lust, noch einmal hinaufzugehen, und kam, obwohl sie so schnell lief, wie sie konnte, durchnässt bei ihrem Auto an. Sie setzte sich hinein und blieb eine Weile nachdenklich hinter dem Steuer sitzen, ohne den Wagen zu starten.

Was für eine Achterbahnfahrt ihr Leben war, was für eine Rutschpartie, welch ein Abenteuer! Was ihr in den vergangenen Wochen alles widerfahren war. Und erst in den vergangenen elf Monaten! Sie hatte die Liebe ihres Lebens kennengelernt, gewonnen und wieder verloren. Sie hatte Fanny verloren, ihre beste Freundin, sie hatte Frank verloren, ihren Begleiter über lange Jahre, sie hatte ihren Job verloren. Auf eine Reise hatte sie sich begeben, zur Lösung eines Rätsels, die auch eine Reise zu sich selbst gewesen war. In weniger als vier Wochen würde sie einundfünfzig werden, der Kreis schloss sich. Es gab eigentlich nur noch eines, was sie tun musste, etwas, worüber sie andauernd nachdachte, was sie sich aber bisher nicht getraut hatte. Sie musste Rupert wiedersehen und ihn sprechen und noch einmal versuchen, ihn zurückzugewinnen. Er war der Glanz und das Glück in ihrem Leben gewesen, ihre Kraft, ihr Anker, ihr Halteseil, ihr Geliebter, ihr Mann. Es durfte nicht aus sein. Wozu sonst war ihr das alles widerfahren seit ihrem fünfzigsten Geburtstag?

Sie gab sich einen Ruck. Spontan nahm sie ihr Handy vom Beifahrersitz und schrieb ihm eine SMS: »Bin in zwanzig Minuten da.«

Dann wartete sie, schaltete den CD-Player ein, hörte der Musik zu, während der Regen auf das Autodach trommelte, als begleite er die Band aus den Lautsprechern. »There must be an angel ...«, sang Annie Lennox, immer und immer wieder.

Es kam keine Antwort.

Es ist Wochenende, das Wetter ist grässlich, dachte Julia, er muss einfach zu Hause sein!

Sie startete den Wagen und fuhr in Richtung Paul-Lincke-Ufer. Dort auf dem Parkplatz angekommen, sprang sie aus dem Auto und rannte unter den schützenden Vorsprung des Hauseingangs. Sie sah im trüben Licht des frühen Abends seinen Volvo stehen. Das gab ihr Hoffnung. Sie trat kurz unter ihrem Schutz hervor und blickte an der Fassade hoch zu Ruperts Loft. Dort brannte kein Licht. War er vielleicht unterwegs? Egal. Da sie nun einmal hier war, betrat sie das Treppenhaus, knipste das Licht an und stieg nach oben.

Julia stand vor seiner Tür. Ihr Herz schlug heftig. Sie drückte den Klingelknopf. Nichts geschah.

Geh besser, sagte ihre innere Stimme, du siehst aus wie ein begossener Pudel, er hat Überfälle dieser Art noch nie ausstehen können, er wird dich abblitzen lassen, und nachher geht es dir wieder miserabel. Und überhaupt, was willst du ihm sagen?

Die andere Julia, die mit dem Beharrungsvermögen für zwei, die, die immer überlebt hatte, widersprach und klingelte erneut.

Wieder nichts.

Sie wollte auf dem Absatz kehrtmachen, als sie von drinnen Schritte hörte, die näher kamen. Julia war fast schlecht vor Aufregung.

»Bitte, lieber Gott, schenk mir einen guten, überzeugenden Satz, eine Eingebung, eine Idee, wie ich alles wiedergutmachen kann«, flüsterte sie, während aufgeschlossen wurde.

Die Tür ging auf. Da stand Rupert, nur mit einem Handtuch um seine Hüften gewickelt, und noch nass vom Duschen. Der schönste Mann der Welt. Der klügste Mann der Welt. Der bezauberndste Mann der Welt. Sie hätte ihn einfach nur umarmen und küssen mögen. Dann merkte sie, als stünde sie neben sich, wie sie Luft holte und dem sie schweigend ansehenden Rupert mit zitternder Stimme sagte: »Es gibt keinen Hannes mehr, nur dich. Dich und mich und unsere Liebe, die wir beide nicht einfach so wegwerfen dürfen. Es gibt keinen Schatten der Vergangenheit, keine Seelenwanderung, keine Wiedergeburt, keine Reinkarnation. Ich schwöre ab.«

Lange sahen sie sich an.

Dann trat Rupert beiseite, lächelte und sagte: »Komm rein.«

Als sie drinnen standen, ließ er sanft die Tür ins Schloss gleiten. Er nahm sie in die Arme, und sie küssten sich. Sein Handtuch fiel zu Boden.

Epilog

Mit dem ersten Oktobertag änderte sich das Wetter, und der Herbst leuchtete in den prächtigsten Farben zwischen Gelb und Rot. Die Sonne funkelte und heizte die Luft auf, schon am Vormittag stieg das Thermometer auf fünfundzwanzig Grad.

Julia und Rupert hatten drei glückliche Wochen hinter sich. Den Tag vor ihrem Geburtstag verbrachten sie fast nur draußen, saßen im Regierungsviertel am Bogen der Spree in einem der Cafés, joggten im Grunewald, gingen in der Stadt spazieren und machten einen Schaufensterbummel. In der Nacht feierten sie in ihrer Wohnung in ihren Geburtstag hinein, und er schenkte ihr tatsächlich das Altmeistergemälde seines Vaters, das er gegen ihren Protest morgens um fünf im Wohnzimmer aufhängte. Gemeinsam betrachteten sie den Pellegrini, der beeindruckend schön war und einen spannenden Gegensatz bildete zu der gemalten Wasseramsel, die vis-à-vis über dem Sofa hing. Schließlich gingen sie Arm in Arm zu Bett.

Sie hatten viel getrunken, darum schliefen sie aus. Weil das Wetter noch immer gut war (und Rupert eine weitere Überraschung für sie hatte, von der er ihr nichts verriet), stiegen sie mittags in seinen Volvo und fuhren hinaus an den Teupitzer See. Auf dem Weg dorthin war Rupert aufgekratzt, er redete ohne Punkt und Komma, zu viel hatte sich bei ihm aufgestaut.

»Du hättest nicht abschwören müssen, Julia, du bist keine Hexe, die Zeiten der Verbrennungen von Frauen sind vorbei. Es ist für mich völlig okay, wenn wir verschiedene Ansichten haben. Mir ging es nur um die Form, um das Unehrliche.«

»Ich habe abgeschworen, Rupert«, entgegnete sie, »nicht allein deinetwegen. Sondern weil mir klargeworden ist, dass ich auf einem Irrweg war, der mir nur Unglück gebracht hat.«

Nun war der Zeitpunkt gekommen, ihr seine Geschichte zu erzählen. »Ich schulde dir noch etwas, Julia«, fing er an. »Du hast ja wohl irgendwie irgendwas geahnt und mich in deiner unnachahmlichen Weise gelöchert – wie ich ja sowieso dauernd das Gefühl hatte, du fragst mich aus. Egal, nun, ich war noch nicht so weit, mit dir darüber zu sprechen, über mich, meine Herkunft. Ich rede nicht gern darüber, aber wer anderen den Vorwurf macht, geheimniskrämerisch zu sein, muss ja eigentlich selbst mit gutem Beispiel vorangehen.« Kurz schaute er sie prüfend an. Sie zeigte keine Reaktion, sagte nichts, sondern lächelte ihn nur an. Und so fuhr er fort: »Meine Eltern sind nicht meine Eltern. Meine leiblichen Eltern, meine Erzeuger kenne ich nicht. Sie haben …«, er unterbrach sich, als könne er die Wahrheit nicht über die Lippen bringen, »… sie haben mich nicht gewollt. Ich wurde ausgesetzt, im Tiergarten, in einer eiskalten Dezembernacht, an der Luiseninsel. In einem Korb, als wäre ich Moses.«

Julia nickte. Nun war es klar. Der Ausriss aus der alten Zeitung in ihrem Erinnerungskästchen, der Text auf der Rückseite von Hannes' Todesanzeige, handelte von ihm. Wie oft hatte sie das Stück Papier in der Hand gehalten, nichtsahnend die knappe und unvollständige Notiz überflogen. Man hatte ihn genau an der Stelle gefunden, wo eine Woche zuvor Hannes tot zusammengebrochen war.

Sie sagte nichts. Es gab eben doch dieses Band. Sie verbot sich freilich, darüber zu sprechen. Sie hatte es geschworen.

»Ich habe keine Ahnung, was sie dazu bewogen hat. Oft habe ich gedacht, klar, sie wollten einfach, dass du da draußen verreckst, erfrierst. Aber Spaziergänger entdeckten mich. Ich kam in ein Krankenhaus und in noch eines und noch eines. Ich wurde in ein Heim gesteckt und noch ein Heim und noch eines. Niemand wollte mich. Ich kam zu einer Pflegefamilie, kurz, und dann zu noch einer. Und dann haben sich die Eheleute Boris und Luise Andersen – sie konnten keine eigenen Kinder bekommen – meiner angenommen und mich adoptiert. Meine Mutter meinte wohl, zu einer gutbürgerlichen Familie gehöre ein Kind. Mein Vater wollte einen Nachkömmling, der eines Tages in seine Fußstapfen tritt und das Geschäft übernimmt. Sie erzogen mich. Gut sogar. Was sie mir nicht gaben, war Liebe. Ich sollte ihren Träumen und Wunschvorstellungen entsprechen. Ich wurde eine Enttäuschung. Ja, das ist es im Grunde. Nun ist es raus. Ich weiß nicht, wer ich wirklich bin, Julia. Verstehst du, was für ein Schmerz das ist?«

»Du bist ein sehr erfolgreicher Kunsthändler, du bist ein gutaussehender Mann, du bist der beste Freund, den man sich wünschen kann, Rupert.« Sie begriff auf einmal, wie sehr sie ihm zugesetzt haben musste mit ihrer Geschichte, dort oben in den Bergen des Appenzells. »Wollen wir nicht einfach heute, an diesem wunderschönen Tag, gemeinsam beschließen, unsere Vergangenheit einfach ruhen zu lassen?«, fragte sie. »Du hast es von mir verlangt, nun verlange ich es von dir. Nimm du dein Schicksal auch als gegeben hin, als ungelöst, einfach so. Hör auf, danach zu fragen, nach Antworten zu suchen.« Es war, als spräche sie diese Worte zu sich selbst.

Sie kamen am völlig ruhig daliegenden, einsamen See an, er nahm sie bei der Hand und führte sie zu einer sanft ins Wasser abfallenden, versteckten Stelle am Ufer. Dort zog Rupert sich aus. Verblüfft sah sie ihm dabei zu.

»Lass uns schwimmen gehen!«, sagte er.

»Ich habe keine Badesachen dabei.«

»Na und? Ich auch nicht.«

»Aber es ist doch viel zu kalt, das Wasser.«

Er stand nackt vor ihr. »Bist du 'ne Mimose?«

»Nein«, antwortete Julia.

Er rannte ins Wasser, warf sich mit einem Tarzanschrei hinein. Sie entkleidete sich schnell und folgte ihm, zögernd erst, auf Zehenspitzen. Gemeinsam schwammen sie still hinaus. Nach einer Weile stoppte er, paddelte nur noch mit den Füßen, um sich oben zu halten, und zog sie zu sich heran. »Ich liebe dich, Julia, und von jetzt an lass ich dich nie mehr los, egal, was für Auseinandersetzungen uns auch bevorstehen.«

»Ich liebe dich auch, Rupert.«

Er ließ sie los und kraulte voran. »Komm«, rief er, »komm, du lahme Ente!«

Rupert schwamm in Richtung des Stegs, auf dem sie öfter gestanden hatten. Dort war ein kleines Segelboot vertäut. Als sie es erreicht hatten, sah Julia, dass eine grüne Plane den Bug abdeckte.

»Meins«, sagte er fröhlich, »für uns. Endlich.«

Kraftvoll stützte er sich mit seinen Armen auf den Steg, stemmte sich hinauf, zog Julia hoch. Sie konnte nur noch staunen. Er hatte alles auf das Perfekteste vorbereitet. Im Boot lagen zwei dicke, wärmende Pullover und zwei seiner blau-weiß gestreiften Shorts.

Sie zogen die Kleidung über. Rupert machte das Tau los. Dann zog er die Plane fort. Ein Schriftzug kam im Sonnenlicht zum Vorschein. »Julia« stand dort. Er sah sie an und freute sich, als sie lächelte.

Beide gingen aufs Boot, er setzte das Segel, während sie ihn überwältigt beobachtete; eine Windböe blähte das Segel auf, sie trieben auf den See hinaus.

Rupert setzte sich neben sie, ganz dicht, kontrollierte das Segel, hielt die Leine fest umklammert, strich sich mit der freien Hand die nassen Strähnen aus der Stirn, legte dann den Arm um Julia. Nun endlich wusste sie: Sie hatte sich nicht geirrt. Er hatte zu Ende gebracht, was Hannes in seinem ersten Leben nicht mehr schaffen konnte.

Er lachte, er alberte herum, er küsste sie, Rupert war glücklich. Und sie war es auch. Und dann flüsterte er ihr noch etwas ins Ohr, was sie kaum verstand, weil es fast im Schrei und Flügelschlag eines neben ihnen aus dem Wasser in den Himmel aufsteigenden Schwans untergegangen wäre: »Du bist die *eine*.«

Annette Hohberg

Alles, was bleibt

Roman

Siebzehn Jahre lang waren Gesine und Leo ein Paar – doch von einem Tag auf den anderen ist alles aus, und Gesine steht vor den Scherben ihrer Ehe. Anhand von siebzehn Fotos aus der gemeinsamen Zeit zieht sie Bilanz und kommt dadurch den Brüchen in ihrer Beziehung auf die Spur, die sie nicht gesehen hat – oder nicht sehen wollte. Die Chronologie einer großen Liebe und die Geschichte eines Neuanfangs.

»Ein leiser, melancholischer Roman,
der die Macht der Erinnerung beschwört
und das Leben bejaht.«

Petra – Buch extra

KNAUR